3W4W SAS

18 Rue de la Marne

69310 Pierre-Bénite

www.reinesdecoeur.com

ISBN : 978-2-37838-074-8

Dépôt légal : Février 2019

PAR-DELÀ LES MONDES

Lena Clarke

CHAPITRE 1

J-8

Roulée en boule, je clignai des yeux lorsque les lumières s'éteignirent. Il ne me fallut que quelques secondes pour m'habituer à l'obscurité. Mon regard se perdit sur la cage déserte d'en face. J'essayais d'enfouir au plus profond de mon subconscient les souvenirs liés à son pensionnaire, mais mon esprit refusait de faire le vide. Angoissée, je plaçai ma tête dans le creux de mon coude alors que ma respiration se faisait plus sifflante de seconde en seconde. J'avais mal aux cotes, à la trachée. Mes poumons me semblaient en feu. Chaque inspiration était plus douloureuse que la précédente. J'espérais m'endormir pour oublier et pour guérir, mais un léger bruit sur ma gauche me fit dresser les oreilles.

Par réflexe, je relevai la tête et m'efforçai de me concentrer sur le grattement qui s'intensifiait. Peut-être que la douleur me faisait halluciner. Je laissai retomber ma tête sur mon bras, tout en reportant mon attention sur les étincelles rougeâtres que produisait la vitre donnant sur le couloir central.

À chaque fois que je m'approchais trop près, je pouvais sentir la morsure de l'électricité roussir ma peau. À force de me concentrer là-dessus, mes paupières devinrent lourdes. J'étais épuisée. Mon corps me paraissait peser une tonne. Je n'aspirais qu'à plonger dans un sommeil de plomb, mais les quelques coups qui résonnèrent sur la paroi opaque me séparant de la cellule voisine m'en empêchèrent.

Je grimaçai en me tournant, puis tendis le bras pour poser ma main à plat sur le métal froid. Il était interdit de communiquer entre pensionnaires. Moi je le savais, tout le monde le savait. Du moins, c'était ce que je pensais avant qu'un chuchotement ne se fasse entendre.

— Eh, il y a quelqu'un ? Je les ai vus te balancer là-dedans, tu viens d'être capturée, toi aussi ?

Je baissai les yeux en réalisant que la voix féminine d'à côté appartenait à une nouvelle recrue. Mes doigts glissèrent le long du mur pour s'échouer sur le sol tiède. Même si j'en avais envie, je n'avais pas le droit de répondre. Répondre, c'était prendre le risque d'être punie. Répondre, c'était s'assurer de ne jamais pouvoir sortir d'ici.

— Peut-être que tu ne comprends pas ce que je dis. T'es une Neklonis, c'est ça ? Je ne me souviens plus, vous savez parler ? Si tu m'entends, tape contre le mur. Un coup pour oui, et deux coups pour non.

Mes ongles raclèrent le carrelage et retournèrent se poser sur le mur. Il ne fallait pas que je me fasse remarquer. Pourtant, plus forte que toutes les interdictions dictées, l'envie d'avoir un contact avec quelqu'un d'autre me poussa à frapper tout doucement la paroi métallique. Un long frisson me traversa l'épiderme suite à ce geste. C'était la première fois que je transgressais une règle. Je m'attendais à voir débarquer plusieurs gardes. Tous les poils de mon corps se hérissèrent en prévision de leur venue, mais contre toute attente, rien ne se produisit. Rien, si ce n'était une réponse enjouée de l'inconnue.

— Ah, tu es vivante ! Je suis soulagée. Tu ne bougeais pas quand ils t'ont amenée. Je m'appelle Kelisha, je suis Kelônienne. Je peux te dire qu'ils vont sérieusement regretter de m'avoir enfermée dans ce trou. Lorsque la princesse Akasha saura ça, elle va tout raser.

Je fermai les yeux en l'entendant parler. Au cours de ma vie, j'avais croisé plusieurs espèces différentes, mais il était rare que leur nom me soit communiqué. Peut-être que je savais à quoi ressemblait un Kelônien sans en avoir conscience. De toute manière, cela n'avait aucune importance. L'excitation et la colère que je percevais dans la voix de cette femme allaient vite s'estomper. Au bout de quelques jours ici, tout le monde perdait ses illusions. Ne pas accepter la situation ne l'en rendait que pire.

Pour ma part, je me contentais de me raccrocher à l'espoir d'être un jour transférée. Ce laboratoire, ces murs, un jour, ils ne feraient plus partie de mon quotidien. Si je continuais à bien me comporter, si je continuais à leur être utile, ils allaient finir par me libérer et je pourrais retrouver ma planète.

— Mon escouade doit déjà être à ma recherche. À la première occasion, je me tire d'ici. D'ailleurs, tu ne m'as pas répondu, t'es là depuis longtemps ?

Je tapai une fois contre le mur, puis me recroquevillai sur moi-même. Le tissu gris délavé de mon uniforme me grattait la peau. Je résistai à l'envie de bouger pour faire cesser les picotements, puis je plaçai mon bras sur ma tête pour me cacher du monde extérieur. Parfois, j'arrivais à oublier où je me trouvais, et j'arrivais à imaginer un endroit meilleur. Ce n'était qu'une question de volonté.

— Très longtemps ?

Je donnai un nouveau coup à l'aide de mon genou. J'étais fatiguée, vraiment fatiguée, pourtant, quand le couloir s'illumina, tous mes sens se mirent en alerte. La lumière très vive éclairait l'ensemble des cellules. Même quand je fermais les yeux, je la discernais à travers mes paupières closes. Terrifiée, je me mis à frissonner d'angoisse. Des bruits de pas se firent entendre. Chaque seconde me semblait durer une éternité. Plus les sons se rapprochaient, plus je craignais de les entendre s'arrêter devant ma cage.

Je risquai un coup d'œil vers le couloir, deux gardiens suivis d'un docteur passèrent devant moi sans me prêter attention. Grands et à la peau dorée, ils se ressemblaient tous à mes yeux. Leurs cheveux noirs étaient attachés de la même façon, et selon la fonction qu'ils occupaient, leurs uniformes blancs étaient identiques. À chaque fois qu'ils apparaissaient dans mon champ de vision, mon corps réagissait d'instinct. Mon ouïe devenait plus fine et je me tenais prête au combat. Il y avait longtemps que j'avais arrêté de les détailler. Pour moi, ils représentaient tous un danger potentiel, et même si je m'efforçais de leur obéir, il n'en demeurait pas moins que je n'attendais qu'une occasion pour m'enfuir.

Mes muscles se détendirent légèrement en constatant qu'ils ne s'étaient pas déplacés pour me punir. Je me permis de prendre une petite inspiration, tout en demeurant la plus silencieuse possible. Aucun son ne filtrait. Pieds nus, les nouveaux arrivants firent une halte devant la cellule voisine à la mienne. Je tâchai de ne pas m'en soucier. Mieux valait que ce soit cette femme plutôt que moi. Il suffisait que je ferme les yeux et que je m'endorme. C'était la décision la plus raisonnable à prendre, mais contre toute logique, mon attention resta fixée sur ce qui se passait à quelques mètres de l'endroit où je me trouvais.

— Celle-ci sera parfaite. Emmenez-la en salle d'examen, déclara le médecin en consultant l'écran holographique de sa montre.

— Un pas en arrière 247 ! ordonna l'un des deux gardes.

— Et puis quoi encore ? Ne me dites pas que vous avez peur d'entrer, se moqua-t-elle.

Mon cœur battait à cent à l'heure. Mes doigts se posèrent sur le collier que j'avais autour du cou en entendant la femme émettre un petit cri étouffé. C'était probablement la première décharge électrique qu'elle recevait. Chaque manquement au règlement augmentait l'intensité de ces dernières et j'étais à peu près certaine qu'elle allait s'en rendre compte dans très peu de temps.

— Alors ça, c'était un coup bas ! Vous êtes au courant que les Lindöriens et les Kelôniens ne sont plus en guerre ? Le mariage entre nos deux princesses, ça vous dit quelque chose ?

— Un pas en arrière 247 ! répéta le même garde.

— Plutôt crever.

Par réflexe, je plaçai mes mains sur mes oreilles pour ne pas l'entendre crier à nouveau. Je vis l'autre garde entrer à l'intérieur de la cellule, puis en ressortir avec la Kelônienne sur l'épaule. Je me redressai légèrement pour mieux l'apercevoir. Ses mains étaient attachées ensemble grâce à un champ magnétique qui grésillait en continu. Ses cheveux rouges mi-longs retombaient devant son visage, révélant le collier métallique présent autour de sa nuque.

Contrairement à tous les *pensionnaires*, elle possédait encore ses propres vêtements. Je ne savais pas comment s'appelait la couleur de ces derniers, mais c'était une couleur que j'appréciais. Je crus qu'elle s'était évanouie, mais d'un seul coup, elle donna un violent coup de genou dans la poitrine du garde qui la portait. La surprise me fit sursauter. Assise, je l'observai chuter lourdement au sol. Elle en profita pour donner un autre coup sous le menton de l'homme tombé à terre, puis elle roula sur elle-même pour se retrouver sur le dos.

Sans se servir de ses mains, elle parvint à se remettre sur pieds en effectuant un petit saut. L'autre garde s'approcha, mais contre toute attente, elle n'eut aucun mal à le mettre hors d'état de nuire. Il s'écrasa brutalement contre la vitre de ma cellule, ce qui me fit reculer jusqu'au mur derrière moi. À cause de l'électricité contenue dans cette dernière, il perdit connaissance et tomba lentement au sol. Je le suivis du regard, avant de relever les yeux vers Kelisha qui avait la tête tournée vers moi.

L'échange visuel ne dura qu'une seconde. Ses yeux noirs me sondèrent un instant et, sans raison apparente, elle se mit à sourire et m'offrit un clin d'œil. Perplexe, je fronçai les sourcils. Devant elle, le médecin s'acharnait à appuyer sur le boîtier contrôlant le collier, mais cela n'avait aucune emprise sur la jeune femme. Je la soupçonnais d'avoir fait semblant de souffrir quelques minutes plus tôt. Théorie qui se confirma quand, sans aucune retenue, elle attrapa le Lindörien restant par le col de sa tunique pour l'électrocuter en se servant à nouveau de la vitre de ma cellule.

Même si elle était plus petite que lui, elle possédait une force impressionnante. Ses mains étaient toujours entravées, mais cela ne l'empêcha pas de se saisir du bracelet du docteur. À sa place, n'importe qui se serait certainement mis à courir pour tenter de s'échapper, mais elle se contenta d'appuyer à toute vitesse sur plusieurs symboles qui défilaient sur l'écran holographique. N'en connaissant pas la signification, je l'observai en penchant légèrement la tête sur le côté.

— Dire qu'ils n'ont même pas brouillé les signaux. Encore quelques petites secondes et… voilà, c'est envoyé. Un véritable jeu d'enfant. Bon, je pense que le reste de la cavalerie ne va pas tarder à débarquer pour me flanquer une bonne raclée. Ah, ça m'énerve, à coup sûr c'est encore mon nez qui va tout prendre !

Intriguée par le comportement de cette femme, je me rapprochai légèrement de la vitre. Qu'elle ne cherche pas à se cacher était un véritable mystère pour moi. Elle ne semblait pas terrifiée. Elle avait simplement l'air agacée. Elle continua à pianoter sur l'écran holographique, jusqu'à ce que le bracelet magnétique cède et que ses mains soient libérées.

— Et dire que dans trois malheureux tours lunaires j'étais en congés. Il faut toujours que ça tombe sur moi. Si je finis défigurée, je demande un dédommagement. Non, mieux, j'en profite pour quitter la garde, et je pars m'exiler sur Petronus. La plage, les soleils, l'eau à température ambiante, et surtout, aucun Lindörien pour me pourrir la vie ! T'imagines le bonheur ?

Je baissai les oreilles en la voyant reporter son attention sur moi. Méfiante, je la regardai s'accroupir puis m'examiner de la tête aux pieds. J'étais à genoux sur le sol, et même si mes cotes me faisaient toujours souffrir, j'arrivais à canaliser la douleur et à rester concentrée sur l'étrangère.

— C'est quand même pas de chance qu'on n'ait pas été les premiers à découvrir ta planète. Je peux t'assurer que tu ne te serais pas retrouvée dans cette cellule.

Sans l'ombre d'une hésitation, elle poussa les deux hommes inanimés un peu plus loin et s'approcha de la vitre qui nous séparait. Je la vis lever la main, la vitre se mit à grésiller, mais contre toute attente, ses doigts ne se firent pas carboniser lorsque la Kelônienne les posa à plat sur le verre. Les points lumineux rougeâtres se contentaient de faire le tour de sa peau sans jamais la toucher directement.

— Sympa, non ? Mon corps repousse l'électricité. Dommage que ça ne marche pas aussi sur les champs magnétiques.

Curieuse, je ne résistai pas plus longtemps à m'approcher au plus près pour examiner ce phénomène. Avec hésitation, je levai la main et posai avec rapidité mon index au niveau de sa paume. Par réflexe, je le retirai presque aussitôt, mais en me rendant compte que cela ne m'avait pas brûlée, je retentai l'expérience à plusieurs reprises. La vitre était chaude, pourtant ce n'était pas douloureux. J'entendis Kelisha rire. En réaction mes oreilles se baissèrent alors que je relevai les yeux timidement vers son visage.

— T'es vraiment mignonne. Je comprends mieux pourquoi vous coûtez si cher. Enfin, pas que je sois pour tout ce truc d'esclavage, mais si une espèce méritait son prix, ce serait la tienne.

Je fronçai les sourcils en reposant ma main à terre, suite à quoi la Kelônienne secoua la tête en faisant une petite grimace. J'avais beau ne pas connaître grand-chose du monde extérieur, j'avais déjà entendu des docteurs parler entre eux. Au début, ils étaient tous surpris de ma présence entre ces murs. Les Neklonis avaient une réputation d'animaux dociles. Notre seule qualité aux yeux des autres races résidait dans notre apparence physique. Celle-ci nous conférait automatiquement un statut d'espèce inoffensive. *Petit, adorable, innocent*, ces termes revenaient souvent, et si un jour j'arrivais à sortir, je m'efforcerais de ne détromper personne.

— OK, OK, je suis nulle pour les compliments. Pour me rattraper, et quand je me tirerai d'ici, je t'emmène avec moi, d'accord ?

— Sur… Petronus ? prononçai-je, timidement.

— Oui voilà, sur Petronus. Avant, on fera un détour par Kelox, mais ensuite, à nous les baignades interminables et le poisson grillé. Tu aimes le poisson ?

— Je crois...

— Bien alors, considère que tu fais officiellement partie de mes bagages.

Avec un sourire, la jeune femme posa son autre main à plat sur la vitre. Je ne comprenais pas pourquoi elle se montrait si gentille ni pourquoi elle prenait la peine de me faire la conversation, mais cela ne m'empêcha pas de revenir placer les doigts au niveau de sa paume. En les dépliant, je me rendis compte que sa main était plus grande que la mienne. Une cicatrice rose clair barrait sa peau, semblable à celles que je possédais un peu partout sur le corps.

Je l'entendis reprendre la parole, mais mon attention fut détournée par les bruits de pas en approche. Immédiatement, je fis un bond en arrière pour retrouver ma position initiale contre le mur. Je ne voulais pas assister à ce qui allait avoir lieu. Après avoir ramené mes genoux au niveau de mon visage, je cachai ma tête dans mes bras. Si j'avais été elle, je me serais enfuie sans l'ombre d'une hésitation. Je me serais mise à courir, et courir, jusqu'à pouvoir apercevoir la lumière du soleil.

Les médecins arrivaient toujours comme par magie, dans un cercle métallique, mais je savais qu'il existait des escaliers. J'avais déjà vu des gardes les emprunter et je supposais que la sortie était au bout de ceux-ci. Ce qu'il y avait au-dehors était un mystère pour moi. Néanmoins, cela ne pouvait pas être plus terrible qu'ici. Si tout le monde cherchait à s'échapper, c'était bien pour une raison, non ? L'extérieur était forcément merveilleux. Je ne me souvenais plus vraiment de ma planète. Seuls des flashs se rappelaient par moment à moi, mais si ce monde lui ressemblait un tant soit peu, j'aurais été très heureuse de pouvoir le découvrir.

CHAPITRE 2

Jour J

À bout de souffle, je puisai dans mes dernières forces pour gravir les marches qui me séparaient d'une lourde porte métallique. Un son strident résonnait dans tout le complexe. Mes tympans me faisaient atrocement souffrir. J'avais l'impression qu'ils allaient exploser d'une seconde à l'autre, mais je m'efforçais de rester concentrée sur mon objectif. La distance entre les gardes qui me poursuivaient et moi se réduisait de plus en plus. Je manquais d'air, mes muscles étaient en feu, cependant, c'était maintenant ou jamais.

Mes doigts se contractèrent autour du bracelet que j'avais volé à un garde. Mon uniforme gris était maculé du sang noir de ce dernier. J'en avais sur le visage, sur les mains, absolument partout. L'odeur métallique et légèrement rance du liquide me dégoûtait, pourtant je tâchais d'en faire abstraction. Quand la vitre de ma cellule s'était brusquement ouverte, je n'avais pas réfléchi. Tout comme le reste des prisonniers, je m'étais élancée en dépit des gardes qui avaient cherché à nous stopper.

Je ne savais pas où étaient passés les autres. Je n'y avais pas fait attention. Je n'avais le temps de penser qu'à moi, malgré tout, pendant un instant, mon esprit me renvoya l'image de Kelisha. À l'heure actuelle, elle devait me détester. La veille, ils ne l'avaient pas ramenée à sa cellule. J'ignorais où elle se trouvait et il y avait de fortes chances pour que je ne la revoie plus jamais. Me soucier de son sort était contre-productif. Dans ce monde, dans cette réalité, il n'y avait de place que pour l'égoïsme. Si je ne me sauvais pas moi-même, il n'y aurait personne d'autre pour le faire. Je devais passer cette porte et ne jamais revenir en arrière.

Je fis un petit bond pour atterrir devant le sas, puis, en imitant l'exemple des Lindöriens que j'avais déjà vu faire, j'agitai la montre devant le boîtier électronique qui commandait l'ouverture de la porte. Plusieurs lumières rouges s'allumèrent, un bip aigu se fit entendre. Loin de me retrouver à l'air libre, je me rendis compte que la sortie menait à une autre salle. Les murs blancs étaient identiques à ceux qui se trouvaient dans le laboratoire. Des étagères où s'alignaient différentes sculptures occupaient l'espace, mais surtout deux grands panneaux en verre donnaient vue sur l'extérieur.

Des Lindöriens, hommes et femmes, se promenaient librement. Ils étaient semblables à tous ceux que j'avais rencontrés jusqu'ici. De longs cheveux noirs, une peau hâlée recouverte de tatouages, mais plutôt que de les détailler, je me remis aussitôt à courir. Mes poursuivants se rapprochaient. Bientôt, ils seraient assez près pour déclencher le signal de mon collier et, à coup sûr, ma tentative de fuite ne resterait pas impunie.

Je voulus passer la seconde porte, celle qui donnait directement sur la rue, mais cette fois-ci, le bracelet se révéla inutile. J'eus beau l'agiter encore, et encore, devant le boîtier électronique, cela n'eut aucun effet. En réaction, mon rythme cardiaque accéléra davantage. De la sueur coulait sur mes tempes, mes mains étaient moites. Je tournai la tête dans tous les sens pour trouver une solution. Prise au piège, j'assénai des coups sur les panneaux vitrés, mais ceux-ci étaient aussi résistants que de la pierre.

Je n'avais pas l'impression que les gens à l'extérieur avaient la capacité de me voir. Personne ne regardait dans ma direction. L'agitation qui régnait à quelques mètres devant moi renforçait la panique que je ressentais. La liberté était là, à peine à un mètre, et malgré tout, je ne pouvais y accéder.

Sans réfléchir, je me saisis de l'une des sculptures en fer pour la jeter sur la vitre. Cette dernière trembla, mais ne se fissura pas. Je répétai l'opération encore et encore, avant de reporter mes efforts sur le boîtier électronique.

De la fumée s'échappa, mes bras me faisaient souffrir à force de porter tous ces objets, mais cela ne m'empêcha pas d'en lancer un en direction des gardes qui apparurent par le sas que j'avais emprunté une minute auparavant. J'étais fatiguée. J'avais de bons réflexes, j'étais rapide et agile, mais la force était loin d'être mon atout majeur. Sans la dose d'adrénaline présente à cause de toute cette situation, je n'aurais sans doute même pas réussi à soulever quoi que ce soit.

Je m'attendais à me faire électrocuter par mon collier, mais contre toute attente, rien ne se produisit. Peut-être que les ondes ne fonctionnaient qu'à l'intérieur du laboratoire, ou peut-être que la concentration des artéfacts en fer les bloquait. Ils se saisirent de leurs armes, une rafale électromagnétique effleura mon oreille au moment où je sautai pour me réfugier derrière l'une des lourdes étagères.

Je réfléchissais à toute vitesse à un moyen de m'en sortir, tout en continuant à leur envoyer des sculptures au visage. Des tirs en rafale s'abattirent sur la vitre devant moi. Je vis cette dernière trembler plus fortement, et, consciente que je ne pourrais pas tenir ma position bien longtemps, je mobilisais tout mon courage pour pousser l'étagère qui jusque-là me servait de cachette. Les Lindöriens reculèrent d'un seul coup pour ne pas se faire écraser.

En tombant, le meuble entraîna les autres aux alentours. Mes assaillants ne se privèrent pas pour continuer à tirer, et sans réfléchir, en dépit de tous les dangers, je m'élançai en direction du panneau transparent. Le poids de mon corps, allié aux décharges, eut raison de lui. Il explosa en une centaine de petits morceaux, lesquels ne manquèrent pas de m'entailler au moment où je me roulai en boule sur moi-même pour éviter d'être blessée trop sérieusement.

Par réflexe, j'avais placé mes bras en protection au niveau de mon visage. Je tombai lourdement au beau milieu de la rue passante, sur un sol en pierres gris clair. Le choc me coupa la respiration. Je clignai des yeux plusieurs fois. Les éclats de verre étincelaient à cause de la lumière du soleil, laquelle était encore plus vive que celle dans laquelle baignait le complexe.

Je me servis de mes mains pour me redresser. Mes oreilles bourdonnaient. Autour de moi, les Lindöriens s'étaient arrêtés. Confuse, je fis un tour sur moi-même. Pour la première fois depuis longtemps, une légère brise fit voler mes cheveux mi-longs autour de mon visage. J'étais terrifiée, tous mes sens étaient en alerte, si bien que malgré l'air frais, j'avais l'impression d'étouffer. Je pris une grande inspiration, puis une autre. Sans me soucier de la douleur lancinante présente dans tout mon corps, je me remis à courir à toute vitesse.

Mes pieds saignaient. Plusieurs morceaux coupants s'étaient logés dans la plante de ceux-ci, pourtant, cela ne me fit pas ralentir. Je ne savais pas où je me trouvais, je ne savais pas où j'allais, mais un réflexe primaire me poussait à fuir le plus vite et le plus loin possible. Je tournai au hasard des rues et des habitations. Je ne comptais plus le nombre de personnes que j'avais bousculées.

Tout se ressemblait. La couleur blanche prédominait. Les maisons paraissaient similaires les unes aux autres. Je savais que mes poursuivants étaient juste derrière moi. Je n'avais pas besoin de me retourner pour le sentir. Ils ne tiraient plus, probablement pour éviter de blesser la population, mais si je ralentissais, ne serait-ce qu'un peu, et que je me retrouvais dans leur viseur, j'étais certaine qu'ils ne laisseraient pas passer l'occasion de m'atteindre.

Ma seule chance était de réussir à me cacher. Si jusque-là, j'avais fui au hasard, je décidai d'opter pour une autre stratégie. Les oreilles dressées, je fis attention aux bruits alentour et me dirigeai vers une zone de la ville beaucoup plus fréquentée. D'un point de vue extérieur, cela ressemblait sûrement à un coup de folie. Me précipiter vers un lieu grouillant de Lindöriens n'était pas pour me plaire. Plus que tout, je voulais m'en éloigner le plus possible, mais entourée d'une foule, j'avais plus de chance de passer inaperçue et de pouvoir repérer un endroit où me réfugier.

Loin de la monochromie à laquelle mes yeux s'étaient habitués, ce fut une pléiade de couleurs qui m'accueillit en bifurquant vers la source des sons. Des échoppes s'étendaient à perte de vue. Perturbée par toutes les odeurs qui se mélangeaient et par la cacophonie ambiante, je faillis chuter à plusieurs reprises. J'étais plus petite que la plupart des personnes présentes. J'essayais de progresser rapidement, malheureusement je n'arrêtais pas de me faire bousculer. Jusqu'ici, l'adrénaline m'avait permis de toujours aller de l'avant, mais ses effets commençaient à s'estomper.

Je portai ma main sur mon ventre et, en me rendant compte que je saignais, tout ce qu'il y avait autour de moi devint flou. Je secouai la tête, ce n'était pas le moment de paniquer. Je n'avais pas fait tout cela pour abandonner maintenant. Tous les inconnus qui m'entouraient me paraissaient hostiles. Il n'y avait pas que des Lindöriens, certains ressemblaient à Kelisha, d'autres présentaient des caractéristiques originales comme une peau verte, ou de la fourrure sur tout le corps, mais mon instinct m'ordonnait de me méfier.

Jusqu'ici, je lui avais toujours fait confiance. À mes yeux, chaque personne possédait une sorte d'aura et j'étais plus ou moins en mesure de déterminer le niveau d'agressivité de quelqu'un grâce à cette dernière. Si j'observais cet individu attentivement, j'étais même capable de déchiffrer ses émotions. La peur et la colère étaient celles qui prédominaient à l'intérieur du centre que je venais de quitter. C'était sans doute pour cette raison que Kelisha m'avait intriguée dès le départ. Contrairement aux autres, elle s'était toujours montrée enjouée. Ce qu'elle dégageait incitait à la confiance et à la relaxation. Deux choses qu'on pouvait difficilement se permettre en étant sous le joug permanent d'autres personnes. Consciente que ce n'était pas le moment de songer à cette femme, je secouai la tête pour chasser toutes ces pensées parasites de mon esprit.

Je m'apprêtais à m'éloigner de l'allée centrale pour tenter ma chance dans l'une des petites ruelles avoisinantes, quand soudain mon collier me fit me plier de douleur. Une violente décharge électrique me traversa de part en part et m'obligea à m'accroupir. Le souffle court et les membres engourdis, je me forçai à avancer à quatre pattes, puis à me redresser. Pour réussir à m'atteindre, ils étaient forcément tout près. Dans la mesure où la plupart des Lindöriens étaient habillés de la même façon, à savoir un pantalon et une tunique blanche, je ne parvenais pas à reconnaître mes assaillants.

Je tournai la tête de manière désespérée de droite à gauche. Beaucoup moins attentive, je faillis trébucher sur l'une des pierres proéminentes qui couvraient le sol et en sentant une main frôler mon épaule, je me remis à courir. Je ne voulais pas retourner dans ce centre. Je ne voulais plus jamais être enfermée dans cette cellule, mais par-dessus tout, je ne voulais plus leur servir de cobaye et être obligée de leur obéir. Je n'y voyais pas à plus de trois mètres devant moi à cause de la foule. Au maximum, je tentais d'éviter les gens, jusqu'à ce que mon regard se pose sur une fille recouverte d'une cape rose clair.

Même si elle portait une capuche, je l'aperçus sourire lorsqu'elle tourna la tête vers quelqu'un qui n'était pas visible de l'endroit où j'étais. Comme moi, elle était plus petite que les autres. Quelques mèches châtain bouclées s'étaient échappées de sa tenue et cascadaient jusqu'en dessous de sa poitrine. Elle ne ressemblait pas aux espèces que j'avais déjà eu l'occasion de rencontrer. Elle paraissait beaucoup plus gentille, ou plutôt, quelque chose de rassurant se dégageait d'elle.

Focalisée sur la jeune femme, je serrai les dents lorsqu'une nouvelle décharge électrique se fit ressentir. À nouveau, quelqu'un tenta de m'attraper par les épaules, mais cette fois-ci, et au lieu de courir, je fis un bond en avant. C'était peut-être le destin, mais l'inconnue à la cape s'immobilisa et se retourna précisément à ce moment-là. Elle leva la tête, j'eus l'occasion d'apercevoir ses yeux verts, avant de brutalement lui tomber dessus. Surprise, elle bascula en arrière, et sans pouvoir me retenir, je m'écrasai sur elle.

Je m'attendais presque à ce que nous nous fassions piétiner par la foule environnante, mais contre toute attente, un cercle se forma autour de nous. Quelque chose, ou plutôt quelqu'un, m'attrapa par le col de ma tunique et, couvrant le brouhaha, une voix féminine se fit entendre.

— Protégez la princesse ! Que personne ne s'approche !

Mes pieds ne touchaient plus le sol. Je battis des bras et des jambes pour tenter de me soustraire au contact de l'inconnue, ce qui eut pour seul effet de l'agacer. D'une main, elle bloqua les miennes derrière mon dos, puis, après m'avoir reposée, elle passa son autre bras sous ma gorge. Totalement coincée, je peinais à respirer normalement. Tout mon corps me hurlait de me défendre, mais j'étais trop faible.

En baissant les yeux vers l'avant-bras de l'étrangère, je me rendis compte que sa peau était recouverte de tatouages. Un réflexe primaire m'incita à bouger en réalisant qu'il s'agissait d'une Lindörienne, mais cela n'eut aucun effet. Elle était trop forte. Je m'attendais à ce qu'elle me brise la nuque d'un instant à l'autre. L'envie ne devait pas lui manquer, seulement elle fut interrompue par la fille à la cape.

— Je peux savoir ce que tu fabriques ! s'indigna-t-elle. Lâche-la tout de suite !

— Attaquer la princesse est passible de la peine de mort, répondit la Lindörienne sans émotion particulière.

— Et la princesse en question la gracie. Tu vas l'étrangler si tu continues.

Tout en se relevant, la jeune femme se débarrassa de sa capuche. Elle secoua la tête, et presque instantanément, mon regard se porta sur la marque qu'elle avait au cou. De son côté, elle n'était pas tatouée, malgré tout, ses veines transparaissaient très largement à cet endroit-là. J'entendis des murmures s'élever depuis la foule qui se trouvait à présent à quelques mètres. Plusieurs Lindöriens se chargeaient d'établir un périmètre de sécurité autour de nous. Je ne comprenais rien, mais j'avais parfaitement conscience qu'au moins, mes assaillants ne pouvaient plus m'atteindre.

— Je suis en charge de ta sécurité. Rajaya s'est montrée claire là-dessus, non ?

— Pour quelqu'un qui se plaignait de devoir jouer les gardes du corps, je te trouve bien zélée. D'ailleurs, tu peux me dire d'où sortent tous ces soldats ? Tu m'avais promis une balade au marché sans escorte interminable.

— J'ai menti. Maintenant, en ce qui concerne ton agresseur…

— Agresseur ?! s'exclama la femme à la cape. Je suis certaine qu'elle a simplement trébuché, ou alors quelqu'un l'a poussée. Si elle avait voulu me tuer, ce serait déjà fait. Il lui aurait suffi de tenir un poignard, ou une arme quelconque, et ta chère amie Rajaya se serait retrouvée veuve.

Derrière moi, je sentis la Lindörienne se crisper. Son corps était plus chaud que le mien. Cette particularité avait tendance à endormir légèrement les vagues de douleur qui me traversaient. Elle relâcha la pression sur ma gorge, mais son autre main continua à emprisonner mes poignets. J'aurais dû être terrifiée, pourtant il n'en était rien. Je suivais du regard la fille aux cheveux châtains, laquelle ne semblait pas du tout impressionnée.

— Tu soulignes un point intéressant. Il est trop dangereux pour toi de sortir, à l'avenir nous resterons au palais, déclara posément la femme qui me retenait.

— Tu resteras au palais si cela te fait plaisir, mais sans moi. Maintenant et je te le redemande, lâche-la. Tu vois bien qu'elle n'est pas une menace.

Même si je pouvais sentir que la Lindörienne désapprouvait, elle s'exécuta. Je grimaçai en frottant mes poignets endoloris, avant de reculer d'un petit pas quand l'autre femme s'approcha. J'avais agi par réflexe. Un réflexe stupide puisque celui-ci me conduisit à buter contre la personne qui m'était la plus hostile. Je levai les yeux vers elle et, sans grande surprise, je me rendis compte qu'elle ressemblait à tous les autres.

Ses cheveux noirs étaient attachés en plusieurs tresses plaquées qui se rejoignaient pour n'en former qu'une seule jusqu'en bas de son dos. Les traits de son visage étaient plutôt harmonieux. De prime abord, ses yeux semblaient entièrement noirs. De prime abord seulement, car je ne tardai pas à remarquer les étincelles bleu foncé qui rendaient son regard très particulier. Elle me fixa sans ciller, ce qui me donna instantanément envie de me replier sur moi-même. À la place, je me contentai de détourner le regard jusqu'à rencontrer celui beaucoup plus chaleureux de l'autre femme.

— Ne t'inquiète pas, personne ne te fera de mal. Sierra ici présente a tendance à en faire toujours trop, mais je me charge de la surveiller. Je m'appelle Leela, et toi ? me demanda-t-elle avec le sourire.

— Cinquante… enfin… Tamsyn… répondis-je, avec hésitation.

Gênée d'avoir failli donner mon numéro d'identification, je baissai les yeux vers mes pieds nus. Contrairement à la plupart des personnes que j'avais croisées, la jeune femme, elle, portait des chaussures. Sa cape rose dévoilait une robe blanche vaporeuse qui lui arrivait en dessous des genoux. Sa peau était beaucoup plus pâle que celle des Lindöriens, encore plus pâle que la mienne. Je n'avais pas de référence en la matière, malgré tout je me fis la réflexion qu'elle était vraiment belle. Du moins, à mes yeux, elle était agréable à regarder. Kelisha aussi l'était, mais ce n'était pas le moment de penser à elle.

Mon ventre se noua alors que je rentrais mes pieds vers l'intérieur. Je me rendis compte que je n'avais pas bougé depuis plusieurs secondes. La Lindörienne était juste derrière moi, mon dos la frôlait presque, et je n'avais pas besoin de me retourner pour savoir qu'elle ne me lâchait pas du regard. Les ondes glaciales qui émanaient d'elle me firent frissonner d'angoisse. Je sentais qu'au moindre mouvement suspect de ma part, elle passerait outre l'interdiction de l'autre femme et n'hésiterait pas à me briser la nuque.

— Est-ce que tu es ici toute seule, Tamsyn ? reprit Leela. Tu sembles avoir rencontré quelques… difficultés.

Je me mordis la lèvre et joignis mes deux mains devant moi. Je ne pouvais pas dire la vérité. Même si la jeune femme inspirait la confiance, rien ne me garantissait qu'elle soit vraiment de mon côté. Si je lui disais d'où je venais, il y avait une possibilité pour qu'elle me renvoie là-bas. Si une Lindörienne se chargeait de sa sécurité, c'était bien qu'elle devait être importante. Plus tôt, j'avais entendu le mot « princesse », mais cela demeurait confus pour moi.

Je cherchais quelque chose de crédible à lui raconter, quand soudain, je la vis esquisser un mouvement dans ma direction. Cette fois-ci, seule ma tête bougea pour éviter le contact. Il ne me fallut qu'un instant supplémentaire pour reporter mon attention sur le mouchoir qu'elle tenait à quelques centimètres de ma joue. Elle parut surprise, mais ce fut avec un autre sourire qu'elle l'agita doucement dans les airs avant de l'approcher à nouveau de ma peau.

— Tu vois, ce n'est que du tissu, ça ne mord pas, me rassura-t-elle. Je vais juste te nettoyer un peu, et ensuite nous irons manger quelque chose.

— Puis-je rappeler à Sa Seigneurie la princesse que nous bloquons une allée centrale du marché et que l'instant n'est pas idéal pour s'occuper des chats errants ? ironisa la Lindörienne.

— Tu as raison, mieux vaut la ramener au palais. Mais, un chat, vraiment ? Ce sont plus des oreilles de renard, non ? demanda-t-elle en m'examinant avec un air curieux.

— Au palais ? s'étrangla son interlocutrice. Tu n'es pas sérieuse !

— Quelle façon familière de s'adresser à sa princesse ! D'ailleurs, puisqu'on en parle, hausser le ton sur un membre de la famille royale n'est-il pas puni par deux semaines de cachot ? s'amusa-t-elle.

— Leela !

J'avais beau ne pas être très intelligente, je n'eus aucun mal à comprendre que la Rajaya mentionnée auparavant devait être la véritable princesse lindörienne et que la femme devant moi l'était devenue par alliance. Je la laissai m'essuyer le visage, tout en me faisant la plus discrète possible. Si j'entrais dans ses bonnes grâces, alors peut-être que je n'aurais plus jamais à retourner dans une cellule. Peut-être même qu'avec un peu de chance, si j'étais assez obéissante, elle m'autoriserait à retrouver ma planète.

— Quatre semaines maintenant, fais attention à ce rythme tu seras dans l'incapacité d'assister au mariage du siècle.

— Je ne plaisante pas. Tu ne peux pas l'emmener. Nous ne connaissons rien d'elle. Oublie un peu la pitié qu'elle t'inspire et montre-toi plus prudente.

— Plus tu me dis de ne pas le faire, plus j'ai la furieuse envie de l'installer dans mes quartiers.

La dénommée Sierra s'apprêtait à répliquer quand des éclats de voix derrière nous attirèrent son attention. Les soldats qui se chargeaient de maintenir la foule à distance empêchaient deux hommes de s'avancer et, en posant le regard sur eux, mon sang se glaça instantanément. Plus tôt, j'avais pensé ne pas être en mesure de les reconnaître, mais la réalité était tout autre. Je me souvenais parfaitement de toutes les fois où ils étaient venus me chercher dans ma cage, et en imaginant devoir y retourner, je me sentis soudain nauséeuse.

— Que se passe-t-il ?! s'exclama la Lindörienne.

— Ces hommes affirment que la Neklonis leur appartient, Lieutenant.

— Laissez-les approcher.

Deux solutions s'offraient à moi. La première consistait à me remettre à courir, mais entourée de tous ces soldats, j'avais conscience que je n'irais pas bien loin. Quant à la seconde, elle ne me garantissait pas un quelconque résultat. Pourtant, en profitant de l'inattention de Sierra, je fis un petit bond rapide pour aller me cacher derrière la princesse. Je la vis baisser la tête sur ma main qui s'était saisie du bord de sa cape, et loin de chercher à me déloger, elle se contenta de m'offrir un sourire rassurant.

— Nous sommes désolés pour les troubles occasionnés votre majesté. Elle nous a échappé alors que nous étions en train de l'éduquer. Heureusement, vous n'avez rien. Nous allons l'emmener immédiatement.

Le garde de gauche fit un pas pour s'approcher, mais exactement au même moment, Leela tendit le bras sur le côté pour l'empêcher de passer. Mon cœur manqua un battement. Je n'en avais pas conscience jusque-là, mais je tremblais. Mes doigts se resserrèrent autour du vêtement de la jeune femme alors que je n'osais plus regarder devant moi.

— Je vous la rachète, prononça-t-elle, froidement.

— Vous… Elle n'est pas habilitée à servir la famille royale. C'est une jeune esclave qui n'a reçu aucune formation. Elle peut se montrer dangereuse et violente, mais si vous le souhaitez, je serais heureux de vous offrir une autre fille qui conviendra bien mieux à votre rang.

— Ce n'était pas une proposition. Néanmoins, je vous remercie pour votre cadeau très généreux. Je saurai m'en souvenir.

Sans lui laisser le loisir de rétorquer, la princesse se retourna et posa ses mains sur mes épaules pour m'inciter à effectuer un demi-tour et avancer. Je craignais d'entendre mes poursuivants revenir à la charge, ou de les voir nous suivre, mais à la place, un petit groupe de soldats nous escorta jusqu'à une plate-forme où s'amassait un bon nombre de personnes.

Après s'être positionnés dans une sorte de cercle, ces derniers disparaissaient miraculeusement. Cela me rappelait l'endroit par lequel arrivaient les médecins du complexe d'où je venais. En réaction, je cherchai à freiner, ce qui conduisit Leela à buter contre moi. Nous étions de la même taille, je ne pus m'empêcher de frémir en sentant son souffle sur ma nuque, mais cela ne dura qu'une seconde. L'instant d'après, la main de son garde du corps m'agrippa par le col de ma tunique pour me placer devant elle. Mes pieds glissèrent sur le sol de manière désordonnée. Ses doigts se logèrent entre mes omoplates, et cette fois-ci, il me fut impossible de rester immobile.

— Je t'ai à l'œil, murmura-t-elle en me poussant jusqu'au centre de la plate-forme.

— Arrête de lui faire peur, intervint Leela. Elle ne doit

pas connaître ce genre de technologie. C'est normal d'avoir eu un mouvement de recul.

— Continue à jouer à la gentille princesse naïve et laisse-moi faire mon travail.

La Lindörienne tendit le bras pour appuyer sur certains symboles situés sur une console. La seconde d'après, le paysage changea. Désorientée, je sursautai, tout en regardant précipitamment autour de moi. Les rues du marché avaient disparu. Nous nous trouvions dans une grande salle aux murs vitrés. Plusieurs soldats présents sur place se mirent au garde-à-vous. Sierra les congédia d'un signe de main. La pression de ses doigts dans mon dos me sortit de ma torpeur et, d'un petit bond, je descendis du plateau surélevé pour atterrir souplement sur le sol tiède.

— Naïve ? Parce que je n'ai pas voulu renvoyer cette fille se faire maltraiter ? demanda Leela avec énervement.

— As-tu seulement au moins pensé que tout ceci pourrait être un piège ? Tu es connue pour être compatissante et bien trop sensible. Si j'étais un ennemi, je ne me serais pas privée pour t'envoyer cette fille en guise d'appât. Mais est-ce que tu réfléchis ? Bien sûr que non ! À la place, tu l'amènes au palais sans même une once de méfiance !

La Lindörienne descendit à son tour de la plate-forme. Elle tendit la main à la princesse pour l'aider à en faire de même, mais celle-ci détourna le regard et rejoignit le sol par ses propres moyens. Je surpris ses chaussures à glisser légèrement au moment de sa réception. En réaction, et quasiment en une nanoseconde, Sierra posa sa main sur le haut de son bras pour la stabiliser. Loin d'être aussi calme que tout à l'heure, Leela repoussa la Lindörienne d'un petit mouvement et fit deux pas sur le côté pour se retrouver hors de sa portée.

— Je n'ai pas besoin de toi. L'idiote que je suis se débrouille même parfaitement bien seule.

— Si tu en étais capable, je n'aurais pas eu à rester au palais pour te servir d'escorte. Pourquoi tu ne veux jamais écouter ? Tu as simplement à faire ce qu'on te dit, ça n'a rien de compliqué même pour une Terrienne !

— Je ne t'ai jamais rien demandé ! Si ma compagnie t'est désagréable, va-t'en, je ne te retiens pas !

— Comme si j'en avais la possibilité ! Rajaya m'a ordonné de veiller sur toi, car elle savait très bien que seule, tu ne tarderais pas à te faire kidnapper, tuer, ou que sais-je encore ! Au lieu de penser à tous ces pauvres opprimés, pourquoi tu ne penserais pas un peu à ta femme pour changer ? Que crois-tu qu'elle ressentira si elle apprend qu'il t'est arrivé quelque chose ?!

Même si j'étais responsable de cette dispute, je sentais que pour mon propre bien, mieux valait me faire toute petite. Ce n'était par exemple pas le moment de me retrouver dans le champ de vision de la Lindörienne et de manière générale, il était préférable que je ne me fasse pas remarquer du tout.

Toute cette animosité me rendait fébrile, mais je tâchai de rester immobile. Cela n'avait rien d'aisé. J'avais mal partout, à tel point qu'un voile noir passait par intermittence devant mes yeux. Maintenant que je n'avais plus besoin de fuir, que je n'avais plus d'objectif, ma volonté ne suffisait plus à me maintenir sur pieds.

Je secouai la tête pour demeurer consciente et me concentrai sur les gouttelettes de sang rouge qui s'écrasaient à terre à chacune de mes respirations. Je portai ma main sur mon avant-bras pour tâcher d'arrêter ce spectacle, ce qui eut pour seul effet de me faire vaciller. Je perdis l'équilibre, en réaction mes yeux se fermèrent une seconde, et alors que je me préparais à la collision avec le sol, je sentis brusquement quelqu'un passer ses bras autour de moi pour me soulever dans les airs.

— Garde, allez chercher le guérisseur Sandros et dites-lui de nous rejoindre dans mes appartements.

Entendre la voix de Leela m'incita à rouvrir les yeux, mais loin de son visage, ce fut celui de Sierra que j'aperçus. Mon corps se crispa, mais j'étais trop faible pour me débattre. Dès qu'un Lindörien entrait dans mon champ de vision, c'était plus fort que moi : un important sentiment de répulsion se mettait à m'envahir et je n'arrivais plus à rester rationnelle.

Cela n'avait rien à voir avec l'instinct. Il s'agissait d'un réflexe conditionné duquel je devais me défaire si je voulais survivre. J'étais sur une planète lindörienne. J'allais être amenée à les côtoyer chaque jour, si bien que pour m'en sortir, il me faudrait apprendre à examiner chaque individu au cas par cas. Ils ne pouvaient pas tous être mauvais. La preuve, et en dépit de tout ce qu'elle avait dit plus tôt, la garde du corps de la princesse n'avait pas hésité à me prendre dans ses bras en me voyant en situation de faiblesse. Une personne hostile n'aurait eu aucun scrupule à me laisser tomber. Les gardes du centre n'en avaient jamais eu, ce qui la différenciait déjà de mes anciens geôliers.

Comme si elle avait senti que je revenais à moi, la Lindörienne regarda dans ma direction. Son visage n'exprimait aucune émotion en particulier, cependant, elle prit tout de même le temps de raffermir sa prise sur mon dos et sur l'arrière de mes genoux avant de se mettre en route vers la sortie de la pièce. Ces petits gestes étaient peut-être anodins, mais ils me firent comprendre qu'elle n'allait pas me jeter dehors immédiatement.

Je me permis de me détendre légèrement, et l'épuisement aidant, ma tête alla se loger contre son épaule. Son rythme cardiaque était régulier. Sans y réfléchir, je fis abstraction des bruits alentour et me concentrai sur ce seul son. Je savais qu'il aurait été plus prudent de rester éveillée. Je ne connaissais ni cet endroit ni ces personnes, mais très rapidement, il fut trop difficile de lutter. Je m'endormis sans m'en rendre compte, en partie à cause de mon état physique lamentable, et en partie à cause de la douce chaleur qui émanait de la Lindörienne.

CHAPITRE 3

J-6

Grelottante à cause de l'eau froide qui jaillissait de la douche, je frottai rapidement le sang séché présent sur mes épaules avant de me servir du savon pour me laver en vitesse. Comme tous les jours, les gardes m'avaient laissé quinze minutes pour me nettoyer et me débarrasser des potentiels microbes qui auraient pu fausser leurs expériences. En général, il s'agissait d'un moment de tranquillité puisque ces derniers ne pénétraient jamais dans la salle, mais cette fois-ci, j'entendis la porte principale s'ouvrir alors que le temps n'était pas écoulé.

Par réflexe, j'attrapai la serviette accrochée en hauteur pour m'en recouvrir et risquai un coup d'œil curieux vers l'entrée de la pièce. Celle-ci était composée de quatre cabines de douche, pourtant jamais un autre pensionnaire ne s'y était trouvé en même temps que moi. Je supposais qu'ils voulaient éviter toute fraternisation, ou peut-être craignaient-ils que nous en profitions pour nous entre-tuer.

Un garde avança, Kelisha sur l'épaule, laquelle était attachée au niveau des chevilles et des poignets. Je l'entendais faire de petits bruits et je compris pourquoi en remarquant qu'en plus de ses entraves, ils avaient pris soin de la bâillonner.

— Approche, cinquante-deux.

Même si j'aurais préféré avoir le temps de revêtir l'uniforme propre qui m'attendait, posé sur le coin d'un lavabo, je sortis de la cabine de douche pour faire quelques pas en direction du docteur qui s'était adressé à moi.

— Tu expliqueras à la nouvelle le fonctionnement des lieux. Si dans quinze minutes elle n'est pas douchée et habillée, tu seras punie à sa place.

À nouveau, Kelisha se manifesta bruyamment, ce qui conduisit le garde qui la tenait à la lâcher d'un seul coup. Elle s'écrasa lourdement sur le carrelage. Pour autant, cela ne diminua en rien l'intensité sonore de ses protestations.

— Tu es autorisée à utiliser toute la force nécessaire à la réalisation de cette tâche.

Il me tendit un autre uniforme, constitué d'un pantalon et d'une tunique grise à la taille de la jeune femme. Par réflexe, je l'attrapai dans mes bras et en relevant les yeux vers lui, je me rendis compte qu'il m'examinait de la tête aux pieds. En réaction, mes muscles se crispèrent, mais il n'eut pas le temps de rajouter quoi que ce soit. Kelisha, à la manière d'un ver, se tortilla jusqu'à nous pour lui donner un violent coup dans le tibia.

Je fis un petit bond en arrière, le médecin retint le cri qui devait lui brûler la gorge et furieux, il me rappela ce que je risquais si elle ne s'exécutait pas. Au moment où il quitta la pièce en compagnie du garde, les entraves de la Kelônienne disparurent d'un seul coup. La porte claqua en se refermant, et presque instantanément, la jeune femme entreprit de se débarrasser de son bâillon et de se remettre sur pieds.

— J'y crois pas ! Quelle bande de lâches ! On aura tout vu, se servir de toi pour me faire obéir, et au passage en profiter pour se rincer l'œil ! Il mériterait que je les lui crève et que je les donne à bouffer à un nid de tarengules.

Alors qu'elle s'énervait, je pris le temps de l'observer. Je n'avais pas eu l'occasion de la revoir depuis sa tentative de fuite, et au vu des hématomes qui couvraient son visage, ils ne s'étaient pas privés pour la corriger. Cela ne semblait pas avoir affecté son moral. Elle était toujours aussi enragée, non, elle était même encore plus enragée que la dernière fois.

— Est-ce que ton nez est cassé ? demandai-je en coupant le flot d'insultes qui sortait de sa bouche.

— Mon nez ? Non ça va, pourquoi il est bizarre ?! s'inquiéta-t-elle.

Instantanément, elle leva la main pour le toucher, puis se retourna pour faire face aux miroirs situés au-dessus des lavabos. Loin d'être en verre, ils étaient intégrés au mur. J'avais déjà essayé de les briser, en espérant en tirer une arme de fortune, mais le seul résultat obtenu avait été plusieurs phalanges cassées.

— Non, il est normal... je crois... mais ça avait l'air important pour toi qu'il ne soit pas endommagé...

Curieuse, je m'approchai pour me placer à côté d'elle et déposer son uniforme sur le lavabo. Je ne comprenais pas pourquoi elle se souciait autant de son apparence physique. De mon point de vue, il n'y avait aucune raison de s'en préoccuper. Elle ne paraissait pas angoissée de se trouver dans ce centre, alors que pour ma part, chaque journée de survie supplémentaire était un petit miracle en soi.

Elle tapota l'arête de son nez, et en la voyant passer sa main dans ses cheveux, je pris le temps de m'observer moi-même. Les miens arrivaient un peu plus bas que mes épaules et étaient composés de plusieurs couleurs. En majorité du roux et du brun, mais quelques mèches noir ébène venaient parsemer l'ensemble.

Je n'avais pas mis la tête sous l'eau, si bien que seules les pointes de ces derniers étaient mouillées. Quelques gouttes cascadaient sur mes épaules et s'infiltraient dans mon décolleté, lequel était paré de petites cicatrices blanches. Je m'approchai du miroir pour observer mes yeux dorés et remarquai que contrairement à ceux de Kelisha, les miens n'arboraient que cette couleur en plus de ma pupille noire.

— Tu dirais que je suis belle ? l'interrogeai-je en tournant la tête vers elle.

— Quelle question ! Ton espèce se retrouve toujours

dans le top 3 des créatures les plus mignonnes de l'univers. Personnellement je vous classe même au-dessus des Terriennes et toi, tu es… quand je te vois, je n'ai qu'une envie, te serrer à mort contre moi !

Très méfiante, je m'éloignai d'un pas, tout en continuant à la surveiller. Cette femme ne m'inspirait pas confiance. Son enthousiasme était même très suspect. Elle paraissait déborder d'énergie, si bien qu'être enfermée dans une cellule devait être un calvaire pour elle. Dans la mesure où je n'aurais pas été étonnée de la voir réellement me sauter dessus, je préférais conserver une certaine distance entre nous.

— Mais je n'ai pas dit que je le ferai ! rajouta-t-elle, avec précipitation. C'est juste que cet endroit est vraiment déprimant, et quand je te vois, ça me redonne le moral.

Elle soupira, et même si elle était un peu étrange, je ne ressentais aucune hostilité de sa part. Je détendis légèrement mes épaules, tout en me rendant compte que moi aussi j'étais moins angoissée en sa compagnie. Pendant quelques secondes j'avais presque réussi à oublier où je me trouvais, ce qui jusqu'ici ne m'était jamais arrivé.

— Ah, je raconte toujours n'importe quoi, se désespéra-t-elle. Je suis désolée, je vais aller me doucher. Je ne voudrais pas qu'il t'arrive quelque chose par ma faute.

Au moment où elle effectua un demi-tour pour se diriger vers une cabine, je me baissai pour attraper l'une des serviettes qui étaient situées sous le lavabo. J'avais l'impression que la jeune femme était triste. De mon côté, il y avait longtemps que j'avais dépassé cette émotion, mais je me souvenais très bien de ce que j'avais ressenti en arrivant ici. La solitude était pesante, presque plus effrayante que les expériences en elles-mêmes. J'avais déjà vu plusieurs créatures se laisser dépérir dans leur cellule, et ce n'était pas un sort que je souhaitais à la Kelônienne.

Juste avant qu'elle n'entre dans la douche, je comblai la distance entre nous et tapotai avec mon index sur son omoplate pour l'inciter à se retourner. Elle m'observa avec curiosité et bifurqua rapidement de mon visage à la serviette.

— Oh, merci, prononça-t-elle en levant la main pour s'en saisir.

— Si tu veux, tu peux.

— Je peux… ? répéta-t-elle avec incompréhension.

— Me serrer contre toi. Si ça te fait plaisir et que ça t'aide à ne pas déprimer, tu peux… mais pas longtemps.

Elle parut surprise, pour autant cela ne l'empêcha pas d'attraper la serviette, puis de me faire face. La Kelônienne était plus grande que moi d'environ dix centimètres, si bien que quand ses bras m'entourèrent, ma tête se logea au niveau de son cou. Je me contentai de baisser les yeux et de demeurer immobile. J'avais envie de bouger pour retrouver ma liberté. Être coincée ainsi faisait s'emballer mes sens.

Je savais que la jeune femme ne me ferait pas de mal, mais cela ne m'empêchait pas de rester sur mes gardes. Le contact de son corps n'était pas désagréable. La sensation de ses bras nus qui frôlaient les miens était même plutôt plaisante, pour autant une vague de soulagement me traversa lorsqu'elle se recula.

— Ça t'a aidée à te sentir mieux ? demandai-je avec curiosité.

— Beaucoup mieux. Je suis gonflée à bloc, prête à endurer toute cette situation jusqu'à l'arrivée de mes hommes ! répondit-elle avec le sourire.

— Tu comptes toujours m'emmener sur Petronus ?

— Bien sûr que oui, je n'ai qu'une parole, tu sais.

En la voyant lever la main, visiblement dans l'intention de la poser sur ma tête, je fis un pas en arrière pour y échapper. Mes oreilles se baissèrent alors que j'agrippais le haut de ma serviette pour la retenir.

— Tu peux me serrer contre toi, mais ça, c'est interdit, précisai-je en secouant légèrement la tête pour placer mes cheveux correctement.

— Je t'ai fait peur ? Je ne comptais pas te faire de mal. Je voulais juste… Eh bien… disons te frotter le haut de la tête en signe d'affection ?

— Je ne suis pas un animal. Je n'aime pas être caressée. Et puis... c'est un geste intime sur ma planète, rajoutai-je, embarrassée.

— Ah oui, bien sûr, excuse-moi, je n'ai pas réfléchi. Je ne le ferai plus, promis.

Je me contentai d'acquiescer, suite à quoi elle entra dans la cabine de douche. J'entendis l'eau se mettre en route, et de mon côté, je me dépêchai d'aller enfiler mon uniforme. Comme à chaque fois que j'essayais de me remémorer mon enfance, ma tête me faisait souffrir. Les mêmes images me revenaient en boucle. Je revoyais ma planète recouverte de végétation, mon village niché dans les arbres, mais quand je tentais de me souvenir du visage de mes parents, celui-ci s'obstinait à rester flou.

Les injections qu'on me faisait chaque jour y étaient sans doute pour beaucoup. Néanmoins, et consciente qu'être nostalgique ne risquait pas de m'aider à sortir de ce centre, je me forçai à songer à autre chose. J'espérais ne pas être choisie pour les expériences de la journée, principalement parce que mes côtes me faisaient toujours souffrir, mais maintenant plus que jamais, je comptais bien tout faire pour ne pas être considérée comme défaillante.

Kelisha paraissait réellement convaincue de pouvoir s'échapper, si bien que je décidai de lui faire confiance. Si ce n'était plus que pour quelques jours, j'étais largement en mesure d'endurer tout cela. Bientôt toutes ces semaines, tous ces mois d'enfermement ne seraient plus qu'un vague souvenir. Il me suffisait de penser à l'avenir et tout irait bien.

***

J+1

L'esprit encore embrumé par le sommeil, j'ouvris doucement mes yeux et posai mon regard sur le plafond en verre. Le ciel d'un jaune intense était dépourvu de nuages. Les deux soleils rouges se trouvaient côte à côte et produisaient des reflets de la même couleur sur les vitres. Par habitude, je m'étirai, avant de tout simplement bondir du lit où j'étais allongée. La couverture qui me réchauffait vola dans les airs alors que j'atterrissais souplement à genoux sur le sol.

Où est-ce que j'étais au juste ? Je secouai la tête pour me souvenir des derniers évènements. La fuite du centre me paraissait presque irréelle, tout comme la course-poursuite qui avait suivi. Si je ne m'étais pas trouvée dans cet endroit inconnu, j'aurais presque pu croire avoir rêvé. Je me remémorai m'être évanouie dans les bras d'une Lindörienne, mais après cela, c'était le trou noir.

Je baissai les yeux sur mon corps couvert d'une robe blanche bien plus belle que mon uniforme gris habituel. Mes bras et mes pieds étaient bandés et, étonnamment, je ne ressentais aucune douleur. C'était tellement rare que je pris le temps de remuer doucement chaque muscle pour vérifier que je n'en avais pas perdu l'usage. Mon corps me semblait presque trop léger. Peut-être que j'avais été droguée, mais dans quel but ?

Prudemment, je me redressai pour avoir une vue d'ensemble de la chambre, laquelle était gigantesque. Je me trouvais entre le lit et le mur le plus éloigné de la sortie. Tout était blanc, à l'exception du drapeau Lindörien qui servait de tenture à l'une des parois de cette pièce. Méfiante, je fis tout de même quelques pas vers un meuble où reposait un plateau-repas, ainsi qu'une bassine d'eau. Mon ventre gronda à la vue de la pâte dorée garnie de légumes, mais je me forçai à me détourner pour me diriger vers la porte.

Je n'avais aucune idée de l'endroit où je me trouvais. Manger me semblait tout sauf prudent. Je m'attendais à ce que la sortie soit verrouillée, cependant j'eus juste à approcher pour que celle-ci s'ouvre brusquement. Je fis un petit bond en arrière, puis en réalisant que rien ne se passait, j'avançai jusqu'à me retrouver dans un long couloir. Il n'y avait personne, ce qui forcément ne manquait pas de me rendre encore plus vigilante.

Attentive à chaque bruit, je pris tout de même le

temps d'analyser mon environnement. Une grande baie vitrée servait de mur. À cette hauteur, j'étais en mesure d'apercevoir toute la ville. Elle ressemblait à un gigantesque labyrinthe qui brillait de mille feux. Quelques points colorés se démarquaient ici et là, et je me rendis compte d'avoir été très chanceuse. Si le hasard ne m'avait pas conduite à tomber sur cette princesse, j'aurais probablement encore été en train de courir en rond à l'heure actuelle.

Ma main se porta sur mon cou et en ne rencontrant pas le métal de mon collier, je sursautai. Je tâtonnai en me servant de tous mes doigts et m'aperçus qu'il avait bel et bien disparu. Ma peau était douloureuse à chaque fois que je l'effleurai, mais j'avais tellement de mal à y croire que cela ne m'empêcha pas de recommencer à plusieurs reprises.

— Quelle surprise ! Vous êtes déjà réveillée.

Tellement captivée par ma découverte, j'avais cessé de prêter attention au monde extérieur. Ainsi, quand une voix masculine résonna, tout mon corps se tourna instantanément vers la source de la menace. Le sol tiède sous mes pieds était moins glissant que celui du laboratoire, si bien que je n'eus aucun mal à trouver mes appuis immédiatement.

— Oh non, n'ayez pas peur. Je suis le guérisseur Sandros, la princesse m'a chargé de veiller à votre rétablissement. Elle sera heureuse de vous savoir déjà sur pieds.

Un seul mot retint mon attention, *guérisseur*. J'étais pratiquement certaine qu'il s'agissait d'un synonyme de docteur, et en apercevant la tablette qu'il avait en main, il ne m'en fallut pas plus pour me faire ma propre idée de la situation. Je reculai d'un pas, puis de deux, avant de tout simplement me mettre à courir pour lui échapper. Je l'entendis vaguement tenter de me retenir, mais j'étais déjà loin.

Même si j'étais beaucoup plus petite que tous les Lindöriens que j'avais croisés, cela ne m'empêchait pas d'être plus rapide. Je dévalai les escaliers à une vitesse incroyable, sans regarder où j'allais, et fis une glissade en arrivant dans une sorte de grand hall. Deux soldats gardaient une immense porte. Ils se jetèrent un coup d'œil en m'apercevant, mais le temps qu'ils décident quoi faire, j'avais déjà emprunté la direction opposée.

Je savais à présent que je me trouvais dans le palais, et me fiant à mon instinct, je pris soin d'éviter tous les individus qui croisèrent ma route. J'avais vaguement conscience que mes agissements n'avaient aucune logique. Après tout, je n'avais aucun but actuellement, aucun endroit où aller. Je me contentais de fuir sans destination précise. Avoir échappé à ma cellule était une chose, savoir quoi faire maintenant en était une toute autre.

À force de déambuler un peu au hasard, je me rendis vite compte que toutes les sorties du château étaient gardées. Je n'étais pas sûre de vouloir mettre le pied à l'extérieur, mais d'un autre côté, je n'aimais pas non plus me sentir enfermée. Après avoir sauté pour me cacher derrière un pilier, je sortis très légèrement la tête pour regarder plusieurs personnes entrer dans une salle plus bruyante que les autres. J'ignorais de quelle espèce il s'agissait, mais savoir qu'il n'y avait pas que des Lindöriens entre ces murs me rassura un peu.

Je tendis l'oreille, et en entendant la voix de Leela parmi les autres, ma curiosité s'en trouva piquée. J'attendis qu'un nouveau groupe d'étrangers pénètre dans la pièce pour me joindre à eux. Je n'en étais pas certaine, mais il me semblait qu'il s'agissait de Kelôniens. Dans la mesure où ils discutaient entre eux, ils ne firent pas attention à moi. Les gardes pour leur part ne remarquèrent rien, si bien que je n'eus aucun problème à intégrer l'assemblée déjà présente à l'intérieur de la salle.

Je pris soin de raser les murs une fois à l'intérieur, tout en ne sachant pas trop où donner de l'œil. La chambre m'avait paru gigantesque, mais ce n'était rien comparé à cet endroit. Le dôme en verre qui servait de plafond étincelait grâce à la lumière des soleils. La lumière rejaillissait sur le sol, lui conférant des airs de kaléidoscope. Je me forçai à reporter mon attention ailleurs, en direction des deux trônes vers lesquels toute l'assemblée était tournée. Je m'attendais à y voir le roi, mais contre toute attente j'aperçus Leela assise sur celui de gauche, alors qu'à sa droite se tenait un Lindörien qui semblait ennuyé de se trouver là.

Le coude installé sur l'accotoir du fauteuil, il voulut faire reposer sa tête dans sa main, mais exactement au même instant, la princesse lui donna un grand coup dans le bras avant de se lever. Le Lindörien, privé de son appui, tangua légèrement, puis quitta son trône d'un seul bond au moment où Leela s'apprêtait à descendre les quelques marches qui la plaçaient au-dessus du reste de la salle. J'étais tellement occupée à les observer interagir et à me questionner sur son identité que j'en oubliai de faire attention au reste.

Je n'avais pas l'habitude d'être aussi entourée. Il y avait trop de bruit, et dans la mesure où chacun d'entre eux me paraissait hostile, mon instinct ne m'était pas d'une grande utilité. Je secouai la tête avant de sursauter violemment lorsque deux mains se posèrent sur mes épaules. En temps normal, j'aurais immédiatement placé de la distance entre mon agresseur et moi, mais la poigne de l'inconnue empêcha tout mouvement de ma part.

— La sécurité de ce palais est vraiment défaillante. Comment se fait-il qu'une petite espionne ait réussi à s'infiltrer dans la salle du trône ?

En tournant la tête vers la femme qui venait de parler, je me rendis compte qu'il s'agissait du garde du corps de Leela. Aujourd'hui, ses cheveux étaient attachés en une queue simple, et malgré le ton sérieux de sa voix, je sentais qu'elle était davantage intriguée qu'énervée.

— Je ne suis pas une espionne. Je voulais juste voir la princesse.

— Et maintenant que c'est fait, quelle était la prochaine étape ?

— Je… je n'y ai pas vraiment réfléchi… avouai-je en détournant les yeux.

— Dans ce cas-là, tu ne verras pas d'objections à me suivre. J'ai quelques questions à te poser.

— Te suivre où ça ?

Chacun de mes muscles était crispé. J'analysais les différentes options qui s'offraient à moi. Un mur était placé à ma gauche, la seule issue de cette salle semblait être la porte que j'avais empruntée en arrivant. Si je voulais fausser compagnie à la Lindörienne, j'allais être obligée de bifurquer vers la droite et de prendre le risque de me faire arrêter par les gardes présents à proximité de la sortie.

— Quelle importance puisque je ne te demande pas ton avis ! Tu vas m'expliquer en détail ce que tu faisais au marché, qui étaient ces hommes à ta poursuite, et surtout quel heureux miracle t'a conduite à bondir sur la princesse.

Mon cœur se mit à battre à cent à l'heure. Si je disais la vérité, il y avait une chance pour qu'elle me renvoie à l'endroit d'où je venais. Si je mentais, elle était capable de le découvrir et de me jeter au cachot. Les deux possibilités étaient inenvisageables. Je n'avais pas quitté ma cellule pour en retrouver une autre.

— Je ne viendrai pas avec toi, dis-je en déglutissant.

— Je crains que tu n'aies pas le choix.

Ses doigts se resserrèrent sur mes épaules. Elle s'attendait à ce que je me défende. Je le sentais à la manière dont son corps réagissait à chaque micromouvement du mien. Je ne comptais pas prendre le risque qu'elle appelle des soldats à la rescousse, si bien que je décidais d'agir rapidement. Je fis mine de lever mon bras droit d'un seul coup, dans un geste destiné à lui faire croire que j'allais la frapper en plein visage. Elle attrapa mon poignet au vol et, sans réfléchir plus longtemps, je lui mordis la main violemment. Il n'y avait rien de glorieux ou d'honorable dans cette attaque, mais à situation désespérée, mesure désespérée.

L'effet de surprise la poussa à me relâcher, juste assez pour me permettre de m'échapper et de m'élancer en direction de la sortie. Les gens râlèrent au moment où je passai entre eux en les bousculant. J'avais beau courir vite, j'avais parfaitement conscience que je ne risquais pas de semer la Lindörienne. Elle devait connaître le palais comme sa poche, et dans la mesure où elle assurait la sécurité de la princesse, elle devait être particulièrement athlétique et rompue à différentes techniques de combat.

Comme au marché, je décidai d'opter pour une stratégie qui impliquait de n'avoir aucun amour propre. Leela était juste devant moi, elle discutait avec le groupe de Kelôniens que j'avais croisé en arrivant. Comme si elle était mon ultime espoir, je me précipitai vers elle pour me cacher derrière son dos. Elle sursauta quand mes mains se posèrent sur ce dernier, et même si elle parut surprise de me trouver là, sa première réaction fut de me sourire gentiment.

— Veuillez m'excuser, nous en reparlerons au conseil de demain, expliqua-t-elle en reportant son attention sur les personnes qui lui faisaient face.

Les deux hommes et la femme se contentèrent d'un signe de tête poli, suite à quoi j'aperçus Sierra se diriger vers nous avec un air furieux tatoué sur le visage. Mon plan présentait quelques failles. Tout miser sur une princesse que je ne connaissais pas était vraiment imprudent. Après tout, rien ne garantissait qu'elle ne ploie pas face aux arguments de sa garde du corps. Peut-être qu'elle allait approuver cet interrogatoire et ne me donnerait aucune occasion de m'y soustraire.

— Toi ! Tu viens avec moi tout de suite ! s'exclama Sierra en me désignant.

— Il est rare de te voir énervée. Quelque chose ne va pas ? demanda Leela, calmement.

— Ce chien enragé m'a mordue, mordue ! répéta-t-elle en levant la main.

Honteuse, je baissai les yeux au moment où le regard de la jeune femme châtain passa de sa garde du corps à moi. Les marques de mes canines étaient clairement visibles sur sa peau. Malgré ses tatouages, les petits trous se distinguaient sans mal. Je ne regrettais pas mon geste. Cependant, je jugeai plus prudent de montrer de la culpabilité.

— Je peux savoir ce qui t'amuse ? reprit la Lindörienne en voyant Leela se retenir de sourire.

— Rien du tout. Ma pauvre, quelle blessure horrible… tu devrais vraiment aller te faire soigner. Je te conseille même d'y aller tout de suite, tu ne voudrais pas risquer l'amputation.

— Tu prends plaisir à me voir dans cet état, n'est-ce pas ?

— Moi ? Mais pas du tout. D'ailleurs pendant que tu vas te faire ausculter, je vais me charger de Tamsyn. Il faut juste que je demande à Rowen de… mais où est-ce qu'il est passé encore ?!

La princesse regarda tout autour d'elle, et consciente qu'elle devait certainement parler du Lindörien que j'avais aperçu plus tôt, je me permis de tirer légèrement sur sa robe pour attirer son attention.

— Je crois qu'il vient de passer la porte… fis-je remarquer, timidement.

— Et il a le culot de se faire appeler prince, râla-t-elle. Il fait tellement d'effort pour se montrer fainéant qu'il faudrait presque lui accorder un trophée.

— Et dans ton cas, tu mériterais celui de la naïveté. Fini de jouer, j'emmène cette fille.

Sierra fit mine de s'avancer. Sa main frôla mon bras, mais plus rapide, je m'empressai de me décaler pour lui échapper. Elle répéta le geste une fois, puis deux, avant que Leela ne la repousse brusquement en arrière.

— Comme je l'ai dit, je me charge de Tamsyn, et dans la mesure où je ne compte pas sortir du palais aujourd'hui, libre à toi de vaquer à tes occupations.

— Comme si j'allais te laisser seule avec cette Neklonis. Rajaya m'a demandé de…

— Oui, oui, Rajaya t'a demandé de veiller à ma sécurité, car je suis une incapable suicidaire. J'ai compris, et ne t'en fais pas, je vais m'empresser de rédiger une lettre qui stipulera bien que tu n'as aucune responsabilité dans mon éventuel décès.

Sans attendre plus longtemps, la princesse enroula son bras autour du mien afin de me faire avancer jusqu'à la sortie. Les soldats se mirent automatiquement au garde-à-vous sur notre passage. Juste avant de quitter la pièce, je risquai un coup d'œil en arrière et m'aperçus que Sierra continuait à nous fixer. Cependant, et loin d'avoir l'air en colère, elle paraissait surtout inquiète.

En y réfléchissant, je ne pouvais pas dire que j'avais peur d'elle. Je ne lui faisais pas confiance et il était hors de question que je réponde à la moindre interrogation, mais dans la mesure où je m'étais contentée d'une morsure, c'était bien que je n'éprouvais pas de réelle animosité envers elle. De son côté, et au lieu de me demander poliment de l'accompagner, elle aurait pu tout simplement m'assommer. Ses actes étaient en contradiction avec l'attitude qu'elle affichait. D'ailleurs, lorsqu'elle se rendit compte que je la regardais, elle retrouva son air froid habituel et se détourna pour aller parler à une Lindörienne que je ne voyais que de dos. Même si la situation avait tourné à mon avantage, je me sentais tout de même un peu coupable de les avoir conduites à se disputer. J'ignorais quel lien les unissait, mais il me paraissait évident que pour communiquer de cette façon, elles devaient être proches.

— Ne t'inquiète pas, Sierra ne te fera rien. Elle a l'air méchante comme ça, mais elle ne se montrera jamais violente à moins d'y être contrainte.

En entendant la voix douce de Leela, je reportai mon attention sur elle et m'aperçus que j'étais en train de la suivre sans même me méfier. Au lieu de chercher à me reconduire à ma chambre, elle nous dirigea vers l'une des nombreuses sorties que comportait le palais. Les gens s'arrêtaient pour la saluer quand nous passions à proximité, et à chaque fois je la voyais leur rendre leur signe de tête avec un air un peu gêné.

— Je crois que je ne m'habituerais jamais à être princesse, soupira-t-elle. Ça fait quatre ans, et pourtant je suis toujours aussi mal à l'aise. Tu imagines qu'ils sont toujours tous là à me scruter, à écouter avec attention chacune de mes paroles… Vivre au palais c'est définitivement trop fatigant, se plaignit-elle en relâchant mon bras.

— Vous… vous n'en aviez pas l'air… enfin je veux dire que vous aviez l'air dans votre élément… prononçai-je, maladroitement.

Dans la mesure où j'ignorais pourquoi elle passait son temps à me protéger, je craignais de dire quelque chose qui lui fasse changer d'avis à mon sujet. Après tout, si je me trouvais ici, si j'avais échappé à mes assaillants et à l'interrogatoire de Sierra, c'était entièrement grâce à elle.

— Tu, pas vous. Je suis sûre que nous avons quasiment le même âge.

— Mais vous êtes une princesse alors…

— Alors je te demande de me tutoyer et, pitié, appelle-moi Leela.

Elle s'arrêta devant une baie vitrée, où étonnamment aucun soldat n'était présent. Un petit boîtier électronique était installé à côté de cette dernière. La jeune femme leva la main pour passer son bracelet à proximité et, instantanément, le sas s'ouvrit sur un jardin qui exacerba tous mes sens. Il y avait tellement de plantes de différentes couleurs que je ne savais plus où regarder. Leurs parfums se mélangeaient et perturbaient mon odorat.

Des arbres gigantesques avaient été plantés à proximité des murs, comme pour masquer délibérément la vue. Je levai les yeux au ciel, tout en tournant sur moi-même, et au contact de l'herbe sous mes pieds, un petit frisson de plaisir me traversa. Cet endroit paraissait irréel, surtout sur cette planète où tout avait tendance à se ressembler.

— Tu sembles apprécier, s'amusa la princesse.

— Où est-ce que nous sommes ? demandai-je en suivant des yeux un papillon qui vint se poser sur mon épaule.

— Le parc intérieur du palais. Le roi l'a fait aménager pour sa défunte épouse, mais il faut croire que les Lindöriens ne sont pas trop axés nature, car il est quasiment toujours désert.

Les portes vitrées se refermèrent sur la jeune femme, laquelle m'invita à la suivre sur un petit chemin boisé qui conduisait à une sorte de clairière. Un kiosque en bois était placé au centre de ce dernier, et en voyant Leela s'asseoir sur le banc intérieur qui se trouvait accolé aux parois, j'eus un moment d'hésitation. Incertaine, je restai plantée sur l'escalier qui menait à l'installation.

— Viens t'asseoir à côté de moi, je crois que nous devons discuter un peu, non ? prononça-t-elle, gentiment.

Elle tapota doucement l'espace à sa gauche, et la tête basse, je la rejoignis. Je posai mes mains sur mes genoux serrés l'un contre l'autre, tout en redoutant ce qui allait suivre. Maintenant que je ne saignais plus et que mes blessures étaient en voie de guérison, la jeune femme n'avait plus de raison de me garder au château. Seule dans cette ville, je craignais d'être débusquée par mes anciens geôliers. De plus, je n'avais aucun endroit où me réfugier. Je ne savais pas comment rejoindre ma planète et j'avais peur de ce que je pourrais y trouver en m'y rendant.

— Tu as l'air d'aller bien mieux qu'hier, commença-t-elle en m'examinant. Les plaies sur tes bras et tes pieds étaient juste superficielles, mais tu avais plusieurs côtes fêlées et d'autres blessures plus anciennes. C'est presque un miracle que tu sois capable de gambader de cette façon aujourd'hui, poursuivit-elle avec un petit sourire.

— J'ai toujours récupéré rapidement…

Elle jeta un coup d'œil à mon cou, à l'endroit où les marques témoignaient du temps que j'avais passé en captivité. Avec gêne, je posai ma main au-dessus pour les cacher. Le contact me fit frissonner de douleur, et même si j'avais essayé de conserver un air neutre, cela n'échappa pas à la jeune femme.

— Je ne te demanderai pas de me parler de ce qui t'est arrivé, prononça-t-elle en attrapant mes doigts dans les siens.

— Non ? interrogeai-je, surprise.

— Je peux comprendre que tu n'aies pas envie d'évoquer le passé. À ta place, je préférerais garder le silence moi aussi, mais sache que si tu en ressens le besoin, il ne sera jamais trop tard pour venir en discuter avec moi.

— Alors vous... enfin, tu ne vas pas me jeter dehors ?

Je n'osais pas la regarder dans les yeux. Je me contentai de fixer sa main posée sur la mienne, et plus particulièrement la bague qu'elle avait à l'annulaire. La pierre précieuse brillait légèrement, ce qui me rappelait les mines présentes sur ma planète. Je repoussai ce souvenir, qui de toute façon était plus que flou, et recroquevillai mes doigts sur le banc en attendant la réponse de la princesse.

— Tu souhaites rester au palais ?

J'acquiesçai timidement, consciente que mon futur était en train de se jouer à cet instant précis. Coincée dans ma cellule, je ne m'étais jamais interrogée sur ce que je ferai une fois sortie. Tout me paraissait mieux que ce laboratoire. La seule chose que j'avais toujours ardemment désirée était ma liberté, et maintenant que je l'avais obtenue, j'avais peur qu'elle me soit enlevée à nouveau.

— Je suis sûre que je saurai me montrer utile. Je pourrais faire le ménage, ou peut-être… je ne sais pas vraiment, mais si vous me demandez de faire quelque chose, je le ferai sans discuter, essayai-je de plaider.

— Je n'ai pas besoin d'une domestique…

— Alors peut-être un autre garde du corps ? Je sais me montrer discrète, et je suis rapide, je vous garantis qu'aucun ennemi n'approchera à moins d'un mètre ! tentai-je, à toute vitesse.

— Un autre ? Oh… tu as cru que Sierra…

— Ce n'est pas le cas ? interrogeai-je en relevant les yeux vers son visage.

— Sierra est lieutenant, le grade militaire le plus élevé après celui de commandant. En théorie, elle sert sous les ordres de Rajaya, mais elle a sa propre flotte de vaisseaux, et je sais qu'elle a déjà accompli une tonne de missions seule.

Je ne pouvais pas dire que j'étais étonnée. Après tout, j'imaginais parfaitement cette femme en tyran diabolique. Elle avait dû conquérir un tas de planètes et devait être impatiente de repartir en assiéger de nouvelles. Pour mon propre bien, mieux valait que je me tienne éloignée d'elle le plus possible.

— Rajaya c'est… tu es mariée avec elle, c'est ça ? interrogeai-je, incertaine.

— En effet, il s'agit de ma femme et il n'existe pas plus paranoïaque dans l'univers, soupira-t-elle. J'ai été kidnappée une toute petite fois et ce malheureux incident suffit à justifier la présence continuelle de Sierra à mes côtés. Trois mois, trois mois entiers de surveillance constante et rapprochée ! se lamenta-t-elle en s'appuyant davantage sur la paroi du kiosque.

— C'est long trois mois… commentai-je, plus pour moi-même.

— Mais oui ! Je te jure que quand elle va revenir, elle va m'entendre. Elle devait partir deux semaines pour régler les troubles dans la galaxie Pegorienne, une petite mission de routine selon elle, qui pourtant a conduit sa sœur Shayandra à aller lui prêter main-forte. Même le roi a dû s'absenter, et du coup, qui se retrouve en charge du palais et de la capitale ? Moi... enfin moi avec l'appui exceptionnel de Rowen quand monsieur daigne sortir de son lit…

Même si elle paraissait sincèrement souffrir de la situation, sa façon de présenter cette dernière était amusante. Je n'avais jamais rencontré aucune autre princesse, mais si j'avais dû en choisir une, je l'aurais désignée sans hésitation. Elle était belle, gentille, et sa manière de s'exprimer inspirait automatiquement la confiance.

— Dire qu'il y a cinq ans, j'étais dans une Académie sur Terre et que le plus gros problème que j'avais à gérer était le manque d'eau chaude dans les douches.

La jeune femme rejeta la tête en arrière, leva la main pour examiner sa bague, puis la reposa à proximité de la mienne avec un nouveau soupir dépité.

— Tu sais ce qui me manque le plus de cette époque ? demanda-t-elle en réfléchissant.

— L'eau chaude ? tentai-je, à tout hasard.

— Non, de ce côté-là tout va bien. D'ailleurs si je le souhaitais, il me suffirait de claquer des doigts pour immerger cette ville sous des trombes et des trombes d'eau chaude. Non, ce qui me manque le plus c'est d'avoir quelqu'un avec qui parler. Personne n'ose m'approcher, ou quand ils le font, c'est pour me flatter et espérer obtenir des faveurs. Tout le monde a peur de Rajaya et dans le cas de Sierra, elle ne doit pas se priver de lui faire un rapport complet quotidien sur mes agissements du jour.

Je mis quelques secondes à réfléchir. Je n'étais pas habituée à devoir m'exprimer. Kelisha s'était toujours chargée de combler les blancs au cours de nos rares entrevues et on ne m'avait jamais demandé de prendre la parole lors des expériences.

— Tu te sens seule ? questionnai-je en portant le regard sur le ruban vert qui nouait sa tresse.

— Je suis vraiment bête, n'est-ce pas ? Jaya est en train de risquer sa vie aux confins de l'univers et moi je suis là, bien en sécurité, et pourtant je trouve le moyen de me plaindre.

En la voyant si triste, je ne sus pas comment réagir. Elle jouait avec sa bague et je doutais fort d'être la mieux placée pour lui répondre. J'avais oublié ce qu'on ressentait en étant entourée de gens aimants, si bien que ce n'était pas quelque chose qui me manquait. Ma seule référence, en termes de personne normale, était Kelisha. Or, la seule chose qui avait toujours fonctionné pour redonner le sourire à la jeune femme était de la laisser me prendre dans ses bras. Je jetai un coup d'œil à Leela en me demandant si c'était ce qu'elle attendait, mais dans la mesure où de son côté elle ne me regardait pas, j'en doutais sérieusement.

— Si tu veux… ça ne me dérange pas que tu te plaignes... Je ne suis pas douée pour répondre, mais je peux t'écouter et être de ton côté quoi que tu dises, finis-je par déclarer maladroitement.

— Très bien, dans ce cas-là, faisons ça !

Elle se remit sur pieds d'un seul coup, sans que je comprenne à quoi elle faisait allusion. Perdue, j'attrapai sa main par réflexe quand elle me la tendit, avant de me lever à mon tour.

— Que dirais-tu de devenir ma demoiselle de compagnie ? poursuivit-elle avec un grand sourire.

— Demoiselle de compagnie ? répétai-je, dubitative. Quelle est sa fonction ?

— Comme son nom l'indique, me tenir compagnie, expliqua-t-elle en relâchant ma main.

— Est-ce que tu viens d'inventer ce rôle pour donner une raison à ma présence ?

— Mais pas du tout ! Sur Terre, les princesses avaient coutume d'être escortées par une flopée de filles de leur âge. C'est important d'être bien entourée et d'avoir des gens sur qui compter, poursuivit-elle, sans une once d'hésitation.

Sceptique, je me demandai s'il s'agissait d'un mensonge ou si elle était sérieuse. La Terre me paraissait être une planète étrange, mais je n'étais pas vraiment en position de me plaindre. Dans le fond, cette situation m'arrangeait. Il n'y avait pas une personne en ce monde, ou même dans l'univers, qui aurait refusé cette proposition. Leela dégageait des ondes apaisantes et positives qui donnaient envie de rester dans son sillage.

— C'est important pour toi l'âge ? demandai-je, tout de même. Car je ne sais pas vraiment… enfin je crois que je dois avoir vingt ans, mais je ne suis pas sûre…

— Jaya a six cent cinquante-trois ans, alors tu vois, tu as une grande marge de progression avant de me paraître trop vieille, me rassura-t-elle.

Mon air choqué l'amusa. Quelques volatiles se mirent à siffler, mais j'étais trop abasourdie pour leur prêter attention.

— Mais elle doit être… elle sait encore marcher et parler ?

J'en étais à imaginer une vieille femme sur le point de mourir, toute courbée et ridée par le poids des années, quand soudain, me sortant de ma torpeur, le rire de Leela me fit revenir à la réalité.

— Pour que tu puisses faire la comparaison, Sierra a six cent quarante-neuf ans. Elle se porte bien pour son âge, non ? me taquina-t-elle.

— Et toi tu… tu as… hésitai-je, en craignant la réponse.

— Vingt-trois ans.

Un léger soupir de soulagement m'échappa, alors que je peinais à croire à tout ceci. La jeune femme n'avait aucune raison de me mentir, mais quand même… qui pouvait vivre aussi longtemps ? Même si depuis tout ce temps je me trouvais sur une planète Lindörienne, je ne savais rien du tout sur eux. Je connaissais leur langue, laquelle semblait être commune à une bonne partie de l'univers puisque même Kelisha l'utilisait, mais en dehors de cela j'étais totalement dans le flou.

— Tu sais, je rigole, mais j'étais comme toi au début. Tu verras, on s'y habitue vite.

Elle fit quelques pas pour retourner dans l'herbe et, naturellement, je la rejoignis. Comme plus tôt, je ressentis un plaisir certain à sentir ces plantes frôler mes pieds et mes chevilles. J'aurais facilement pu passer des heures ici, mais des tas de questions se bousculaient dans ma tête. Je suivis Leela du regard, laquelle se contenta d'avancer vers un massif de fleurs rouges où plusieurs papillons avaient élu domicile.

— Est-ce que je n'aurai vraiment que ça à faire ? Rester avec toi ? demandai-je en y croyant à moitié.

— Disons que tu seras ma seconde. Rajaya a Sierra, alors pourquoi je n'en aurais pas une moi aussi ? répondit-elle avec un sourire bienveillant.

— Je… oui…

Je ne comprenais pas ce qui la poussait à me faire autant confiance, mais je me gardai bien de poser la moindre question. J'allais lui prouver que je pouvais le faire, et surtout qu'elle n'aurait pas à le regretter.

— Sierra va certainement être très énervée par cette décision, fis-je tout de même remarquer.

— Ça ne fera qu'une fois de plus. Allez viens, je suppose que tu n'as rien mangé, et je te parie qu'on tombera comme par hasard sur le prince Rowen en cuisine.

En entendant parler de nourriture, mon ventre se manifesta bruyamment. Je vis Leela se pincer les lèvres pour s'empêcher de rire, ce qui ne manqua pas de m'embarrasser au plus haut point. Les joues rouges, je m'empressai de me détourner et de la précéder sur le chemin qui menait à la porte. Ma vie me semblait avoir changé du tout au tout en l'espace de vingt-quatre heures. Pour avoir le loisir d'être gênée par un simple bruit, il fallait vraiment n'avoir aucun autre souci plus important.

CHAPITRE 4

J+2

Roulée en boule sur le sol de ma chambre, je sursautai d'un seul coup en entendant la porte coulisser. Il ne me fallut qu'une seconde pour me remettre sur pieds, et en prenant conscience de la personne qui me faisait face, j'eus soudainement l'envie de retourner me cacher aussitôt.

— Qu'est-ce que tu faisais par terre ? demanda Sierra avec un air interrogateur.

— Rien… rien du tout.

Dans la mesure où je venais juste de me réveiller, je passai mes mains sur mes cheveux pour les aplatir. Je n'avais pas réussi à dormir cette nuit. À chaque fois que je grimpais sur le lit, je me sentais vulnérable. N'importe qui pouvait entrer, et je n'avais pas l'habitude de tout ce confort. Mon corps avait tendance à s'enfoncer dans le matelas, les oreillers étaient trop mous, sans parler de cette couverture qui avait une odeur étrange.

Gênée, je n'osais plus bouger. Sierra continua à me fixer pendant quelques secondes. Son regard s'attarda sur ma robe froissée, puis sur mes oreilles baissées, mais elle ne fit pas le moindre commentaire.

— Prépare-toi, je t'attends dans le couloir, prononça-t-elle d'une voix neutre.

— Me préparer ? Pour faire quoi ?

Je cherchais dans mes souvenirs de la veille si sa visite avait été évoquée. La dernière fois que j'avais croisé la Lindörienne remontait au moment où j'avais quitté la salle du trône en compagnie de Leela. Je me souvenais parfaitement qu'à ce moment-là, j'avais évité de justesse son interrogatoire, si bien que je la soupçonnais de vouloir rattraper le temps perdu.

— Dans la mesure où tu es destinée à rester au palais, et cela en dépit de mon avis personnel évidemment, je suis chargée de te faire faire le tour de ce dernier, déclara-t-elle avec une pointe d'énervement.

— Tu… tu veux me faire visiter ? demandai-je, abasourdie.

— Je dois te faire visiter, nuance. Notre gentille princesse préside actuellement un conseil en compagnie des ministres et elle a trouvé très amusant de me confier cette tâche.

Avec prudence, je fis le tour du lit pour me diriger vers la Lindörienne. Aujourd'hui, elle portait un pantalon ample en tissu blanc, accompagné d'une tunique serrée de la même couleur. Ses cheveux étaient attachés en une longue tresse qui lui tombait sur l'épaule droite, rendant ainsi visible son oreille parée de deux anneaux dorés. Les tatouages qu'elle possédait au niveau des épaules et des bras attisaient ma curiosité, mais consciente que trop l'observer ne pourrait que me desservir, je me contentai de reporter mon regard sur son visage.

— Je suis prête, dis-je en lissant légèrement ma robe au niveau de mes cuisses.

— Tu n'es pas prête.

— Si, je suis prête.

— Non, tu n'es pas… ma parole, je commence à comprendre pourquoi elle t'a à la bonne. Vous êtes aussi agaçantes l'une que l'autre, murmura-t-elle en se dirigeant vers l'armoire incrustée dans le mur.

Je baissai les yeux, sans saisir ce qui n'allait pas avec ma tenue. Elle n'était pas tachée. Certes, quelques plis s'étaient formés au niveau de la jupe, néanmoins, à mes yeux, cela n'était pas un gros problème.

— Pourquoi je me retrouve toujours à faire du baby-sitting ? maugréa-t-elle. Tiens, mets ça.

Elle posa une autre robe blanche agrémentée d'un ruban autour de la taille sur le lit, et dans la mesure où les deux vêtements se ressemblaient beaucoup, je comprenais encore moins pourquoi je devais me changer.

— Il n'y a aucune différence entre les deux, dis-je en croisant mes bras sur ma poitrine.

Au lieu de me répondre tout de suite, je l'entendis prendre une grande inspiration, puis calmement, elle se tourna vers moi.

— À ton avis, que se passera-t-il si quelqu'un te voit sortir des appartements de la princesse avec une robe froissée et les cheveux en bataille ?

— Je ne sais pas… cette personne se dira que mon espèce manque de classe ? Ou de… prestance ? prononçai-je en hésitant sur les mots.

— Ou alors les gens se demanderont pour quelle raison notre si jolie princesse a ramené une Neklonis au château. Réfléchis, quel motif pourrait bien pousser une femme mariée dont la femme est absente à accueillir une mignonne petite créature sans défense ?

Durant toute cette tirade, la Lindörienne se rapprocha. À chaque fois qu'elle faisait un pas en avant, j'en faisais un en arrière, jusqu'à me retrouver coincée contre le mur. Je tournai la tête vers la porte de sortie, mais comme pour bloquer tout mouvement de fuite, Sierra posa brusquement sa main juste à côté de mon épaule. Son bras tendu m'empêchait de m'échapper, et comme si elle avait pressenti que je risquais de prendre la poudre d'escampette par la droite, elle plaça sa seconde main de l'autre côté de mon corps.

— Si tu me mords, il n'y aura personne derrière qui te

cacher cette fois-ci, me prévint-elle.

— Je ne comptais pas te mordre, dis-je en déglutissant.

— Pourquoi ai-je l'impression que tu nous dissimules quelque chose ?

— Parce que… ton rôle consiste à te montrer paranoïaque ? tentai-je en me mordillant la lèvre.

Je relevai les yeux vers son visage, et presque instantanément mon cœur se mit à cogner plus fort dans ma cage thoracique. Dans la mesure où elle était penchée vers moi, notre différence de taille était infime. À chaque inspiration, j'étais en mesure de sentir son odeur, laquelle me rappelait beaucoup celle des fleurs rouges de la veille. Tout mon corps était sur ses gardes, prêt à réagir au moindre mouvement de la Lindörienne, mais pour autant, je ne pouvais pas dire que j'avais peur. Sans doute qu'elle essayait de se montrer menaçante, mais les étincelles bleutées qui illuminaient son regard contrastaient totalement avec son attitude générale.

— Mon rôle consiste à garder Leela en sécurité. Est-ce que tu la trouves en sécurité avec toi ?

— Oui… enfin… elle n'est pas en danger en tout cas…

En temps normal, et si quelqu'un m'avait coincée contre un mur, j'aurais cherché à tout prix à retrouver ma liberté. Par réflexe, j'avais réfléchi à un moyen de me libérer, mais je ne mis rien en application. Je ne comprenais pas pourquoi mon rythme cardiaque était si élevé ni pourquoi, et au lieu de faire attention à ses mains, je restais focalisée sur son visage.

La distance qui nous séparait était réduite à seulement quelques centimètres. À chaque fois que ma poitrine se soulevait, il s'en fallait de peu pour qu'elle frôle la sienne, et je ne savais pas pourquoi, mais ce simple détail ne manquait pas de me perturber. Sierra avait arrêté de me poser des questions. Elle me regarda dans les yeux quelques instants. Je crus que c'était peut-être pour jauger la véracité de mes paroles, mais juste après, et d'un mouvement rapide, elle se détacha et me tourna le dos.

— Si tu veux rendre service à Leela, va mettre cette robe. Elle ne peut pas se permettre de laisser des rumeurs circuler sur son compte.

Les émotions qui m'habitaient étaient très contradictoires. D'un côté, j'étais contente de pouvoir à nouveau bouger à ma guise, mais d'un autre, j'éprouvais… j'éprouvais de la déception. Quand la Lindörienne avait reculé, et durant une brève milliseconde, j'avais sérieusement pensé à la retenir. Ce n'était pas une pensée normale. Plus elle se tenait loin de moi, plus j'aurais dû ressentir de la joie.

Après tout, si je devais me méfier de quelqu'un dans ce palais, c'était bien d'elle. Elle ne me faisait pas confiance et elle pouvait décider à tout moment de passer outre l'avis de la princesse pour me jeter dehors. J'étais déroutée. Par automatisme, j'avançai jusqu'au lit pour me changer. Je fis passer ma robe par-dessus ma tête et, une fois en culotte, je secouai la tête pour dégager les cheveux qui avaient élu domicile devant mes yeux.

Hier soir, et sous la supervision de Leela, le guérisseur était venu remplacer mes bandages. Il m'avait proposé un antidouleur, mais en voyant l'aiguille, j'avais instantanément refusé, si bien que mon corps me paraissait plus douloureux que la veille. Je bougeai légèrement les épaules, avant de me raidir considérablement en me souvenant d'un détail.

En tournant la tête vers la porte, je me rendis compte que loin d'être sortie, Sierra s'était appuyée contre le mur. Son regard était rivé sur moi, ou plutôt sur mon dos. Je n'étais pas en mesure de décrypter son état d'esprit, mais elle semblait fâchée. Sa mâchoire se crispa, ce qui me poussa à enfiler en vitesse la tenue qu'elle avait sélectionnée. La robe glissa le long de mon corps jusqu'à rejoindre mes genoux et, d'un geste maladroit, je me saisis des deux pans du ruban accroché sur le devant de cette dernière, en me demandant ce que j'étais censée en faire.

— Tu as beaucoup de cicatrices.

Lorsque la Lindörienne approcha, je me sentis encore plus honteuse de ne pas savoir m'y prendre avec cette ceinture improvisée. Je craignais la réplique suivante, qui de mon point de vue, ne pouvait être que de la moquerie, mais à la place, elle se contenta de s'arrêter derrière moi et d'attraper le ruban pour l'enrouler autour de ma taille.

— Ce sont des Lindöriens qui t'ont fait ça ? demanda-t-elle en faisant un second tour avec le morceau de tissu.

Quand ses doigts frôlèrent mon ventre, je retins ma respiration. Mes abdominaux se contractèrent, et j'eus le plus grand mal à réfléchir.

— C'est la première question de l'interrogatoire ?

En tournant la tête dans le but de l'apercevoir, je me rendis compte qu'elle était concentrée sur le nœud qu'elle était en train d'effectuer. Il allait falloir que j'apprenne à le faire moi-même. Il allait falloir que j'apprenne un tas de choses, mais j'étais déterminée, et surtout très motivée.

— Il est interdit de maltraiter les es… les membres de ton espèce, se reprit-elle en serrant une dernière fois la ceinture.

— Tu peux dire « esclave » si tu veux. C'est ce que je suis après tout. Même si Leela est gentille, et même si elle m'a retiré mon collier, ça ne change rien à ça.

Sierra releva les yeux, nos regards se croisèrent, et à nouveau, elle resta silencieuse pendant quelques secondes. Ses mains étaient toujours posées sur le bas de mon dos, je les sentis glisser très légèrement en direction de mes hanches. Mais, comme si le contact l'avait brûlée, la Lindörienne se détourna pour aller chercher une brosse.

— Ce collier est interdit à la vente et à l'usage sur cette planète. Si je savais d'où il provenait, je pourrais mettre un terme à ce trafic illicite.

— En d'autres termes, tu me demandes mon ancienne adresse ?

— Pourquoi refuser de me la donner ?

— Parce que je ne crois pas à cette histoire de collier. Qu'est-ce qui me garantit que tu ne vas pas juste me renvoyer là-bas ?

Je me retournai pour lui faire face. Dans la mesure où

elle avait tendance à arborer un air neutre et froid, il m'était très difficile de savoir si elle était sincère ou non. Je n'arrivais pas non plus à déterminer si elle m'était vraiment hostile, ce qui ne manquait pas de me rendre encore plus méfiante. En principe, je n'avais aucun mal à deviner les intentions des gens, mais dans le cas de Sierra, c'était comme si elle était entourée d'un bouclier impénétrable qui ne laissait filtrer aucune émotion.

— Absolument rien. Tout comme rien ne me garantit que tu n'as pas été envoyée dans ce palais pour jouer les espionnes.

— Espionne ? Tu ne penses plus que je suis un danger mortel pour Leela ?

— Si tu voulais la tuer, ce serait déjà fait.

Je m'approchai d'elle pour lui prendre la brosse des mains. Elle ne me quittait plus du regard, et au lieu de me tendre l'accessoire de coiffure, elle resserra sa prise dessus au moment où je voulus m'en saisir.

— Dis-moi d'où tu viens, prononça-t-elle, sérieusement.

— Je ne peux pas.

— Je ne te renverrai pas là-bas. Tu as ma parole.

Même si je ne la connaissais pas, je sentais que ce n'était pas quelque chose qu'elle s'amusait à dire à la légère. Posés sur le manche de la brosse, mes doigts frôlèrent les siens. Le contact fit s'emballer très légèrement mon cœur, et consciente que ce genre de réaction n'était pas normal, je laissai mon bras retomber le long de mon corps avant de me retourner pour faire face au miroir. Il était dangereux de la regarder dans les yeux. Ce n'était que la seconde fois, mais à chaque fois que cela arrivait, j'éprouvais de la difficulté à rester cohérente.

— Avant-hier, tu m'aurais livrée à ces hommes avec plaisir. Hier, tu souhaitais me jeter hors du château, et aujourd'hui, ma présence semble t'irriter au plus haut point. Alors excuse-moi, mais non, je ne peux pas te faire confiance.

— Tu as conscience que je ne cesserai jamais de te poser la question ?

— Et tu as conscience que rien ne me forcera jamais à te répondre ?

M'adresser à elle de cette façon n'était pas très malin. À bien y réfléchir, il aurait mieux valu que je courbe l'échine et que je me contente de faire ce qu'on m'avait toujours appris : obéir sans discuter.

— Je ne suis pas pressée, et surtout, j'aurai vite fait de mener ma propre enquête.

Quand Sierra avança d'un pas pour se placer derrière moi, mes épaules se raidirent par anticipation. Je lui jetai un coup d'œil rapide grâce au miroir, mais loin de chercher à m'étrangler, elle passa ses doigts dans mes cheveux pour pouvoir ensuite y faire glisser la brosse.

À ce contact, plusieurs pensées me traversèrent simultanément. Est-ce que ce geste était censé endormir ma méfiance ? Peut-être espérait-elle qu'en se montrant gentille, je changerais d'avis. Quoi que cela m'aurait fortement étonnée. Alors pourquoi ? Pourquoi était-elle en train de me brosser les cheveux comme s'il s'agissait de la chose la plus naturelle au monde ? Pire, elle semblait parfaitement détendue, alors que de mon côté, je devais lutter contre toutes les émotions contraires qui m'assaillaient.

— Je pouvais le faire seule, précisai-je en fronçant légèrement les sourcils.

— J'ai préféré m'épargner une nouvelle scène. Étant donné le temps qu'il a fallu pour que tu daignes enfiler une nouvelle robe…

— Je ne suis pas un animal qui a besoin d'aide pour sa toilette, dis-je en lui reprenant la brosse d'un coup sec.

À moitié retourné vers elle, mon corps buta contre le meuble situé sous le miroir lorsque Sierra attrapa mon poignet au vol. Le bras en l'air, je lui lançai un regard noir qui fut loin d'avoir l'effet escompté.

— Tu es rapide, mais j'ai de meilleurs réflexes, me nargua-t-elle.

D'un seul mouvement, et comme si je n'étais qu'une

vulgaire poupée de chiffon, elle me plaça totalement devant elle. Le bas de mon dos buta contre l'élément de mobilier. Puis, sûrement pour m'empêcher de me servir de mon autre main, elle posa la sienne par-dessus. Mes doigts furent bloqués sur le bord de la commode, et même si j'avais pensé cela impossible, nous nous retrouvâmes encore plus proches que quelques minutes auparavant.

— Si je le voulais, je n'aurais aucun mal à me dégager, dis-je en l'affrontant du regard.

— Vraiment ? Alors, pourquoi ne pas me faire une démonstration ?

Cette phrase sonnait tel un défi. J'eus l'impression que la situation l'amusait au plus haut point. Loin d'être aussi glaciale qu'en arrivant, elle semblait prendre un malin plaisir à me provoquer. De mon côté, je la maudissais comme jamais. Particulièrement parce qu'en dépit de ma répulsion à me retrouver coincée, de petits fourmillements agréables couraient sur ma peau. Sa main était plus grande que la mienne, elle la recouvrait totalement. J'aurais souhaité détester ce contact. Malheureusement, il n'en était rien.

— Tu n'éprouves aucune honte à malmener… comment tu as dit déjà, une mignonne petite créature sans défense ?

Elle baissa nos bras pour les faire retomber le long de mon corps. Mes doigts se resserrèrent sur le manche de la brosse, alors que de son côté, elle laissait glisser les siens de mon poignet jusqu'au dos de ma main. À ce stade, j'avais le plus grand mal à respirer normalement. Elle était trop proche, beaucoup trop proche. La chaleur de son corps avait tendance à endormir mes résistances naturelles, sans parler de son odeur qui ne faisait qu'augmenter mon trouble. J'avais connu des ennemis redoutables, mais honnêtement ils ne lui arrivaient pas à la cheville.

— Tu es tout sauf sans défense. D'ailleurs, si tu en avais l'occasion, je suis certaine que tu n'hésiterais pas à me sauter à la gorge.

— Pour que tu aies une raison de me mettre dehors ? Je ne suis pas aussi stupide.

J'aperçus une étincelle d'amusement briller dans son regard avant que je ne détourne les yeux pour éviter d'être à nouveau hypnotisée. Je me faisais l'impression d'être une souris avec laquelle elle prenait plaisir à jouer. Peut-être que son but était d'obtenir les informations désirées, mais pour le moment, je remarquais surtout qu'elle n'avait aucun scrupule à se coller à moi. Est-ce qu'elle se comportait ainsi avec tous les éventuels ennemis ? Pour quelqu'un qui se faisait un devoir de toujours rester impassible, je la trouvais bien expressive soudainement.

— Tu sais que les Neklonis sont réputés doux et faciles à vivre.

— Désolée que mon éducation laisse à désirer, répondis-je en me renfrognant.

— Tu devrais plutôt t'excuser de m'avoir mordue, non ?

— Mes excuses manqueraient de sincérité.

Quand ses mains remontèrent le long de mes bras, je ne pus m'empêcher de frissonner. Elle s'était contentée d'effleurer ma peau avec le dos de ses doigts et justement, ce contact qui n'en était pas vraiment un eut tendance à me frustrer au plus haut point. Je ne comprenais pas pourquoi j'étais aussi tendue, mais rester immobile me demandait toute mon énergie. Mon souffle se coupa quand Sierra atteignit mes épaules. Elle posa son index sur ma joue pour m'obliger à tourner le visage vers elle, puis voyant mon air interrogatif, elle se mit à sourire en coin.

— J'ai toujours les traces de tes canines. Il me semble que ça mérite une punition, déclara-t-elle lentement.

— Tu veux me mordre pour qu'on soit quittes ?

— Ce n'est pas quelque chose à proposer à un Lindörien.

— Pourquoi ?

— Parce qu'il risquerait de te prendre au mot.

Je ne comprenais rien à ce qu'elle me racontait. Mes sourcils se froncèrent, mais avant que je ne puisse poser la moindre question, elle se mit à pincer mes joues. Surprise par ce geste, je sursautai tout en laissant échapper un petit son de douleur. Cette femme était folle. Contrairement à ce que Leela avait prétendu, la Lindörienne était bel et bien violente. Mes mains se logèrent sur son ventre pour tenter de la faire reculer, ce qui la conduisit à tirer un peu plus fort.

— Chtop… ! Ch'a fait mal ! m'exclamai-je en levant les bras d'un seul coup pour dégager les siens.

— C'est ce qui arrive aux petites sauvageonnes. À l'avenir, tu y penseras à deux fois avant de sortir les crocs.

Elle fit deux pas en arrière, et alors que j'en étais à masser mes joues douloureuses en la foudroyant du regard, elle se contenta de se diriger tranquillement vers la porte. Mon regard se porta sur la brosse que j'avais toujours en main, puis sur l'arrière de son crâne, sauf qu'au moment précis où je m'apprêtais à commettre l'irréparable, elle reprit la parole.

— N'y songe même pas.

Par instinct, et quasiment instantanément, j'eus le réflexe de cacher la brosse dans mon dos, tout en me demandant si elle avait des yeux derrière la tête. Cela ne m'aurait étonnée qu'à moitié. En presque six cent cinquante ans et avec son caractère, je ne devais pas être la première à avoir tenté une attaque sournoise. Avec le temps, elle avait dû acquérir de sacrés réflexes.

— Je ne sais pas de quoi tu parles, répondis-je de mauvaise foi.

— Pose ça et suis-moi. Tu m'as fait perdre assez de temps.

— Je ? répétai-je, interloquée. C'est toi qui m'as coincée contre ce meuble et qui t'es amusée à me maltraiter !

— Tu as envie que je recommence ? demanda-t-elle en tournant la tête vers moi.

La porte s'ouvrit devant la Lindörienne et, consciente qu'elle n'aurait aucun scrupule à mettre sa menace à exécution, je la rejoignis de mauvaise grâce. J'avais bien pensé à conserver la brosse à cheveux comme arme de fortune, mais elle n'avait rien de discret. De plus, cette robe était tout sauf pratique. Elle ne possédait aucune poche, ni rien de ce genre qui aurait permis de cacher quelque chose. Dès ce soir, j'allais me faire un plaisir de fouiller moi-même ce placard à vêtements et on ne m'y reprendrait plus à déambuler sans aucun moyen de défense.

CHAPITRE 5

J+5

— Majesté, la séance du Conseil débutera dans quelques minutes.

— Merci, Kaleb, j'arrive.

Les mains posées sur le rebord de la fenêtre ouverte, Leela offrit un petit sourire au conseiller avant de reporter son attention sur l'extérieur. Un courant d'air frais faisait voleter légèrement quelques mèches rebelles qui s'étaient échappées de sa tresse, et même si la lumière éclairait son visage, je la trouvai un peu pâle.

— Est-ce que tout va bien ? demandai-je, inquiète.

— Parfaitement bien.

Située dans l'aile ouest, la salle où se réunissait le Conseil était séparée de la partie centrale du palais par un tunnel vitré suspendu dans les airs. Au début, j'avais été apeurée de passer par ici, principalement à cause du verre présent également sous nos pieds, mais après cinq jours, je n'y faisais même plus attention.

Toutes les journées se ressemblaient plus ou moins. Chaque matin, j'attendais Leela à la sortie de sa chambre pour l'accompagner aux différentes réunions qu'elle présidait. Je bénéficiais ensuite d'une à deux heures de liberté que je passais dans le parc intérieur, ou à explorer plus en détail le château, avant que ne sonne le moment du déjeuner. L'après-midi était ensuite consacrée à des activités que personnellement je jugeais ennuyeuses à mourir.

Il était rare que la princesse ait l'occasion de s'éloigner de la tonne de papiers qu'on lui remettait chaque jour, si bien que de mon côté je me contentais de feuilleter les ouvrages présents à la bibliothèque. Je ne savais pas lire, mais après toutes ces heures de contemplation, j'avais l'impression de reconnaître certains symboles.

— J'ai vu que tu n'avais pas touché à ton plateau-repas ce matin… fis-je remarquer avec hésitation.

— Je n'avais pas très faim, c'est vrai, mais ça ne veut pas dire que je suis malade, si ?

— Non, c'est sûr, mais…

— Est-ce que tu veux bien faire quelque chose pour moi ? me coupa-t-elle en refermant la fenêtre.

— Oui, bien sûr.

Peu rassurée quant à son état, j'étais tout de même heureuse de pouvoir lui venir en aide. J'avais bien compris que de manière générale, je ne lui étais d'aucune utilité. Elle n'avait pas besoin d'une suivante. Certes, elle paraissait contente de pouvoir me parler et de me raconter des anecdotes en rapport avec la Terre, ou avec ses débuts ici, mais de mon point de vue, il ne lui aurait pas été difficile de s'en passer.

— J'ai le pressentiment que le prince Rowen ne se montrera pas, à moins que quelqu'un n'aille le chercher. Tu pourrais aller le réveiller et l'amener ?

— J'y vais tout de suite ! répondis-je avec enthousiasme.

Leela m'offrit un sourire, et alors que je me détournais pour traverser le tunnel en sens inverse, elle se rendit pour sa part en salle du conseil. Aujourd'hui, j'avais opté pour une tunique et un pantalon que j'avais retroussé au niveau de mes chevilles. Contrairement aux robes qui me venaient de la princesse, le reste des vêtements était de taille standard, donc beaucoup trop grands pour moi. Je jetai un coup d'œil à la ville qui s'étendait sur ma gauche, et au moment de reporter mon attention devant moi, mon regard fut attiré par Sierra qui arrivait juste en face.

En m'apercevant, un léger sourire en coin se dessina sur son visage, mais j'avais tout sauf le temps de jouer avec elle. La Lindörienne trouvait toujours un moyen de s'amuser à mes dépens. Le mieux était encore de l'ignorer. Je tournai la tête de l'autre côté, ce qui malheureusement n'eut aucune incidence sur son comportement.

— Si tu voulais vraiment m'éviter, tu aurais dû faire demi-tour et partir dans l'autre sens, non ?

— Je suis pressée. Leela m'a confié une mission très importante.

— Voyez-vous ça. Et de quoi s'agit-il ? Elle n'a pas eu le temps de manger, et tu es chargée de lui apporter des victuailles pour l'empêcher de mourir d'inanition ?

J'aurais dû continuer ma route sans me soucier de cette femme, mais piquée au vif par le ton moqueur de sa voix, je m'arrêtai à sa hauteur. J'avais pris une grande résolution. Je n'allais plus me laisser avoir par les étincelles qui illuminaient son regard à chacune de nos rencontres. Je n'en aurais plus rien à faire, et à partir de maintenant, je serai capable de la fixer dans les yeux sans me sentir troublée.

— Même si cela ne te regarde absolument pas, tu apprendras qu'elle m'a chargée de la lourde tâche d'amener le prince Rowen en salle du conseil.

— Je suppose que tu comptes te rendre dans sa chambre et le lui demander bien gentiment ?

Plantée devant elle, je fis mon maximum pour ne pas sourciller. Elle avait attaché ses cheveux en arrière. Je remarquai aussitôt que cela mettait les traits de son visage en valeur. Malgré tout, je m'efforçais de ne pas m'attarder là-dessus. Les Lindöriens avaient beau ne pas être tous les mêmes, et certains avaient beau être plus gentils que d'autres, cela n'enlevait rien au fait que j'avais fini dans une cellule par leur faute. Je craignais toujours de devoir y retourner un jour ou l'autre. D'ailleurs, si quelqu'un avait le pouvoir de me jeter hors du palais, c'était bien Sierra.

Alors pourquoi ? Pourquoi est-ce que je n'étais pas plus méfiante ? Au lieu de constamment la détailler et de ne faire aucun effort véritable pour l'éviter, il aurait mieux valu que je me montre froide et distante en permanence. Mon instinct aurait dû me pousser à la fuir, or tout le contraire se produisait. Sa présence était loin de me faire horreur, mais pour le moment, je ne pouvais pas me permettre de prêter attention à tous ces sentiments contradictoires.

— Je réfléchirai à un moyen quand je serai sur place. Maintenant, si tu veux bien m'excuser…

Sans plus attendre, je la contournai pour me rendre dans l'aile nord. Chaque héritier au trône avait ses quartiers dans une partie différente du château, et à force de le parcourir de long en large, je commençais à savoir me repérer. Les soldats étaient cantonnés au rez-de-chaussée, à surveiller les entrées et sorties des visiteurs. Quant aux domestiques, ils étaient tout simplement invisibles, réellement invisibles. Cette particularité me mettait mal à l'aise. Je ne comprenais pas ce qui les empêchait de tous nous tuer dans notre sommeil, mais apparemment j'étais la seule à m'en faire.

Je pressai le pas, en baissant la tête à chaque fois que je passais à proximité de groupes de Lindöriens. S'ils étaient libres de se promener dans le palais, cela signifiait qu'ils appartenaient à des familles influentes, et je ne tenais pas plus que cela à attirer l'attention sur moi. Après avoir grimpé deux étages, je fis quelques pas pour me retrouver devant la porte qui me séparait des appartements du prince Rowen. Avant-hier, j'étais venue en compagnie de Leela, mais maintenant que j'étais seule, je pris le temps d'inspirer lentement avant de toquer.

— Prince Rowen ? La princesse m'envoie pour vous escorter en salle du Conseil. Est-ce que vous êtes réveillé ?

J'attendis quelques secondes, mais n'entendant aucun bruit à l'intérieur de la pièce, je passai le bracelet que Leela m'avait donné devant le boîtier qui commandait la porte. Je craignais que celle-ci reste close, pourtant, contre toute attente, elle ne tarda pas à coulisser sur le côté. Même si la chambre était plus grande que la mienne, la disposition des meubles et le mobilier ne présentaient pas de différence majeure. La baie vitrée qui servait de mur était couverte par un tissu opaque, quant au plafond, il ne laissait filtrer que peu de lumière.

Presque automatiquement, mon regard se porta sur le lit où j'aperçus la silhouette du Lindörien. Son corps était dissimulé par un drap en satin noir, sa tête reposait sur un coussin, mais en tendant l'oreille, je réalisai que sa respiration n'avait rien de régulier.

— Je sais que vous ne dormez pas. Et je suis prête à rester plantée là autant de temps qu'il le faudra.

Positionnée à l'entrée de la chambre, je me gardais bien d'approcher du lit. Quand Leela s'y était risqué, il avait trouvé amusant de l'y entraîner. La jeune femme n'avait pas hésité à lui donner un coup de coude en plein visage pour calmer ses ardeurs. De mon côté, je doutais d'avoir le droit de lever la main sur un membre de la famille royale, si bien que je préférais m'abstenir.

— Va leur dire que je suis malade, déclara-t-il en secouant la main pour me faire signe de sortir.

— Vous n'êtes pas malade.

— Bien sûr que si. Vu mon état d'épuisement, je couve forcément quelque chose.

— Devrais-je demander au guérisseur Sandros de passer vous voir ? Je suis certaine qu'il sera ravi de vous faire quelques injections qui vous remettront d'aplomb.

Il soupira longuement, puis daigna se retourner pour se placer sur le dos. Je le vis me fixer au moment de s'asseoir et je pressentais que les négociations pour le faire quitter son lit étaient loin d'être terminées.

— Je trouve vraiment dommage que tu sois au service de ma rabat-joie de belle-sœur. Une fille aussi mignonne ne devrait pas avoir à se montrer aussi sérieuse.

— Vous vous répétez prince Rowen.

— Je me répète ?

— Vous avez dit la même chose à Leela avant-hier et au moins à deux autres Lindöriennes cette semaine. Vous devriez penser à vous renouveler, vous ne voudriez pas risquer de lasser ces dames de la cour.

Au lieu de se vexer, il se mit à sourire. J'étais certaine que bon nombre de ses congénères avait craqué face à ce visage radieux. Pour ma part, la seule émotion qu'il m'inspirait était l'indifférence. Tranquillement, et sans se départir du drap, il passa ses jambes en dehors du lit. J'eus le loisir de remarquer que son torse était paré de nombreux tatouages, mais plus important, je n'osais croire qu'il allait vraiment se lever. Du moins jusqu'à ce qu'il s'étire et qu'il me désigne l'armoire de la main.

— Tu as gagné, je vais venir assister à ce stupide conseil. Apporte-moi des vêtements, tu veux.

Sans doute un peu trop joyeusement, je fis ce qu'il m'avait demandé et attrapai un pantalon ainsi qu'une tunique. J'étais heureuse d'avoir su accomplir ma tâche au mieux. Au moins, pour une fois, ce ne serait pas à la princesse de se déplacer. Du coin de l'œil, j'aperçus le prince Rowen se lever. Il arrivait sur ma droite, néanmoins, en lui faisant face, je me rendis compte que tout comme Sierra, il semblait avoir un problème avec la notion d'espace privé.

— Vos vêtements, dis-je sobrement en les lui tendant.

— Tu sais, c'est la première fois qu'il m'est donné de côtoyer une Neklonis.

— Et moi, un prince. Maintenant, si vous voulez bien vous habiller…

— J'ai toujours souhaité en connaître plus sur ton espèce. Malheureusement, vous vous faites discrets dans l'univers.

Au lieu d'attraper ses affaires, il leva la main. Pour l'avoir déjà vu faire, je savais qu'il comptait certainement se saisir de l'une des mèches de mes cheveux et s'extasier sur la douceur de ces derniers. Je m'apprêtais à reculer d'un pas pour l'en empêcher, quand soudain, cinq doigts vinrent couvrir mes yeux. L'inconnue m'attira contre elle, et en butant contre son corps, je sus parfaitement de qui il s'agissait. Son odeur était reconnaissable entre toutes, et surtout à aucun moment je ne ressentis de panique.

Je ne comprenais pas comment Sierra avait fait pour se glisser dans mon dos sans que je ne m'en aperçoive. Je ne comprenais pas non plus ce qu'elle faisait là, mais quand je voulus retirer sa main en me servant des miennes, elle tint bon. Elle eut même tendance à resserrer sa prise en me maintenant contre son épaule.

— Si… Sierra, quelle bonne surprise… balbutia-t-il.

— Que diriez-vous d'enfiler un pantalon, prince Rowen ?

— Oui, oui, bien sûr. Qu'est-ce qui me vaut la visite ?

Je n'avais eu aucun scrupule à laisser les vêtements du prince tomber au sol quand la Lindörienne était apparue. J'eus l'impression qu'il venait de se pencher pour les attraper, mais il était difficile d'en être certaine puisque Sierra ne daignait pas me relâcher. Mes doigts étaient toujours accrochés aux siens, et même si, honnêtement, être pressée contre son corps chaud n'avait rien de désagréable, je me sentais obligée de remuer pour marquer ma désapprobation.

— Puisqu'à l'évidence vous ne manquez pas de temps libre, je pensais vous proposer un entraînement cet après-midi.

— Malheureusement il se trouve que je suis déjà pris. J'ai un rendez-vous avec… quelqu'un, et il ne peut pas être annulé.

— Après le déjeuner, en salle de combat, répondit-elle d'un ton autoritaire.

— J'y serai, soupira-t-il, dépité.

J'avais cessé de lutter. J'attendais qu'elle se lasse, mais au lieu de me laisser partir une fois leur discussion terminée, elle se contenta de faire demi-tour et de m'entraîner avec elle. Avancer dans cette position n'avait rien de facile. Je n'arrêtais pas de lui marcher sur les pieds, mais cela ne paraissait pas la déranger. Elle continuait à progresser sans s'en soucier, jusqu'au moment où volontairement, je marquai une pause.

— Ça suffit maintenant ! Lâche-moi ! râlai-je.

Au moment précis où les mots franchirent la barrière de mes lèvres, je sentis sa poitrine s'écraser contre mon dos, puis son autre bras passer autour de mon ventre. Sans doute qu'elle avait failli tomber en avant et avait tenté de se rattraper. Je m'attendais à ce qu'elle se détache aussitôt une fois stabilisée, pourtant, contre toute attente, elle maintint le contact. Pire, je perçus son souffle à proximité de ma nuque.

Un violent frisson traversa ma colonne vertébrale. Mes doigts se contractèrent contre sa main, à tel point que mes ongles s'enfoncèrent légèrement dans sa chair. Perturbée par toutes ces sensations, je voulus la repousser, mais encore une fois, elle ne m'en laissa pas l'occasion.

— C'était ça, ton plan génial ? Servir de petit-déjeuner au prince Rowen pour le mettre dans de bonnes dispositions ? demanda-t-elle avec une pointe d'agacement.

La main qui était sur mes yeux quitta sa position pour se glisser sur mon abdomen. Au lieu de me défendre, j'arrêtai de respirer. Ma poitrine se souleva légèrement, je rentrai le ventre, ce qui honnêtement était tout sauf un réflexe de survie. Je détestais ne pas comprendre ce qui m'arrivait. Mon esprit rejetait totalement cette position, la façon qu'avait la Lindörienne de me maintenir collée à elle. Mais pour mon corps, c'était tout le contraire. Mon instinct me poussait à me blottir contre elle et à ne plus bouger, mais il était hors de question de céder aussi facilement.

— De quoi tu m'accuses au juste ?

Au prix d'un périlleux effort, je parvins à me retourner et à lui faire face. Ses mains se retrouvèrent dans mon dos. Sans chercher à reculer, elle baissa légèrement la tête pour me regarder dans les yeux. Discuter dans cette configuration n'avait rien de normal. Nous nous trouvions au beau milieu d'un couloir, lequel, je n'en avais aucune idée, mais cela ne paraissait pas du tout déranger Sierra.

— Tu es encore plus idiote et naïve que Leela. Moi qui pensais qu'elle avait placé la barre trop haut pour que quiconque puisse la dépasser, je réalise m'être lourdement trompée.

— J'ignore de quoi tu parles, par contre, excuse-moi, mais en termes d'idiotie, tu n'as rien à nous envier. Tu ne peux pas m'insulter et me câliner en même temps, fais un choix à la fin !

En principe, je parvenais à canaliser ma colère. Il était rare que je m'énerve, principalement parce que je préférais garder l'esprit clair. Pourtant, en présence de la Lindörienne, c'était plus fort que moi. Je n'arrivais pas à rester indifférente, et encore moins à ne pas prêter attention à ses propos. Suite à ma réplique, elle conserva le silence quelques instants. Puis, et alors que je pensais qu'elle allait opter pour la première proposition, elle rapprocha mon corps du sien pour me serrer contre elle.

— Ne pose pas de question. D'ailleurs, abstiens-toi de prononcer le moindre mot pendant la minute qui suit.

Dans la mesure où je n'osais pas l'étreindre à mon tour, je me contentais de laisser mes bras pendre le long de mon corps. Dans le passé, avec Kelisha, j'avais toujours simplement attendu qu'elle en ait assez, mais je devais avouer qu'avec Sierra, c'était un peu différent. Je ne détestais pas être proche d'elle, tout comme je ne détestais pas que ses bras soient placés autour de moi. Loin de me sentir emprisonnée, cela me donnait plutôt l'impression d'une vague sécurité. C'était étrange comme sentiment, étrange et effrayant à la fois.

— À l'avenir, je m'occuperai de le réveiller, donc ne t'approche plus de sa chambre, prononça-t-elle lentement.

Consciente que c'était tout sauf le moment de protester, je me contentai d'acquiescer. Mes épaules tressaillirent quand elle effleura ma nuque. Elle dégagea doucement les cheveux qui s'y trouvaient, et exerça de petits mouvements apaisants avec ses doigts. Du moins, je supposais que c'était l'effet escompté, car en pratique, cela avait tendance à faire s'emballer mon rythme cardiaque. Je me forçais à respirer normalement et, une fois le délai écoulé, je me retins de soupirer de frustration lorsqu'elle se recula.

Son visage n'exprimait aucune émotion en particulier. À vrai dire, si mon corps n'avait pas encore été légèrement engourdi par notre étreinte, j'aurais presque pu croire avoir rêvé ces quelques secondes. C'était très perturbant, encore plus compte tenu du fait qu'elle se contenta d'un dernier regard vers moi avant de retourner vaquer à ses occupations. J'avais l'impression d'être une peluche géante. Je ne comprenais pas pourquoi elle me tournait toujours autour, ni pourquoi son humeur était aussi changeante d'une minute à l'autre. Je décidai qu'un peu d'air frais ne pourrait pas me faire de mal et, l'esprit plein de questions, je pris le chemin qui conduisait au parc intérieur du château.

***

— Tu sais, tu n'es pas obligée de venir avec moi toutes les après-midi. Tu dois t'ennuyer à mourir.

— Non, pas du tout, mentis-je en détournant le regard. La bibliothèque est pleine d'ouvrages divers et variés, et c'est vrai qu'il y a rarement des images, mais ça va, vraiment.

Leela garda le silence pendant quelques secondes, et je savais d'avance ce que cela signifiait. Elle était en train de réfléchir, et dans la mesure où elle semblait aller bien mieux que ce matin, il m'était impossible de la berner. Nous nous dirigions vers sa salle d'études, laquelle se situait au premier étage de la bibliothèque, et je sentais que d'ici notre arrivée, la jeune femme m'aurait trouvé une toute nouvelle activité à effectuer.

— Et si je t'apprenais à lire ? proposa-t-elle soudain.

Surprise, je tournai la tête vers elle. Les rayons du soleil éclairaient ses cheveux châtains, et contrairement à quelques heures plus tôt, la princesse était radieuse.

— J'aurais dû y penser avant. Si tu ne sais pas déchiffrer les symboles, tu ne peux pas te servir de ton bracelet. Je vais t'installer un logiciel avec l'alphabet, tu verras, ce sera très simple, reprit-elle, enthousiaste.

— Je ne crois pas que… enfin je doute d'être assez

intelligente pour ça…

— Qui a dit ça ? Moi je suis sûre que tu t'en sortiras à merveille.

Gênée, je posai ma main sur le haut de mon bras pour le frotter doucement. Leela semblait avoir de grands espoirs me concernant, mais je doutais fort d'être en mesure de les combler. Après tout, ce n'était pas pour rien que ma planète s'était fait coloniser, puis que mon espèce avait été réduite en esclavage. Il était de notoriété publique que nos capacités mentales étaient plus que limitées. D'ailleurs, si notre physique n'avait pas autant plu aux envahisseurs, j'étais certaine que nous aurions tous été exterminés.

Nos facultés physiques ne servaient pratiquement à rien face à des armes, si bien que les Lindöriens les avaient toujours sous-évaluées. C'était une bonne chose d'être prise pour quelqu'un d'inoffensif et stupide. Cela endormait la méfiance, même si, honnêtement, je n'étais pas sûre que ce second point soit si faux.

À part quand il s'agissait de survie, j'avais le plus grand mal à réfléchir, ou à prendre des décisions qualifiées de judicieuses. La preuve, j'avais demandé à rester dans ce palais, un palais Lindörien situé sur la planète de mes anciens geôliers. À bien y penser, c'était vraiment manquer de jugeote.

— Eh, même si tu n'y arrives pas, ce ne sera pas grave, me rassura-t-elle en posant sa main sur mon avant-bras. Par contre, on ne peut pas savoir avant d'avoir essayé, tu ne crois pas ?

Devant tant de gentillesse, je ne pus qu'acquiescer sans oser la regarder. J'avais vraiment peur de la décevoir. Si elle se rendait compte que j'étais une imbécile, elle risquait de revoir son jugement à mon égard. J'avais conscience qu'elle ne me considérait pas comme une esclave. C'était agréable de l'entendre me parler comme son égale, mais si elle s'apercevait que l'écart de niveau entre nous était gigantesque, je doutais qu'elle puisse continuer à me traiter comme son amie.

— Tu sais, si vraiment ça te met mal à l'aise, ou que tu ne veux pas, tu peux me le dire, je ne serai pas fâchée. Tu n'es pas obligée de toujours aller dans mon sens, prononça-t-elle doucement.

— Mais je veux ! dis-je d'un coup en reportant mon attention sur elle. C'est sûr que ce serait bien de savoir lire, et que ça me serait utile, mais... et si je ne retiens rien du tout ? Je ne veux pas te faire perdre ton temps. Tu es déjà très occupée, et tu fais beaucoup pour moi. De mon côté, par contre...

— Mon temps m'appartient, je suis libre d'en faire ce que je veux. De plus, et je te le rappelle, je suis la princesse. Si je décide que t'apprendre à lire est une priorité, qui ira me contredire ?

— Personne...

Tout en continuant à marcher, elle laissa son bras s'enrouler davantage autour du mien. Contrairement à Sierra qui passait son temps à me bloquer partout dans le château, Leela n'était pas quelqu'un de très tactile. En général, quand elle instaurait un contact physique, c'était pour me rassurer, ou parce qu'elle était triste elle-même.

— Tu te sous-estimes trop, Tamsyn. Même si tu n'en as pas conscience, tu m'aides énormément. J'étais vraiment déprimée avant ton arrivée, mais maintenant ça va mieux. Pouvoir te parler quand j'en ai envie, pouvoir discuter de choses futiles et de tout ce qui me passe par la tête, ça me fait beaucoup de bien.

— Si tu le dis... répondis-je, incertaine.

— Je l'affirme même. Mais si tu ne me crois pas, on peut aller demander un avis extérieur. Je connais une autre personne qui a tendance à se sentir très à son aise en ta présence, ajouta-t-elle avec un petit sourire.

— Le prince Rowen se sent à l'aise avec tout le monde, avec toutes les femmes du moins, soupirai-je.

— Je ne parlais pas du prince. Je faisais allusion à une certaine Lindörienne aux yeux bleus qui étrangement se trouve toujours dans le coin à chaque fois que nous nous rendons quelque part.

Pour une raison inconnue, je me mis à rougir légèrement. Je repensais à ce matin, au câlin que m'avait offert Sierra dans le couloir. Cela ne voulait rien dire, pourtant, j'étais gênée que Leela mentionne soudainement cette femme.

— C'est normal puisqu'elle est chargée de ta surveillance, non ? déclarai-je en essayant de rester naturelle.

— Je constate que tu as tout de suite su à qui je faisais allusion, s'amusa-t-elle. Et pour répondre à ta question, sache que je n'avais jamais autant croisé Sierra à l'intérieur du palais que cette semaine.

J'avais envie de lui dire qu'il s'agissait probablement de simples coïncidences, mais j'étais convaincue qu'elle n'aurait eu aucun mal à trouver des contre-arguments. Devant nous, je vis un petit attroupement de Lindöriennes, cependant, je n'eus pas le temps d'y faire vraiment attention que déjà, Leela reprenait la parole.

— Allez, tu peux me le dire à moi, il se passe quelque chose entre vous ? demanda-t-elle avec une certaine excitation.

— Quelque chose comme quoi ?

— Par exemple… est-ce que pendant votre tour du château, elle en a profité pour te faire visiter sa chambre ?

— Non, nous ne nous sommes pas rendues dans ses appartements.

— Elle n'a jamais rien tenté, alors ?

Je pris quelques secondes pour réfléchir. Je n'étais pas sûre de ce que sa question sous-entendait, néanmoins, et dans la mesure où nous étions arrivées au niveau du groupe, leurs babillages eurent le mérite de distraire Leela. Tournées vers un panneau vitré, les trois femmes semblaient en pleine contemplation. La princesse m'entraîna sur la droite pour voir ce qui retenait leur attention, et il ne me fallut qu'une seconde pour comprendre de quoi il retournait.

La salle de sport, ou salle de combat, était visible en contrebas. Sierra et le prince Rowen étaient en plein entraînement. Ce dernier luttait pour ne pas se faire mettre au tapis. J'entendis Leela rire légèrement lorsqu'il se mit à fuir, ce qui attira l'attention des Lindöriennes qui jusque-là ne nous avaient pas remarquées.

— Princesse ! Quelle excellente surprise ! Comment allez-vous ?

— Bien mieux que le prince. J'espère que vous n'étiez pas en train de parier sur sa victoire.

Au moment où l'inconnue allait lui répondre, le bracelet de Leela vibra. Elle fit signe à la femme d'attendre une seconde, puis, en voyant son visage s'illuminer, je pris conscience que Rajaya devait chercher à entrer en contact avec elle. La princesse ne masquait jamais ses émotions, à tel point qu'elle n'avait même pas besoin de paroles pour se faire comprendre. Le bonheur irradiait par tous ses pores, ou plutôt devrais-je dire, l'amour qu'elle éprouvait à l'égard de sa femme sautait aux yeux.

— Veuillez m'excuser, je dois prendre cet appel. Tu peux m'attendre à la bibliothèque Tamsyn, j'arrive dès que j'ai fini.

Un grand sourire sur le visage, la princesse s'éloigna. Elle ne courait pas, mais c'était tout comme. Malgré moi, mon regard se porta à nouveau vers la salle de sport, jusqu'à ce que j'entende l'une des Lindöriennes soupirer. La femme qui avait parlé à Leela plus tôt avait croisé ses bras sur sa poitrine et, avec un air beaucoup moins avenant, elle s'adressa à ses deux amies.

— Ça me rend malade qu'on se retrouve à devoir faire des courbettes devant une Terrienne. Je ne comprends même pas comment le roi a pu autoriser cette union, critiqua-t-elle.

— Fais attention à tes paroles Lorindra, les murs ont des oreilles, murmura l'une des deux autres en me désignant du regard.

Les yeux aux reflets rougeâtres de l'étrangère se posèrent sur moi, et je ressentis soudain le désir de me faire toute petite. Je n'avais pas peur, mais je savais que dans mon propre intérêt, mieux valait me faire oublier. Cette Lindörienne me rappelait beaucoup certains médecins du centre. Il était clair qu'elle se sentait infiniment supérieure à moi, quoique pour elle, il ne devait même pas y avoir de comparaison possible.

— Ne sois pas ridicule, il s'agit seulement d'une esclave. D'ailleurs, comme on dit, qui se ressemble s'assemble. Ce n'est pas une coïncidence si cette Terrienne s'entend si bien avec une Neklonis, déclara-t-elle narquoisement.

— L'arrivée de la Terrienne n'a pas eu que du négatif. Déjà, ça t'a laissé le champ libre avec Sierra, s'amusa son amie.

— C'est vrai. D'ailleurs le jour où nous nous unirons, il faudra que je pense à la remercier tout spécialement. Que pourrais-je bien offrir à une petite Terrienne ? Tiens, pourquoi pas un collier, se moqua-t-elle.

Les deux autres se mirent à rire, et même si je ne comprenais pas tout, j'avais parfaitement conscience qu'elles étaient en train de se moquer de Leela. Mes doigts se contractèrent sur eux-mêmes, mais je savais que je ne pouvais pas me permettre de réagir. D'un point de vue hiérarchique, j'étais tout en bas de l'échelle. Non, je ne faisais même pas partie de l'échelle. Je ne pouvais pas bondir à la gorge de cette Lindörienne sans risquer de sérieuses représailles.

— T'es vraiment méchante, plaisanta l'autre femme. Mais quand même, tu devrais faire attention à ce que Sierra ne t'entende pas, elle aussi semble avoir un penchant pour les créatures exotiques. Elle s'entend très bien avec la princesse, et elle vote systématiquement contre toute proposition d'asservissement de planètes.

— Ne sois pas ridicule. Elle a simplement pitié, et crois-moi, quand j'irai la rejoindre ce soir, elle aura bien d'autres choses en tête que ces malheureux petits esclaves surexploités.

À nouveau, elles se mirent à ricaner. J'étais toujours aussi en colère, mais plus que cela, je ne comprenais pas comment Sierra pouvait entretenir une relation avec cette femme. De mon point de vue, elles n'allaient pas du tout ensemble. Sierra avait certes des défauts, mais elle n'était pas foncièrement mauvaise. Quoique, j'étais sans doute mal placée pour la juger. Je ne la connaissais pratiquement pas, et j'étais encore moins au courant de ses goûts en matière de femmes. De toute manière, tout cela n'avait rien à voir avec moi. Elle était libre d'aimer qui elle voulait et d'officialiser avec n'importe qui.

Je jetai un coup d'œil à la salle de sport et manquai de sursauter en m'apercevant que la Lindörienne avait levé la tête et regardait dans ma direction. J'aurais pu croire qu'elle était en train de fixer Lorindra, mais les petits frissons dans ma nuque m'indiquaient qu'il n'y avait pas d'erreur possible. Malgré moi, et au lieu de rebrousser chemin immédiatement, je me mis à l'observer plus longuement.

Elle avait enlevé sa tunique pour rester en brassière noire. Sa queue de cheval était moins serrée que d'habitude, mais c'était surtout la légère pellicule de sueur sur sa peau qui captait mon attention. Pendant une petite seconde, je fus troublée par cette vision. Ce furent les piaillements provenant des Lindöriennes à mes côtés qui se chargèrent de me faire revenir à la réalité. Je me souvins brusquement que je n'avais aucun droit de la regarder de la sorte, et surtout, que je n'avais rien à faire ici.

Je détournai les yeux, puis fis un pas dans la direction de la bibliothèque. Mon cœur battait un peu plus vite qu'à la normale, mais j'essayai de ne pas m'en soucier. Un tas de pensées se bousculaient dans mon esprit, ce qui me conduisit à me montrer moins vigilante. D'ordinaire, j'aurais réussi à éviter la jambe tendue de Lorindra. Cependant, mon manque d'attention me fit trébucher en avant.

Mes genoux heurtèrent le sol avec un bruit sourd, quant à mes mains, elles s'écrasèrent devant moi. Plus que la douleur, c'était surtout la honte de m'être fait avoir aussi facilement qui me fit monter les larmes aux yeux.

— Au cas où tu serais tentée de l'oublier, voilà exactement où se situe ta juste place, déclara la Lindörienne en rejetant ses cheveux en arrière.

J'entendis ses amies ricaner et par mesure de prudence, je préférai garder la tête baissée. L'instinct me poussait à répliquer. Je mourais d'envie de lui sauter à la gorge, puis de la faire passer par cette baie vitrée, mais en termes de survie, cela aurait été contre-productif. Seuls les animaux se comportaient de cette façon. J'étais capable de me maîtriser, il me suffisait de faire appel à toute ma volonté, et Leela n'aurait pas à regretter de m'avoir donné ma chance.

Je la vis se déplacer, ou plutôt, j'aperçus ses pieds lorsqu'elle s'arrêta en face de moi. Je me mordis la lèvre pour m'empêcher de faire le moindre mouvement alors que, devant moi, Lorindra venait de se baisser pour se mettre à ma hauteur. Mon corps était tendu à l'extrême. Le goût du sang commençait à envahir ma bouche. Rester immobile me coûtait toute ma concentration et toute mon énergie. Néanmoins, ce ne fut rien comparé au moment où elle attrapa une poignée de mes cheveux pour m'obliger à la fixer.

— Si tu parles de ce que tu as entendu à ta maîtresse, je te le ferai regretter. Et si tu t'avises encore de regarder Sierra, je te tue. Même un déchet comme toi est capable de comprendre ça, non ?

Loin de détourner les yeux, je ne pus m'empêcher de soutenir son regard. Je ressentais à peine la douleur, et pourtant, elle tirait si fort que j'étais certaine qu'elle aurait pu arracher mes cheveux sans aucune difficulté. Il aurait été si facile de l'attraper à la gorge et de l'étrangler, tout comme il aurait été aisé de me saisir de la lame que j'avais cachée dans l'ourlet de mon pantalon pour lui trancher la carotide. J'en mourrais d'envie, à tel point que ma respiration s'était calée sur la sienne.

J'avais conscience de chacun de ses battements cardiaques, de chacun de ses micromouvements, et pendant une infime seconde, je perçus un changement d'attitude chez elle. De confiante, elle devint méfiante, mais cela ne dura pas. L'instant d'après, elle se servit de sa prise sur mes cheveux pour me balancer sur le côté. La violence contenue dans son geste m'arracha un petit cri étouffé au moment où mon corps glissa sur le sol pour s'écraser contre le mur qui faisait face à la baie vitrée.

Ses amies se chargeaient de masquer la vue, mais contrairement à Lorindra, elles paraissaient moins assurées. L'une d'entre elles s'avança pour retenir la Lindörienne par le bras lorsque cette dernière voulut s'approcher de moi, et dans sa voix j'entendis très nettement la panique transparaître.

— Ça suffit maintenant, ce n'est pas ton esclave. Imagine que la Terrienne se plaigne à la princesse Rajaya, c'est ta tête qu'on retrouvera au bout d'un pic !

Malgré l'argument avancé par son amie, Lorindra me lança un nouveau regard mauvais. Néanmoins, et dans la mesure où l'autre Lindörienne tira sur son bras pour la faire se déplacer, elle fut obligée de quitter sa position. Les trois femmes s'éclipsèrent en vitesse, et de mon côté, je ne perdis pas plus de temps pour me relever.

L'élancement dans mon dos me fit grimacer. La peau de mon avant-bras gauche était rouge et égratignée, mes genoux me faisaient souffrir, mais j'étais surtout furieuse de ne pas avoir pu contre-attaquer. Je maudissais ce statut d'esclave qui me collait à la peau, je maudissais les Lindöriens, et consciente que je n'arriverai pas à me calmer sans me dépenser, je délaissai la bibliothèque au profit du parc intérieur. Un jour, j'allais leur faire payer. Je ne savais pas encore quand ni comment, mais si l'occasion m'en était donnée, je n'aurais aucune hésitation.

CHAPITRE 6

J-3663

D'un geste vif, je fis tournoyer mon nouveau couteau entre mes doigts pour ensuite le replacer dans l'étui qui était accroché à ma ceinture. Mon père marchait quelques pas derrière, chargé de la proie que nous venions de chasser. En l'honneur de mon dixième anniversaire, il m'avait laissée mener la traque, et je n'étais pas peu fière d'avoir réussi à ramener quelque chose pour le dîner. Le cœur gonflé d'orgueil, je parcourus les derniers mètres qui me séparaient de la cabane en trottinant, avant d'ouvrir la porte en grand d'un seul coup.

— Maman ! Maman ! Devine quoi ! m'exclamai-je joyeusement.

Sans perdre une seule seconde, je fis quelques pas pour lui bondir dans les bras. Elle était assise devant la table à rapiécer le pantalon de Joanis, cependant, cela ne l'empêcha pas de reculer sa chaise pour me permettre de m'installer sur ses genoux.

— Tu t'es roulée dans la boue toute la journée et tu as hâte de prendre ton bain ? répondit-elle d'un ton amusé.

Sa main passa dans mes cheveux pour déloger les quelques feuilles mortes qui s'y étaient glissées. Avec un air boudeur, je tournai la tête vers elle, suite à quoi elle se mit à rire et à me frictionner l'espace entre les deux oreilles vigoureusement.

— Ah, bien sûr, suis-je bête. J'oubliais que mon bébé n'aime pas l'eau.

— Maman ! me plaignis-je en essayant de me dégager. Je t'ai déjà dit que je n'étais plus un bébé !

Au moment où je quittai ses genoux, mon père entra dans la maison et déposa son chargement sur le plancher. Grâce à cette prise, nous en avions au moins pour sept jours de nourriture. Mon petit frère s'approcha de l'animal mort, la bave au coin des lèvres, avant de sursauter lorsque notre père referma la porte derrière lui.

— Papa, dis à maman que je suis une adulte maintenant ! Je peux nous trouver à manger, et pourvoir à nos besoins !

— Oui, oui, tu es ma grande fille adorée, la plus grande chasseuse de ce village, et la plus mignonne aussi.

En passant à côté de moi, il me secoua les cheveux à son tour, puis rejoignit ma mère pour l'embrasser sur le front. Ils se mirent à discuter ensemble, si bien que je décidai de me tourner vers la seule personne qui m'admirait pour de vrai.

— Alors Joan, tu en penses quoi ? Appétissant, non ? dis-je avec un sourire en m'approchant de lui.

— Je pourrais avoir une cuisse ? Et les tripes aussi ? demanda-t-il, les yeux brillant d'espoir.

— Bien sûr, tu pourras avoir tout ce que tu veux.

Plus petit que moi, mon frère m'arrivait à l'épaule. De deux ans son aînée, j'avais du mal à résister à ses grands yeux noisette. Même s'il était souvent malade et ne pouvait pas courir à cause de sa respiration défaillante, cela ne l'empêchait pas d'être très intelligent. Il savait déjà compter, et il aidait souvent ma mère à faire l'inventaire des réserves du village. Il était également doué pour la cuisine, et personne ne dépeçait un animal aussi rapidement que lui.

— Tu n'avais pas un cadeau à donner à ta sœur, Joan ? résonna la voix de ma mère.

Ses joues rosirent presque instantanément. Il se dandina d'un pied sur l'autre, me lança un regard gêné, puis alla jusqu'au coffre où nous rangions nos vêtements. Intriguée, j'attendis qu'il revienne vers moi, tout en me posant des questions. Ce matin, mes parents m'avaient offert un nouveau manteau pour la saison froide, ainsi qu'un couteau réservé à mon usage personnel. Je me demandai pourquoi mon frère n'en avait pas profité pour me donner son présent, mais décidai d'attendre patiemment. Au bout de quelques secondes, il s'approcha, les mains derrière son dos, et balbutia quelques mots.

— Je... je viens juste de le finir, et j'ai encore des progrès à faire... mais tiens, Tamy, c'est pour toi. Joyeux anniversaire...

Quand il me tendit une petite sculpture en bois représentant un papillon avec les ailes déployées, un grand sourire illumina mon visage. Je m'en saisis délicatement pour pouvoir l'examiner sous toutes les coutures, sans cacher mon admiration.

— Tu es très doué ! Les autres vont être super jaloux quand je vais le leur montrer demain !

— Alors c'est vrai, tu l'aimes ? Je sais que ça sert à rien, et que je ferais mieux de m'entraîner à l'arc, mais...

— Non, non ! Tu dois persévérer ! Je suis sûre que tes sculptures pourraient se vendre très cher au marché. Les Kelôniens adorent les bibelots brillants, on a qu'à recouvrir le bois de minerais pilé, et le tour est joué !

— Ça, c'est bien ma fille ! Elle a le sens des affaires comme son père ! s'enthousiasma ce dernier en posant sa main sur mon épaule.

— Tu devrais faire attention Kalhan, elle pourrait te voler ta place de chef avant même ses quinze ans, s'amusa ma mère.

Je continuai à examiner la sculpture en passant mes doigts sur les ailes en relief. Puis, constatant que mon frère me fixait, je lui fis un sourire, avant de me pencher vers lui pour lui donner un baiser sur la joue.

— C'est mon cadeau préféré, mais chut, c'est un secret,

murmurai-je en plaçant mon index devant sa bouche.

La lumière du feu qui brûlait dans l'âtre conférait à la pièce des couleurs orangées. La nuit venait de tomber, et je décidai d'aller exposer mon cadeau sur la planche au-dessus de la cheminée. Tout s'enchaîna ensuite très rapidement. Pendant que mon père s'occupait de découper l'animal mort, ma mère prépara les ingrédients nécessaires à la salaison de la bête.

De notre côté, mon frère et moi allâmes jouer dans notre chambre qui se trouvait à l'étage. Un petit escalier permettait d'y accéder. Une fois installée en tailleur sur les couvertures qui nous servaient de matelas, j'utilisai la lumière de la lanterne que j'avais montée pour créer des ombres. Joanis essayait de deviner de quel animal il s'agissait, et quand il n'y arrivait pas, je m'amusais à reproduire les bruits de ces créatures que j'avais aperçues pour la plupart dans la forêt.

Quelqu'un toqua à la porte, et dans la mesure où nous n'attendions personne, j'avançai à quatre pattes jusqu'aux barreaux en bois qui donnaient vue sur l'étage du dessous. Le sol trembla légèrement quand un gros bruit se fit entendre à l'extérieur, puis alors que mon père allait ouvrir, la curiosité fit place à la panique lorsque les fenêtres volèrent en éclats.

***

J+7

Affolée, j'ouvris les yeux et attrapai au niveau du poignet le bras qui s'avançait vers mon visage. Mon rythme cardiaque était plus élevé que jamais, de la sueur perlait sur mes tempes alors que le bruit de cette explosion continuait à résonner dans mes oreilles. Ma main trembla légèrement pendant que je peinais à reprendre mes esprits. Ce rêve m'avait semblé plus que réel, mais comment savoir s'il s'agissait d'un souvenir ou juste d'une invention de mon subconscient ?

— Qu'est-ce que tu fais là ? demandai-je en posant mon regard sur Sierra.

Allongée sur le banc présent dans le kiosque du parc

intérieur, j'avais arrêté la Lindörienne avant que ses doigts ne s'aventurent sur mon front. Elle parut surprise un instant, je la vis jeter un coup d'œil à la bretelle de ma robe qui avait glissé sur mon épaule, ce qui me conduisit à relâcher ma prise et à me redresser. Je voulais croire que j'avais vraiment rêvé de mes parents, mais d'un autre côté, les imaginer me rendait triste. J'étais quasiment certaine qu'ils étaient morts, quant à mon frère, c'était trop difficile de me dire qu'il lui était peut-être arrivé la même chose qu'à moi.

— Leela m'envoie te chercher. Elle souhaiterait te présenter quelqu'un.

Je me contentai d'acquiescer et passai ma main dans mes cheveux pour les rejeter en arrière. Je tentais de chasser ces pensées parasites de ma tête. Ce n'était pas le moment de me remémorer le passé. Je ne comprenais même pas comment j'avais pu m'endormir. Je m'étais servie de mon bracelet pour essayer de retenir quelques symboles de l'alphabet Lindörien, mais il fallait croire que j'étais plus fatiguée que je ne le croyais.

— Tu veux me parler de ton cauchemar ?

Quand Sierra reprit la parole, et cela après s'être assise à côté de moi, je ne pus m'empêcher de sursauter. Sans être collée à moi, elle était tout de même très proche. Je posai mes mains sur le banc, de part et d'autre de mes cuisses, et baissai les yeux en direction de mes genoux. La dernière fois que j'avais parlé à la Lindörienne remontait à deux jours, soit au moment où elle m'avait étreint dans ce couloir. Étant donné ce qui s'était passé avec Lorindra, j'avais jugé préférable d'éviter la compagnie de Sierra. Je ne voulais pas me créer de problèmes, et surtout, les imaginer toutes les deux avait tendance à m'énerver.

— Ce n'en était pas un, pas vraiment, mais ça ne t'intéresse pas réellement, si ?

— Je n'ai pas pour habitude de poser des questions dont les réponses m'indiffèrent.

Mes doigts se resserrèrent sur le bois. Je me demandais ce qu'elle attendait de moi. Je n'étais rien pour elle, et elle m'avait souvent fait comprendre que j'étais indésirable, alors pourquoi se donner la peine de me parler ?

— Leela est dans sa salle d'études ? Je n'ai pas envie de la faire patienter, dis-je en me relevant.

— Pourquoi est-ce que tu m'évites ?

Je n'eus pas le temps de faire un pas que la Lindörienne m'attrapa par la main pour me retenir. Mon corps pivota vers elle, et mon traître de cœur me rappela que même si j'essayais de toutes mes forces, je n'arrivais pas à être indifférente à cette femme. Aujourd'hui, elle était coiffée d'une simple tresse tombant dans son dos, et elle était vêtue de son uniforme habituel constitué d'un pantalon blanc droit et d'une tunique ajustée. Il fallut que précisément à ce moment-là, je me souvienne d'elle en brassière, et couverte de sueur, ce qui bien sûr me fit détourner la tête et rougir légèrement.

— Je ne sais pas de quoi tu parles. Le palais est juste très grand, et puis ce n'est pas comme si tu me recherchais moi spécifiquement. Nous avons simplement dû nous manquer…

— Hier, quand je suis passée à la bibliothèque, tu t'es empressée de te cacher derrière un rayonnage. Et je ne parle pas du moment glorieux où tu t'es enfuie avec ton assiette lors du dîner.

— Je… je ne me cachais pas du tout. J'étudiais tranquillement mon alphabet, et il se trouve que finalement j'ai préféré manger dans ma chambre… c'est mon droit… balbutiai-je en évitant soigneusement de la regarder.

— Je ne te prendrai plus dans mes bras si c'est ce qui t'inquiète. Avant-hier, c'était particulier, mais ça ne se reproduira plus.

— Oui, forcément, il ne faudrait pas que certaines personnes se méprennent.

Je n'avais pas réfléchi avant de parler. J'étais encore perturbée par mon rêve, et la chaleur de sa main dans la mienne n'arrangeait rien à mon état. Je voulus me détacher et aller voir Leela, mais encore une fois, la Lindörienne me retint. Cette fois-ci, je fis une tentative pour résister, seulement cela eut l'effet l'inverse.

Elle mit un peu plus de force dans sa poigne, et lorsqu'elle tira pour m'empêcher de partir, cela eut pour conséquence de me faire basculer sur elle. Comme par réflexe, elle écarta les jambes juste avant que mon corps ne s'écrase contre le sien. Nos deux mains soudées atterrirent à proximité de son épaule. Elle avait plié le bras, alors que l'autre s'était logé au niveau du bas de mon dos. Je ne savais pas si elle l'avait fait exprès, ou si c'était simplement un accident, mais me retrouver dans cette position eut le mérite de faire taire mes protestations.

J'étais debout. Pour une fois, j'étais un peu plus grande qu'elle, mais c'était surtout le fait de la toucher qui était inédit. Ma main libre s'était échouée sur le haut de son bras, et pendant un bref instant, j'eus l'impression de la sentir frissonner. Je ne comprenais pas pourquoi j'appréciais autant son contact. C'était totalement illogique, pourtant je n'arrivais pas à m'en empêcher.

Une part de moi se réjouissait à l'idée que ce soit réciproque, mais dès que je me mettais à y réfléchir correctement, tout cela avait encore moins de sens. Elle avait Lorindra, et je savais parfaitement qu'elle était très populaire parmi les siens. Me coller ainsi ne lui apportait rien du tout, pire se comporter ainsi avec moi ne pouvait que la desservir.

— Je me moque totalement que quelqu'un nous surprenne, déclara-t-elle, sérieusement. Et ce n'est certainement pas pour cette raison que j'ai proposé de me tenir à distance.

— Ah non ? répondis-je, surprise. Enfin, oui, bien sûr, je suppose qu'il y a d'autres raisons… comme, eh bien… tu ne dois pas manquer d'affection, surtout après avant-hier soir… alors tu n'as sûrement pas besoin de… te servir de moi comme peluche…

Au fur et à mesure de ma phrase, ma voix avait diminué d'intensité. Je ne me reconnaissais pas. En principe, je n'étais pas aussi hésitante, et encore moins intimidée. Mon problème, c'était Sierra. Quand elle me regardait, pire, quand elle se mettait à froncer les sourcils, mon rythme cardiaque atteignait des pointes de rapidité. J'avais trop chaud, et ce fut loin d'aller en s'arrangeant lorsqu'elle posa ma main sur son épaule et que son second bras alla rejoindre le premier autour de moi. Nous étions pratiquement collées, mais surtout, je ne savais pas comment réagir à tous ces gestes et à son comportement ambigu.

— J'aime t'avoir contre moi, mais je n'ai jamais forcé personne à accepter ma présence, et je ne compte pas commencer aujourd'hui.

— Ta présence ne me dérange pas, avouai-je en redessinant avec mon index le contour du tatouage qu'elle avait sur l'épaule.

— Je souhaiterais passer plus de temps avec toi.

Peu habituée à tant de politesse, je lui jetai un coup d'œil étonné, avant de reprendre ma contemplation de sa peau.

— Je ne m'enfuirai pas si tu viens dîner avec Leela et moi ce soir.

— Je préférerais te voir en tête à tête, précisa-t-elle, calmement.

Ses mains quittèrent mon dos pour venir se loger sur mes hanches. Elle pencha légèrement la tête sur le côté au moment où le tracé de son tatouage me conduisit jusqu'à sa clavicule. C'était très discret, pourtant je la surpris à respirer un peu plus rapidement quand mon doigt effleura la base de son cou. Je ne comprenais pas comment les choses avaient pu tourner ainsi, mais c'était loin d'être une situation déplaisante. Pour une fois, je n'étais coincée nulle part, nous ne nous disputions pas, et surtout, je ne craignais pas qu'elle cherche brusquement à me mettre dehors.

— Après le dîner, j'ai ma leçon de lecture.

— Je peux m'en occuper.

— Toi ? répondis-je, sceptique.

— Tu n'as pas confiance en mes talents de professeur ?

demanda-t-elle avec un léger sourire en coin.

— Je suis certaine que tu es du genre à donner une tonne de punitions. Je n'ai pas envie de me retrouver à faire des pompes ou des centaines d'abdominaux, dis-je en faisant la moue.

— Dis-toi que les récompenses sont à la hauteur de ces punitions si horribles, s'amusa-t-elle.

— Si j'accepte, tu as interdiction de me tirer les joues ! précisai-je aussitôt en me remémorant ses tendances sadiques.

— Dans ce cas-là, je devrais peut-être le faire tout de suite. Tu auras le droit à dix mauvaises réponses en échange.

Elle fit mine de lever les mains, mais plus rapide, je profitai qu'elle ait relâché sa prise pour lui échapper. En constatant qu'elle suivait le mouvement, et pire qu'elle se lançait à mes trousses, je ne pris pas la peine de descendre les escaliers et me contentai de passer par-dessus la balustrade pour atterrir dans l'herbe.

— Moi vivante, ça n'arrivera plus jamais ! déclarai-je en tournant la tête vers elle.

— Vraiment ? Alors tu ferais bien de courir, parce que si je t'attrape, je n'aurais aucune pitié.

En la voyant sauter à son tour hors du kiosque, je crus bon de suivre son conseil, sauf qu'au lieu de m'élancer en ligne droite, je me mis à tourner autour de l'installation en bois. Je m'attendais à ce qu'elle abandonne, voire à ce qu'elle me dise que le jeu était fini, mais à la place, elle s'amusa à me poursuivre.

— Si tu te rends bien gentiment, je m'engage à ne pas être trop cruelle.

— Dis plutôt que tu n'arrives pas à tenir la distance et que tu cherches un moyen de ne pas perdre la face. Je comprends tu sais, tu n'es plus toute jeune après tout…

Un petit cri aigu m'échappa quand Sierra accéléra d'un seul coup et combla la distance qui nous séparait. Je ne m'y attendais pas, si bien que je ne m'étais pas méfiée. Je n'eus pas le temps de bondir pour grimper sur le kiosque, et encore moins de me remettre à courir à pleine vitesse. Dos par rapport à elle, je ne pus absolument rien faire quand elle m'attrapa par la taille, puis quand elle me souleva pour me prendre dans ses bras.

— C'est de la triche, repose-moi ! m'exclamai-je en bougeant les jambes.

La position me rappelait beaucoup celle de notre première rencontre. Elle avait un bras dans mon dos, et l'autre sous mes genoux. J'avais l'impression d'être vraiment très légère, voire de ne peser rien du tout. Au lieu de rester immobile, la Lindörienne se dirigea vers la sortie du parc, et plus je me débattais, plus elle paraissait fière d'elle.

— Tu es fâchée d'avoir perdu face à une vieille croulante ? déclara-t-elle narquoisement.

— La prochaine fois, je saurai à quoi m'attendre ! Tu faisais semblant d'être lente.

— Je n'étais pas lente, j'étais stratège, nuance.

— Tu devras bien me lâcher à un moment ou à un autre. Je n'ai qu'à attendre patiemment.

— Très bien, tu as gagné. Je te rends ta liberté.

Quand elle fit mine de me lâcher d'un seul coup, mes bras s'accrochèrent par réflexe autour de son cou. De son côté, et comme si de rien n'était, elle se contenta de resserrer sa prise sur moi au dernier moment, puis de me ramener davantage contre elle. Un léger sourire s'était dessiné sur ses lèvres, et je devinai sans mal qu'encore une fois, je m'étais fait avoir.

— Tu es vraiment fourbe comme femme.

— J'ai beaucoup d'années d'entraînement.

— Je croyais que Leela m'attendait, tu vas me porter jusqu'à elle ?

— S'il le faut, pourquoi pas. Je n'aurais qu'à prétendre que tu as fait de la résistance.

— Comme si elle allait te croire. Elle sait très bien que tu passes ton temps à me brutaliser.

— Brutaliser ? C'est drôle que tu parles de ça parce que je me demandais justement d'où te venaient ces égratignures sur le bras et les genoux.

À l'entente de ces mots, je ne pus m'empêcher de me recroqueviller légèrement sur moi-même. Je n'avais pas été très inspirée en choisissant une robe ce matin, et je voyais mal comment j'aurais pu fuir cette discussion alors que j'étais coincée contre la Lindörienne. Je ne tenais pas à évoquer Lorindra, tout simplement parce que j'ignorais quel genre de réactions pourrait avoir Sierra. Je m'étais vraiment amusée durant les quelques minutes précédentes, et si elle apprenait que sa fiancée me détestait, cela ne pourrait que jouer en ma défaveur.

— Ce sont les mêmes que d'habitude… Je mets un peu de temps à cicatriser.

— Tu as conscience que tes oreilles se baissent à chaque fois que tu mens ?

En arrivant devant la porte qui menait à l'intérieur du château, Sierra me reposa à terre. Gênée d'avoir été prise sur le fait, je n'osais plus la regarder et passai mes mains sur le bas de ma robe pour la lisser. Mes pieds s'enfoncèrent un peu plus dans l'herbe alors que je ne pouvais me résoudre à lui dire la vérité. Le moment passé dans le kiosque, dans ses bras, me semblait bien lointain. Je n'étais même pas certaine que sa proposition pour l'après-dîner tienne toujours, du moins jusqu'à ce que ses doigts ne se posent sur le haut de mon crâne.

— Ne fais pas cette tête, ça me donne l'impression d'être un monstre.

Je relevai les yeux vers elle, suite à quoi elle m'offrit un léger sourire en caressant doucement l'espace qui se trouvait entre mes deux oreilles. D'ordinaire, quand quelqu'un essayait de faire la même chose, je m'empressais de me détourner, mais là, je dus résister à l'envie de me frotter davantage contre sa main.

— J'aimerais qu'un jour, tu me fasses assez confiance

pour oser me parler, mais d'ici là, si tu rencontres un problème, n'hésite pas à te confier à Leela. Tu n'as pas peur d'elle, n'est-ce pas ?

— Je n'ai pas peur de toi non plus, précisai-je en la laissant enrouler ses doigts dans une mèche de mes cheveux.

Elle fixa un instant cette mèche rousse comme s'il s'agissait de la chose la plus intéressante au monde. J'étais quasiment certaine qu'elle s'apprêtait à me serrer à nouveau contre elle, mais exactement au même moment, son bracelet vibra. Le son nous fit sursauter toutes les deux et la poussa à remettre de la distance entre nous. Apparemment, Leela s'inquiétait de ne pas nous voir arriver, si bien que nous ne perdîmes pas plus de temps pour nous rendre en salle du trône.

À bien y penser, je ne comprenais pas pourquoi la princesse avait envoyé Sierra me chercher au lieu de m'appeler directement, mais très rapidement, ce fut tout autre chose qui capta mon attention. La Lindörienne m'avait laissée passer la première, et en entrant dans la pièce où se trouvait Leela, je m'aperçus que trois personnes lui faisaient face, deux femmes et un homme. Celle du milieu était la plus petite des trois, elle ne mesurait que deux ou trois centimètres de plus que Leela, mais ce fut surtout ses cheveux bleus qui m'intriguèrent. Ils semblaient presque voler par eux-mêmes au-dessus de ses épaules.

Mon regard s'arrêta sur sa robe noire qui lui retombait au niveau des genoux, puis au moment où Leela m'appela, et où les trois inconnus se retournèrent, mes pieds refusèrent tout simplement de m'emmener plus loin. Je m'étais tellement focalisée sur la femme du milieu que j'en avais oublié de m'intéresser à celle qui se trouvait sur sa droite. Ses cheveux rouges étaient attachés en une queue basse, elle portait l'uniforme kelônien constitué d'un pantalon et d'une tunique beige, mais ce furent surtout les cicatrices présentes sur ses bras nus et dans son cou qui me paralysèrent.

— Approche Tamsyn. Je te présente la princesse Akasha, son conseiller Morvald, et le chef de la garde royale kelônienne, Kelisha.

La main de Sierra se posa dans mon dos, sûrement pour m'inciter à avancer, seulement cela me donna encore plus envie de faire demi-tour et de m'enfuir en courant. Mon cœur battait plus vite que jamais dans ma poitrine. Mes oreilles bourdonnaient, et plus les secondes défilaient, plus j'avais l'impression de manquer d'air. La honte, les regrets, la culpabilité, toutes ces choses me frappèrent d'un seul coup. Afin d'aller de l'avant, je m'étais efforcée d'oublier ce qui s'était passé durant notre dernière rencontre, mais maintenant que Kelisha était juste en face de moi, cela devenait tout bonnement impossible.

Ses yeux noirs m'examinèrent de haut en bas. Elle fit quelques pas pour se planter devant moi, et alors que je m'attendais à une pluie d'insultes, à un coup ou à quelque chose du même acabit, elle me prit brusquement dans ses bras pour me faire tournoyer dans les airs.

— Tamsyn ! Tu es vivante ! s'enthousiasma-t-elle.

Surprise par son attitude, je ne pensais même pas à me débattre. À la place, mes mains se posèrent sur ses épaules pour me retenir. Je m'attendais à ce qu'elle me relâche quand mes pieds touchèrent le sol à nouveau, mais au lieu de reculer, elle me serra au contraire beaucoup plus fort contre elle.

— Loin de moi l'idée de briser ces charmantes retrouvailles, mais j'estime que quelques explications s'imposent.

Tous mes muscles se crispèrent quand j'entendis Sierra prendre la parole. Le ton de sa voix était glacial, plus glacial que d'habitude même.

— Mais quelle rabat-joie ! s'exclama la princesse Akasha. C'était si mignon et émouvant, continuez et ne vous occupez pas de nous !

Embarrassée, je me mis à rougir légèrement, alors qu'en face de moi, Kelisha avait desserré sa prise. Ses mains quittèrent ma taille pour se poser sur mes épaules, suite à quoi elle commença à m'examiner sous toutes les coutures. Si de son côté elle ne semblait pas perturbée par les ondes meurtrières que dégageait Sierra, c'était loin d'être mon cas. La Lindörienne se trouvait à ma droite, et sans avoir besoin de la regarder, je savais qu'elle scrutait chaque mouvement de la Kelônienne.

— Ça va ? Tu n'as rien ? Je me suis réveillée il y a seulement deux jours, et quand j'ai voulu retourner dans ce maudit laboratoire, évidemment, les locaux étaient vides.

— Je vais bien. J'ai réussi à me sauver quand… je suppose, ton équipe est arrivée… hésitai-je.

— Quel laboratoire ? demanda Leela.

La princesse ainsi que les deux autres Kelôniens s'étaient rapprochés. Kelisha se retourna pour leur faire face, alors que de mon côté, j'ignorais comment me comporter. J'étais rassurée de savoir que le centre n'existait plus, mais je me doutais que maintenant, je n'allais plus pouvoir garder le silence sur mon passé.

— C'est pour ça que nous sommes là, répondit la princesse Akasha. Depuis quelque temps, plusieurs Kelôniens portés disparus s'étaient rendus sur cette planète. J'ai envoyé Kelisha enquêter, et elle n'a rien trouvé de mieux que de se faire capturer, prononça-t-elle avec une pointe de reproche.

— Je dirais plutôt que j'ai trouvé le moyen d'infiltrer cette organisation pour pouvoir mener mes investigations plus en profondeur.

— Je n'étais pas au courant. Jamais je n'ai autorisé une telle chose, déclara Leela avec précipitation.

— Oh, ma belle, tu as cru qu'on te suspectait ? Bien sûr que non, quelle idée ridicule ! Mais tu sais aussi bien que moi que certains ne voient pas d'un bon œil le rapprochement entre nos deux peuples. Je ne serais pas étonnée qu'ils aient décidé de nous étudier plus en détail pour trouver nos points faibles.

Les deux princesses semblaient très bien s'entendre. Je les écoutais discuter, sans pouvoir m'empêcher de jeter de fréquents coups d'œil en direction de la porte. Je n'étais plus dans le champ de vision de Kelisha, il m'aurait été très facile de m'éclipser sans que personne ne remarque rien, du moins si Sierra ne s'était pas déplacée pour bloquer toute tentative de fuite de ma part. En tournant la tête, je m'aperçus qu'elle était juste derrière moi, et encore une fois, ce qu'elle dégageait n'avait rien de rassurant ou de chaleureux.

— À mon avis, ce complexe existait bien avant que les accords de paix ne soient signés. J'ai croisé plus d'une dizaine d'espèces différentes plus ou moins évoluées, et il paraît évident qu'ils cherchaient à exploiter les qualités de chacune d'entre elles.

— Tu étais là-bas depuis longtemps, Tamsyn ? me demanda Leela en reportant son attention sur moi.

Kelisha s'était décalée. Les deux princesses avaient tout le loisir de m'observer, et dire que je me sentais oppressée était encore en dessous des mots. Je ne voulais pas me souvenir de tout ça. C'était le passé. J'avais une nouvelle maison, une nouvelle vie, et il m'était douloureux de ressasser mon ancien quotidien.

— Je ne sais pas… oui, je suppose…

— Des mois ? Des années ? précisa Akasha.

— C'est plutôt confus, répondis-je, mal à l'aise.

— Quel est le dernier souvenir dont tu te rappelles ? Tu te souviens où tu as été capturée ? insista la Kelônienne.

— Sur ma planète, c'était… une nuit. Ils ont débarqué et ils m'ont emmenée…

Comme d'habitude, en voulant m'en rappeler en détail, un violent mal de tête me submergea. Mon rêve se superposa aux souvenirs de ce moment, sauf qu'un tas de détails ne concordaient pas. Dans mon rêve, la cabane n'était pas dans les arbres. Dans mon rêve, je me remémorais avoir fait mention des Kelôniens alors que je n'étais pas censée les connaître. Et plus que cela, je ne connaissais absolument pas ce Joanis que j'avais aperçu dans mes songes.

— Ta planète ? répéta-t-elle, étonnée. Mais elle n'a pas été détruite il y a quoi, deux-cents, trois cents ans ?

— C'est bien ça, Majesté, deux cent trente-cinq ans pour être précis, déclara Morvald.

— Et à ce que je sache, aucun autre territoire n'a été accordé aux Neklonis. Il faut dire qu'après ce massacre, il ne restait plus grand monde. Ils ont préféré vous réduire en esclavage pour… oh, mais tu saignes du nez ! Morvald, un tissu, vite !

Ma vision se troubla au moment où une goutte de sang s'écrasa sur le sol. Le goût de rouille était bien présent dans ma gorge. Mon cœur était comprimé, mais surtout, la douleur dans ma tête devenait insupportable. Désorientée, je fis un petit pas en arrière, sauf que ma jambe d'appui lâcha brusquement sous mon poids. Je sentis vaguement les mains de Sierra sur le haut de mes bras me retenir, puis presque au même moment, Kelisha m'attraper par la taille pour me serrer contre elle.

Les paroles de la princesse Akasha tournaient en boucle dans mon esprit, et j'avais beau essayer, je n'arrivais pas à rester lucide. Si ma planète n'existait plus, alors pourquoi est-ce que j'avais tous ces souvenirs en tête ? Depuis quand est-ce que je me trouvais dans ce centre ? Jusqu'ici, ce flou dans ma mémoire ne m'avait jamais paru étrange. À chaque fois que je m'étais interrogée, la douleur à la tête qui se manifestait juste après s'était toujours chargée de me distraire. Mes mains étaient glacées, je peinais à respirer correctement, et sans m'en rendre compte, je perdis pied avec la réalité. Je ne voulais plus souffrir. La seule chose à laquelle j'aspirais était une vie tranquille, une vie où je n'aurais ni à me battre ni à être une esclave.

CHAPITRE 7

J-2

Même si j'avais toujours eu conscience que tôt ou tard je devrais revenir dans cette pièce, j'avais espéré que ce ne serait pas avant plusieurs jours supplémentaires. Mes blessures qui dataient de la dernière fois étaient presque guéries, mais l'appréhension me nouait la gorge. Tout comme les autres fois, il fallait que je reste concentrée. Si je relâchais ma vigilance ne serait-ce qu'une seconde, l'issue de ce combat pourrait m'être fatale. Il ne fallait pas que je fasse attention à mon adversaire. C'était lui ou moi, et si j'avais tenu tout ce temps ce n'était pas pour perdre maintenant.

Par réflexe, je levai les yeux en direction de l'espace vitré situé en hauteur où les docteurs examinaient les données. Pour l'instant il était vide, mais il n'allait sûrement pas tarder à se remplir. Plusieurs capteurs en forme de rond gris avaient été placés sur mon corps. En plus de vérifier mes constantes, ils se chargeaient d'enregistrer chacun de mes mouvements. J'avais déjà eu l'occasion d'apercevoir une simulation qui me concernait, et ma plus grande peur était qu'ils se servent de tout cela contre mon peuple. Peut-être que j'aurais mieux fait d'abandonner. J'étais fatiguée, chaque nouveau duel me hantait, mais d'un autre côté, si je laissais tomber maintenant, j'aurais survécu tout ce temps pour rien.

De plus, Kelisha m'avait promis que bientôt nous

pourrions nous enfuir ensemble. J'avais juste à me battre une dernière fois, et ensuite tout serait terminé. Je me mis à sautiller pour chauffer mes muscles, tout en balayant la salle du regard. Elle n'était pas très grande, et dépourvue de tout objet. Par contre, plusieurs appliques murales permettaient d'escalader ou de s'accrocher. J'avais déjà affronté de nombreuses créatures, et si j'avais retenu quelque chose, c'était que peu importe la force de mon adversaire, ce dernier avait toujours une faiblesse. Il me suffisait de la trouver et la victoire serait mienne.

En entendant des bruits de pas se rapprocher, mes muscles se contractèrent. Je savais que je devais attendre le signal sonore pour porter le premier coup, mais je me préparais mentalement à jauger mon assaillant. Le sas situé à quelques mètres devant moi, de l'autre côté du terrain, coulissa et en me rendant compte de qui me faisait face, mon visage se décomposa.

Ses poignets et ses chevilles étaient entravés, un Lindörien la portait sur son épaule. Il avança d'un pas pour la balancer au sol avant de rebrousser chemin. J'entendis la Kelônienne jurer au moment où la porte se referma. Ses liens électromagnétiques disparurent et, en comprenant la situation, mon cœur se mit à battre beaucoup plus vite que d'habitude.

Je détournai les yeux pour essayer de retrouver mon calme, mais cela n'eut aucun effet. Je trouvais encore plus cruel de m'avoir laissée la côtoyer ces derniers jours. Frapper un inconnu, ce n'était pas très difficile. Il me suffisait de faire taire la partie morale de mon esprit, mais jusqu'ici, je n'avais jamais eu à m'en prendre à quelqu'un que je connaissais personnellement.

— Ah, j'en ai assez ! s'exclama Kelisha.

Assise au sol, elle se massait doucement les poignets. Au début elle ne remarqua pas ma présence, et au lieu de s'inquiéter quand elle porta le regard sur moi, elle se mit à sourire. Ses yeux s'illuminèrent, elle se releva d'un seul bond, et savoir qu'elle était heureuse de me voir me faisait encore plus de mal.

— Comme on se retrouve ! Ce doit être mon jour de chance, déclara-t-elle en s'avançant.

— Ne t'approche pas.

Dans la mesure où ma présence l'incitait à obéir, les Lindöriens avaient jugé judicieux de l'emmener prendre sa douche à chaque fois que moi-même j'y étais. Quand nous étions dans nos cellules, elle n'hésitait jamais à me parler, et si jusque-là j'avais trouvé étrange qu'ils ne viennent pas nous punir, maintenant tout était beaucoup plus clair. Il devait s'agir d'un nouveau type d'expérience. Ils examinaient sans doute notre comportement face à un ennemi connu, sauf que Kelisha ne paraissait pas en avoir conscience. Elle n'était probablement jamais venue dans cette salle, et devait ignorer ce que nous étions censées y faire.

— Si c'est encore à cause de ce matin, je t'assure que je n'ai rien vu ! Enfin presque rien… disons à peine la moitié !

Mes joues s'échauffèrent suite à ce souvenir. Si j'avais eu quelque chose sous la main, je n'aurais pas hésité à le lui lancer au visage. Par réflexe, je plaçai mes bras devant ma poitrine en remarquant qu'elle recommençait à loucher dessus. Ce n'était pas le moment de m'en faire pour une broutille pareille, mais Kelisha avait le don de me faire perdre le fil de mes pensées.

— Tu es trop… Allez, ne sois plus fâchée, d'accord ? Je t'achèterai une glace, non, autant de glace que tu voudras, me promit-elle en posant ses deux paumes de main l'une contre l'autre.

Sans doute qu'il s'agissait d'un geste destiné à demander mon pardon, mais de mon point de vue, cela la rendait encore plus suspecte.

— Perverse, murmurai-je avec un air dégoûté.

— Aïe ! Touchée en plein cœur ! s'exclama-t-elle en portant ses doigts sur ce dernier avec un air tragique. Mais ce n'est pas ma faute, et à ce que je sache, ce n'est pas un crime d'aimer les jolies choses. J'ai juste jeté un coup d'œil innocent, sans compter que nous sommes deux femmes, je ne vois vraiment pas où se situe le problème, prétendit-elle avec un sourire confiant.

— Grosse perverse…

— Mais je n'ai même rien tenté ! Ça joue en ma faveur, non ?

— Tenté quoi ? demandai-je, de plus en plus méfiante.

— Rien, absolument rien ! Allez, viens me faire un câlin, je n'ai pas eu ma dose quotidienne !

Même si je savais ce qui nous attendait, même si discuter avec elle de cette façon ne me rendrait les choses que plus difficiles, je n'eus pas le courage de la repousser. Elle s'approcha pour me prendre dans ses bras, et toutes les émotions que j'essayais de canaliser me submergèrent d'un seul coup. Il y avait longtemps que je m'étais promis de ne plus rien ressentir. Si je voulais sortir un jour d'ici, il fallait que je reste en vie. Et pour rester en vie, je ne devais avoir aucune pitié pour les autres. C'était triste, c'était injuste, cela me rendait malade, mais quel autre choix se présentait à moi ?

— C'est si relaxant de te tenir contre moi. Je pourrais rester comme ça toute la journée, déclara-t-elle avec un soupir de bien-être.

Je me mordis la lèvre inférieure en essayant de chasser les images qui défilaient en boucle dans mon esprit. Je ne comptais plus le nombre de personnes que j'avais mis K.O. J'étais certaine d'en avoir tué quelques-unes, et je n'arrivais pas à supporter les souvenirs qui y étaient associés. Sans y réfléchir, et pour la première fois, mes bras s'enroulèrent autour de la taille de Kelisha. Je sentis son corps tressaillir légèrement, signe qu'elle ne s'y attendait pas. Son cœur se mit à battre un peu plus rapidement, et plus les secondes défilaient, plus je devais lutter contre le nœud gigantesque qui se formait dans ma gorge.

Mes doigts s'accrochèrent à sa tunique alors que je laissai aller ma tête contre son épaule. J'étais fatiguée, si fatiguée que je ne parvenais plus à réfléchir. Pendant un bref instant, je voulais oublier où je me trouvais. Je voulais oublier qu'à n'importe quel moment, les médecins pouvaient arriver, qu'ils pouvaient nous surprendre et déclencher le signal. J'avais envie de croire qu'à un moment donné, nous pourrions nous enfuir, et qu'une meilleure vie m'attendait. La mer, le sable, je voulais vraiment les voir un jour. Tout comme je souhaitais vraiment pouvoir découvrir autre chose que cet univers aseptisé et ces murs blancs et froids. Seulement c'était impossible, ou plutôt cela deviendrait impossible si je n'obéissais pas aux ordres.

— Tamsyn ? Qu'est-ce qu'il y a ?

Doucement, et avec inquiétude, Kelisha posa ses mains sur mes épaules. Elle me repoussa très légèrement pour m'obliger à la regarder. J'essayais de lutter, j'essayais d'être courageuse et d'y croire, mais rien n'y fit. Les larmes se mirent à me brûler les yeux. J'y voyais trouble, et plus je tentais de me retenir, plus c'était douloureux. Le désespoir me comprimait la cage thoracique. J'avais du mal à respirer, encore davantage quand quelques larmes se mirent à cascader le long de mes joues pour s'échouer sur les poignets de la Kelônienne.

— Je suis désolée, tellement désolée, sanglotai-je. Je ne veux pas te faire de mal, mais je ne veux pas… je ne veux pas mourir ici, et… que ma vie soit résumée à cet endroit…

— Personne ne va mourir. Tu as oublié notre promesse ? Je sais que c'est difficile, mais je te le promets, tout ira bien. Fais-moi confiance.

Je voyais qu'elle était touchée de me voir pleurer. Ses yeux brillaient, quant au ton de sa voix, même s'il se voulait confiant, il était marqué par quelques hachures dues à l'émotion. Ses mains entourèrent mes joues, elle essuya les larmes à sa portée grâce à ses pouces, puis, avec tendresse, elle se pencha pour déposer ses lèvres sur mon front.

— Tout cela ne sera bientôt qu'un mauvais souvenir. Si tu fais des cauchemars, je viendrai te consoler. Si quelque chose t'effraie, je m'en chargerais. Tu n'auras plus besoin de retenir tes sanglots. Tu pourras sourire, et j'ai hâte, tu ne sais pas à quel point, que ce moment arrive. Alors s'il te plaît, juste quelques jours… laisse-moi encore quelques jours afin de pouvoir tenir mes promesses.

— Tu ne comprends pas Kelisha. Cette salle... Dans quelques minutes, ils vont nous demander de nous battre ensemble. Et je ne sais pas jusqu'où... jusqu'où ils vont vouloir aller... dis-je en relevant les yeux vers elle.

Brièvement, la Kelônienne tourna la tête pour s'intéresser à la pièce vitrée. J'avais cru qu'elle me relâcherait suite à ma confession, mais à la place, elle m'attira à nouveau contre elle. Sa déclaration précédente, même si irréalisable, m'avait touchée. Elle paraissait sincèrement tenir à moi et cela ne manquait pas de me faire ressentir encore plus de culpabilité. Elle ne se doutait pas de tout ce que j'avais dû faire par le passé ni du monstre que j'étais. Si elle l'avait su, elle y aurait sans doute réfléchi à deux fois avant de m'étreindre continuellement. À coup sûr, elle ne m'aurait même jamais adressé la parole.

— Ça ira, nous ne sommes pas obligées de leur obéir. N'aie pas peur, je ne lèverais jamais la main sur toi.

Je pris le temps d'inspirer un grand coup, de profiter encore un peu de la chaleur de son corps, avant de me défaire de son emprise et de reculer d'un petit pas. Elle essayait de me rassurer, mais elle se trompait sur l'origine de mes craintes. Je n'avais pas peur d'elle, j'avais peur de moi-même.

— Si nous ne nous battons pas, ils nous tueront toutes les deux. D'abord, ils enclencheront nos colliers pour nous donner des avertissements, et si ça ne suffit pas, ils n'hésiteront pas.

— Le collier ne fonctionne pas sur...

Comme si elle venait de comprendre, son regard marqua un arrêt au niveau de mon cou. Les décharges passées étaient encore bien ancrées dans ma mémoire. Mon corps tremblait dès que j'y songeais. Kelisha pensait avoir le choix parce qu'elle venait d'arriver, mais de mon côté, je savais ce qu'il en était. À quoi leur auraient servi des sujets d'étude désobéissants ? J'ignorais l'utilité du produit qu'on m'injectait tous les jours, mais il devait avoir un coût, tout comme la nourriture qu'on nous donnait. Je les imaginais mal gaspiller de l'argent pour des cobayes refusant d'exécuter les ordres.

— J'ai déjà essayé de résister, dis-je en serrant les poings. Mais quand la douleur arrive à un certain seuil, je n'ai plus aucun contrôle. Le mieux c'est que tu… tu n'as qu'à faire comme si tu ne me connaissais pas, comme si j'étais réellement ton ennemie. Je t'ai déjà vue te battre, tu es forte, tu pourrais réussir à l'emporter.

— Je ne me défendrai pas, prononça-t-elle, calmement.

Mes sourcils se froncèrent en entendant cette phrase. Elle n'avait pas bougé, son regard sur moi n'avait pas changé, et j'avais beau y réfléchir, son attitude était incompréhensible. Peut-être qu'elle mentait, que sa réplique était une ruse pour endormir ma méfiance, mais j'en doutais sincèrement.

— Tu ne veux pas sortir d'ici ? Pour sortir, il faut rester en vie, et pour rester en vie, tu n'as aucune autre option que celle de te battre.

La logique qui m'animait jour après jour la laissa de marbre. Au lieu de se préparer au combat, la Kelônienne n'eut aucune réaction. Pour une raison inconnue, cela m'agaça. Contrairement à moi, elle avait des gens qui l'attendaient à l'extérieur, des choses à accomplir. Pourtant, elle ne faisait aucun effort pour protéger ce futur qui lui tendait les bras.

— Fais ça rapidement, ah et s'il te plaît, évite mon visage. Je ne tiens pas à être recouverte de cicatrices quand nous quitterons cet endroit.

— Pourquoi tu ne peux pas être sérieuse pour une fois ?! m'énervai-je. Tu as entendu ce que je t'ai dit ? Ça ne te dérange pas de te sacrifier pour une inconnue que tu connais à peine ?!

— Si je ne suis que ça, qu'une vague connaissance, pourquoi t'acharner à vouloir me convaincre ? Profites-en et frappe-moi.

Les larmes aux yeux, je détournai la tête et essayai de retrouver mon calme. Elle avait raison. Pourquoi perdre du temps et de l'énergie à la persuader ? Pour une fois, j'avais la possibilité de retourner dans ma cellule sans aucune blessure. Je savais ce que j'avais à faire, ce qui était le plus logique, mais à cause du stupide attachement que je ressentais à son égard, je n'arrivais pas à me résoudre à agir comme d'habitude. Je n'avais pas encore bougé, et pourtant déjà, la culpabilité pesait douloureusement sur mon cœur.

En hauteur, dans la pièce vitrée, les Lindöriens venaient de s'installer, et en les voyant se comporter comme s'il s'agissait d'un vulgaire spectacle, ma haine à leur encontre s'en trouva décuplée. J'entendis le signal se déclencher. Le son strident résonna dans mes oreilles pendant de longues secondes, sauf qu'au lieu de porter le premier coup, je ne pus que rester immobile, comme paralysée. Mes pieds étaient cloués au sol, et à chaque fois que je m'imaginais m'en prendre à Kelisha, mon ventre se tordait dans tous les sens.

— Tamsyn ?

Je faillis poser un genou au sol lorsqu'ils actionnèrent mon collier pour envoyer la première décharge d'électricité. Les ondes de douleur commencèrent à se propager dans tout mon corps. J'avais beau lutter, je savais que j'étais en train de grimacer.

— Tu le pensais tout à l'heure ? Quand tu as dit que tu me consolerais si je faisais un cauchemar ?

— Oublie tout ce que j'ai pu dire. Ne te retiens pas, et mets-moi K.O.

Au moment où une deuxième décharge, plus intense que la première, me traversa, je fis un pas dans la direction de Kelisha. Mes mains se posèrent sur ses épaules. Je la sentis se raidir, mais loin de chercher à la blesser, je me contentai d'enfouir ma tête dans son cou. Les médecins devaient être furieux à cause de ce dénouement. Je n'aurais pas été étonnée qu'ils décident de mettre l'intensité du collier au maximum. J'essayais de m'y préparer, même si à mon avis cela n'aurait aucune incidence sur la douleur ressentie.

— Ce serait bien si tout ça n'était pas réel. Cet endroit, ces gens, j'espère toujours qu'en ouvrant les yeux, ils auront disparu. Si j'arrive à me réveiller, si par miracle cela venait à se produire, j'espère que tu seras là, Kelisha. Je te laisserai me réconforter, je prétendrai être faible et en avoir besoin…

alors s'il te plaît, pardonne-moi…

Au moment où mon genou percuta son ventre, ma vue se fit trouble. Je me dégoûtais d'être aussi égoïste, et surtout, de ne pas être capable d'endurer ce qu'ils me faisaient subir. À ma place, Kelisha aurait sûrement préféré convulsionner au sol plutôt que d'attaquer. De nous deux, je ne méritais pas d'être celle à rester debout à la fin, mais la vie était injuste. Kelisha devait regretter de m'avoir rencontrée. Sans moi, elle n'aurait eu à céder à aucun de leurs ordres, sans moi, elle aurait pu se défendre. Sans doute que maintenant, elle me haïssait. Moi en tout cas, je me détestais déjà, et j'étais certaine de ne jamais pouvoir me pardonner les quelques minutes qui allaient suivre.

***

J+8

Allongée, je fis un petit bond sur moi-même en ouvrant les yeux. Ce n'était pas la première fois que je m'évanouissais, puis que je me réveillais dans cette chambre, mais cela ne m'empêchait pas d'être confuse. Ces derniers temps, à chaque fois que je m'endormais, j'avais tendance à revivre des scènes du passé. De la sueur perlait sur mes tempes, et plus j'essayais de chasser les images de ma confrontation avec Kelisha, plus ces dernières tournaient en boucle dans mon esprit.

À l'heure qu'il était, tout le monde devait savoir ce que j'avais fait. Dès que je serais sortie de cette chambre, j'allais sûrement avoir le droit à un interrogatoire complet, et à des questions plus poussées sur ce laboratoire. Rien que d'y penser, je sentais mon cœur battre plus rapidement. Je n'avais aucune réponse claire à leur fournir, et surtout, je ne tenais pas plus que cela à m'évanouir une seconde fois.

Désespérée, j'attrapai le drap qui me recouvrait pour le passer au-dessus de ma tête. Même si la Kelônienne n'avait pas paru m'en vouloir, j'avais peur de lui faire face à nouveau. Qu'est-ce que j'étais censée lui dire ? Me répandre en excuses ne servirait à rien. Cela ne changerait rien à ce qui s'était passé. J'étais en train de me torturer l'esprit pour trouver un discours adapté quand j'entendis la porte coulisser.

L'épaisseur du tissu me permettait de distinguer la silhouette qui s'approchait. Même s'il aurait mieux valu que je ressorte la tête, un réflexe primaire m'incita à resserrer les doigts sur le drap et à rester blottie sous ce dernier. Avec un peu de chance, si je ne bougeais pas, ma visiteuse ferait demi-tour. J'avais même arrêté de respirer, pour autant, mon attitude ne m'apporta pas du tout le résultat escompté.

— Voyons voir qui se cache là-dessous…

Un petit cri m'échappa lorsque, sans hésitation, Kelisha se saisit du drap au niveau de mes pieds pour le soulever d'un seul coup. Il vola dans les airs, et alors que je m'accrochais comme je pouvais au bout que je tenais encore, la Kelônienne attrapa le tissu qui passait à sa hauteur pour tirer dessus d'un coup sec. En un instant, l'étoffe m'échappa. Je me retrouvai les mains vides, totalement exposée sous le regard de cette femme qui paraissait très fière d'elle.

— On dirait bien que j'ai gagné, fanfaronna-t-elle.

— Je n'étais pas en train de jouer avec toi, répondis-je, de mauvaise foi.

Je pris le temps de replacer correctement ma robe sur mes jambes et, une fois assise, je fis tout pour ne pas avoir à croiser son regard. Kelisha venait de s'installer sur le bord du lit, le drap gisait par terre, et je savais d'avance que je n'allais pas pouvoir échapper à la discussion qui allait suivre.

— Tu sais que tu as fait peur à tout le monde en t'écroulant aussi brusquement. D'autant qu'on ne peut pas dire que les guérisseurs Lindöriens soient très efficaces. Tu as dormi toute la nuit, et il n'y en a pas un qui a été fichu de trouver un moyen de te réveiller.

— Je suis désolée. Quand la princesse Akasha a parlé de ma planète, j'ai eu très mal à la tête, et ensuite… ensuite je ne sais pas, mon corps a lâché.

— Je ne te faisais aucun reproche. D'ailleurs, c'est une

réaction normale. Étant donné les équipements encore présents dans ce centre, et le fait que ta mémoire soit défaillante, nous pensons que... tu as déjà entendu parler de reprogrammation ? demanda-t-elle, avec hésitation.

Curieuse, je reportai mon attention sur elle en faisant non de la tête. Rien que le terme ne me disait rien qui vaille, mais s'il y avait une explication, je tenais à la connaître.

— C'est un processus qui consiste à implanter de faux souvenirs dans la tête du cobaye. Ce n'est pas encore très au point. La plupart du temps, il suffit d'un déclencheur pour que le sujet retrouve la mémoire. Malheureusement, comme le cerveau est incapable d'assimiler deux vérités à la fois, les effets secondaires sont assez… enfin, ne t'inquiète pas pour ça, dans ton cas, ça a l'air d'aller ! rajouta-t-elle devant ma mine déconfite.

Je compris que contrairement à ce que j'avais toujours cru, ils ne s'étaient pas seulement servis de moi pour leurs tests physiques. Je commençais même à penser que les injections que je recevais tous les jours avaient eu pour but d'embrumer mon esprit. Kelisha semblait très mal à l'aise d'avoir dû me l'annoncer, et surtout, elle paraissait inquiète quant à ma réaction.

— Je ne me souviens pas de mon passé, de rien du tout. J'ai fait un rêve une fois, mais je ne suis même pas sûre que ça se soit vraiment produit.

— Au vu de tes cicatrices, le guérisseur pense que tu étais là-bas depuis des années. À force de répéter le processus, il est possible qu'ils aient réussi à altérer ta mémoire de manière permanente. Mais écoute, ce ne sont que des spéculations. Nous pouvons faire venir un spécialiste et…

— Un spécialiste en reprogrammation qui s'est amusé à le faire subir à d'autres personnes ? l'interrompis-je. Non merci, je ne tiens pas à redevenir un sujet d'étude.

Angoissée à cette idée, je tournai la tête en direction du coin au sol où j'avais l'habitude de dormir. J'avais voulu savoir pourquoi j'avais toujours ces maux de tête, et pourquoi j'étais incapable de visualiser clairement mon passé, mais maintenant que j'étais au courant, je commençais à le regretter.

— De toute façon, d'après ce que tu dis, il vaut mieux que je ne me souvienne pas. Je n'ai pas envie d'avoir ces fameux effets secondaires et ça ne m'apporterait rien du tout de me remémorer ma vie d'avant. Ça me rendrait juste triste.

Je pliai les jambes puis les entourai de mes bras lorsque celles-ci touchèrent ma poitrine. Aller de l'avant était la seule alternative. Je n'avais pas de passé, mais si je m'y prenais correctement, je serais en mesure de me construire un futur. En posant ma tête sur mon genou, j'essayais de chasser les idées noires qui me traversaient. J'étais persuadée que Kelisha allait finir par quitter ma chambre, mais contre toute attente, elle s'approcha et logea sa main dans mon dos.

— J'aurais sans doute dû attendre pour t'annoncer ça aussi brutalement. Je suis vraiment désolée, prononça-t-elle doucement.

Le matelas s'affaissa légèrement lorsqu'elle prit place dessus. Elle était juste à côté de moi, à faire des mouvements circulaires réconfortants au niveau de mes omoplates. La culpabilité que je ressentais plus tôt me frappa à nouveau de plein fouet. Je me mordis la lèvre et sans pouvoir la regarder, je repris la parole.

— Pourquoi tu es aussi gentille ? Tu as oublié ce que j'ai fait ? Si tu ne t'es pas réveillée avant, c'est à cause de moi, non ?

— Rien n'est de ta faute, Tamsyn. Si quelqu'un est à blâmer, ce sont les responsables de ce centre et personne d'autre.

— Mais c'est moi qui ai… je t'ai donné tellement de coups… murmurai-je, avant d'enfouir ma tête entre mes genoux.

Presque instantanément, la main gauche de la Kelônienne se posa sur mon épaule. Son bras était derrière moi, et d'un petit mouvement, elle attira mon corps contre le sien. Je ne voulais pas pleurer, si bien que je m'efforçais de contrôler ma respiration. Me retrouver en compagnie de Kelisha avait tendance à me rappeler tout ce qui s'était passé dans ce complexe, tout ce que j'avais dû faire pour survivre et pour m'échapper. Sans elle, je m'y trouverais encore, et cette constatation à elle toute seule me déprimait au plus haut point. J'avais presque peur de me réveiller un jour et de me rendre compte qu'en réalité, j'étais toujours dans ma cellule. C'était de l'ordre du possible, tout était possible après tout.

— Tu te souviens de la dernière chose que tu m'aies dite ? Tu m'as promis que je pourrais te réconforter. Te réconforter, pas te blâmer.

— Pourtant, je le mériterais. Tu devrais m'en vouloir, et pas… me prendre dans tes bras…

Après avoir relevé légèrement la tête, je risquai un coup d'œil dans sa direction. Elle se mit à sourire instantanément, ce qui m'incita à cacher mon visage au niveau de son épaule. J'étais vraiment gênée de devoir lui faire face, principalement parce qu'à chaque fois que je la regardais, je me revoyais en train de lui faire du mal, puis je la revoyais au sol, inconsciente.

— Je suis faible que veux-tu. Je ne peux pas supporter de voir pleurer une jolie fille.

— Sois sérieuse, dis-je en lui donnant une petite tape au niveau des côtes.

— Mais je le suis ! Je n'ai rien à te reprocher, Tamsyn. De toute façon, si tu ne t'en étais pas occupée, je me serais cognée moi-même. Je ne pouvais pas supporter qu'ils t'envoient toutes ces décharges.

Sa main remonta jusqu'à ma nuque. Avec le bout de ses doigts, elle commença à caresser doucement ma peau, ce qui m'incita à relever la tête. Je n'avais jamais pensé la revoir, et même si je me sentais toujours aussi coupable, je me rendais compte être également heureuse. C'était un sentiment très particulier auquel je n'étais pas habituée. J'avais tellement craint de l'avoir tuée que la revoir semblait presque irréel.

— Je t'ai fait mal ? demanda-t-elle en examinant mon cou.

— Non, je me disais juste que j'étais contente que tu sois en vie.

— Et moi donc, répondit-elle avec un grand sourire. Maintenant, dis-moi, est-ce qu'ils te traitent bien ici ? Je ne m'attendais pas à te retrouver dans ce palais lindörien, j'étais tellement surprise que j'ai failli en tomber à la renverse.

Kelisha était assise en tailleur. Son bras me maintenait contre elle. J'aurais pu me dégager, mais je n'en vis pas vraiment l'utilité. J'étais habituée à sa proximité, et à part un câlin un peu trop enthousiaste, je savais que je ne risquais rien.

— Oui, la princesse Leela est gentille. Elle m'a recueillie quand j'étais en fuite, et à part lui tenir compagnie, je n'ai rien à faire.

— Et les Lindöriens ?

— Ils ne font pas vraiment attention à moi. Officiellement, je suis l'esclave de Leela, et ils ont peur de sa femme, alors c'est comme si j'étais transparente.

Même si j'aurais pu évoquer Lorindra, je trouvais préférable de garder le silence. Je ne l'avais plus recroisée, et il ne s'agissait que d'une exception. Contrairement à ma vie passée au centre, mon présent était presque idyllique. J'étais libre de mes mouvements, bien nourrie, et j'aimais vraiment côtoyer Leela. Elle était intelligente, bien plus que je ne le serai jamais, et l'écouter parler n'avait rien d'une corvée.

— Tu n'as pas envie de voir autre chose que ce palais ? Je sais que la princesse n'a pas beaucoup l'occasion de sortir, tu ne t'ennuies pas ?

— Ici, je suis en sécurité. Personne ne risque de me kidnapper, de me vendre, ou de me renvoyer dans un autre laboratoire. Je n'aurais pas pu rêver meilleure situation.

— Sur Petronus, l'esclavage est interdit.

Surprise de l'entendre mentionner le nom de cette planète, je haussai brièvement les sourcils avant de détendre mes jambes sur le lit. Kelisha ne me lâchait pas du regard, elle semblait scruter ma réaction, sauf que je ne savais pas quoi dire. Quand nous étions encore dans ce laboratoire, elle m'en avait souvent parlé, mais à mes yeux cela n'avait jamais été réel.

— C'est là-bas que tu vas aller quand tu quitteras ce palais ? demandai-je en jouant avec un ruban présent sur le côté gauche de ma robe.

— Avant ça, je dois mener à bien l'enquête que la princesse Akasha m'a confiée, mais oui, c'est là-bas que j'irai me reposer quand j'aurais terminé.

— Tu dois avoir hâte, ça fait longtemps que tu attends ça…

— Tu pourrais venir avec moi. C'est un endroit agréable, bien plus que ce château, et surtout, là-bas tu serais considérée comme une personne à part entière.

— Une personne à part entière qui dépendrait entièrement de toi.

Cette proposition était évidemment plus que tentante, mais au fond, il s'agissait juste de remplacer Leela par Kelisha. Ici, au moins, je savais à quoi m'attendre, tandis que sur cette planète, tout serait inconnu et à découvrir. Je ne voulais pas être un poids pour la Kelônienne, d'autant que je n'avais rien de particulier à lui apporter. La liste des pour et des contre s'allongeait dans mon esprit. J'aurais même pu y réfléchir pendant des heures si Kelisha n'avait pas posé sa main sur la mienne pour attirer mon attention.

— Je sais qu'il est sûrement difficile de me faire confiance, mais je t'assure que tu te plairais là-bas. Il y a plein d'activités et de choses à faire. Tu pourrais trouver quelque chose qui t'intéresse, gagner de l'argent par tes propres moyens, et ainsi avoir ton indépendance. Je ne compte pas te séquestrer chez moi, et encore moins t'imposer une quelconque relation, tu serais totalement libre.

— Pourquoi tu veux faire ça pour moi ? Tu es toujours aussi gentille avec tout le monde, ou c'est juste parce que je te fais particulièrement pitié ?

— Pitié ? répéta-t-elle, surprise. Alors là, pas du

tout ! J'ai simplement envie de passer du temps avec toi. Je suis certaine de passer d'excellentes vacances si tu m'accompagnes, et on est amies, non ? Je veux te voir sourire, et je doute que tu puisses y parvenir dans cet endroit.

— Je ne suis pas si malheureuse. Leela est amusante quand elle me raconte ses histoires, et Sierra est… enfin, parfois c'est agréable de passer du temps en sa compagnie.

Mentionner la Lindörienne m'embarrassa légèrement. J'avais cité son nom sans réfléchir, mais il aurait été très compliqué pour moi d'expliquer ce que j'aimais chez elle. Je sentis les doigts de Kelisha se resserrer au-dessus des miens, puis son regard se faire plus insistant. J'avais trouvé très judicieux de m'intéresser à nouveau à mon ruban, même si j'avais du mal à saisir pourquoi j'étais aussi gênée. Je n'avais rien à me reprocher, mais c'était plus fort que moi. À chaque fois que je pensais à Sierra, je repensais à toutes les fois où elle m'avait prise dans ses bras, et surtout à ce que j'avais ressenti à son contact.

— Sierra, c'est la Lindörienne qui t'accompagnait ?

— Oui. En ce moment, elle est en charge de la protection de Leela, alors je la vois assez souvent.

— Elle ne m'a pas paru particulièrement sympathique. Quoique tout compte fait, c'est peut-être moi qui lui inspire une antipathie profonde.

Je tournai la tête vers elle sans comprendre pourquoi Sierra en aurait eu spécialement après elle. Ma réaction fit sourire Kelisha qui se pencha pour me déposer un baiser léger sur la joue.

— Réfléchis à ma proposition, d'accord ? Je serai encore dans le coin pendant un moment, alors prends ton temps.

Quand elle sortit de ma chambre, je m'empressai de récupérer mon drap pour m'enrouler à nouveau dedans. D'un point de vue objectif, il aurait été bien mieux pour moi de quitter ce palais pour Petronus. Je n'avais aucune chance de me faire accepter parmi les Lindöriens, et mon avenir n'avait rien d'assuré.

À chaque fois que Leela me parlait de Rajaya, je me demandais ce qu'il allait advenir de moi une fois cette dernière de retour. Je n'allais plus être d'aucune utilité, et la jeune femme m'avait même dit ne pas habiter au palais quand sa femme était présente. Peut-être qu'il était préférable pour moi de partir avant de me faire éjecter.

C'était le choix le plus logique, mais si je partais, j'avais conscience qu'il me serait ensuite très difficile de revoir Leela, et surtout Sierra. Cette pensée m'attristait, et en même temps, me faisait me sentir ridicule. Ce n'était pas parce qu'elle s'était montrée gentille la dernière fois que j'avais une quelconque importance pour elle. Et quand bien même, bientôt elle allait s'unir avec Lorindra, alors vraiment, rien ne me retenait ici.

CHAPITRE 8

J+8

Assise en tailleur sur mon lit, je faisais défiler les symboles de l'alphabet lindörien devant moi. Mon bracelet me servait à les projeter à la façon d'un hologramme, et je n'avais qu'à appuyer dessus pour en entendre la signification. Cela faisait plus d'une heure que je m'occupais ainsi, et je commençais à somnoler tout doucement. À chaque fois que mes yeux se fermaient, je peinais à les rouvrir. La chambre baignait dans la semi-pénombre depuis que le premier soleil s'était couché, et ce fut péniblement que je retins un nouveau bâillement.

Je n'avais pas osé sortir de la journée. Le guérisseur Sandros et Leela étaient passés me rendre visite un peu plus tôt, et même si la jeune femme s'était gardée de me poser la moindre question, j'avais bien senti que ses interrogations lui brûlaient les lèvres. Demain, il allait sûrement falloir que j'affronte la réalité, et que je fasse un récit détaillé de ce que j'avais vu dans ce centre, mais pour le moment, je préférais ne pas trop y penser.

Je m'apprêtais à glisser sur le sol pour commencer ma nuit quand des bruits de pas se firent entendre dans le couloir. Mes oreilles se dressèrent, et loin de passer son chemin, la personne s'arrêta juste devant ma porte. Je n'étais pas encore habituée à la verrouiller à l'aide de mon bracelet, si bien que celle-ci coulissa pour laisser entrer Sierra.

En la voyant, plusieurs pensées me traversèrent simultanément. Il était trop tard pour faire semblant de dormir, tout comme il était trop tard pour me cacher. À la place, je crus bon de jouer l'indifférence. Je me contentai d'un bref coup d'œil dans sa direction, avant de reporter mon attention sur l'alphabet devant moi. Certes, je n'arrivais plus à me concentrer sur aucun des symboles, mais la Lindörienne n'avait pas besoin de le savoir.

— Tu n'étais pas censée te reposer ? demanda-t-elle en approchant.

— Si… D'ailleurs, c'est ce que je m'apprêtais à faire.

D'un geste de la main, je fis disparaître l'écran holographique. Mon cœur battait à cent à l'heure dans ma poitrine, J'essayais de conserver un air neutre, malheureusement je doutais que ce soit une réussite. En temps normal, j'avais déjà tendance à être troublée par la présence de cette femme, et savoir qu'elle avait eu connaissance de tout ce que je lui avais soigneusement caché renforçait ce sentiment.

— Je suis très fatiguée, alors peut-être que l'interrogatoire peut attendre demain ? proposai-je avec hésitation. Je ne me sauverai pas pendant la nuit, et il n'y a pas de fenêtre dans ma chambre, alors je ne risque pas d'aller bien loin.

— Je ne suis pas venue pour ça.

— Non ? répondis-je, surprise. Alors pour quoi ?

Debout devant le lit, Sierra m'examina avec attention, avant de s'asseoir en soupirant sur le bord de ce dernier. J'apercevais son dos, sa tresse qui retombait sur sa tunique blanche, et dans la mesure où elle ne me regardait pas, je parvins à remarquer ses épaules tendues et sa posture rigide. Quand elle me fixait, j'avais tendance à perdre mes moyens, et surtout, je perdais momentanément toute capacité de réflexion. Dans cette configuration par contre, tout semblait plus facile.

— Est-ce que tu es là pour… juste pour prendre de mes nouvelles ? tentai-je, incertaine.

Doucement, et en essayant de ne pas faire bouger le matelas, je changeai de position pour me mettre à genoux, mes fesses posées sur mes talons. J'avais l'impression d'avoir vexé la Lindörienne, mais pour ma défense, j'avais passé toute la journée à m'inquiéter de sa réaction. Je ne voulais pas lui inspirer de pitié, et je ne connaissais pas son avis quant aux expérimentations scientifiques. J'avais peur d'apprendre qu'elle était au courant, ou encore qu'elle approuvait. Depuis le début, je la trouvais différente des autres Lindöriens, principalement parce que je ne ressentais aucun danger en sa présence, mais c'était quelque chose d'instinctif et non de logique.

— Au moins, je constate que tu es fidèle à toi-même. Tes neurones sont apparemment dans le même état qu'avant la rencontre avec les Kelôniens.

— Je suis quasiment certaine que tu es en train de m'insulter, dis-je, méfiante en attrapant mon oreiller.

Sierra se retourna. De profil par rapport à moi, elle jeta un œil au coussin, puis à mon visage. J'essayais d'avoir l'air innocente, mais avec les doigts contractés autour du tissu en coton, ce n'était pas très convaincant.

— Tu comptais m'attaquer par-derrière ?

— Moi ? Non. Pourquoi j'aurais fait une chose pareille ? Ce n'est pas comme si tu avais réellement dit quelque chose d'offensant, si ?

— J'ai juste sous-entendu que tu étais lente d'esprit, et peu douée pour deviner les intentions des gens. C'est offensant à tes yeux ?

Elle l'avait prononcé avec tellement de décontraction et de naturel que je restai figée pendant quelques secondes. Elle se mit à sourire en coin, et ce fut comme un électrochoc. Sans réfléchir, ma prise se resserra sur l'oreiller, et l'instant d'après, celui-ci vola tout droit jusqu'à son visage. Pendant une brève seconde, je ressentis beaucoup de fierté. J'avais mis en plein dans le mille. J'aurais presque pu sauter de joie tellement j'étais étonnée d'avoir réussi à l'atteindre, sauf que quand le coussin retomba sur le lit, et que Sierra rouvrit les yeux, je compris que j'avais plutôt intérêt à courir, et vite.

— Tu noteras que tu étais de face. Je n'ai donc vraiment pas attaqué par-derrière, précisai-je en posant un pied sur le matelas.

À moitié accroupie, je m'apprêtais à bondir du côté de la chambre qui me permettait un accès à la sortie. Je pouvais échapper à la Lindörienne. Il me suffisait d'être rapide, très, très rapide.

— N'espère même pas pouvoir t'enfuir.

Au moment de sauter, je vis Sierra s'élancer en même temps. Elle n'eut aucun mal à se placer juste devant moi pour me bloquer la route, ce qui m'incita à sautiller d'une jambe sur l'autre, puis à me baisser d'un seul coup pour éviter son bras tendu. Le sol glissait sous mes pieds, et au lieu de courir en ligne droite, je fis exprès de lui tourner autour.

Ses doigts frôlèrent mes cheveux. Elle faillit m'attraper, mais à la dernière seconde, je parvins à grimper à nouveau sur le lit. De là, et consciente que notre différence de taille me désavantageait, j'optai pour une stratégie très personnelle. Sans réfléchir, et profitant de l'opportunité, je me servis de l'élan que me procurait les ressorts du matelas pour bondir dans le dos de la Lindörienne. Mes jambes et mes bras s'enroulèrent autour d'elle, elle fut déséquilibrée un instant et quand elle tourna la tête pour m'observer, je décidai de l'imiter et de lui offrir un sourire narquois.

— Si c'était un vrai combat, tu aurais perdu, me vantai-je.

— Sauf que ce n'en est pas un…

Je ne compris où elle voulait en venir que quand ses doigts effleurèrent la plante de mon pied. Le contact me fit tressaillir, puis resserrer davantage les jambes autour d'elle. Si elle croyait m'avoir aussi facilement, elle se trompait lourdement.

— Promets qu'il n'y aura aucunes représailles et je descends, dis-je en bougeant légèrement pour mieux m'installer.

— La grande guerrière que tu es aurait peur de la

misérable perdante que je suis ? se moqua-t-elle.

— Je n'ai pas peur. Je propose juste un statu quo qui nous serait profitable à toutes les deux.

— Que c'est généreux de ta part… malheureusement, je vais devoir décliner.

Elle recula d'un pas pour que ses jambes butent sur le lit, puis sans prévenir, elle fit exprès de basculer en arrière. Elle tomba assise, ses doigts se glissèrent au niveau de l'arrière de mes genoux pour me chatouiller, et tirant parti de mon état de faiblesse momentanée, elle parvint à me faire lâcher prise. Il s'agissait vraiment d'une ruse très fourbe, mais je n'étais pas vraiment en mesure de le lui reprocher étant donné la façon dont moi j'avais agi.

Au moment où elle écarta mes jambes pour les décrocher, un réflexe m'incita à détacher mes bras. La logique aurait voulu qu'ensuite je rampe pour tenter de lui échapper, mais quand la Lindörienne se retourna, mon corps bascula en arrière. Mon dos s'écrasa contre le matelas, et comme si elle était en train d'anticiper ma prochaine manœuvre de fuite, Sierra me surplomba et posa ses avant-bras de part et d'autre de mon visage.

Si jusque-là cette bataille m'avait paru plutôt amusante, d'un coup je n'eus plus du tout envie de rire. Je ne saurais dire pourquoi, mais l'atmosphère changea brusquement. L'un de ses genoux s'était glissé entre mes cuisses. Elle se retrouva à quatre pattes au-dessus de moi, et le regard qu'elle me lançait aurait suffi à paralyser n'importe qui. J'eus du mal à avaler ma salive. Mon cœur se mit à piquer un sprint, et j'avais beau tenter de retenir ma respiration, ma poitrine se soulevait plus rapidement que d'ordinaire.

— Je te fais peur ? murmura-t-elle sans me quitter des yeux.

Incapable de la moindre parole, je me contentai de faire « non » de la tête. Je n'osais pas bouger d'un millimètre. Mes bras étaient repliés sur le matelas. Le bout de mes doigts frôlait les coudes de la Lindörienne et même si je ne comprenais pas comment l'ambiance avait pu s'alourdir aussi vite, je ne pouvais nier éprouver une certaine frustration.

J'avais envie de la toucher, il aurait suffi que je déplace légèrement mes mains pour avoir accès à sa peau, seulement, je n'arrivais pas à me lancer. La gêne me retenait. Je voyais que Sierra faisait beaucoup d'effort pour ne pas que nos corps entrent en contact, et je n'étais pas sûre de la façon dont j'étais censée réagir. Les éclats bleutés dans ses yeux étaient en train de se multiplier, elle jeta un œil à mes lèvres, et cette fois-ci, mon souffle se coupa totalement.

La scène me paraissait irréelle. J'avais l'impression d'être en plein rêve, mais loin de me réveiller, je me mis à tressaillir lorsque Sierra m'embrassa doucement sur la joue. Elle bougea le bras droit pour attraper ma main dans la sienne, et tout en me déposant un second baiser léger au niveau de la pommette, elle fit glisser mes doigts sur son épaule. Mes yeux se fermèrent pendant un instant. En les rouvrant, j'aperçus la Lindörienne me sourire brièvement. C'était la première fois qu'il n'y avait aucune trace de moquerie dans ce dernier, ce qui ne manqua pas de me troubler davantage.

— Tu me rends vraiment la tâche difficile. Comment je suis censée me contrôler si tu me lances ce genre de regards ?

Elle secoua légèrement la tête, et après un dernier baiser sur ma tempe, Sierra bascula sur le côté en m'entraînant avec elle. Sa main alla se loger sur ma taille. Cette fois-ci, elle ne chercha pas à maintenir une quelconque distance entre nous. En me retrouvant face à elle, et surtout tout contre elle, je me mis à rougir. J'étais embarrassée à cause de sa dernière phrase, et percevoir son corps contre le mien ne m'aidait pas vraiment à reprendre des couleurs normales.

— Pourquoi tu… tu te comportes bizarrement tout à coup, fis-je remarquer en baissant les yeux.

— Bizarrement en bien ou en mal ?

— Je ne sais pas… bizarrement, c'est tout.

Elle plaça son bras sous sa tête, et en sentant sa main remonter le long de mes côtes pour se glisser dans mes cheveux, mon rougissement s'intensifia. Il n'y avait vraiment qu'avec elle que je réagissais de cette manière. J'avais l'impression que mon esprit était totalement vide. Toute trace d'intelligence m'avait quittée, et même si j'aurais dû détester cette situation, c'était tout le contraire.

— Tu veux que j'arrête ?

— Non ! répondis-je un peu trop vivement. Enfin je veux dire, non… tu peux continuer… repris-je, plus faiblement.

Je risquais un coup d'œil vers elle, et en remarquant l'amusement dans son regard, la gêne me poussa à placer mes mains sur mon visage pour me cacher. C'était n'importe quoi, je faisais n'importe quoi. Je n'avais peur de personne, j'étais prête à me battre avec n'importe qui, mais dès qu'il s'agissait de Sierra, je n'arrivais pas à soutenir un malheureux regard.

— Quelqu'un a perdu sa belle assurance, on dirait, se moqua-t-elle gentiment.

— Arrête ! Ce n'est pas drôle ! protestai-je en me redressant pour m'asseoir.

Je l'entendis rire lorsqu'elle se plaça sur le dos, ce qui m'incita à tourner la tête de l'autre côté et à maugréer sur l'injustice de la situation. D'un coup, je comprenais mieux pourquoi elle était venue me voir. M'embêter semblait compter parmi ses activités favorites, mais aujourd'hui, je n'allais pas me laisser faire. J'attrapai le coussin qui avait atterri par terre, et après l'avoir remis à sa place, je m'allongeai en tournant le dos à la Lindörienne. J'allais agir comme je l'avais prévu au départ, avec indifférence et sans me soucier de cette femme.

Certes mon cœur battait beaucoup trop vite, mais j'en étais capable. En sentant le matelas s'affaisser, signe que Sierra était en train de bouger, je me mordis la lèvre. Mes doigts se resserrèrent sur l'oreiller, puis mon corps se recroquevilla légèrement sur lui-même lorsqu'elle se plaça dans mon dos. Elle ne me touchait pas. Malgré tout, je n'avais aucun mal à percevoir son regard sur ma nuque. C'était déstabilisant, encore plus à cause de ce qui venait de se passer quelques minutes plus tôt.

— Pourquoi tu ne m'as pas dit pour le laboratoire ?

Au ton de sa voix, beaucoup plus doux que d'habitude, je réalisai que la réponse lui tenait à cœur. Elle était allongée derrière moi. Avec un mouvement d'hésitation, ses doigts effleurèrent mon épaule, ce qui ne manqua pas de me faire frissonner légèrement. Après avoir entendu parler longuement de Rajaya, j'avais compris qu'elle était une personne très tactile, mais que Sierra le soit tout autant m'étonnait au plus haut point. Depuis le temps que je me trouvais dans ce palais, j'avais toujours vu les Lindöriens agir assez froidement, au contraire des Kelôniens qui, pour leur part, étaient beaucoup plus expansifs.

— Parce que… au début, j'avais peur que tu me renvoies là-bas, répondis-je sans oser me retourner.

— Et après ?

— J'avais peur d'apprendre que tu avais quelque chose à voir là-dedans, que tu étais comme eux, et je ne voulais plus repenser à tout ça, avouai-je en serrant davantage l'oreiller. Tant que personne n'était au courant, je pouvais espérer qu'avec le temps, les souvenirs disparaîtraient et qu'à un moment donné, ce serait comme si tout ça n'avait jamais existé.

Si ma culpabilité envers Kelisha avait diminué depuis notre conversation, je n'en oubliais pas tout ce que j'avais dû faire avant de la rencontrer. Je n'avais pas toujours résisté. Il y avait même un tas de fois où j'avais obéi sans discuter. Tous ces instants me hantaient. Les autres aussi avaient dû espérer pouvoir rentrer chez eux un jour, et j'étais celle à avoir brisé leur chance de se construire un futur. Quand j'y pensais avec trop d'attention, l'émotion me gagnait. Je sentais les larmes me monter aux yeux, mais très rapidement, ce fut une tout autre sensation qui se mit à m'envahir lorsque Sierra passa son bras autour de moi pour me rapprocher d'elle.

— Est-ce que tu es en train de penser que je suis vraiment stupide ? demandai-je en observant sa main posée sur mon ventre.

— Tu es stupide, mais pas pour les raisons que tu as en tête. Je n'ai rien à voir avec ce centre, avec l'esclavage, ou les expérimentations de manière générale, et crois-moi, quand j'aurais retrouvé les dirigeants de ce centre, ils regretteront amèrement chacun des sévices qu'ils t'ont fait subir.

Doucement, et avec précaution, je me décidai à me retourner pour lui faire face. Elle s'était installée sur l'autre oreiller, son visage était placé un peu plus haut que le mien, et je vis tout de suite qu'elle était contrariée. Son langage corporel ne trompait pas. Ses épaules étaient tendues, quant à ses doigts logés dans mon dos, ils s'étaient crispés contre ma robe.

— Ça veut dire que toi aussi tu vas mener l'enquête ?

— Bien sûr que je vais mener l'enquête, comme si j'allais laisser passer quelque chose comme ça, s'agaça-t-elle.

— Alors... avec Kelisha, vous allez travailler ensemble ?

Son sourcil droit tressauta, et quasiment au même moment, elle se recula légèrement pour pouvoir mieux m'observer. Comme dans la salle du trône la veille, des ondes glaciales se dégagèrent de la Lindörienne. Je regrettais presque d'avoir posé la question. Je baissai les yeux, un peu gênée, sans comprendre ce que j'avais pu dire de si horrible pour provoquer un tel changement d'humeur.

— Nous collaberons si nécessaire, répondit-elle, sans me lâcher du regard.

— C'est bien... enfin, je crois... À deux, vous allez sûrement obtenir plus de résultats...

— Cette femme, quelle relation tu as avec elle ?

Même si je n'avais rien à me reprocher, cela ne m'empêcha pas de sentir mon estomac se nouer. Personne n'aurait pu rester indifférent face au ton froid de Sierra. Quand son visage devenait impassible, ce n'était jamais bon signe. Et plus que ma question, je commençais même à regretter de m'être retournée.

— Relation, répétai-je, bêtement. Eh bien, je suppose que nous sommes amies ?

— Tu n'as pas l'air sûre de toi.

— C'est peut-être parce que j'ai l'impression que tu vas m'étrangler si je ne donne pas une réponse satisfaisante. Ton regard, non, la tête que tu fais toute entière, c'est de l'intimidation ! dis-je en posant mes mains sur son visage pour le recouvrir.

Mon cœur se calma un instant, avant de connaître une accélération aussi vive que soudaine quand Sierra se servit de sa langue pour lécher doucement la zone de peau à sa portée.

— Tu… tu… Imbécile ! bégayai-je en devenant cramoisie en moins d'une seconde.

Je m'empressai de retirer mes mains pour attraper mon oreiller, mais avant même de pouvoir faire le moindre geste, la Lindörienne repassa au-dessus de moi sans me laisser l'occasion de me défiler. Cette fois-ci, elle s'était saisie de mes poignets, sûrement pour m'empêcher de la frapper, et ce fut avec un léger sourire en coin qu'elle les plaqua de chaque côté de mon visage.

— Qui est l'imbécile maintenant ? Tu ne crois pas que tu ferais mieux de t'excuser, et en vitesse ?

— Jamais ! Ça ne se fait pas de lécher les gens, c'est totalement… totalement interdit ! Ça ne viendrait même à l'esprit de personne d'agir de cette façon ! m'exclamai-je, déstabilisée.

— Venant de quelqu'un qui a la morsure facile, c'est assez risible, tu ne crois pas ?

Installée à califourchon sur moi, Sierra paraissait très fière de sa prise. De mon côté, je ne pus que tourner la tête sur le côté pour limiter mon embarras. On ne pouvait vraiment pas se fier à cette femme. À un moment, elle se montrait souriante et gentille, et juste après, elle se permettait de me sauter dessus sans la moindre once d'hésitation.

— La situation était totalement différente. J'étais coincée, au pied du mur, on peut même dire que je luttais pour ma survie. Dans ton cas, par contre, tu as simplement des habitudes étranges et dégoûtantes.

— Dégoûtant, quel choix de mot intéressant ! Tu es sûre de toi ? Tu n'aimes vraiment pas ça ?

— Qui aimerait se faire… Ah, tu recommences ! Ce regard ! Comme si je m'apprêtais à dire une énormité et que tu te préparais d'avance à te moquer de moi !

— Je suis sûre que je peux te faire changer d'avis, déclara-t-elle, confiante.

— Dans tes rêves, peut-être.

La provoquer n'avait rien de malin, mais c'était plus fort que moi. Je décidai d'utiliser toute ma force pour essayer de me dégager, malheureusement, cela me permit à peine de faire décoller mes mains de quelques centimètres du matelas. Sierra ne cilla même pas, pire, ma tentative parut l'amuser davantage.

— Je te propose un marché. Tu me laisses faire encore une fois, et si tu continues à trouver ça désagréable, je m'engage à te présenter mes excuses et à te relâcher.

— Et si… enfin pas que ça puisse arriver, mais si jamais le contraire se produit ?

— Tu commences déjà à douter ? me nargua-t-elle.

— Pas du tout ! C'est d'accord, fais ce que tu veux, de toute façon, ça ne changera rien.

En voyant les étincelles bleutées briller plus que jamais dans son regard, je me mis à regretter mon impulsivité. Je ne comprenais pas comment les choses avaient pu tourner ainsi, mais pour le moment, j'étais trop occupée à observer chaque geste de la Lindörienne pour y réfléchir. J'avais l'impression qu'elle s'apprêtait à me dévorer. C'était très particulier comme sensation. Tous mes muscles étaient tendus, mais en même temps, je n'avais pas peur.

Avec son pouce, elle caressa doucement mon poignet, et lorsqu'elle se pencha pour y déposer un léger baiser, je sentis très clairement mon rythme cardiaque redoubler d'intensité. Mon corps réagissait étrangement. De petits frissons me traversèrent quand elle réitéra son geste, puis encore d'autres quand ses lèvres descendirent le long de mon avant-bras. J'avais du mal à avaler ma salive. Mon souffle se fit plus court, jusqu'à totalement se couper au moment où elle me fit poser le bras à plat sur le matelas.

— Qu'est-ce que… qu'est-ce que tu fais ? demandai-je, nerveuse.

Avec le bout de ses doigts, elle effleura ma peau, et à partir de ce moment-là, j'eus des difficultés à rester immobile. C'était presque de la torture. Encore plus lorsqu'elle m'embrassa à nouveau sur le poignet, et que le bout de sa langue prit le relais. Le contact bref, mais humide, me fit tressaillir. Je me mordis la lèvre inférieure pour m'empêcher de faire le moindre bruit, avant de détourner les yeux précipitamment quand Sierra reporta son attention sur mon visage.

— Alors, toujours aussi dégoûtant ? murmura-t-elle en laissant son souffle chaud balayer mon avant-bras jusqu'à l'intérieur de mon coude.

— Tu triches…

— Tu n'as imposé aucune règle.

Consciente qu'elle avait raison, je trouvai préférable de garder le silence. Mes doigts se resserrèrent sur eux-mêmes en la sentant donner un nouveau coup de langue, et même si j'avais voulu mentir, je n'aurais pas pu y parvenir. Les réactions de mon corps me trahissaient. Inconsciemment, je me mis à frotter mes jambes l'une contre l'autre, puis à respirer de plus en plus vite à mesure que Sierra se rapprochait de mon cou.

— On dirait bien que notre accord va tourner à mon avantage, susurra-t-elle en donnant un autre petit baiser au niveau de ma jugulaire.

— Tu n'as émis aucune revendication, alors je suppose que tu as fait ça pour… juste pour le plaisir de la victoire ?

— Que serait une victoire sans une récompense bien méritée ?

Elle se redressa et, étrangement, cet arrêt fut loin de me soulager. J'étais frustrée. Ma peau me brûlait à chaque endroit qui avait été en contact avec ses lèvres, mais je préférais encore être victime de combustion spontanée plutôt que de l'avouer.

— Qu'est-ce que tu veux comme récompense ?

— Toi.

Assise à califourchon sur moi, la Lindörienne me lança un autre regard fiévreux qui me paralysa totalement. Ses yeux dévièrent un instant vers le très léger décolleté de ma robe, et devant mon absence de réaction, elle rejeta sa tresse dans son dos, avant de poser ses mains sur ma taille.

— Me dire de faire tout ce que je veux, puis ne pas t'insurger quand je te donne ce genre de réponse, tu réalises ce que ça m'envoie comme signal ?

— Un signal… positif ? tentai-je avec hésitation.

— Positif oui, mais positif à quoi, ça, je suis sûre que tu n'en as aucune idée.

— Je sais, je suis lente d'esprit et stupide, soupirai-je en détournant les yeux.

— Tu m'intéresses, Tamsyn, d'une façon non amicale et non platonique. Tu es… tu me tentes en permanence. À chaque fois que je te regarde, je dois me faire violence pour conserver mes distances. Maintenant que je sais que tu n'es pas une espionne, et que ta présence parmi nous est vraiment le fruit du hasard, je ne vois plus aucune raison de me retenir. Je veux passer du temps avec toi, le plus de temps possible, et si tu dois être stupide avec quelqu'un, je veux que ce soit avec moi et personne d'autre.

Abasourdie par cette déclaration, je clignai des yeux plusieurs fois avant de me redresser brusquement. La Lindörienne ne chercha pas à m'en empêcher. Elle se contenta de rester à genoux, puis de basculer en arrière quand ma main se posa sur son front. Évidemment sa peau était très chaude, mais je n'étais pas certaine que cela ait une quelconque signification. J'avais compris chacun des mots prononcés, seulement, mon esprit refusait d'en assimiler le sens. C'était trop insensé pour être réel.

— Est-ce que tu es malade ? Tu réalises à qui tu parles ?

— J'étais persuadée que tu me fournirais une réponse de cet acabit.

Elle attrapa ma main dans la sienne, et après avoir déposé un baiser sur le dos de cette dernière, elle se servit de son autre bras pour m'attirer contre elle. Dans la mesure où Sierra s'était installée en tailleur, je me retrouvai à califourchon sur elle. Pour me retenir, mon autre main trouva refuge sur son épaule. Mon cœur n'en finissait plus de taper avec force dans ma cage thoracique. J'étais certaine d'avoir les joues rouges, alors qu'en face de moi, Sierra, elle, semblait très à son aise.

— Après-demain, je dois m'absenter. J'ai quelques affaires à régler dans une autre ville, et j'aimerais que tu viennes avec moi.

— Avec toi pour…

— Un rendez-vous.

— Un rendez-vous… romantique ? prononçai-je, timidement.

La question pouvait paraître idiote, mais je n'étais plus à ça près. La déclaration de Sierra continuait à tourner en boucle dans ma tête, et plus j'y réfléchissais, plus je me rendais compte qu'il n'y avait qu'une seule manière de la comprendre. Si elle voulait passer du temps avec moi, c'était bien qu'elle devait m'apprécier, cependant je ne savais pas ce qu'elle attendait de moi. Même si cela me paraissait toujours aussi étrange, j'aimais qu'elle me prenne dans ses bras, et tous les contacts physiques qu'elle initiait. Par contre, j'ignorais pourquoi elle me disait tout ça à moi, et non à Lorindra.

— Qu'entends-tu par romantique ?

Après avoir laissé son autre bras rejoindre le premier autour de moi, elle me serra un peu plus fort contre elle. Mes doigts s'agrippèrent à ses épaules, et je devais admettre m'être rarement sentie aussi bien qu'en ce moment précis.

— Se donner la main, se promener ensemble en regardant les mêmes choses, partager un repas dans un endroit particulier… et aussi… à la fin… enfin tu sais… rajoutai-je, gênée.

— Non, je ne vois pas, qu'y-a-t-il à la fin ?

En remarquant son léger sourire, je sus qu'elle le faisait exprès. Je détournai les yeux, tout en me maudissant de réagir de cette façon. Je ne comptais pas lui répondre, je la trouvais même très cruelle de se moquer ainsi. Du moins jusqu'au moment où elle m'embrassa doucement sur la joue. À partir de là, il me fut vraiment très difficile de lui en vouloir, surtout qu'elle recommença une seconde fois et que chaque baiser supplémentaire avait tendance à me rendre de plus en plus faible.

— C'est Leela qui t'a donné cette définition ?

— Pourquoi ? J'ai encore raconté n'importe quoi, c'est ça ? dis-je, dépitée.

— Si c'est ce genre de rendez-vous que tu souhaites, c'est ce genre de rendez-vous que nous aurons.

— Et pour… Lorindra ? Elle ne risque pas d'être un peu… tu sais, fâchée ? C'est vrai que je n'y connais pas grand-chose sur vos coutumes, mais normalement, c'est plutôt elle que tu devrais emmener, non ?

Je n'étais pas certaine que ce soit le bon moment pour poser cette question. D'autant que je connaissais déjà la réponse. Si cette escapade remontait à ses oreilles, j'avais intérêt à faire très attention à mes allées et venues dans ce château. Elle avait été très claire la dernière fois, et j'avais beau me moquer pas mal de son interdiction d'approcher Sierra, je ne tenais pas à me faire égorger par surprise au détour d'un couloir.

— Je devine que tu as laissé tes oreilles traîner n'importe où, déclara-t-elle, plus sérieusement.

Ses mains quittèrent mon dos pour se poser sagement sur mes hanches, et instantanément, sa remarque me vexa. Personnellement, je me serais bien passée de rencontrer sa fiancée. Ce n'était pas comme si j'avais fait exprès de la croiser ni comme si j'avais eu envie de l'écouter se vanter de leur union prochaine.

— Figure-toi que j'aurais préféré ne rien entendre,

mais malheureusement, je ne peux pas devenir sourde sur commande, répondis-je, irritée.

— Les bruits de couloir ne sont pas à prendre au pied de la lettre. J'ignore ce que tu as cru comprendre, mais à coup sûr, tu en as fait une mauvaise interprétation.

— Il n'y avait rien à interpréter. C'était même très clair, limpide, et accessible à une débile comme moi.

Énervée, je me défis de son emprise et quittai ma position pour me lever. Sierra avait tenté de me retenir, et surtout elle paraissait surprise, mais je n'allais pas continuer à me laisser insulter sans protester.

— Qu'as-tu entendu au juste ? questionna-t-elle en fronçant les sourcils.

— Que vous alliez bientôt vous unir, déclarai-je en croisant mes bras sous ma poitrine. Comme tu vois, difficile de se méprendre. Elle était très enthousiaste d'ailleurs, tu en as de la chance d'avoir une fiancée aussi aimante, ironisai-je.

Sierra resta silencieuse quelques secondes. J'eus tout le loisir de sentir mon agacement atteindre des sommets, et de m'interroger sur les raisons qui me poussaient à me mettre dans un état pareil. À chaque fois que je les imaginais toutes les deux, c'était plus fort que moi, mon sang se mettait à bouillir dans mes veines. J'étais heureuse, très heureuse même que la Lindörienne m'ait proposé un rendez-vous, mais je n'oubliais pas que juste après, elle irait sûrement retrouver cette femme. C'était peut-être normal pour eux, peut-être qu'il n'y avait pas spécialement de notion d'exclusivité, sauf que moi, cela me dérangeait particulièrement.

— Ce n'est pas ma fiancée.

Sierra se déplaça pour s'asseoir sur le bord du lit. J'étais juste en face d'elle, et pendant un instant, sa déclaration me désarçonna.

— Et nous n'allons pas nous unir, ni maintenant, ni jamais, rajouta-t-elle, calmement.

— Non ? Mais pourtant… enfin… elle paraissait plutôt sûre d'elle…

D'un coup, je me mis à douter. Mes bras se décroisèrent pour retomber le long de mon corps, et surtout, je commençais à regretter mon petit coup d'éclat. Pourquoi au juste avais-je eu besoin de mentionner cette Lorindra ? Au fond, cela importait peu. Sierra était totalement libre, je n'avais pas à l'interroger sur sa vie personnelle.

— Nous nous fréquentons occasionnellement, mais il n'a jamais été question d'engagement à long terme.

— Je vois…

En réalité, je ne voyais pas du tout, mais je n'osais pas approfondir. Mal à l'aise de m'être méprise, je posai ma main sur le haut de mon bras gauche pour le frotter doucement. Maintenant que j'étais calmée, je ne savais plus quoi dire, ou plutôt si, seulement c'était gênant.

— Et donc tu… tu fréquentes beaucoup de femmes en même temps ? questionnai-je en regardant le sol.

— C'est mignon.

Ne comprenant pas cette réponse, je relevai la tête pour m'apercevoir que Sierra avait quitté le lit et se tenait juste en face de moi. J'eus un petit mouvement de recul qui fit sourire la Lindörienne et qui l'incita à lever la main pour la poser dans mes cheveux.

— Tes oreilles se baissent quand tu es jalouse, un vrai détecteur à émotion, s'amusa-t-elle.

— Je ne suis pas jalouse ! Je ne vois pas du tout pourquoi tu dis ça, je posais juste une question, une simple petite question.

Après avoir secoué la tête pour me dégager, je voulus mettre davantage de distance entre nous, quitte à faire le tour de la chambre, mais Sierra ne m'en laissa pas l'occasion. Comme si elle avait prévu mon mouvement, elle s'empressa de glisser ses doigts au niveau de ma taille pour pouvoir me rapprocher d'elle d'un seul coup.

— Je m'engage à n'emmener personne d'autre en rendez-vous, ça te va comme ça ? demanda-t-elle, gentiment.

— Je ne t'ai rien demandé, tu fais comme tu veux, prétendis-je en évitant soigneusement son regard.

— Si c'est comme je veux…

Sans prévenir, et encore une fois, elle se baissa pour passer un bras sous mes cuisses et me soulever dans les airs. Par réflexe, je râlai aussitôt en exigeant d'être reposée à terre, mais au lieu de m'obéir, elle se contenta de faire le tour du lit.

— J'ai des jambes tu sais, je n'ai pas besoin que tu me balades comme ça et… ah !

Une légère exclamation m'échappa quand elle me relâcha sur le matelas. Je me trouvais à la place de tout à l'heure, celle que j'avais délaissée lorsque la Lindörienne m'avait fait sa déclaration. Sans rien dire, elle retourna s'installer à mes côtés, et ce fut seulement en la voyant passer un drap au-dessus de nous que je pris conscience de la situation.

— Tu ne comptes quand même pas dormir ici.

Sans prendre la peine de me redresser, je tournai la tête vers elle. J'entendis une petite sonnerie retentir au moment où elle se servit de son bracelet, et je réalisai qu'elle venait de verrouiller la porte. Qu'elle possède le code de ma chambre était un peu dérangeant, mais en même temps, cela ne m'étonnait pas. Le deuxième soleil s'était couché, et quand les lumières s'éteignirent, je me mis à fixer le plafond. Mes yeux s'habituèrent très rapidement à l'obscurité, par contre, il me semblait impossible de réussir à trouver le sommeil.

Par réflexe, je jetai un coup d'œil au sol, à l'endroit où j'avais dormi les autres nuits, avant de me tendre quand Sierra réduisit l'espace entre nous. Je ne comprenais pas pourquoi j'étais aussi nerveuse. Elle passait son temps à me prendre dans ses bras, il n'y avait rien de nouveau par rapport à d'habitude. Ce n'était pas parce que nous étions dans le noir, dans un lit, et dans une pièce close, que cela changeait quelque chose.

— Ferme les yeux, ma chérie, murmura-t-elle doucement.

Ses lèvres effleurèrent mon épaule, et malgré moi, je

me mis à frissonner. Mon rythme cardiaque s'intensifia légèrement à cause du surnom employé, puis encore un peu plus quand la Lindörienne m'incita à me tourner sur le côté. Son bras m'entoura pour me faire glisser contre elle et en sentant sa poitrine contre mon dos, je me mordis la lèvre inférieure. J'avais beau essayer de me dire que ce câlin était semblable aux autres, cela ne fonctionnait pas le moins du monde. Sa chaleur m'enveloppait totalement, et très rapidement, je ne résistai pas à déplacer ma main pour la poser sur celle de Sierra.

Mes doigts caressèrent un instant sa peau, suivirent le tracé d'un tatouage qu'elle avait sur l'avant-bras, avant de venir s'entremêler avec les siens lorsqu'elle me présenta sa paume. Je n'arrivais pas à expliquer pourquoi je me sentais aussi en sécurité avec elle, mais savoir qu'elle était là me rassurait. Je n'éprouvais pas le besoin d'aller me rouler en boule sur le sol. Je ne m'inquiétais pas de savoir si la porte allait brusquement s'ouvrir. Je me contentais de profiter du moment, et même si au départ, ma respiration s'était emballée, il ne fallut pas longtemps pour que cette dernière se cale sur celle de Sierra.

CHAPITRE 9

J+9

Stressée, je regardais tout autour de moi, et plus particulièrement en direction du guérisseur Sandros qui était en train de paramétrer son matériel. Kelisha venait de me poser une électrode sur la tempe, alors qu'un autre capteur était logé au niveau de mon cœur pour surveiller mon rythme cardiaque. La salle d'examen dans laquelle nous nous trouvions était de taille moyenne. J'avais pris place sur un fauteuil, et presque par réflexe, mon attention se tourna vers la porte de sortie.

— Tu sais, tu n'es pas obligée, me répéta Kelisha. Mes propres souvenirs sont suffisants pour débuter l'enquête.

— Ça va, si je peux aider à retrouver les disparus, ce serait vraiment égoïste de ma part de refuser.

Du mieux possible, je m'efforçais de paraître courageuse. Ce matin, en accompagnant Leela en salle du trône, mon chemin avait croisé celui de la princesse Akasha et de sa suite. Je savais parfaitement qu'ils mouraient tous d'envie de me poser des questions, et dans la mesure où ils avaient compris que je risquais d'avoir du mal à répondre, l'un des conseillers avait suggéré une méthode beaucoup plus efficace.

— Est-ce que ça va être douloureux ? demandai-je, inquiète.

— Si ça l'était, tu crois que je t'aurais laissée t'installer ?

Grâce à la machine qui est là-bas, le guérisseur va pouvoir stimuler ton esprit pour accéder aux moments qui nous intéressent, mais je te le promets, tu ne sentiras rien. Tes souvenirs seront affichés sur l'écran central, et je me chargerai personnellement de veiller sur toi. Au premier signe de trouble, on arrête tout.

— Ça veut dire que tout le monde va pouvoir assister à.... Enfin, tout le monde pourra me voir en train de faire certaines choses ?

— Il s'agit juste d'identifier les responsables de ce centre. Personne ne te tiendra rigueur de quoi que ce soit, me rassura-t-elle.

Sa main caressait doucement mon épaule, sûrement dans le but de me détendre, mais c'était loin de fonctionner. Plus tôt, elle m'avait expliqué que les images seraient enregistrées pour être ensuite diffusées à un petit nombre de personnes, et rien que d'imaginer Leela ou Sierra les visionner, j'en avais la nausée. Ce matin, je m'étais réveillée seule, et je m'étais rendu compte que je n'avais aucune idée de ce que faisait la Lindörienne de ses journées. Je savais qu'elle participait à quelques réunions, et qu'il lui arrivait d'aider Leela dans ses activités, mais ça restait plutôt flou pour moi.

— Je t'emmène manger en ville dès que ce sera terminé, d'accord ? Un repas délicieux, et bien meilleur que tout ce qu'on te sert dans ce palais.

— Je ne suis pas sûre que j'aurai très faim...

— Alors un peu de shopping ? Le blanc c'est bien, mais tu dois avoir envie d'un peu de couleur.

— Ne te sens pas obligée de me proposer quoi que ce soit. Tu dois être occupée toi aussi, et surtout, tu dois avoir hâte de boucler cette affaire.

— Passer du temps avec toi est loin d'être une corvée. Alors, maintenant détends-toi, et après compte sur moi pour te changer les idées.

Le guérisseur Sandros indiqua qu'il était prêt, et presque instantanément, mon stress augmenta d'un cran. J'ignorais à quel souvenir j'allais être confrontée, et je craignais qu'on assiste à l'un des combats où j'avais mis mon adversaire à mort. Ça n'avait pas commencé, et pourtant mon cœur battait déjà trop vite. Je voyais la courbe de mon rythme cardiaque sur l'écran de gauche, et celle-ci n'avait rien de régulier.

Même si Kelisha m'assurait que tout irait bien, et que personne ne m'en voudrait, je n'en étais pas si certaine. J'avais peur que Sierra décide d'annuler notre rendez-vous, ou encore que Leela ne veuille plus entendre parler de moi. Il était impossible qu'elles puissent me regarder de la même façon après cela. Moi-même je me sentais atrocement coupable à chaque fois que je me remémorais le passé.

— Calme-toi, je suis là, tout va bien se passer.

Mes doigts étaient tellement crispés sur l'accoudoir du fauteuil que j'avais l'impression qu'il n'allait pas tarder à se briser. La Kelônienne sembla le remarquer puisque l'instant d'après, elle attrapa ma main dans la sienne. Sans elle, j'aurais certainement paniqué, voire bondi de ce siège pour quitter la pièce, mais je lui faisais confiance. Quand nous nous trouvions dans ce laboratoire, elle m'avait promis que nous nous en sortirions et c'était vraiment arrivé. Alors si maintenant elle m'assurait que je n'avais rien à craindre, je me devais de l'écouter.

Le guérisseur annonça qu'il allait déclencher le processus, et presque au même moment, je sentis un petit courant électrique traverser ma tempe. La sensation était étrange, pas douloureuse, mais pas agréable non plus. J'eus l'impression de m'endormir lentement, ma tête tangua légèrement sur la droite, puis tout devint noir.

***

J-3663

Paniquée et choquée, je restais immobile alors qu'en contre bas, la porte de la maison volait en éclat. Mon père qui se tenait juste devant fut projeté en arrière, j'entendis ma mère crier, et là ce fut comme un électrochoc. En apercevant un inconnu pénétrer chez nous, armé d'un drôle d'objet, je reculai précipitamment et manquai de trébucher sur le matelas où Joanis avait trouvé refuge. Recroquevillé dans un coin, mon petit frère était terrifié. Quant à moi, j'essayais de me souvenir de ce que nos parents nous avaient toujours enseigné.

Il fallait fuir. Si un étranger apparaissait, il fallait fuir sans nous retourner. Cet homme n'était ni un Neklonis, ni même un Kelônien. Mon père m'avait longuement expliqué que notre espèce s'était exilée sur cette planète quelques décennies auparavant, mais que nous n'étions pas en sécurité pour autant. Chaque sortie hors du village devait se faire avec la plus grande prudence, mais jamais mon père n'avait évoqué la possibilité que les monstres de ses histoires puissent débarquer directement chez nous.

N'écoutant que mon instinct, je me précipitai vers la lucarne pour l'ouvrir en grand. Des explosions résonnaient à l'extérieur. À l'étage du dessous, j'entendais mes parents se battre avec l'étranger, mais je ne devais pas penser à eux. Le plus important c'était Joanis, il était sous ma responsabilité. Je devais veiller sur lui et m'assurer qu'il soit en sécurité.

— Passe le premier ! Et une fois en bas, tu cours en direction des grottes ! m'exclamai-je en lui attrapant le poignet pour l'obliger à se relever.

— Tamy… je… je…

Il tremblait tellement fort que j'étais en mesure de percevoir le claquement de ses dents. Je me retournai précipitamment et, sans douceur, mes mains se posèrent sur ses joues pour le forcer à me regarder.

— Je te suis, d'accord ? Je serai juste derrière toi, maman et papa seront juste derrière nous. Alors tu cours sans réfléchir, tu cours aussi vite et aussi loin que tu peux sans jamais te retourner !

Ses yeux noisette se tintèrent de larmes, mais il acquiesça. Rapidement, je l'aidai à passer par la fenêtre. Il venait de poser les pieds sur le treillis installé sur le mur extérieur quand, à ma droite, j'aperçus l'inconnu apparaître depuis les escaliers. Mon rythme cardiaque accéléra d'un coup, mon corps entier se tendit pour me prévenir d'un danger imminent, et je sus exactement ce qu'il me restait à faire. Si à mon tour j'enjambais cette fenêtre, l'étranger n'aurait aucun mal à nous rattraper. Je n'avais qu'une autre option à ma disposition si je voulais donner une chance à Joanis, et elle impliquait de le laisser seul.

— Tamy ? m'interpella-t-il en levant la tête dans ma direction.

Il venait de bondir pour atterrir au sol, et après lui avoir ordonné de courir une nouvelle fois, je refermai la fenêtre d'un coup sec. La maison était silencieuse, je n'entendais plus mes parents, et en voyant le sang sur les vêtements blancs de l'étranger, le mien se glaça instantanément.

— On dirait que j'ai tiré le bon numéro avec cette maison, déclara-t-il en m'observant de haut en bas. Approche petite, si tu es sage, je ne te ferai aucun mal.

Au lieu d'obéir, je restai campée sur mes positions. C'était la première fois que j'étais confrontée à quelqu'un de cette espèce. Je n'avais jamais rencontré quelqu'un d'aussi grand. Ses yeux me faisaient peur, quant aux tatouages qui parsemaient ses bras, ils ne m'inspiraient pas confiance. À la main, il avait toujours l'objet étrange que je supposais être une arme, et en le voyant avancer dans ma direction, mes doigts se contractèrent sur eux-mêmes. Je tremblais, mais je devais me souvenir de rester courageuse. Joanis ne courait pas vite, et avec ses difficultés à respirer, il aurait besoin que j'aille lui chercher des herbes. Il fallait que je réussisse à sortir d'ici, je n'avais pas le choix.

— N'aie pas peur. Tu as juste à me suivre bien gentiment et tout ira bien.

Mon regard passa de son arme à son cou. Je ne savais pas ce qu'il prévoyait de faire de moi, mais je n'avais aucune envie de le découvrir. À cause de la hauteur sous plafond, il était obligé de se courber. Il tendit le bras gauche pour m'attraper l'épaule, et ce fut sans se méfier qu'il me rapprocha de lui. Je me répétais encore et encore que le plus important était de survivre. Mes parents comptaient sur moi, mon frère comptait sur moi. Je ne pouvais pas me permettre d'être faible et de le laisser m'emmener.

Tout se passa en une fraction de seconde. Mes doigts se saisirent du couteau accroché à ma ceinture, et d'un geste net et précis, je m'en servis pour trancher la gorge de mon agresseur. Je n'avais pas le choix. Ce n'était pas différent de tuer un animal pour pouvoir manger. Dans les deux cas, il s'agissait d'une nécessité absolue. Les yeux de l'homme se révulsèrent, sa main me quitta pour se porter sur sa blessure, mais loin de le laisser reculer, je profitai de son choc pour lui asséner un violent coup dans le tibia. Il chancela et je n'attendis pas plus longtemps pour me saisir de son arme.

L'acier froid me fit frissonner. De forme cylindrique, l'objet possédait un bouton au niveau de l'une de ses extrémités. Le premier coup partit sans contrôle de ma part. Un éclair bleuté alla s'échouer contre le plafond, lequel s'écroula aussitôt. J'eus juste le temps de bondir sur le côté avant que plusieurs bouts de bois ne tombent sur la place que j'occupais plus tôt. L'homme qui était en train de se vider de son sang n'eut pas cette présence d'esprit, et ce fut mi-choquée, mi-soulagée que j'observai son corps sans vie prisonnier de cet amas de débris.

Je ne réalisais pas vraiment ce qui était en train de se passer. Mon cœur battait trop vite, mes mains étaient glacées, et mon cerveau refusait d'assimiler que tout ceci était la vérité. Est-ce que je venais vraiment de tuer un homme ? En principe, j'aurais dû me sentir coupable, ou du moins ressentir quelque chose, n'importe quoi, sauf que ce n'était pas le cas. Je replaçai mon couteau à ma ceinture, et l'esprit vide, je descendis l'escalier pour retrouver la pièce principale de la maison.

Des bouts de verres étaient présents partout au sol. La table était retournée avec, près de celle-ci, mes parents baignant dans une mare de sang. Mes jambes lâchèrent d'un seul coup. Je tombai sur les fesses et manquai de vomir. Peut-être que c'était un cauchemar. Oui, c'était sûrement ça. Je tentai de me pincer, aussi fort que je le pouvais, mais cela n'eut aucun effet. Je continuais à être spectatrice de ce spectacle macabre. Mon cœur se serra violemment dans ma poitrine, et comme si je venais brusquement de revenir à la réalité, je me mis à avancer à toute vitesse à quatre pattes en direction de mes parents.

— Papa ? Papa ? répétai-je en le secouant.

Du sang s'écoulait en abondance de son abdomen. À côté de lui, ma mère gisait sans vie, un trou béant au niveau de la poitrine. Mes genoux étaient entaillés à cause du verre, je souffrais, mais je m'en moquais totalement.

— Papa ! Réveille-toi ! Papa, s'il te plaît... m'époumonai-je, la voix brisée.

En voyant ses lèvres bouger très légèrement, l'espoir me poussa à redoubler d'ardeur.

— Papa, tu m'entends ? Je vais aller chercher un cataplasme... Tout va bien aller tu verras, je vais m'occuper de toi, et après, j'irai chercher Joanis.

— Tamy... va-t'en... souffla-t-il avec difficulté.

— Il n'y a plus de danger, je m'en suis occupée. Il faut juste que tu tiennes bon encore un peu.

Les sanglots auparavant présents seulement dans ma voix s'échouèrent directement sur le visage de mon père. Tout mon corps tremblait, l'une de mes mains était posée sur son épaule, l'autre sur sa clavicule, et quand il bougea le bras pour glisser sa main sur ma joue, je faillis m'effondrer.

— Ma précieuse et si courageuse petite fille...

Par instinct, je penchai la tête pour rechercher davantage de contact et pour profiter au maximum de sa chaleur. Ses yeux dorés, semblables aux miens, m'examinèrent avec attention. Il se mit à sourire tristement, puis laissa son bras retomber sur le sol. Mes sourcils se froncèrent, mes larmes redoublèrent, mais cette fois-ci, j'eus beau le secouer, rien ne se produisit. L'horreur de la situation m'empêchait de réaliser qu'il ne se réveillerait plus jamais. Pour moi, il suffisait d'attendre un peu et tout s'arrangerait. Pourquoi mes parents seraient-ils morts aussi soudainement ? Cela n'avait aucun sens. C'était impossible, et je refusais d'y croire.

Néanmoins, et en entendant plusieurs cris d'enfants provenir de la place du village, je me forçai à me redresser, puis à me frotter les yeux. Ce n'était pas le bon moment pour pleurer. Joanis m'attendait, il était sûrement terrifié et devait guetter mon arrivée avec impatience. Je me mordis la lèvre violemment en regardant mes parents pour la dernière fois, puis sans perdre plus de temps, je me mis à courir hors de la maison.

Une fois dehors, je réalisai que les envahisseurs étaient partout. Certaines maisons étaient en train de brûler, des cadavres jonchaient le sol. Des cadavres de personnes que j'avais connues toute ma vie. Mes doigts se resserrèrent sur l'arme que j'avais récupérée, et alors que j'allais me diriger vers la forêt, j'aperçus l'un des envahisseurs. Il tenait Sonjin, la meilleure amie de mon frère, sur son épaule. Il ne m'avait visiblement pas remarquée, et même s'il aurait été plus prudent de m'enfuir sans me retourner, je fis tout le contraire.

Je ne savais pas viser, ni vraiment me servir de cette arme, mais il ne me fallut pas très longtemps pour les rattraper. L'éclair bleuté sortit de l'arme à toute vitesse pour frapper l'étranger dans le dos. Je n'étais pas fière d'avoir attaqué de cette façon, mais à situation désespérée, mesure désespérée. Au moment où il s'écroula, Sonjin en profita pour se libérer. Elle roula sur le côté, et en me voyant, elle se précipita dans ma direction pour me sauter dans les bras.

— Tamy ! J'ai cru que… j'ai cru que c'était fini et qu'ils allaient m'emmener, sanglota-t-elle.

— Je ne les laisserai pas faire. On va aller se cacher dans les grottes, viens, dis-je en me saisissant de sa main.

— Et pour les autres ? On ne peut pas les abandonner, prononça-t-elle en se détachant.

— Les autres ?

— Ils emmènent tous les enfants pour les mettre dans une boîte en verre. Je les ai vus attraper Joan… mais je… je me suis cachée… je suis désolée, je voulais l'aider, mais j'avais trop peur.

Mon sang se glaça suite à cette nouvelle. Nous étions dissimulées derrière une pile de tonneaux, et, consciente qu'à chaque seconde qui passait je prenais le risque de perdre Joanis pour l'éternité, je posai mes mains sur les épaules de Sonjin pour l'inciter à se calmer.

— Où est cette boîte ?

— Sur la place du village, mais c'est trop dangereux. On devrait aller demander de l'aide.

La ville étant à plus d'une heure de marche, je savais pertinemment que le temps d'y aller et de revenir, les envahisseurs seraient probablement déjà repartis. Néanmoins, en voyant la frayeur dans les yeux de la rousse, je n'eus pas le cœur de le lui faire remarquer.

— D'accord, tu vas t'y rendre le plus vite possible, et moi, je vais rester ici pour les surveiller.

— Pourquoi tu ne viens pas avec moi ?

— Quelqu'un doit rester pour intervenir s'ils essaient d'emmener d'autres enfants. Tiens, prends ça. Si tu croises l'un d'entre eux, tu tires sans réfléchir, dis-je en l'obligeant à se saisir de l'objet métallique.

Elle hésita quelques instants, mais je la forçai à se retourner avant de la pousser dans le dos. Elle se mit à courir, et de mon côté, je n'attendis pas plus longtemps pour me diriger vers le corps de l'homme que j'avais abattu. Je lui dérobai son arme, puis tout en faisant attention aux bruits alentour, j'avançai jusqu'à l'endroit que Sonjin m'avait indiqué.

La place du village n'était qu'à quelques mètres, trois maisons plus loin. Cependant, j'avais tellement peur de croiser quelqu'un que je n'osais pas progresser rapidement. Je me cachais dès que l'occasion se présentait, pour finir par me réfugier derrière une barrière. Je risquai un coup d'œil vers la place et en apercevant la fameuse boîte en verre, tous mes muscles se contractèrent. Mon cœur se mit à battre encore plus vite, et je sentis tout espoir me quitter.

Plus haut dans le ciel, un vaisseau de forme rectangulaire

était à l'arrêt. Je compris qu'ils allaient sûrement se téléporter d'ici peu, et j'avais beau réfléchir, aucune solution ne me venait à l'esprit. Ils étaient six à monter la garde, j'étais toute seule, qu'est-ce que je pouvais faire ?

— Quelques-uns d'entre eux ont réussi à s'échapper, doit-on les poursuivre, commandant ? demanda l'un des hommes.

— Combien ont pris la fuite ?

— D'après nos observations de ces derniers jours, il manque trois filles et deux garçons.

— Vous avez permis à cinq d'entre eux de vous filer entre les doigts ?! s'énerva l'homme que je ne voyais que de dos. Qu'y avait-il de compliqué à tuer les parents et à vous emparer de leur progéniture ? Vous êtes armés, pas eux. Nous avons la technologie, pas eux. Êtes-vous incapables à ce point ?!

— Nous avons manqué de discernement. Les parents se sont interposés pour laisser le temps aux enfants de fuir par les fenêtres. Ils semblaient préparés. Veuillez nous excuser, prince Renald.

Grâce au silence environnant, j'étais en mesure de capter leur discussion. Mon regard s'attarda sur la silhouette de celui qui venait de se faire appeler prince, puis sur la cage en verre où j'apercevais mon frère. Il était recroquevillé dans un coin, et à la pensée qu'il soit emmené dans un endroit inconnu où n'importe quoi pourrait lui arriver, ma décision fut prise. Je devais le protéger coûte que coûte, quitte à me mettre en danger moi-même.

Je me mordis la lèvre, et sans réfléchir plus longtemps par peur de rester paralysée, je m'élançai en direction des envahisseurs. Je savais courir vite et silencieusement, des aptitudes nécessaires pour la chasse. Néanmoins, loin de l'excitation ressentie habituellement, seules l'angoisse et la haine guidaient mes pas. Je tenais l'arme métallique dans ma main gauche, et d'un geste rapide, ma main droite alla se saisir de mon couteau.

Sauter sur le dos du prince Renald ne fut pas compliqué. Personne ne m'avait vue arriver, et quand les regards des hommes qui l'entouraient se tournèrent vers moi, il était déjà trop tard. Les jambes et les bras enroulés autour de lui, je plaçai mon poignard sur sa gorge, tout en résistant difficilement à l'envie de mettre fin à ses jours immédiatement.

— Ouvrez la cage ou je le tue ! ordonnai-je en pressant un peu plus la lame contre sa peau.

Malgré la terreur qui me comprimait le cœur et me nouait l'estomac, je ne tremblai pas. Je me concentrais sur mon objectif en essayant de faire abstraction des nombreuses armes qui étaient pointées vers moi.

— Prince Renald ? hésita l'un des hommes.

Je me forçais à ne pas regarder en direction de la boîte en verre pour ne pas risquer de flancher. Au moindre mouvement suspect de leur part, j'étais prête à mettre ma menace à exécution. Je voulais qu'il meure, à cause de lui mes parents n'étaient plus de ce monde, à cause de lui mon village n'existait plus, mais la vie de mes amis était plus importante que mon désir de vengeance.

— Faites ce qu'elle demande, prononça-t-il d'une voix étranglée.

Je savais qu'à la minute où je relâcherais ma prise, tout serait terminé. Combien de temps leur faudrait-il pour s'enfuir assez loin ? Leur permettre de sortir de cette cage était une chose, mais je n'étais pas naïve, ces hommes auraient vite fait de les rattraper. Du coin de l'œil, j'aperçus les premiers enfants s'engouffrer hors de leur prison pour s'élancer vers la forêt. Un ami de mon frère était en train de le tirer par le bras pour l'obliger à avancer, et presque aussitôt, l'air commença à me manquer.

Ma gorge était trop serrée, mes doigts se contractèrent davantage sur le manche de mon couteau dans une vaine tentative pour rester maîtresse de moi-même. J'essayais de réfléchir aux alternatives qui s'offraient à moi, mais mon futur paraissait sérieusement compromis. Il n'y avait aucune chance pour que je réussisse à m'enfuir, néanmoins je ne regrettais rien. J'avais fait ce qu'il fallait. Mes parents auraient approuvé. La survie du plus grand nombre était ce qui importait, et surtout, jamais je n'aurais pu abandonner Joanis.

— Il est temps de lâcher prise, jeune fille. Si vous vous rendez sagement, nous vous laisserons repartir.

Je commençais à fatiguer. Cette position n'était pas aisée à maintenir. Pour moi, ces hommes se ressemblaient tous. Ils avaient tous les cheveux noirs, les mêmes yeux, les mêmes traits, et surtout, ils me prenaient tous pour une idiote. Je n'étais peut-être qu'une enfant, mais personne n'aurait pu croire à une chose pareille. Si je n'avais pas eu aussi peur qu'ils rattrapent mes amis, j'aurais égorgé ce prince sans plus attendre, mais à la place, je dus continuer à gagner du temps.

Les minutes passèrent, mes bras faiblirent, j'étais près de lâcher, et d'un seul coup, le prince Renald en profita pour se saisir de mes poignets et me propulser en arrière. Je mordis la poussière violemment, et même si en temps normal j'aurais trouvé le courage de me relever, cette fois-ci, le désespoir me paralysa. Mes yeux se fermèrent, je m'attendais à me faire tirer dessus, mais contre toute attente, j'entendis l'homme que j'avais failli assassiner donner l'ordre de baisser les armes.

— Elle nous sera plus utile vivante que morte. Envoyez-la suivre le programme SOL2.

— Vous êtes sûr, majesté ? Votre frère le prince Emerald avait demandé…

— Emerald est trop impulsif. Il veut tout, tout de suite, cela finira par lui jouer des tours. Reprogrammez et entraînez cette fille, le moment venu, elle servira notre cause.

Deux des hommes s'étaient approchés de moi pour m'arracher mon couteau et l'arme que j'avais volée. Quand ils m'attrapèrent par le bras, je tentai de me débattre, mais la gifle qui s'en suivit me sonna suffisamment pour me rendre beaucoup plus docile. Je voulais continuer à être courageuse, mais déjà, la peur prenait le pas sur toutes les autres émotions. J'essayais de ne pas me laisser submerger, en me répétant que j'avais bien agi.

Si j'avais pu aider les autres, il n'y avait pas de raison pour que je ne puisse pas m'en sortir moi-même. J'allais tout faire pour survivre jusqu'à ce qu'une occasion de m'échapper se présente. Encore une fois, il s'agissait juste de visualiser un objectif précis et de m'y tenir. J'avais beau être terrifiée, j'en étais capable. Joanis comptait sur moi, et il était hors de question que je le déçoive.

***

J+9

En rouvrant les yeux, la première chose que je perçus fut l'agitation qui régnait dans la pièce. Kelisha était en train de hurler sur deux Lindöriens que je n'avais jamais rencontrés auparavant. Ils s'affairaient sur la machine chargée d'enregistrer mes souvenirs, alors qu'à leurs côtés, la Kelônienne n'arrêtait pas de leur désigner l'écran où s'affichait mon rythme cardiaque. Celui-ci était rapide, trop rapide. Je secouai la tête pour revenir totalement à moi, avant d'arracher brutalement l'électrode placée sur ma tempe. Mon corps tremblait, j'étais brûlante, et j'avais beau essayer, je n'arrivais pas à chasser l'image de mes parents morts de mon esprit.

— Tamsyn ?

J'entendis vaguement Kelisha m'interpeller, mais je m'en moquais. En un instant, j'abandonnai le fauteuil sur lequel j'étais installée pour quitter la pièce en courant. Horrifiée par ce que je venais de découvrir, je faillis vomir une fois dans le couloir. Si je n'avais jamais cherché à me remémorer mon passé, c'était pour une bonne raison. Je m'étais toujours doutée que je risquais d'être confrontée à une scène de cet acabit, et j'avais toujours su que je n'arriverais pas à le supporter.

Je dus m'arrêter à cause de la nausée qui m'assaillait, et appuyée contre une plante orange qui cascadait contre le mur, je tentai vainement d'inspirer et d'expirer profondément pour me calmer. Mes doigts se saisirent de la seconde électrode placée au niveau de mon cœur, et sans faire attention, je me contentai de la décrocher pour la jeter plus loin. J'étais vraiment trop stupide. Toutes ces années dans ce centre auraient dû m'apprendre à me tenir loin de tout laboratoire. Au lieu de cela, j'avais accepté de me prêter à leur petite expérimentation, et maintenant, il était trop tard pour revenir en arrière. Je me revoyais en train de tuer ces Lindöriens, je revoyais le cadavre de mes parents, et plus j'y pensais, plus j'avais l'impression que j'allais devenir folle.

— Tamsyn, est-ce que ça va ? Je suis désolée, vraiment désolée, cette machine n'a jamais eu ces effets sur personne. Tu n'étais pas censée sombrer dans l'inconscience, et encore moins revivre ce moment.

J'entendis Kelisha s'approcher. Elle s'apprêtait à poser sa main sur mon épaule, mais plus rapide, je fis volte-face pour l'éviter.

— Ne me touche pas ! Je n'ai pas envie d'être cajolée, je n'ai même pas envie de te parler, dis-je en passant ma main dans mes cheveux pour les décoller de mes tempes humides. Tu m'avais promis que tout irait bien, je t'ai fait confiance quand tu m'as dit que ça ne me ferait pas souffrir !

Au fond, tout au fond de moi, je savais que ce n'était pas de sa faute, mais je n'arrivais pas à canaliser ma colère. Elle me regarda tristement, et loin de tenter une nouvelle approche, elle resta immobile. Sa main droite venait de se saisir de son poignet gauche, et quand elle se remit à parler, je fus en mesure de capter la culpabilité dans chacun de ses mots.

— Je sais, j'aurais dû me montrer plus vigilante. Je t'assure que je n'avais aucune idée de ce qui allait arriver, et quand j'ai vu que je ne parvenais pas à te réveiller, j'ai vraiment paniqué. Plus personne ne te fera subir ça, tu as ma parole.

— Je ne voulais pas me souvenir de mon passé. Maintenant que je me souviens de tout ça, qu'est-ce que je suis censée faire ? Rester ici et continuer à sourire poliment à tous ces Lindöriens qui ont massacré mon village ?! Venir avec toi, et faire comme si de rien n'était ?! Tout est gâché, tout ce que je voulais, c'était un futur tranquille, et maintenant… maintenant tout est terminé, finis-je en me frottant les yeux avec le dos de ma main.

J'étais fatiguée, tellement fatiguée que j'aurais pu m'écrouler d'un seul coup. J'avais passé beaucoup de temps à me convaincre que je pouvais aller de l'avant, que maintenant que j'étais libre, tout irait bien, sauf que ce n'était pas le cas. Je n'avais pas ma place ici, je n'avais ma place nulle part, et cette pensée à elle toute seule suffisait à m'angoisser plus que jamais.

— Tu m'avais dit que ce serait un souvenir du centre, alors pourquoi il a fallu que je me remémore ce moment en particulier ? repris-je en reculant d'un pas pour m'appuyer contre le mur.

— Nous cherchions à identifier les dirigeants du laboratoire, et il est fort probable que cet homme, ce Renald, en soit le responsable.

— Je ne comprends pas. De qui s'agit-il ? Est-ce que Rowen n'est pas le seul prince ?

— Le seul prince de la famille royale actuelle, mais avant que la lignée des Jenok ne s'installe sur le trône, les Klinper gouvernaient. Renald fait partie de cette famille. Je suppose qu'ils sont en train d'échafauder un plan pour reprendre le pouvoir et que ce centre devait leur servir d'avant-base.

Même si je ne comprenais que vaguement ce que la Kelônienne était en train de me raconter, j'étais tout de même soulagée de savoir que cet homme n'était pas un parent de Rajaya. Je ne l'avais jamais rencontrée, mais autant que possible, je souhaitais que Leela n'ait rien à voir avec les envahisseurs de mon village.

— Je sais que pour le moment, l'avenir doit te paraître encore plus incertain, et que tu dois souffrir, mais je te le garantis, tu vas t'en sortir. La peine que tu ressens va s'amenuiser, et tu vas réussir à remonter la pente, reprit-elle en s'avançant très légèrement.

Ces paroles, prononcées si gentiment, me dissuadèrent de lui répondre comme précédemment. Je me contentai de secouer la tête, puis de relever les yeux vers elle.

— Comment tu peux le savoir ? J'en ai vraiment assez de me montrer courageuse, je voudrais juste… en fait, je ne sais même pas ce que je veux… avouai-je, dépitée.

— Mais tu finiras par le découvrir, et surtout, rien ne t'oblige à le découvrir seule. S'appuyer sur les autres n'est pas une faiblesse. Que ce soit sur la princesse Leela, ou encore sur moi…

En la voyant faire un nouveau pas en avant, puis se saisir d'un mouchoir qui était dans sa poche, mon regard se fit plus curieux. Ses cheveux rouges étaient attachés en demi-queue, elle portait le même uniforme que la dernière fois, et contrairement à d'habitude, elle ne cherchait pas à faire d'humour. Pour une fois, elle se montrait très sérieuse, et c'était assez étonnant pour me faire garder le silence.

— Tu saignes, fit-elle remarquer en essuyant doucement mon nez.

— C'est un des effets secondaires dont tu m'as parlé la dernière fois ?

— Je miserais plutôt sur un mauvais calibrage de la machine que nous avons utilisée sur toi. Ton cerveau est fait différemment, j'aurais dû le prévoir.

— Tu n'es pas médecin. Et puisqu'on en parle, je… je m'excuse d'avoir crié sur toi, murmurai-je en rougissant légèrement.

Maintenant que mon rythme cardiaque était revenu à la normale, et surtout en voyant à quel point Kelisha faisait des efforts pour me réconforter, je me sentis honteuse de m'en être pris à elle. Elle n'avait rien à voir avec les évènements qui avaient eu lieu durant mon enfance. Que ce soit maintenant, ou dans ce centre, elle s'était toujours montrée particulièrement gentille. Lorsqu'elle s'arrêta dans son mouvement, et qu'elle replaça son bras le long de son corps, je lui lançai un regard interrogatif, auquel elle répondit par un petit soupir.

— Ça devrait être interdit d'être aussi mignonne. Franchement, comment je suis censée me retenir de te prendre dans mes bras ? Personne de normalement constitué ne pourrait résister à la tentation !

— Personne ?

— Absolument personne, répéta-t-elle. Mais je vais faire un effort, tu as besoin d'espace, et sûrement de rester un peu seule.

La Kelônienne s'apprêtait à reculer d'un pas, et avant même d'y avoir vraiment réfléchi, ma main alla se poser sur son poignet pour la retenir.

— Si je reste seule, je vais ressasser tout ce que j'ai vu.

Mon intervention sembla la surprendre, mais très rapidement, un petit sourire se forma sur son visage.

— Donc tu es finalement partante pour cette sortie en ville ?

— Je ne suis pas prête à quitter le château, avouai-je. Dehors, il y a tout un tas de Lindöriens, et… bien sûr dans le palais aussi, mais ici, je suis en sécurité grâce à Leela. Je sais que ça peut paraître bête, c'est comme si je m'enfermais toute seule, seulement… enfin comment dire… balbutiai-je, difficilement.

J'étais en train de me noyer dans mes explications. J'aurais même pu couler définitivement si Kelisha n'avait pas utilisé son bras libre pour le passer autour de mon cou et m'attirer contre elle. J'avais honte d'avoir dû lui expliquer une chose pareille. Un jour, il allait bien falloir que j'aille vraiment de l'avant, mais après ce qui venait d'avoir lieu, j'éprouvais encore plus de craintes à l'idée de me mêler à une foule.

— Tu n'as pas besoin de te justifier, je comprends. Que dirais-tu de visiter un vaisseau Kelônien à la place ? Celui de la princesse Akasha est en orbite autour de la planète, un passage par le téléporteur et en quelques secondes, nous y serons.

— Juste une visite et après on rentre ? demandai-je pour confirmation.

— Tu crains que j'en profite pour t'embarquer loin d'ici ?

Amusée, elle desserra légèrement sa prise pour pouvoir

m'observer. L'air vexé, je détournai les yeux, et en apercevant Lorindra apparaître depuis l'angle du couloir, je ne pus m'empêcher de me raidir. Elle était seule, néanmoins et comme à son habitude, elle n'hésita pas à me lancer un regard haineux. Je la vis très clairement arborer une mine dégoûtée quand son attention se reporta sur Kelisha, mais elle ne fit aucun commentaire. Elle se contenta de passer derrière nous, et même si je n'en avais pas eu conscience sur le moment, je me rendis compte que j'avais retenu ma respiration durant son passage.

— Tu la connais ? questionna la Kelônienne en fronçant les sourcils.

Je remarquai qu'elle était en train de suivre du regard la Lindörienne dont nous n'apercevions plus que le dos, et pour couper court à ses investigations, je décidai de quitter son étreinte en faisant quelques pas sur le côté.

— Où tu vas ?

— Au téléporteur. Enfin si ta proposition tient toujours…

Kelisha m'offrit un grand sourire, puis avec son enthousiasme habituel, elle commença à me décrire le vaisseau dans lequel nous nous rendions. Sa bonne humeur était communicative. J'étais encore choquée par mes découvertes récentes, pourtant, en présence de la Kelônienne, j'arrivais à penser à autre chose. Je ne voulais pas songer au futur ni au passé. J'en avais assez de souffrir, et la seule chose que je désirais actuellement était de pouvoir vivre l'instant présent sans me soucier du reste.

CHAPITRE 10

J+9

Concentrée, je passai mon index sur la reliure des livres qui se trouvaient à ma portée. J'étais toujours loin de maîtriser l'alphabet, mais grâce à Leela, je savais à présent comment écrire mon prénom, et surtout à quoi ressemblait le mot « Neklonis ». La jeune femme m'avait proposé son aide pour repérer des ouvrages en rapport avec mon peuple, malheureusement, à peine arrivée à la bibliothèque, elle avait été contrainte de m'abandonner. Le conseiller Kaleb était venu la chercher pour assister à une réunion urgente et elle n'avait pu se soustraire à ses obligations.

En attendant son retour, j'avais commencé à écumer les rayons sans grand espoir de m'en sortir par moi-même. La pièce était immense, encore plus que la salle du trône. Un escalier en colimaçon permettait d'accéder à l'étage où se trouvaient plusieurs salles d'études. Néanmoins, et comme à chaque fois que je me rendais dans ce lieu, celui-ci était désert. Je n'avais jamais croisé personne. C'était presque comme si Leela était la seule à en avoir l'utilité.

Contrairement au reste du château, les murs n'étaient pas constitués de verre. Il faisait plus sombre que dans le reste du palais, mais personnellement, cela ne me dérangeait pas. Je me sentais à l'aise ici, probablement parce que justement les Lindöriens désertaient cet endroit. Des lumières artificielles incrustées dans le plafond et dans le sol servaient d'éclairage, et en passant au-dessus de l'une d'elles, je ne pus m'empêcher de jeter un coup d'œil à ma robe. Je tirai sur le tissu de la jupe pour en vérifier l'opacité avant de sursauter violemment en remarquant l'ombre de quelqu'un par terre.

Je me trouvais dans le coin le plus éloigné de la bibliothèque, complètement à l'opposé de la porte d'entrée, et donc a fortiori de la sortie. J'eus le réflexe de me tourner d'un seul coup vers la personne qui approchait. Sur mes gardes, et prête à bondir en cas de nécessité, je restai figée en m'apercevant qu'il s'agissait de Sierra. Mes épaules s'affaissèrent, et ce fut avec gêne que je fis un quart de tour pour faire face à l'étagère.

Je ne l'avais pas croisée de la journée. Je ne savais pas si elle avait eu l'occasion de voir les images de ce matin, et surtout après hier soir, j'ignorais comment j'étais censée réagir à sa présence. Je ne voulais pas m'emballer, mais quand du coin de l'œil, je la vis approcher, je sentis très nettement mon rythme cardiaque s'affoler. Je ne comprenais pas pourquoi elle me faisait un effet pareil. Il n'y avait aucune raison logique à cela, pourtant, j'avais beau essayer de toutes mes forces, je n'arrivais pas à rester calme et naturelle.

— Je suis surprise de te trouver ici, prononça-t-elle en s'arrêtant à quelques centimètres.

Le ton de sa voix n'étant pas des plus chaleureux, je sus encore moins comment me comporter. Je fis mine d'examiner les livres à ma portée, mais n'ayant aucune idée de leur contenu, je m'abstins d'en attraper un.

— Pourquoi ? Parce que je ne sais pas lire ?

— Parce que je te pensais en route pour la Kelônie. Le vaisseau n'était pas à ton goût ?

Surprise qu'elle soit au courant, je reportai mon attention sur elle. Son visage n'exprimait aucune émotion en particulier, ce qui signifiait qu'elle était fâchée. Elle se tenait bien droite, et à voir la façon dont les paillettes bleues dans son regard flamboyaient, je sentais que sa question n'avait rien d'innocent.

— Si, il était même plutôt impressionnant, répondis-je, avec hésitation. Mais c'était juste une visite rapide, il n'a jamais été question de voyager…

— Une visite rapide, car vous aviez mieux à faire après ?

— Non, parce que Kelisha devait se remettre au travail.

J'aperçus le coin de ses lèvres frémir lorsqu'elle m'entendit prononcer le prénom de la Kelônienne. Peut-être qu'elle avait eu peur que je m'en aille sans la prévenir, sauf que bien entendu, je n'osais pas lui poser la question. À la place, je baissai les yeux, et me mordis doucement la lèvre inférieure en repensant à nos câlins de la veille.

— Est-ce que tu es venue à la bibliothèque spécialement pour me voir ? questionnai-je avec timidité.

— Plutôt parce que j'avais peur de ne pas t'y voir. Je te pensais en plein rendez-vous romantique avec cette femme, ironisa-t-elle.

Étonnée, aussi bien par le contenu de sa phrase, que par le ton empli de reproches qu'elle avait employé, je restai figée quelques instants. Au lieu de lui répondre, et de dissiper tout malentendu, je l'observai avancer. Elle s'arrêta à quelques centimètres à peine, ce qui bien sûr ne m'aida pas à retrouver mes esprits.

Aujourd'hui, ses cheveux étaient attachés en plusieurs tresses plaquées, elle portait l'uniforme militaire Lindörien, et comme d'habitude, je ne pus m'empêcher de la trouver magnifique. C'était quand même très particulier comme sentiment. Elle possédait des traits semblables à tous ceux de son espèce. J'aurais dû éprouver de la colère ou encore de la peur à son contact, mais c'était tout le contraire.

— Hier, ma déclaration était plutôt claire, non ? Tu as bien compris où je voulais en venir ?

Je faisais toujours face à l'étagère et, incapable d'affronter le regard de Sierra plus longtemps, je détournai les yeux en essayant de retrouver mes esprits. Ce n'était pas le moment d'être troublée. J'étais en mesure de répondre intelligemment, il me suffisait de ne pas l'observer et tout irait bien.

— Oui… oui, bien sûr, comme tu l'as dit c'était très clair, limpide même…

C'était peut-être à cause de la légère hésitation dans ma voix, mais la Lindörienne recommença à me fixer sans sourciller. Je n'avais même pas besoin de me tourner vers elle pour sentir son regard sur ma nuque, puis sur mon visage. C'était stressant. J'avais l'impression d'avoir fait une grosse bêtise, mais j'avais beau réfléchir, je ne voyais pas du tout ce que j'avais pu faire de mal.

— Explique-moi avec tes mots ce que tu as compris, reprit-elle après quelques secondes de silence.

— Que tu voulais passer du temps avec moi, et ça à n'importe quel moment de la journée ou de la nuit.

— Et ?

En sentant le dos de ses doigts effleurer mon épaule, je me mis à frissonner, et surtout à me pincer les lèvres. Elle semblait moins énervée, du moins, sa voix s'était faite plus douce, mais ce n'était pas pour autant que j'étais plus à l'aise. Je trouvais cette conversation très embarrassante. Je craignais de donner une mauvaise réponse, ou encore de me ridiculiser, puis de me faire traiter une nouvelle fois d'imbécile.

— Et… que tu aimes être proche de moi, très proche, voire même collée, prononçai-je en risquant un coup d'œil dans sa direction.

— Tu précises parce que tu as envie d'un câlin ?

Le sourire en coin qui se dessina sur son visage me fit rougir légèrement. Son pouce continuait à caresser doucement ma peau, et même si à la base, j'avais prévu de lui répondre non à cause de la gêne, au final, je décidai de profiter de ce moment pour lui poser une question à mon tour.

— Est-ce que j'ai le droit de t'en faire ? Si je… si je m'approche de toi, je veux dire de moi-même, est-ce que tu vas trouver ça bizarre et me repousser ?

— Que dirais-tu d'essayer ?

Elle retira sa main, et malgré l'étonnement qui avait transparu dans ses prunelles, elle ne fit aucun commentaire. Nous n'étions qu'à quelques centimètres l'une de l'autre, pourtant les combler n'eut rien de facile. Avec hésitation, mes bras entourèrent sa taille, et dans la mesure où je n'étais vraiment pas habituée à la toucher, il me fallut plusieurs autres secondes pour oser me rapprocher au plus près et laisser aller ma tête contre son cou.

La chaleur de son corps m'enveloppa instantanément. Je ne comprenais pas pourquoi j'aimais autant son contact, mais en même temps, je doutais de pouvoir m'en passer très longtemps. Plus j'étais proche d'elle, plus j'avais envie de l'être davantage. À son tour, elle enroula ses bras autour de moi, au niveau de mes épaules, et suite à ce geste, un léger soupir de satisfaction faillit m'échapper. Je me sentais en sécurité avec elle, plus qu'avec n'importe qui d'autre. C'était totalement illogique, pourtant cela ne m'empêcha pas de resserrer mon étreinte et de frissonner de plaisir quand ses doigts se mirent à masser tout doucement ma nuque.

— Je veux être spéciale à tes yeux, murmura-t-elle. Tu peux me toucher, tu peux me faire des câlins, tant que c'est avec moi, tu peux agir comme bon te semble. C'est ce genre de relation que je veux avec toi, une relation exclusive.

En relevant la tête, je m'aperçus qu'elle était plus que sérieuse. Son explication était plus élaborée que la veille, mais j'avais toujours du mal à y croire.

— Pourquoi est-ce que tu voudrais quelque chose comme ça ? Tu as un tas de Lindöriennes qui rêvent de passer du temps dans tes bras. Et moi je suis juste… je ne suis rien du tout.

Au moment où je voulus détourner les yeux, Sierra m'en empêcha en retenant mon menton avec deux doigts. Ma gorge était serrée, je me sentais honteuse, et surtout mal à l'aise. Je n'avais pas l'impression de mériter son affection, et encore moins d'en être digne.

— Ne dis plus jamais ça. Ce n'est pas vrai et ça ne le sera jamais.

— C'est parce que tu me trouves mignonne ? Parce que je suis rare et… exotique ? dis-je en essayant de me souvenir des termes que j'avais entendus.

— Qui t'a mis une chose pareille en tête ? interrogea-t-elle, visiblement surprise.

— Tu ne me trouves pas mignonne ?

— Ce n'est pas l'adjectif que j'emploierais pour te décrire.

Mon dos buta contre l'étagère de livres lorsque Sierra nous fit effectuer un quart de tour. En réaction, mes doigts se resserrèrent sur le tissu de sa tunique, dans le bas de son dos, alors que les siens avaient migré sur le haut de mes bras. Je n'avais plus envie de la lâcher. Quand j'étais avec elle, j'oubliais tout le reste. Le souvenir de ce matin n'était plus au centre de mes préoccupations, le passé en général n'avait plus aucune importance. Toute mon attention était entièrement focalisée sur elle et sur chacun des mouvements qu'elle initiait.

— Ce matin, quand j'ai appris ce qui avait eu lieu avec la machine, j'ai quitté ma réunion pour venir te rejoindre, prononça-t-elle, doucement.

— Tu… alors tu as vu les images…

— Je les ai vues. Tout comme je t'ai vue dans ce couloir avec cette femme.

Son index s'enroula autour d'une des mèches châtain qui retombaient sur ma clavicule. Elle examina un instant la cicatrice que j'avais à ce niveau, avant de replonger son regard dans le mien. J'aurais sans doute dû dire quelque chose, lui préciser qu'elle s'était méprise sur la situation, mais j'avais le pressentiment que cela n'aurait rien changé.

— Je ne suis pas quelqu'un qui s'énerve facilement. En plus de six cents ans, je pensais avoir expérimenté toutes les émotions possibles et inimaginables, mais dès qu'il s'agit de toi, je deviens irrationnelle. Pire, je commence même à comprendre pourquoi Rajaya a parfois des réactions extrêmes dès qu'il s'agit de Leela.

— Et je suppose que tu n'aimes pas ça… être

irrationnelle… précisai-je avec hésitation.

— En effet, je déteste ça. Je déteste n'avoir aucun contrôle sur mes sentiments, et éprouver autant de choses et les éprouver aussi intensément envers quelqu'un que je connais à peine. Je n'ai jamais ressenti le besoin de m'unir à qui que ce soit, pourtant quand je te regarde, je n'ai qu'une envie, celle de te faire mienne. C'est agaçant, c'est illogique, mais j'ai eu beau tenter de garder mes distances, je n'y suis jamais arrivée.

Je ne savais pas comment réagir à cette déclaration. Principalement parce que j'avais l'impression que certaines coutumes Lindöriennes m'échappaient. Néanmoins, et si j'étais honnête avec moi-même, je réalisai qu'en présence de Sierra, toutes mes émotions avaient tendance à être démultipliées. La majorité du temps, j'ignorais comment me comporter. Je passais mon temps à me ridiculiser et à me faire traiter d'idiote. Malgré cela, il suffisait qu'elle apparaisse dans mon champ de vision pour que le reste n'ait plus aucune importance.

Suite à sa déclaration, mon cœur s'était mis à battre plus rapidement. Sa main s'aventura sur ma nuque, et encore une fois, j'eus tendance à tout oublier. Je n'arrivais plus à me concentrer sur autre chose que sur l'éclat bleuté de ses yeux. La chaleur de son corps me poussait à rechercher davantage de contact, à tel point que j'avais l'impression que je n'allais plus être capable de m'en passer à l'avenir.

— J'ai failli tuer cette Kelônienne quand je l'ai aperçue avec toi, murmura-t-elle. Je ne supporte pas de voir quelqu'un d'autre te toucher, ça me rend folle, encore plus parce que je sais que c'est excessif comme comportement.

— Kelisha est mon amie, juste mon amie.

— Et moi, qu'est-ce que je suis ?

Je dus résister à l'envie de fermer les yeux, et de me frotter davantage contre sa main quand Sierra utilisa le revers de ses doigts pour me caresser tendrement la joue. L'attirance que j'éprouvais à son égard n'avait rien de rationnelle. Elle l'avait dit elle-même, nous ne nous connaissions pratiquement pas, mais cela ne m'empêchait pas de me sentir en sécurité, et plus que ça, de me sentir bien tout simplement.

— Tu es… ce qu'il y a au-dessus d'une amie ? tentai-je avant de me mordiller la lèvre inférieure.

— Une meilleure amie ?

— Au-dessus…

Avec lenteur, ses doigts quittèrent ma joue pour effleurer mon cou. Je n'arrivais plus à respirer normalement, et ce fut encore pire quand sa main poursuivit son périple jusqu'à ma hanche. En réaction, les miennes abandonnèrent sa taille pour trouver refuge sur ses épaules, et même si ce n'était pas la première fois que je la touchais à cet endroit, cela n'empêcha pas mon rythme cardiaque de s'emballer. Je doutais de pouvoir m'y habituer. J'avais du mal à croire qu'elle me laisse faire, et à plus forte raison, d'avoir le droit d'agir de la sorte.

— Une petite-amie ? souffla-t-elle en déposant un baiser sur mon front.

— Petite-amie, c'est le plus haut possible ?

— Non, il y a encore un stade supplémentaire.

Les yeux fermés, je sentis ses lèvres effleurer le haut de mon nez, puis descendre légèrement pour m'embrasser sur le bout de ce dernier. Ses mains raffermirent leur prise sur ma peau, celle qui se trouvait au niveau de ma nuque me chatouillait à chaque micromouvement, mais pour rien au monde je n'aurais voulu que Sierra l'enlève.

Sans vraiment le réaliser, je me mis à m'humidifier les lèvres. J'avais envie qu'elle aille plus loin, qu'elle continue sa progression vers le bas, mais à la place, elle décida de bifurquer sur la droite, directement sur ma joue. Le léger soupir de frustration qui m'échappa la fit sourire. En réaction, je rouvris les yeux. Je comptais lui lancer un regard noir, sauf que précisément au même moment, la Lindörienne s'aventura plus bas, sur ma mâchoire, puis dans mon cou.

— Tu ne me demandes pas de quel stade il s'agit ?

murmura-t-elle.

Son souffle chaud me fit frémir. Elle s'attarda sur ma jugulaire, avant de lécher tout doucement l'espace de peau à sa portée. En principe, j'aurais dû trouver cela dégoûtant, sauf que c'était tout le contraire. Mes doigts se contractèrent sur le tissu de sa tunique, la température de mon corps grimpa en flèche, à tel point que j'eus soudain l'impression d'avoir de la fièvre.

— Je suppose que tu parles du mariage, prononçai-je difficilement.

Après plusieurs autres petits baisers qui court-circuitèrent totalement le cours de mes pensées, je sentis la pointe de ses canines effleurer ma peau. Sans réfléchir, j'avais penché davantage la tête sur le côté pour lui laisser un meilleur accès. J'ignorais ce qu'elle avait à l'esprit, mais c'était plus fort que moi. Quand elle me touchait, quand elle m'embrassait, j'étais incapable de protester, ou même d'émettre la moindre résistance.

— Tu sais de quelle façon les Lindöriens s'y prennent pour s'unir ? susurra-t-elle en caressant doucement ma cuisse.

Tout en déglutissant, je fis non de la tête. À ce moment-là, j'aurais sans doute dû me dégager, ou au moins me méfier, mais mon corps resta paralysé. Je me moquais totalement d'être au beau milieu d'une bibliothèque. J'étais trop occupée à me souvenir de respirer pour m'en soucier. Sa jambe prit position entre les miennes, et presque instantanément, sa main en profita pour se glisser plus bas, jusqu'à l'endroit où s'arrêtait ma robe.

— Ils mordent leur partenaire juste là.

À nouveau, elle donna un coup de langue à proximité de ma carotide, et cette fois-ci, je dus vraiment me faire violence pour ne pas gémir. Dans le même temps, et loin de rester inactifs, ses doigts remontèrent toujours plus haut en entraînant le tissu avec eux. Les sentir sur ma peau nue me fit l'effet d'une décharge électrique. C'était agréable et frustrant à la fois. J'aimais cette sensation, mais en même temps, elle était tellement nouvelle qu'elle avait tendance à m'effrayer.

— Attends, c'est trop… ça me fait bizarre, dis-je en recouvrant sa main de la mienne.

— Un bizarre plutôt bon ou plutôt mauvais ?

— Plutôt bon, avouai-je avec embarras.

Je crus qu'elle allait se moquer de moi. À mes yeux, il s'agissait de la réaction la plus probable. Or, étrangement, la Lindörienne parut sincèrement intéressée par la réponse. Elle entremêla nos doigts ensemble, et après un dernier baiser dans mon cou, elle releva la tête pour pouvoir me regarder.

— Tu n'as aucune raison d'être gênée. Je suis allée trop loin, mais aimer que je te touche n'a rien d'honteux. Personnellement, cela me rend très heureuse, rajouta-t-elle en attrapant ma seconde main dans la sienne.

— Tu veux vraiment être avec moi alors ? Comme petite-amie ? demandai-je, pour confirmation.

— Je veux être avec toi, je veux que tu sois à moi, je veux absolument tout.

Elle m'incita à plier les bras, de façon à ce que mes mains se retrouvent au niveau de mes épaules, puis avec un léger sourire, elle se pencha pour m'embrasser sur le front.

— Mais pour le moment, commençons par un rendez-vous. Je ne brûlerai pas les étapes comme certaines personnes de ma connaissance, alors tu n'as rien à craindre. Demain, je t'emmène en dehors de ce château, sur une autre partie de la planète, et pour le reste nous verrons au fur et à mesure.

Même si j'aurais certainement dû lui dire que je n'étais pas rassurée à l'idée de sortir du palais, je n'en trouvai pas le courage. Je souhaitais réellement passer du temps avec elle, à l'abri de tout regard indiscret, si bien qu'au lieu de lui parler de ma crainte stupide, je me contentai d'acquiescer. Après tout, tant que Sierra était présente, rien ne pouvait m'arriver. Il me suffirait de rester près d'elle en permanence, et tout irait bien. Je ne voulais pas la décevoir, ou qu'elle ait à regretter ses précédentes déclarations. J'avais envie d'être avec elle, vraiment envie, alors peu importe mes peurs, il me suffisait de passer au-dessus.

CHAPITRE 11

J+10

Allongée sur mon lit, je fixais le plafond. Je n'avais pratiquement pas dormi cette nuit. À chaque fois que je fermais les yeux, une tonne de pensées se bousculaient dans ma tête. Les images du souvenir de mes parents morts défilaient en boucle dans mon esprit, et quand j'arrivais à songer à autre chose, je me mettais à m'inquiéter pour le rendez-vous avec Sierra. Je me demandais comment la journée allait se passer, ce que nous allions faire, et dans la mesure où j'étais novice en la matière, je n'avais strictement aucune idée de la manière dont j'étais censée me comporter.

Pour la énième fois, je me tournai pour me placer sur le flanc, sauf qu'au lieu de faire une nouvelle tentative pour trouver le sommeil, je décidai de me lever. Il me restait encore deux heures devant moi, deux heures pour me torturer encore et encore. Je pris mon temps sous la douche, et une fois face à mon placard, je fis la grimace. Un autre questionnement existentiel s'imposa à moi. Comment au juste étais-je censée m'habiller ? Dans la mesure où toutes les robes se ressemblaient, j'en pris une au hasard, avant de me regarder dans le miroir.

Même si j'avais commencé à prendre du poids ces derniers temps, j'étais loin de posséder les formes de Leela, si bien que le vêtement était trop large pour moi. Ma main se posa sur le haut de ce dernier pour l'éloigner de ma poitrine, et ce fut avec une moue boudeuse que je me mis à observer l'espace disponible. Je n'étais pas plate, mais il n'y avait pas non plus grand-chose à voir. Mon regard dévia vers le saladier rempli de fruits qui se trouvait sur ma commode, mais immédiatement, je pris conscience de ma stupidité et secouai la tête. Il fallait que je sorte de cette pièce et vite.

J'hésitais à aller déranger Leela à cette heure-ci, seulement je ne savais pas vers qui d'autre me tourner. Hier, je n'avais pas eu l'occasion de lui annoncer mon absence du jour ni de lui parler tout court, or s'il y avait bien quelqu'un qui pouvait me prodiguer des conseils, c'était la jeune femme. Sa chambre se trouvait au bout du couloir, et dans la mesure où elle n'avait pas d'autres invités, nous étions seules à cet étage. J'ignorais où s'arrêtaient précisément ses appartements, mais j'avais compris que tant que je n'empruntais pas les escaliers, je ne risquais pas de croiser qui que ce soit.

Une fois devant sa porte, je pris le temps de toquer. Mon bracelet était muni du code d'accès pour ouvrir, sauf que je me voyais mal importuner la princesse si elle dormait encore. Au lieu du silence, ou d'une réponse, des bruits étranges attirèrent mon attention. Je fronçai les sourcils, et craignant qu'elle ait un problème, j'entrai sans plus attendre. Sa chambre était plus richement décorée que la mienne. Il y avait plus de couleurs, plus d'objets, mais pour le moment, c'était surtout l'absence de la jeune femme qui me préoccupait.

— Leela ? Tu es là ?

Un bruit d'eau provenant de la salle de bain me poussa à m'y diriger. La porte coulissa sur mon passage, et en apercevant la princesse devant le lavabo, je me sentis soulagée. Elle était en train de se passer de l'eau sur le visage, sauf qu'au lieu de tourner la tête vers moi, elle se mit à grimacer et à agripper le rebord du meuble. En la voyant souffrir, j'eus le réflexe de m'approcher et surtout de l'examiner de haut en bas.

Elle était encore plus pâle que d'habitude, et vêtue de ce pyjama, ses courbes étaient davantage visibles. Contrairement à ses robes de tous les jours, son débardeur marquait ses formes, et pendant un instant, mon regard s'attarda sur son ventre. Elle était loin d'être grosse, si bien que je me posais des questions quant à la légère proéminence de ce dernier. À nouveau, je secouai la tête en me disant que c'était impossible, et comblai la distance entre nous pour loger ma main sur son épaule.

— Est-ce que ça va ? Tu veux que j'aille chercher le guérisseur Sandros ? demandai-je, inquiète.

— C'est juste des nausées, rien de grave.

— Tu es sûre ? Tu n'as mal nulle part ? Je crois que je ferais quand même mieux de l'appeler, tu n'as vraiment pas l'air en forme.

J'allais me servir de mon bracelet pour le contacter quand, plus rapide, la jeune femme posa sa main sur la mienne pour m'en empêcher.

— Il ne pourra rien faire pour moi, et d'ailleurs, ça va beaucoup mieux. J'ai juste besoin de m'asseoir.

Elle m'offrit un petit sourire rassurant qui n'aurait convaincu absolument personne, puis s'éloigna en direction du lavabo. Ses doigts quittèrent les miens, elle s'apprêtait visiblement à regagner sa chambre, sauf que ses jambes lâchèrent au premier pas effectué. J'eus juste le temps de la rattraper par la taille pour l'empêcher de tomber lourdement, puis de la suivre dans sa chute pour limiter les dégâts. Ses fesses se chargèrent de finir d'amortir le choc, et même si le pire avait été évité, cela m'angoissa instantanément.

— Tu t'es fait mal ? questionnai-je, paniquée.

— C'est plutôt moi qui devrais te demander ça. Qu'est-ce qui t'a pris de te jeter en avant ? Regarde tes genoux, je suis sûre que tu saignes.

L'inquiétude transparaissait dans sa voix, mais personnellement, mon état physique était loin de m'importer. Le carrelage était froid, mon bras était toujours posé dans le dos de Leela, et cette fois-ci, il était hors de question de m'éloigner.

— Pourquoi tu me dis toujours que tu n'as rien alors que

c'est un mensonge ? Je sais que la majorité du temps je suis inutile, mais si tu es malade, je peux veiller sur toi. Je ne veux pas qu'il t'arrive quelque chose. Tu as toujours été gentille avec moi, alors même si je n'y connais rien, je veux t'aider.

Elle m'observa pendant quelques secondes, et au lieu de nier, elle soupira et se mit à arborer un air coupable.

— Je suis désolée, Tamsyn, je ne voulais pas te faire de peine. C'est juste que je pensais pouvoir gérer cette situation par moi-même, mais tu as raison, je fais vraiment n'importe quoi.

— Quelle situation ?

En la voyant se frotter les deux mains l'une contre l'autre, puis les déposer sur son ventre, je pris conscience que mes doutes de tout à l'heure étaient peut-être fondés. La jeune femme n'avait plus l'air aussi confiante que d'habitude. Elle semblait même triste, voire abattue.

— Ça ne devait pas se passer comme ça. Quand Jaya est partie, on venait de commencer les… enfin, on essayait d'avoir un bébé, se reprit-elle en me jetant un coup d'œil. Normalement, il faut du temps, que le corps s'habitue aux hormones, mais chez moi, ça a fonctionné du premier coup.

— Tu es enceinte… de Jaya ?

Je tentais de masquer ma surprise, seulement, une foule de questions toutes plus stupides les unes que les autres étaient en train de s'insinuer dans mon esprit. Je ne comprenais pas comment c'était possible, sauf si… après tout, je n'y connaissais rien en anatomie Lindörienne. Ils étaient peut-être capables de changer de sexe, ou peut-être même que leur constitution n'avait rien à voir avec la mienne.

— Arrête de te torturer, ça n'a rien de naturel. La science est passée par là, précisa-t-elle avec un léger sourire amusé.

— Oh… oui bien sûr… c'est évident…

— Je t'expliquerai comment ils s'y prennent si tu veux, mais crois-moi, c'est horriblement compliqué.

J'étais certaine qu'à sa place, Sierra se serait moquée de moi si elle m'avait vue arborer une telle mine choquée, mais Leela avait simplement l'air compatissante.

— Et Jaya, elle n'a pas bien réagi ? C'est pour ça que tu es triste ? tentai-je en revenant au sujet de base.

— Elle n'est pas au courant. Quand j'en ai pris conscience, deux mois étaient déjà passés, et j'avais peur… non, j'ai peur de le lui dire et de la déconcentrer de sa mission. Elle a des choses bien plus importantes à gérer en ce moment, et je m'en voudrais toute ma vie s'il lui arrivait quelque chose par ma faute.

— Plus importante ? Que toi sa femme et votre bébé ? répétai-je, incrédule. D'après ce que tu m'as dit d'elle, et de ce que j'entends dans les couloirs, plus important ça n'existe pas à ses yeux. Si tu es malheureuse, tu devrais lui en parler. Elle arriverait à te consoler bien mieux que moi.

— J'ai juste à attendre encore un peu. Elle rentrera bientôt et à ce moment-là, je pourrai le lui annoncer en personne.

J'avais beau ne pas être d'accord avec elle, je ne vis pas l'intérêt d'insister. C'était sa décision, et surtout, je ne voulais pas la faire culpabiliser. La princesse Rajaya aurait probablement aimé le savoir, mais si Leela jugeait qu'il valait mieux reporter cette annonce, c'était sûrement qu'elle avait de bonnes raisons. Après m'être relevée moi-même, je l'aidai à en faire de même puis l'accompagnai jusqu'à son lit. Elle s'installa en tailleur contre son oreiller, alors que de mon côté, je réfléchissais à tout ce qu'impliquait une grossesse. Je n'y connaissais pas grand-chose, mais à mon avis, la jeune femme avait besoin de repos et non de travailler toute la journée.

— Est-ce que quelqu'un d'autre est au courant ? demandai-je en prenant place sur le bord du matelas.

— Uniquement le guérisseur Sandros. Je n'aimerais pas que Rajaya l'apprenne de la bouche de quelqu'un d'autre, alors j'ai préféré garder ça secret.

— Même pour Sierra ? Elle se charge de ta sécurité, elle

aimerait sûrement savoir que… enfin ce serait mieux qu'elle soit au courant pour ton état.

— J'ai préféré m'épargner la leçon de morale. Sans compter qu'elle n'est pas capable de cacher quoi que ce soit à Jaya. Parfois je me demande même si elle ne serait pas encore amou…

Au moment de prononcer le dernier mot, elle s'arrêta brusquement à la deuxième syllabe lorsqu'elle remarqua mes sourcils froncés. Je l'entendis toussoter, puis comme si de rien n'était, elle essaya de changer de sujet.

— Ah, je raconte vraiment n'importe quoi quand je suis fatiguée. Parlons d'autre chose, tu n'es sûrement pas venue me voir aussi tôt sans raison ?

— Amoureuse ? C'est ça que tu voulais dire ? interrogeai-je, sans pouvoir m'en empêcher.

— N'y fais pas attention, je suis de mauvaise foi. Elles ont eu une relation, mais ça date d'une éternité. Ça ne vaut même pas la peine d'être mentionné. Donc, reprenons, qu'est-ce qui t'amène de si bon matin ? questionna-t-elle avec le sourire.

D'un coup, je me sentis encore plus stupide, et surtout je comprenais encore moins pourquoi Sierra souhaitait démarrer quelque chose avec moi. Passer d'une princesse à une esclave, c'était vraiment la dégringolade dans l'échelle sociale. J'entendais déjà les autres Lindöriens médire dans son dos, en particulier Lorindra et ses acolytes qui n'allaient sûrement pas se gêner pour créer leur propre version de l'histoire.

— Rien d'important… Je vais annuler de toute façon. Il vaut mieux que je reste ici pour veiller sur toi, dis-je en détournant les yeux.

— Annuler ? Annuler quoi ?

Soudainement beaucoup plus énergique, Leela quitta sa position pour venir s'asseoir à côté de moi. Elle chercha mon regard, puis voyant que je persistais à fuir le contact visuel, elle attrapa ma main dans les siennes.

— Ne m'oblige pas à t'harceler ! Tu imagines comme je m'ennuie dans ce palais ? Je n'en peux plus de toutes ces histoires de politique, j'ai besoin de quelque chose de plus léger… comme, je ne sais pas moi… le début d'une histoire d'amour ? tenta-t-elle, surexcitée.

— Sierra m'a juste invitée en rendez-vous, ce n'est pas si…

— Tu rigoles ! me coupa-t-elle. C'est magnifique ! J'en étais sûre ! Elle était vraiment trop suspecte à te tourner autour et à te couver du regard en permanence. Où est-ce qu'elle t'emmène ?

— Elle a simplement parlé d'une autre partie de la planète, mais vraiment, je ne crois pas que ce soit une bonne idée.

— Moi je trouve au contraire que c'en est une excellente. Je peux parfaitement me débrouiller toute seule, surtout si je suis assurée d'avoir un récit complet et détaillé ce soir à ton retour ! Enfin, vous comptez bien rentrer ce soir, non ?

— Oui, oui sûrement…

En réalité, je n'en avais aucune idée. Je n'avais pas posé la question, et cela ne me paraissait pas si important. Nous avions déjà dormi ensemble. L'expérience s'était révélée agréable, alors je ne voyais pas d'objection à recommencer. En jetant un coup d'œil à Leela, je m'aperçus qu'elle était en train d'examiner mon cou. Je me souvenais que Sierra avait parlé de mordre son partenaire pour concrétiser l'union. Or, la peau de la princesse était justement parée d'une marque bleue à cet endroit. Cela ne pouvait pas être une coïncidence, et surtout, cela me fit comprendre qu'il ne devait pas s'agir d'une morsure banale.

— Est-ce que vous vous êtes déjà embrassées ? questionna-t-elle, attentive.

— Sur la bouche, tu veux dire ?

— Pourquoi, il y a eu des baisers à d'autres endroits ? répondit-elle aussitôt.

— Juste… mon visage, et mon cou… mais pas les lèvres…

Le raconter était presque aussi embarrassant que le vivre. Je sentais que je rougissais, et pour cause, la Terrienne retint difficilement un petit cri d'excitation. Elle se releva d'un seul bond, sans me lâcher la main, ce qui m'obligea à la suivre lorsqu'elle se dirigea vers sa penderie.

— Il faut absolument que tu te rendes à ce rendez-vous. Je vais t'aider à te préparer.

À la base, j'étais venue dans cette chambre pour cette raison, mais tout à coup, j'eus peur de ce qu'elle me réservait. La jeune femme semblait soudainement très en forme. Elle avait même l'air plus excitée que moi par toute cette histoire.

— Et si je me ridiculise ? Je ne sais pas ce qu'il faut faire… ni de quoi on est censées parler durant une sortie…

— De ce que tu veux, du paysage, de l'activité en cours, tout ce qui te fait plaisir. Oh, et si tu as froid, surtout n'hésite pas à le lui faire remarquer. Par contre, si vous vous retrouvez dans son vaisseau et qu'elle te propose de s'asseoir sur ses genoux, soi-disant par manque de place, surtout ne la crois pas ! Enfin sauf si tu en as envie bien sûr.

Elle me lâcha pour se saisir d'une robe dans les tons orange, et voyant que je ne répondais pas, la jeune femme tourna la tête vers moi. Son enthousiasme paraissait avoir faibli tout à coup, et ce fut beaucoup plus calmement qu'elle reprit la parole.

— Est-ce que tu l'aimes bien, Sierra ? Parce que tu sais, si jamais tu ne partages pas ses sentiments, rien ne t'oblige à accepter sa proposition. D'ailleurs, personne n'a le droit de t'imposer quoi que ce soit.

— Je l'aime bien, c'est juste que… je crois que je suis simplement nerveuse…

Il s'agissait d'un euphémisme pour décrire l'état dans lequel je me trouvais, mais je ne savais pas comment l'exprimer autrement. J'avais peur de sortir du château, et surtout de me comporter de manière inappropriée. J'avais conscience que je m'en faisais pour rien, d'autant que Sierra et moi avions déjà passé du temps seule à seule auparavant, seulement c'était plus fort que moi.

— Tout se passera bien. En plus, Sierra a l'air dure comme ça, mais je suis certaine que c'est une vraie guimauve à l'intérieur. Du genre à te prendre les mains et à te déclarer son amour éternel sur fond de coucher de soleil.

— Une guimauve ? C'est quelqu'un de… romantique ? demandai-je avec curiosité.

— On peut dire ça comme ça. À la base, il s'agit d'un aliment présent sur Terre, quelque chose de fondant… Enfin, un jour je t'emmènerai là-bas et tu y goûteras par toi-même, reprit-elle avec un sourire ravi.

Leela plaça la robe devant moi, et alors que je l'examinais du regard à mon tour, j'aperçus la jeune femme faire non de la tête.

— Il te faut autre chose. Une tenue qui rende nerveuse Sierra… commenta-t-elle, perdue dans ses pensées.

Plantée devant l'armoire, je me contentais de l'observer retourner sa garde-robe en me faisant la réflexion que celle-ci était vraiment bien fournie. Je ne l'avais jamais vue porter autre chose que des robes blanches, pourtant, son dressing était rempli de vêtements colorés et intéressants. Du bout des doigts, je me saisis d'un ensemble bleu et blanc composé d'une jupe, d'un chemisier et d'un morceau de tissu étrange.

— À quoi ça sert ? C'est une ceinture ? demandai-je, intriguée.

— Non, une cravate. C'était l'uniforme de mon académie sur Terre.

— Tu le mets encore ?

— Eh bien… parfois… quand Jaya est là…

Je ne compris pas pourquoi elle rougissait, mais très rapidement, ce fut autre chose qui attira mon attention lorsque, triomphante, elle sortit une tenue de son armoire.

— Un short en jean et un haut rouge, la combinaison idéale ! déclara-t-elle en me tendant les affaires.

— Je n'ai jamais aperçu personne porter quelque chose comme ça, fis-je remarquer.

— C'est la grande mode sur Terre, et crois-moi, l'extérieur n'a rien à voir avec ce palais. Beaucoup d'espèces cohabitent en dehors de la capitale, tu te fondras parfaitement dans le décor.

Même si je n'étais pas convaincue, je n'eus pas vraiment le choix. Leela me poussa jusqu'à la salle de bain, et alors que je me changeais, je l'entendis continuer à parler depuis la chambre.

— En tout cas, si tu rencontres le moindre souci, n'hésite surtout pas à m'appeler. Tu te souviens comment on fait ?

— Oui, mais… pour ce short, tu es sûre que ça se porte aussi serré ?

— C'est du jean, alors oui. Allez dépêche-toi, j'ai trop hâte ! Plus vite tu seras prête, plus vite je pourrai voir la tête de Sierra quand on ira la retrouver !

— Tu vas venir avec moi ?

— Évidemment, j'ai quelques petites choses à lui dire avant que vous ne preniez le large.

Après avoir boutonné le vêtement, je me débarrassai de ma robe pour enfiler le haut. Je me rendis compte que ce dernier avait la particularité de laisser mes épaules dénudées. Des volants étaient présents au niveau de ma poitrine, et après m'être retournée plusieurs fois sur moi-même devant le miroir, je consentis à aller retrouver Leela qui s'impatientait de plus en plus. Par réflexe, je cherchai à faire descendre le short plus bas, sauf que c'était peine perdue. Le tissu ne daignait pas bouger, et j'avais peur de finir en culotte à force d'essayer.

Timidement, je sortis de la pièce où je me trouvais. La princesse m'attendait, adossée contre le mur qui jouxtait la porte. En me voyant, elle m'examina de la tête aux pieds. Son visage s'illumina, alors que pour ma part, je me sentais vraiment embarrassée. Je n'avais pas l'habitude de porter si peu de tissu, d'ailleurs j'avais du mal à croire que quelqu'un puisse éprouver de la joie à s'exhiber de la sorte.

— Tu es… parfaite ! s'exclama-t-elle après une seconde de réflexion.

— Tu es sûre que ça va plaire à Sierra ? Moi, je crois plutôt qu'elle va me dire d'aller me rhabiller. Elle est assez stricte en ce qui concerne l'apparence générale, tu sais. La fois où j'ai voulu sortir de ma chambre avec les cheveux légèrement en bataille, elle m'a poursuivie avec une brosse !

— Te rhabiller ? Oh, bien des pensées vont la traverser, mais je peux t'assurer que celle-ci n'en fera pas partie. Ce sera même tout le contraire, ajouta-t-elle en me réservant un sourire innocent. Mais tu fais bien de me parler de brosse, je vais t'attacher les cheveux. Viens par ici.

Sur le chemin qui conduisait à son lit, je replaçai correctement l'élastique de ma blouse pour qu'elle retombe plus naturellement sur le haut de mes bras. En dessous, je portais un bandeau qui me servait de sous-vêtement, mais cela ne m'empêchait pas de me sentir particulièrement vulnérable. Je n'avais pas l'habitude d'être autant à découvert ni d'avoir la nuque dégagée. Leela noua mes cheveux en chignon flou puis, alors que j'observais le résultat dans le miroir de poche qu'elle m'avait fourni, elle se dirigea à nouveau vers son armoire pour sélectionner des chaussures.

Je n'en voyais pas vraiment l'utilité, mais étant donné tous les efforts qu'elle mettait dans ma préparation, je préférai ne pas lui en faire la remarque. La paire de sandales compensées marron qu'elle posa devant moi était munie d'un ruban qui, je supposais, était censé s'enrouler autour de la cheville. Au moment de les enfiler, je me concentrai en me saisissant des deux morceaux de tissu.

J'avais appris à faire les nœuds, néanmoins cela me demandait toujours une certaine réflexion. Une boucle, deux boucles, puis faire passer la première boucle sous la seconde. J'avais tendance à m'emmêler les pinceaux, si bien que j'espérais fortement que durant la journée, je n'aurais pas à recommencer.

CHAPITRE 12

J+10

Nerveuse, j'écoutais d'une oreille distraite Leela me rassurer. J'avais rendez-vous avec Sierra devant le hangar où étaient entreposés différents vaisseaux. En tournant à l'angle du prochain couloir, nous y serions, mais j'avais l'impression que mon cœur allait me lâcher bien avant cela. Je ne comprenais pas pourquoi je réagissais ainsi. Il s'agissait juste de passer du temps avec Sierra. Elle n'allait pas me manger, et être en sa compagnie n'avait rien de désagréable. Malgré tout, et en dépit de toute logique, j'appréhendais. Quoi que, était-ce vraiment de l'appréhension ?

J'étais à la fois stressée et fébrile. J'avais hâte d'y être, et pourtant, je me retrouvais à ralentir le pas. Je n'avais pas mis longtemps à m'habituer aux chaussures. Elles étaient confortables, cependant, elles ne semblaient pas adaptées à une marche rapide, et encore moins à une course. Pas que j'aurais à m'enfuir dans un avenir proche, mais après tout, on ne savait jamais. J'ignorais où la Lindörienne allait m'emmener, et même si j'avais mon bracelet pour prévenir Leela en cas de problème, cela ne m'empêchait pas de rester inquiète.

Au moment où nous accédâmes au couloir qui donnait sur les portes du hangar, un soupir de soulagement m'échappa. Sierra n'était pas encore arrivée, ce qui m'évitait d'avoir à affronter son regard sur la dernière ligne droite.

— Moi qui pensais qu'elle aurait eu au moins une demi-heure d'avance. Je suis déçue, prononça Leela avec une légère moue boudeuse.

— Tu n'es pas obligée de rester, tu sais. Je peux l'attendre toute seule…

— Et rater le meilleur moment ? Au minimum, je veux voir sa mâchoire se décrocher ! Et au maximum… Bonne question… Ce serait dommage qu'elle s'évanouisse juste avant votre rendez-vous, mais d'un autre côté, ce serait un excellent souvenir. Je pourrais le lui rappeler chaque jour, et pour une fois la mettre dans l'embarras !

Plus énergique que jamais, la princesse ne semblait plus souffrir de la moindre nausée. D'ailleurs, depuis que je lui avais annoncé pour ce rendez-vous, elle n'avait plus manifesté le moindre signe de faiblesse. Dans cette robe, personne n'aurait pu soupçonner qu'elle était enceinte. Si je calculais bien, elle en était au moins à trois ou quatre mois de grossesse, mais j'ignorais combien de temps durait la gestation pour un bébé moitié lindörien, moitié terrien.

— Je crois que tu espères pour rien du tout, lui fis-je remarquer. Sierra est impassible la majorité du temps, elle ne risque pas de te donner satisfaction.

— Laisse-moi rêver. J'ai enfin une occasion de la taquiner. C'est encore mieux qu'un miracle, et je te le dois entièrement. D'ailleurs, je t'ai transféré quelques crédits sur ton bracelet. Si tu veux t'acheter quelque chose, surtout n'hésite pas.

— Je ne pense pas que…

— Tu les mérites amplement alors pas de discussion ! En plus, on ne sait jamais, si Sierra se montre désagréable, il faut que tu puisses rentrer par tes propres moyens.

— Tu ne devrais pas t'inquiéter autant pour elle. Tamsyn est capable de te supporter, c'est bien la preuve qu'elle peut faire face à toutes les situations.

Je sursautai en entendant la voix de Sierra. Dos à elle,

Leela et moi nous retournâmes en même temps en direction de la Lindörienne. Encore une fois, je n'avais pas été en mesure de détecter sa présence. Elle ne faisait pas de bruit en marchant, et en l'apercevant, mon cœur rata quelques battements. Ses cheveux étaient attachés en plusieurs tresses, lesquelles se rejoignaient au niveau de sa nuque pour n'en former qu'une seule. Elle n'avait pas changé de style vestimentaire, mais sa tunique était plus travaillée que d'habitude, légèrement plus décolletée aussi.

— Tu ferais bien de te méfier. Vous n'êtes pas encore parties. Je peux toujours invoquer une urgence et t'empêcher de décoller, répondit Leela aussitôt.

— Il y a une raison précise à ta présence ?

— Je n'ai pas le droit d'accompagner mon amie à son premier rendez-vous ? La pauvre, si je n'étais pas là, elle aurait attendu seule. Imagine-la en train d'angoisser à propos d'une certaine personne en retard, en train de craindre que celle-ci ne lui pose un lapin…

Embarrassée, je frottai doucement l'espace de peau à proximité de mon bracelet. Sierra m'avait à peine jeté un regard, et pour une obscure raison, j'en éprouvais de la déception. Je n'avais jamais espéré qu'elle ait une réaction extrême, mais j'aurais au moins souhaité un peu plus d'intérêt. Son attention était rivée sur Leela. Cela n'avait rien d'anormal. La Terrienne était en train de lui parler, ou plutôt elle prenait un malin plaisir à la taquiner, et pour ma part, je n'osais pas me joindre à la conversation.

— Je me demande si je ne devrais pas venir jouer les chaperons. Je ne suis vraiment pas sûre qu'on puisse te faire confiance.

— Et moi, je me demande si je ne vais pas venir vous rendre visite très souvent quand Rajaya sera rentrée. Je pourrais même dormir sur place, qu'en penses-tu ?

— Tu peux toujours essayer. Je me ferai un plaisir de changer le code du champ de force qui protège notre maison.

— Fais donc ça. Maintenant, si tu veux bien nous excuser.

Mon rythme cardiaque accéléra d'un seul coup quand Sierra s'empara de ma main. Ce n'était pas grand-chose, mais comme à chaque fois qu'elle me touchait, je n'arrivais pas à rester indifférente. Suivant son mouvement, je fis un demi-tour sur moi-même. Elle passa son poignet devant le détecteur du hangar pour ouvrir la porte, juste au moment où derrière nous Leela reprit la parole.

— N'oublie pas de la ramener avant la nuit !

Je pouvais presque entendre la princesse ricaner, alors que de son côté, Sierra paraissait contrariée. C'était la première fois que je me rendais au hangar, la première fois aussi que j'apercevais autant de vaisseaux, ou même un vaisseau de l'extérieur, mais je n'avais pas vraiment l'occasion de profiter de la vue. Je peinais à me maintenir à la hauteur de la Lindörienne qui pour sa part, avançait à grandes enjambées. Sa main était solidement accrochée à la mienne, et si cela continuait, j'étais certaine de finir par terre à me faire traîner.

— Sierra, tu serres trop fort… fis-je remarquer en grimaçant.

Au lieu de simplement relâcher la pression, elle s'arrêta net. Je faillis trébucher, principalement à cause des chaussures qui ne me permettaient pas un équilibre aussi parfait que pieds nus. Autour de nous, plusieurs Lindöriens s'affairaient sur les engins spatiaux. Ils étaient tellement pris par leur occupation qu'aucun d'entre eux ne fit attention à nous. Nous nous trouvions en plein milieu de l'allée centrale. Les machines étaient disposées autour de cette dernière, mais pour le moment, mon regard était entièrement focalisé sur la femme à mes côtés.

— Je suis désolée. Laisse-moi me rattraper.

Avec un léger sourire, elle porta mes doigts à ses lèvres. Elle embrassa doucement la paume de ma main puis, sans se soucier des regards extérieurs, elle m'attira contre elle. Je sentais que je n'allais pas survivre à cette journée. Mon cœur était déjà en passe d'exploser, et au lieu de chercher à retrouver mon calme, je ne résistai pas à l'envie d'enfouir ma tête dans son cou.

— Ça va mieux ? demanda-t-elle avec tendresse.

Je me contentai d'acquiescer. Qui se serait soucié de ses doigts écrasés dans un moment pareil ? J'étais même prête à sacrifier mon autre main pour que ce moment dure plus longtemps.

— Le vaisseau n'est plus qu'à quelques mètres. Allons-y, d'accord ?

Beaucoup plus gentiment que tout à l'heure, la Lindörienne me reprit la main et nous dirigea vers l'un des plus petits modèles présents. J'étais à la fois impatiente de monter à l'intérieur, et en même temps assez nerveuse. Même si je m'étais rendue sur une embarcation kelônienne la veille, cela n'avait rien à voir. Je n'avais pas eu l'impression de voler pour de vrai, tandis que là, ce serait bien différent.

Dans tous les cas, cela me paraissait moins dangereux que d'emprunter un téléporteur. Je n'y connaissais rien en technologie, mais se faire dématérialiser puis rematérialiser ne m'inspirait aucune confiance. Je préférais d'ailleurs ne jamais réitérer l'expérience de mon arrivée dans ce château et de mon passage sur le vaisseau de Kelisha.

— Est-ce que tu es fâchée à cause de Leela ? questionnai-je en remarquant qu'elle semblait soucieuse. D'habitude, ça t'amuse de te disputer avec elle.

— M'amuse ? répéta-t-elle d'une voix étranglée. Elle a toujours eu le don de m'agacer, depuis notre rencontre jusqu'à aujourd'hui.

— Si vraiment tu n'appréciais pas ça, tu ne lui répondrais pas et tu te contenterais d'un regard rempli de dédain. Je t'ai déjà vu faire plein de fois. Au lieu de ça, vous vous encouragez mutuellement. C'est toujours à celle qui aura le dernier mot.

Suite à ces quelques paroles, Sierra m'examina en silence. Nous étions devant l'engin spatial, et après m'être intéressée quelques instants aux parois métalliques de ce dernier, je lançai un regard curieux à la femme à mes côtés.

— Qu'est-ce qu'il y a ?

— Je suis étonnée. La plupart du temps tu ne comprends rien à rien, mais à d'autres moments, tu fais preuve d'une rare clairvoyance.

— Tu veux dire que la plupart du temps, je suis une grosse idiote, mais que parfois, un trait d'intelligence arrive tout de même à percer ?

Vexée, je retirai ma main de la sienne. Au lieu de s'excuser, Sierra me fixa avec amusement, ce qui ne fit qu'augmenter mon énervement.

— Je ne suis pas stupide figure-toi, j'ai juste du mal à intégrer certaines de vos coutumes. Et c'est vrai qu'en termes de relation personnelle, je ne brille pas par ma lucidité, mais ça n'a rien de facile. Tu débarques comme ça en disant que je t'intéresse, et je devrais comprendre aussitôt le concept de petite-amie. D'ailleurs, tout est de ta faute. Si tu t'étais montrée parfaitement claire dès le départ, je ne serais pas passée pour une abrutie, rajoutai-je en croisant mes bras sur sa poitrine.

— En d'autres termes, c'est moi l'idiote ?

Loin de sembler en colère, la Lindörienne paraissait ravie par la tournure des évènements. Elle était peut-être folle tout compte fait. Je m'énervais, et elle, elle souriait. D'ailleurs, maintenant que j'y pensais, à chaque fois qu'elle arborait ce sourire en coin, ce n'était jamais bon pour moi. Sur la défensive, je lui lançai un regard méfiant quand elle approcha d'un petit pas, avant de reculer légèrement la tête quand elle tenta de m'embrasser sur la joue.

— Qu'est-ce que tu fais ? l'interrogeai-je en fronçant les sourcils.

— Je réponds à tes attentes. Apparemment, je ne suis pas assez directe et expressive.

Tout en déglutissant, je fis un petit pas en arrière. Mon dos buta contre le vaisseau, et vraiment, je commençais à croire que j'étais maudite. Dès que j'étais en présence de Sierra, il fallait que je me retrouve coincée quelque part : contre une commode, contre un mur, contre une bibliothèque… La liste était tellement longue qu'à ce niveau, cela ne pouvait plus être un simple hasard.

— Ne t'approche pas, la prévins-je.

— Pourquoi ? J'allais simplement t'illustrer plus en détail le concept de petite-amie.

— Je ne me ferai pas avoir cette fois-ci. À chaque fois que tu me touches, ça devient difficile de réfléchir, donc garde tes distances.

— Voyez-vous ça. Il y a un endroit en particulier pour lequel l'interdiction s'applique ?

— Si je réponds, tu vas t'empresser de te jeter sur ce fameux endroit. D'ailleurs, ne pense même pas à m'embrasser, à te servir de ta langue, ou quoi que ce soit du genre. Quand je dis que tu ne peux pas me toucher, ce n'est pas seulement avec les mains, lui précisai-je, avec rapidité.

— Tu y as vraiment bien réfléchi. Je retire ce que j'ai dit, tu es maligne, très maligne.

En théorie, j'avais gagné la partie. En théorie seulement, car dans les faits, je savais qu'il n'en était rien. Tous mes sens étaient en alerte, si bien que je parvins même à rester immobile, et à ne pas sursauter lorsque la main de Sierra se posa à proximité de mon visage. Elle était juste en face de moi, à une distance beaucoup trop réduite. Ses yeux brillaient, ce qui était le signe annonciateur d'une contre-attaque imminente.

— Je suis quand même curieuse d'une chose. Comment comptes-tu te faire obéir ?

— Je misais sur... ta bonne volonté ? tentai-je, incertaine.

— Tu me surestimes beaucoup, ma chérie. Ma volonté s'est envolée au moment précis où je t'ai aperçue dans cette tenue.

Quelques frissons me traversèrent en sentant ses doigts effleurer mon épaule. Son regard se perdit sur mon cou, sur l'endroit que son pouce était en train de caresser doucement. Les étincelles dans ses yeux se multipliaient, et je jugeai que si je voulais sortir de ce guêpier, mieux valait reprendre la parole, et vite.

— On ne devait pas y aller ? Le vaisseau est juste là, et on ne sait jamais, Leela pourrait revenir à la charge en remarquant que nous ne sommes pas encore parties.

J'éprouvais une légère culpabilité à me servir ainsi du prénom de la princesse, mais au moins, cela eut le mérite de fonctionner. Sierra tendit son autre bras sur le côté pour passer son bracelet devant un boîtier, et instantanément, un sas s'ouvrit sur ma droite.

— Ne pense pas pouvoir t'en tirer aussi facilement la prochaine fois, murmura-t-elle à mon oreille.

Mon corps trembla suite à sa réplique. Je commençais à croire que j'étais définitivement perdue, car loin d'être soulagée, la première pensée qui me traversa fut de savoir quand. Je me plaignais, mais j'aimais tous les moments où elle initiait des rapprochements. J'étais même impatiente que cela arrive, de préférence dans un endroit isolé où nous serions seules à seules.

Elle quitta sa position pour m'inviter à passer la première, et en pénétrant dans l'habitacle, je ne pus m'empêcher de tourner la tête dans tous les sens. L'espace était réduit et disposait du strict minimum. Deux fauteuils faisaient face à une console remplie de boutons en tous genres, du moins, je supposais qu'il s'agissait de fauteuils, car eux aussi étaient parés de nombreuses commandes au niveau des accoudoirs.

— À quoi ça sert tout ça ? demandai-je en reportant mon attention sur Sierra.

La Lindörienne venait de refermer le sas d'entrée. Elle s'approcha, puis posa ses mains sur mes épaules pour m'inciter à m'asseoir sur le siège de droite.

— Installe-toi confortablement.

L'arrière de mes genoux buta sur l'assise du meuble blanc. J'avais un mauvais pressentiment, mais je ne voyais pas ce que je risquais à prendre place ici. Naïvement, je pensais que Sierra allait rejoindre le fauteuil de gauche. Or, elle resta debout et garda une main sur mon épaule. Avec l'autre, elle appuya sur un voyant bleu situé sur l'accoudoir et d'un seul coup, je me sentis partir en arrière. Le dossier venait de basculer, ce qui me conduisit à me retrouver à moitié allongée. Je n'avais pas crié, néanmoins mon souffle s'était coupé à cause de la surprise.

— C'est pour… dormir ? questionnai-je en reportant mon attention sur elle.

La position ne me mettait pas spécialement à l'aise. Sierra me surplombait de toute sa hauteur, mais je m'imaginais mal me plaindre alors que j'étais celle à m'être montrée curieuse.

— Tu vois une autre raison ? répondit-elle avec un léger sourire en coin.

— Non…

— Je te montre les autres fonctionnalités ?

La connaissant, j'avais toutes les raisons de me méfier, pourtant je fis « oui » de la tête. La vitre devant moi était teintée. Je voyais parfaitement le hangar, par contre les mécaniciens et ingénieurs qui y travaillaient n'étaient pas en mesure d'apercevoir l'intérieur du vaisseau. Moi qui avais espéré me retrouver en tête à tête avec elle, j'étais exaucée.

— Quand tu disais que tu allais m'emmener quelque part, ce n'était pas juste ici, n'est-ce pas ? questionnai-je, incertaine.

— Pourquoi, ce n'est pas à ton goût ? se moqua-t-elle.

— Si, c'est parfait.

Je voulus me redresser pour retrouver la position assise, sauf qu'exactement au même moment, Sierra releva l'accoudoir. Comme une idiote, je restai immobile à la fixer, et à attendre sa prochaine action. Leela m'avait bien prévenue de me méfier, seulement quand la Lindörienne se pencha pour me prendre dans ses bras et me soulever, un réflexe primaire m'incita à m'accrocher à son cou. C'était n'importe quoi. J'avais presque l'impression qu'en sa compagnie, je passais autant de temps dans les airs que sur terre.

— Que dirais-tu d'un petit cours de pilotage ? À moins que tu ne préfères retourner à ta place pour m'admirer ?

— Tu as vraiment un ego surdimensionné, me plaignis-je. Et d'ailleurs, tu ne pouvais pas me demander la même chose en me laissant sur mon siège ?

— Le temps que tu prennes ta décision aurait été du temps perdu. Je me contente de t'influencer positivement.

— Positivement par rapport à ton propre souhait, non ?

Elle prit place sur son siège, ce qui me conduisit à me retrouver assise sur ses genoux. Je me souvenais parfaitement des recommandations de Leela, et en particulier de celle qui concernait ce moment précis. Je ne savais pas si toutes les Lindöriennes agissaient de la même façon, ou si tout simplement Sierra et la princesse Rajaya s'étaient influencées l'une l'autre à force de passer du temps ensemble, mais pour l'instant, la Terrienne ne s'était pas trompée sur le déroulement des évènements.

— Quel mal y a-t-il à te vouloir contre moi ? De plus, tu apprendras bien plus rapidement de cette façon.

— Tu vas vraiment me laisser toucher à la console et aux manettes ? interrogeai-je, dubitative.

— Figure-toi que je suis une excellente instructrice. Mes anciens élèves ont tous obtenu leur habilitation sans la moindre difficulté.

— Est-ce qu'ils avaient aussi le privilège de s'asseoir sur tes genoux pour leur première leçon ? ironisai-je.

— Ils n'auraient même pas osé l'espérer, s'amusa-t-elle.

Après avoir pianoté sur l'accoudoir du fauteuil, celui-ci bougea légèrement. Pas rassurée, et ayant toujours les mains sur les épaules de Sierra, je me raccrochai plus fermement à elle. Ses bras s'enroulèrent autour de moi, comme pour m'apaiser. Elle me serra un instant contre elle, puis après m'avoir embrassée sur la tempe, elle m'incita à faire face à la console juste devant nous.

— Appuie sur le bouton jaune, et abaisse la manette qui est devant toi.

À la base, j'avais cru qu'elle se contenterait d'attraper mes doigts dans les siens et que je servirais de marionnette, mais contre toute attente, elle garda ses bras enroulés au niveau de ma taille et me donna des directives à l'oral.

— Maintenant, reste appuyée sur le bouton qui représente une flèche. Les moteurs vont s'allumer et l'interface va se mettre en route.

— En vrai, ce n'est pas une flèche n'est-ce pas ?

— C'est le symbole qui signifie démarrage.

Mes yeux parcoururent rapidement les commandes devant moi. J'avais encore plus envie d'apprendre à lire, ou plutôt de continuer mon apprentissage. Leela m'avait assuré qu'en quelques mois, je serais à même de comprendre la majorité des ouvrages tout publics. Pour les symboles plus compliqués, ou plus spécialisés, cela me prendrait sûrement des années, mais je ne comptais pas me décourager.

— Combien de leçons il faut pour obtenir une habilitation ? demandai-je, curieuse.

— Tout dépend de la personne, mais avant de pouvoir se déplacer seul sur ce type de vaisseau, il faut au moins deux cents heures de vol accompagné.

— Et pour les gros vaisseaux ? Ceux avec un équipage ?

— Ceux avec un équipage sont du ressort de l'armée, et par conséquent, les postes sont attribués selon le grade et le savoir-faire de chacun.

En entendant les moteurs se mettre à ronronner, et en sentant la console vibrer sous mes doigts, je ne pus m'empêcher de ressentir une certaine satisfaction. Être aux commandes était très amusant, et les directives de Sierra étaient suffisamment claires pour me permettre de m'en sortir. Au moment où le vaisseau se mit à planer et s'éleva de quelques centimètres par rapport au sol, je me penchai davantage en avant pour me rapprocher de la vitre.

La Lindörienne se chargea de pianoter le code pour ouvrir le plafond du hangar, puis elle se colla dans mon dos pour reprendre le contrôle des opérations. Sa tête reposait sur mon épaule, elle semblait concentrée, quant à moi, je ne pouvais m'empêcher de lui jeter de fréquents coups d'œil. Faire décoller un engin spatial était une expérience inédite, mais observer cette femme de près n'était pas donné à tout le monde.

Elle était vraiment belle, beaucoup plus que les autres. Peut-être que je manquais d'objectivité. Plusieurs fois, je m'étais demandé si c'était pour cette raison que j'étais autant attirée par elle. Forcément, cela jouait, mais je devais avouer que c'était surtout son caractère et son comportement qui la rendaient unique à mes yeux. Je n'avais aucune raison de me sentir en sécurité en sa compagnie, pourtant c'était le cas. Je sentais, non, je savais, qu'elle ne me ferait aucun mal. Des sentiments uniques m'habitaient quand je me retrouvais en sa présence. Des sentiments que j'avais des difficultés à comprendre, mais que j'espérais ne jamais voir disparaître.

— Est-ce que tu as toujours fait partie de l'armée ? demandai-je en reportant mon attention sur la vitre devant moi.

— Oui.

— Tu aimes ça, alors ?

— C'est une tradition familiale. J'ai étudié dans une académie militaire, puis j'ai décidé de m'engager dans la branche chargée de découvrir de nouveaux territoires.

Sierra avait placé ses mains au-dessus des miennes. Je me contentai de suivre le mouvement alors qu'elle nous faisait décoller. Mon cœur s'emballa lorsque l'appareil monta d'un seul coup en piquet pour gagner le ciel dégagé. Néanmoins, ce n'était pas une sensation désagréable. J'étais plutôt excitée par cette pointe de vitesse. C'était la première fois que j'apercevais la capitale d'une si grande hauteur. Depuis le château, la vue était déjà impressionnante, mais là, c'était encore mieux. J'avais du mal à croire que dix jours auparavant, je m'étais retrouvée à arpenter ses rues. Cela me paraissait presque appartenir à une autre vie.

— Pour devenir lieutenant, tu as dû… enfin je suppose qu'on ne devient pas lieutenant en claquant des doigts.

Ce n'était sûrement pas le moment pour poser toutes ces

questions, mais j'étais curieuse. Elle ne parlait jamais de son passé, ou de sa vie en général. Le vaisseau se stabilisa. Sierra tapota sur l'interface devant elle avant de se laisser retomber plus confortablement contre le dossier en m'entraînant avec elle.

— Détrompe-toi, j'ai hérité de ce titre à la mort de mon père. Tu as dû le comprendre, mais notre système repose en majorité sur des castes. Nous vivons très longtemps, et les naissances sont peu nombreuses. Les mêmes familles sont au pouvoir depuis une éternité, et elles s'arrangent toujours pour monopoliser les postes prestigieux.

Les bras enroulés autour de moi, la Lindörienne pencha la tête pour m'embrasser sur la nuque. Le contact me fit frémir, mais je me forçai à rester concentrée sur la discussion. Cela n'avait rien d'aisé. Son corps était chaud, son emprise agréable, si bien que j'étais tentée de fermer les yeux pour profiter du voyage dans cette position.

— Je suis désolée. C'est arrivé il y a longtemps pour ton père ?

Elle ne paraissait pas triste. À vrai dire, elle semblait uniquement intéressée par ma peau et par tous les endroits sur lesquels elle allait pouvoir poser ses lèvres.

— Deux cents ans, lors de la dernière guerre pour le trône.

— Et ta mère, elle est toujours vivante ?

— Je suppose. Elle a quitté cette galaxie il y a cinq cents ans, mais à moins d'un gros problème, elle devrait l'être.

Étonnée par le ton neutre sur lequel elle avait prononcé cette phrase, je tournai la tête vers elle pour pouvoir l'observer. Elle m'interrogea du regard, puis se contenta d'un sourire léger au moment de reprendre la parole.

— Je crois que le couple de Rajaya et Leela t'a induit en erreur sur notre peuple. La majorité du temps, nous nous unissons pour renforcer notre position sociale. Mes parents ne se sont jamais aimés. Il s'agissait juste de produire un héritier, et une fois son devoir accompli, ma mère a repris le cours de sa vie.

— Mais c'est horrible, répondis-je, choquée.

— À tes yeux, certainement. Aux miens, c'est naturel.

Je gardai le silence quelques secondes, tout en réfléchissant à toute vitesse à ce que cela voulait dire.

— Ça signifie que lorsqu'il sera temps pour toi de… procréer, tu vas te marier avec quelqu'un comme Lorindra ?

Hésitante, je me mordis légèrement la lèvre inférieure tout en résistant à l'envie de détourner le regard. Il aurait sans doute mieux valu que je garde cette question pour moi, mais je sentais que si je me retenais, cela allait m'obséder toute la journée.

— Si je souhaitais m'unir avec Lorindra, cela serait déjà fait. Non, je vais devoir me trouver quelqu'un d'autre. Quelqu'un dont les oreilles se sont baissées instantanément en évoquant une autre femme peut-être…

Je sentais qu'elle se moquait de moi. Elle avait levé la main pour la passer sur le haut de ma tête, puis comme si c'était un jeu, elle tapota avec son index sur l'une de mes oreilles.

— C'est drôle que ce soit la seule partie de ton corps à être recouverte de poils.

— Il ne s'agit pas d'un jouet ! protestai-je en bougeant la tête. Tu aimerais, toi, que je vienne te tripoter à cet endroit ?

— Je ne détesterais pas ça, répondit-elle, calmement.

Instantanément, mon regard se porta sur ses oreilles pointues. J'avais l'impression qu'il s'agissait d'un piège. Les anneaux dorés présents sur le dessus de ces dernières brillaient légèrement. Je tendis la main, prête à vérifier ses dires, mais avant même d'avoir pu les effleurer, Sierra attrapa mes doigts dans les siens et les replaça sagement sur ma cuisse.

— Tu feras tes vérifications plus tard. J'ai mis le vaisseau en pilote automatique, mais nous pouvons continuer la leçon si tu en as envie.

— Tu vas me laisser tenir les manettes toute seule ?

— Uniquement si tu promets de m'obéir sans discuter.

— À vos ordres, mon lieutenant, répliquai-je avec un sourire.

Je me réinstallai correctement sur ses genoux, de sorte à être placée juste devant la console. La nervosité éprouvée avant ce rendez-vous s'était envolée. Je ne savais même plus pourquoi je m'étais montrée si inquiète. Passer du temps avec Sierra était loin d'être une corvée. Lui parler n'était pas si difficile. Elle répondait à mes questions, et au fond j'appréciais qu'elle soit aussi tactile. J'ignorais toujours où nous nous rendions, cependant ce n'était pas si important. Je ne risquais rien tant qu'elle était avec moi. J'avais simplement à profiter de cette journée sans me soucier du reste.

CHAPITRE 13

J+10

Avec un soupir dépité, je jetai un coup d'œil à Sierra qui était en grande conversation avec un groupe de soldats lindöriens. Nous nous trouvions encore à proximité du vaisseau, et pour une obscure raison, ces hommes s'étaient rués sur nous. J'avais plus ou moins compris qu'ils étaient en charge de la sécurité de cette petite ville, mais je ne voyais pas en quoi cela concernait ma compagne. Ils s'étaient éloignés de quelques pas pour discuter, quant à moi, n'ayant rien de spécial à faire, je me contentais d'observer les environs.

Deux autres engins spatiaux, semblables à celui que nous avions emprunté, étaient stationnés sur cette place. Tout autour de celle-ci, plusieurs rues donnaient sur des quartiers d'habitations, lesquels ne ressemblaient en rien à ceux de la capitale. Les maisons étaient colorées, beaucoup plus rustiques, et surtout il n'y avait pas foule. Les quelques passants que j'avais aperçus n'étaient pas Lindöriens, mais j'étais bien incapable de déterminer leurs origines.

Lassée d'attendre, je fis quelques pas vers la fontaine qui délimitait le centre de cet endroit. Quelques stands de nourriture étaient placés tout autour de cette dernière, et après un autre regard en direction de Sierra pour vérifier qu'elle était toujours là, je m'approchai plus près. Coincée entre deux étals qui proposaient de la pâte garnie de haricots ou de viande, une petite table en bois avait été installée pour présenter quelques bijoux et des babioles diverses.

La vendeuse, qui pour l'instant était de dos, se chargeait aussi visiblement du stand d'à côté. Elle était en train de pétrir de la pâte, et après quelques instants à observer ses gestes, je reportai mon attention sur les marchandises devant moi. J'avais envie d'offrir un cadeau à Leela, mais plusieurs problèmes venaient contrecarrer ce projet. Je n'avais aucune notion des prix. Je ne savais pas de combien d'unités je disposais, ni de comment m'en servir et, surtout, dans la mesure où il s'agissait de l'argent de la princesse, il me paraissait soudain un peu étrange de l'utiliser pour lui acheter quelque chose.

— Je suis à vous dans quelques secondes, m'indiqua la jeune femme. Vous voyez quelque chose qui vous plaît ?

— Je... oui, tout est très joli… répondis-je, prise au dépourvu.

— Mon fiancé les confectionne. Vous ne les trouverez nulle part ailleurs, ils sont tous uniques.

Les bracelets dorés recouverts de motifs floraux côtoyaient de petites sculptures en forme d'animaux, mais ce fut surtout le pic à cheveux orné d'un papillon rouge qui attira mon regard.

— Si vous prenez quelque chose, je vous offre un panada en cadeau.

Elle plongea la pâte dans un grand pot d'huile qui était en train de bouillir, et je compris que panada devait être le nom de l'aliment qu'elle cuisinait.

— Voilà, je suis toute à vous, lança-t-elle en s'essuyant les mains sur son tablier. Est-ce que l'offre vous…

Devant l'absence de fin de phrase, je levai les yeux vers elle avec curiosité pour me rendre compte qu'elle s'était figée. Son regard était rivé vers mes oreilles. Elle m'examina de la tête aux pieds, alors que de mon côté, j'essayais de rester naturelle. Même si Leela m'avait assuré que je ne dénoterais pas par rapport aux autres, je commençais à en douter. La rousse devant moi était habillée d'une robe marron qui lui arrivait aux mollets, ses cheveux étaient couverts d'un foulard vert, et d'après ce que j'en avais vu, les habitants de cette ville étaient tous plus ou moins vêtus de la même façon.

— Est-ce qu'il faut payer avec des pièces ? Parce que j'ai seulement ce bracelet, et je ne sais pas vraiment comment ça fonctionne, avouai-je en essayant de rester naturelle.

— Tamsyn !

Je sursautai en entendant la voix de Sierra. Plusieurs personnes s'écartèrent sur son passage, et loin du calme légendaire auquel elle m'avait habituée, la Lindörienne s'approcha rapidement. Les soldats s'étaient dispersés, mais à en juger par les nombreux regards en biais qui convergeaient dans notre direction, ma compagne était loin de passer inaperçue.

— Tu t'inquiétais pour moi ? demandai-je en remarquant son air soulagé.

— Ne t'éloigne pas sans me prévenir. Je ne tiens pas à écumer la ville à ta recherche.

— Toi ? Écumer ? À mon avis, tu m'appellerais pour me traiter d'idiote inconsciente, et ce serait à moi de revenir sur mes pas. En plus, c'est de ta faute, si tu étais restée avec moi, je ne me serais pas éloignée, et nous n'aurions pas cette discussion.

Très fière de ma répartie, je lui tins tête, suite à quoi sa posture se fit moins rigide. Elle m'examina un instant, puis jeta un œil au stand devant moi. La vendeuse n'avait plus prononcé un mot depuis l'arrivée de la Lindörienne. Je fronçai les sourcils en sentant une odeur de brûlé, et en remarquant la fumée qui s'échappait du pot d'huile, je crus bon d'en informer la rousse.

— Est-ce que les panadas sont censés être mangés très très cuits ?

— Par tous les esprits, mes panadas !

La vendeuse se retourna instantanément pour se charger de la nourriture qui s'était parée d'une couleur plus que dorée. À mes côtés, Sierra s'était saisie de l'un des bracelets. Elle attrapa mon poignet pour essayer le bijou, mais celui-ci étant trop grand pour moi, elle le reposa sur le stand.

— Je n'ai pas besoin de… enfin, je ne regardais pas pour moi, précisai-je aussitôt.

Tout en faisant la sourde oreille, la Lindörienne passa l'index au-dessus de plusieurs objets. Lorsqu'elle s'immobilisa au niveau du pic à cheveux, je me pinçai les lèvres inconsciemment. Elle marqua un arrêt, et je compris que depuis le départ, elle avait cherché à obtenir une réaction de ma part. Elle prit l'objet entre ses doigts pour l'observer plus en détail, puis me jeta un coup d'œil.

— Je ne suis pas certaine que ce soit un cadeau très judicieux. Tu serais capable de t'en servir pour me viser une fois que j'aurais le dos tourné.

— Je ne suis pas du genre à… Bon, c'est vrai, qu'il y a eu une fois où je t'ai attaquée avec cet oreiller, et aussi l'épisode avec la brosse… mais ça ne veut rien dire du tout ! protestai-je, virulemment.

Amusée, et avec un sourire, Sierra passa l'accessoire en métal doré, puis son bracelet au-dessus d'un petit boîtier noir que je n'avais pas remarqué jusque-là. Mon cœur se mit à battre un peu plus vite quand elle se tourna vers moi, puis encore plus rapidement quand elle replaça plusieurs mèches rebelles derrière mon oreille.

Elle ne semblait pas gênée de se montrer affectueuse en public, ce qui par contre n'était pas du tout mon cas. Malgré moi, je me mis à rougir légèrement quand, avec son autre main, elle se chargea d'intégrer l'objet à mon chignon. Leela ne m'avait pas parlé de ce genre de situations. Je ne savais pas comment j'étais censée réagir, si bien que je décidais d'opter pour une valeur sûre.

— Est-ce que… c'est le moment où je dois te dire merci ? hésitai-je en me mordillant la lèvre inférieure.

— Tu es donc capable de prononcer quelque chose de gentil ? me taquina-t-elle.

— Je suis toujours gentille. Si tu arrêtais de me provoquer exprès, tu t'en rendrais compte par toi-même.

— Très bien, je me montrerai aussi agréable et insipide que possible aujourd'hui. Ça te convient ?

— C'est parfait, même si je doute que tu en sois capable, dis-je pour la provoquer.

— Ne me sous-estime pas.

Elle me tendit la main, paume vers le haut et, en entremêlant mes doigts aux siens, un frisson de bien-être me traversa. Sa peau était chaude, et comme à chaque fois à son contact, je me sentis en sécurité. Je fis un petit signe à la vendeuse pour lui dire au revoir, laquelle se contenta d'un froncement de sourcils en guise de réponse.

Plusieurs personnes nous regardaient étrangement, sûrement peu habituées à voir une Lindörienne en compagnie de quelqu'un d'une autre espèce, mais après quelques minutes, j'en fis totalement abstraction. Sierra se trouvait dans toutes mes pensées, et j'étais trop occupée à éviter de me prendre les pieds dans l'un des nombreux pavés en pierre qui jonchaient le sol pour m'en soucier plus longtemps.

***

Un peu nauséeuse à cause du passage par le téléporteur, je laissai Sierra m'attraper par la taille pour m'aider à descendre de la plate-forme. Nous avions passé la journée à visiter la ville, et alors que je m'attendais à retourner au vaisseau, la Lindörienne avait suggéré un dernier détour. Évidemment, je n'avais aucune idée de l'endroit où nous nous trouvions, mais cela n'avait plus rien à voir avec l'environnement urbain que nous venions de quitter. Un champ de fleurs bleues et roses nous entourait, lesquelles m'arrivaient quasiment au niveau des genoux. Le parfum qu'elles dégageaient était sucré, agréable, presque autant que celui dont était imprégnée la femme devant moi.

— Où est-ce que nous sommes ?

— Ça ne te plaît pas ?

— Si, c'est très beau, mais je suis juste étonnée. Pourquoi y a-t-il un téléporteur au beau milieu de nulle part ?

Silencieuse, Sierra se contenta d'un léger sourire. Elle s'empara de ma main pour m'inciter à me remettre en marche, sauf qu'au lieu de continuer tout droit sur le sentier principal, elle bifurqua pour atteindre un chemin en terre plus effacé. J'avais toute confiance en elle, mais j'étais tout de même curieuse. Que faisions-nous ici ?

Être en pleine nature ne me dérangeait pas, c'était même beaucoup plus plaisant que notre ballade en ville, seulement cet endroit paraissait vraiment coupé de tout. Mise à part le téléporteur, dont personnellement je ne savais pas me servir, je ne voyais aucun autre moyen de rejoindre la civilisation. Je me répétais qu'elle n'avait aucune raison de se débarrasser de moi, mais presque par instinct, mes doigts se resserrèrent aux siens.

— Tu viens souvent par ici ? C'est quelque chose comme ton endroit préféré dans tout l'univers ? demandai-je pour combler le silence.

— Je n'y ai pas mis les pieds depuis des années.

— Est-ce que tu y emmènes souvent tes petites amies ?

— Même si c'était le cas, tu penses vraiment que je te l'avouerais ?

Elle me jeta un petit coup d'œil, lequel me fit tourner la tête de l'autre côté. Peut-être que j'avais le droit au parcours habituel. D'abord le tour en vaisseau, puis la promenade et le déjeuner en ville, et pour finir le passage par un endroit magnifique et désert. À cette pensée, mes joues se colorèrent légèrement.

Nous avions beau nous être tenu la main toute la journée, Sierra n'avait pas tenté de faire quoi que ce soit d'autre. Contrairement à d'habitude, elle n'avait même pas cherché à me prendre dans ses bras, si bien que je m'interrogeais. Est-ce qu'elle m'avait emmenée ici pour être certaine de ne pas être dérangée ? Je recommençais à éprouver de la nervosité, ce qui en soi était ridicule, puisque je n'étais pas contre un peu plus de rapprochement.

— Le rendez-vous était-il à la hauteur de tes espérances ? questionna-t-elle doucement.

— Oui, c'était bien, répondis-je en vérifiant que mon pic à cheveux était toujours à sa place.

— Juste bien ? Alors que j'ai exécuté avec soin chaque point de ton rendez-vous idéal ?

Elle paraissait vexée, et d'un seul coup, la discussion que nous avions eue dans ma chambre me revint en mémoire. Est-ce qu'elle avait prévu toute cette journée en fonction de ce que j'avais raconté ? Cela me semblait fou, surtout qu'à ce moment-là, je n'avais pas vraiment réfléchi.

— Tu... je ne voulais pas paraître trop enjouée, parce que tu vois... j'espère qu'il y aura d'autres rendez-vous... alors si je dis que celui-ci était exceptionnel et que les autres sont mieux, je me retrouverais à court de mots dans le futur, avouai-je, gênée.

Sierra marqua un temps de silence, mais clairement, je la sentis se détendre. De mon côté, c'était tout le contraire. Je n'étais pas très assurée dès qu'il s'agissait d'aborder le thème de notre relation. D'autant que j'avais toujours du mal à croire au sérieux de tout ceci. J'avais bien compris qu'une fois la princesse Rajaya rentrée, Sierra retrouverait ses anciennes activités. Loin de la capitale, et dans l'espace, elle aurait sûrement d'autres préoccupations, d'autres fréquentations. Jusqu'ici, j'avais relégué la proposition de Kelisha au fin fond de mon esprit, mais si j'étais honnête avec moi-même, je me rendais compte que la seule personne qui me retenait d'accepter se trouvait à mes côtés.

— Y a-t-il un endroit particulier où tu désirerais te rendre, ou une activité que tu souhaiterais effectuer la prochaine fois ?

— J'aimerais... je ne sais pas, je veux juste passer du temps avec toi. L'endroit n'a pas vraiment d'importance.

Plus nous avancions, plus j'entendais un bruit d'eau

s'intensifier. Au début, je n'y avais pas fait attention, seulement maintenant je ne pouvais plus l'ignorer. Mes oreilles se dressèrent, et en examinant l'horizon, je m'aperçus que le champ de fleurs disparaissait subitement. Trop curieuse, je lâchai la main de Sierra pour faire quelques pas rapides en avant. Contrairement à ce que j'avais cru, nous étions en hauteur. Une sorte de lac, ou peut-être de rivière, se trouvait en contre-bas. De là où j'étais, je ne voyais pas bien, mais je n'avais qu'une hâte, m'approcher plus près.

— Puisque l'endroit n'a pas d'importance, que dirais-tu de retourner au vaisseau ? se moqua Sierra.

— Ne sois pas méchante ! me plaignis-je. Je veux aller dans l'eau !

— Parce que mademoiselle sait nager ?

— Tu m'apprendras, et en attendant, je m'accrocherai à toi, répondis-je en comblant la distance entre nous.

Face à elle, je lui attrapai la main dans l'intention de la faire avancer plus vite, sauf qu'elle se servit de ce contact pour m'attirer contre elle.

— Et si moi j'avais envie d'autre chose ? lança-t-elle avec un sourire.

— On fera des câlins plus tard, plein de câlins, autant de câlins que tu voudras.

— C'est une proposition généreuse, seulement, je demande un avant-goût. Après tout, si je dois jouer les bouées de sauvetage, il me faut une compensation.

Je fis mine de réfléchir quelques instants, et après une autre seconde d'hésitation, mes mains se posèrent sur ses épaules. Elle avait enroulé ses bras autour de moi, au niveau du bas de mon dos, et même si ce n'était pas la première fois, je me sentais toujours timide dès qu'il s'agissait de prendre des initiatives. J'aurais aimé être plus assurée, surtout que pour elle, tout cela devait être d'une banalité affligeante, seulement j'avais beau essayer, je restais paralysée.

Avec mes talons, notre différence de taille était réduite par rapport à d'habitude. Je me souvenais vaguement qu'il fallait que je respire pour ne pas m'évanouir, mais perdue dans le regard bleuté de la Lindörienne, ce réflexe de survie se trouva relégué au fin fond de mon esprit. Inconsciemment, je m'humectai les lèvres, puis après avoir mobilisé tout mon courage, je penchai légèrement la tête sur le côté pour l'embrasser sur le coin des siennes.

J'essayais de me rappeler que ce n'était pas grand-chose, principalement pour éviter de virer rouge écarlate, mais ce fut loin d'être une réussite. Sa peau était vraiment douce, et malgré mon embarras, je mourais d'envie de recommencer. Après tout, maintenant que je l'avais fait une fois, quel mal y aurait-il à réitérer ? De son côté, Sierra m'avait déjà embrassée plusieurs fois sur le visage, ce n'était qu'un juste retour des choses.

Dans la mesure où ma compagne n'avait toujours pas bougé, j'en déduisis que ce simple rapprochement ne devait pas être suffisant pour elle non plus. Les étincelles dans ses yeux s'étaient multipliées, et après une inspiration supplémentaire, je me décidai à lui déposer plusieurs autres baisers sur la joue. À chaque contact je frissonnais. C'était sûrement surréagir, d'autant qu'il s'agissait de contacts innocents, mais avec Sierra en face, il aurait été difficile de ne rien ressentir.

Je perçus ses mains se perdre dans le creux de mon dos quand mes lèvres s'échouèrent à nouveau à proximité des siennes, et cette fois-ci, loin de rester immobile, elle me pressa davantage contre elle. Sa respiration s'emballa, à l'image de la mienne. Je jetai un coup d'œil à sa bouche qui semblait me lancer un appel silencieux. Il suffisait juste de refaire la même chose. Je n'avais qu'à dévier mon prochain baiser de quelques centimètres, et la frustration que je ressentais tendrait à disparaître.

Avec hésitation et envie, je comblai la distance qui nous séparait pour effleurer ses lèvres lentement. J'aurais pu fermer les yeux, mais je trouvai préférable de simplement les baisser pour être sûre de ne pas rater ma cible. En les relevant avec incertitude vers ceux de Sierra, un long frisson me traversa l'échine à cause de la façon dont elle me regardait. Heureusement que je n'étais pas comestible, sinon je me serais vraiment inquiétée. Elle semblait prête à me dévorer toute crue, et le pire là-dedans était de savoir que je n'aurais même pas protesté.

D'un seul coup, alors que jusque-là, elle m'avait laissée maîtresse de la situation, elle remonta une main au niveau de ma nuque et captura ma lèvre inférieure entre les siennes. Un soupir m'échappa, suivi d'un autre quand elle se décida à m'embrasser pour de vrai. Je n'étais pas préparée à l'afflux d'émotions que ce contact déclencha chez moi. Prise d'un vertige, je me raccrochai davantage à elle, ce qui l'encouragea à intensifier notre échange.

Sa bouche était chaude, encore plus que son corps, mais ce n'était rien par rapport à sa langue. Cette dernière s'invita à plusieurs reprises dans notre baiser. À chaque fois qu'elle entrait en contact avec mes lèvres, de petites vagues de plaisir me parcouraient. Je ne savais pas vraiment comment lui rendre son baiser correctement, mais cela ne paraissait pas la déranger outre mesure. Ses doigts s'enroulèrent dans mes cheveux, son autre main passa sous mon haut pour venir à la rencontre de ma peau, et pendant une fraction de seconde, j'eus l'impression de l'entendre gronder.

Je m'étais déjà imaginé cette scène plusieurs fois, sauf que je ne m'étais pas attendue à ce que tout soit aussi fort. C'était presque comme si mon corps était parfaitement conçu pour se fondre contre le sien. Mes mains glissèrent sur le haut de sa tunique, juste au-dessus de sa poitrine, et même si c'était impossible, il me parut sentir son cœur tambouriner dans sa cage thoracique. Elle se détacha d'un seul coup, trop brusquement à mon goût, ce qui m'arracha un petit gémissement de frustration. Je passai ma langue sur mes lèvres, comme pour conserver un peu plus longtemps le goût des siennes, et loin de s'assombrir, le regard de Sierra se fit plus brillant que jamais.

— Pourquoi tu… enfin… c'est déjà fini ? demandai-je, le souffle court.

— Tout dépend. Tu veux toujours aller te baigner ?

— Oui, mais si jamais tu avais besoin de davantage de compensation, je comprendrais… et je serais prête à me sacrifier…

Loin d'avoir remis de la distance entre nous, Sierra continuait à me serrer contre elle. Ses doigts caressèrent un instant le haut de ma colonne vertébrale, je l'entendis prendre une grande inspiration, et au lieu de m'embrasser, elle me fit effectuer un demi-tour. Déroutée de me retrouver dos à elle, j'essayai de tourner la tête vers elle, seulement, exactement au même moment, elle trouva judicieux de poser ses lèvres sur ma joue.

— Arrête de me tenter et avance, murmura-t-elle.

— Est-ce qu'on va le refaire après ?

— Qu'est-ce que je viens de dire ?

Je me retins de répondre, et en arrivant à proximité des escaliers en bois qui menaient sur la berge, j'accélérai le pas de moi-même pour les descendre la première. Une fois sur la dernière marche, je pris le temps de m'asseoir une seconde pour me débarrasser de mes chaussures. Le plan d'eau devant moi était turquoise. Les soleils en faisaient scintiller la surface. Je ne résistai pas plus longtemps à m'en approcher, et ce fut avec un grand sourire que je me mis à genoux sur le bord pour éclabousser la surface liquide avec ma main.

L'herbe bleue sous mes jambes était beaucoup plus courte que les fleurs de tout à l'heure. Quand Sierra combla la distance qui nous séparait, je me rendis compte qu'elle lui arrivait aux chevilles. La Lindörienne passa sa main sur le haut de ma tête pour caresser doucement mes cheveux, ce qui me fit relever le visage dans sa direction.

— On y va ? demandai-je, impatiente.

— Tu comptes plonger toute habillée ?

— Non, bien sûr que non. Je ne veux pas abîmer les vêtements de Leela.

Rapidement, et en m'aidant de mes mains, je me remis sur pieds. Me débarrasser du short ne me prit qu'une seconde. Il glissa le long de mes jambes, et dans la mesure où le haut rouge m'arrivait en dessous des fesses, il couvrit ma culotte bleu ciel pendant quelques instants. J'avais l'impression d'être assortie à l'endroit. Ce matin je m'étais contentée d'attraper des sous-vêtements au hasard dans mon tiroir. Je n'étais même pas certaine que le haut forme un ensemble avec le bas. En temps normal, je m'en moquais totalement, mais là j'eus un moment d'hésitation en remarquant que Sierra n'avait pas bougé.

— Tu ne te déshabilles pas, toi ?

Les mains placées sur le bord de mon vêtement, je n'étais plus si sûre de devoir m'en débarrasser. Peut-être que je me montrais un peu trop enthousiaste, seulement dans la mesure où nous n'étions que toutes les deux, je ne voyais pas de mal à me retrouver moins couverte.

— J'attends que tu aies fini, répondit-elle en m'examinant de haut en bas.

— Pourquoi ?

— Parce que la vue est très à mon goût.

Les joues rouges, je me mordis la lèvre inférieure avant de lui tourner le dos. Je ne m'attendais pas à une réplique pareille, et par conséquent, j'ignorais comment réagir. Étant donné que nous sortions ensemble, je n'avais aucune raison de m'offusquer. Au fond, j'étais même contente de lui plaire, seulement maintenant que je savais qu'elle me fixait, je n'osais plus enlever mon tee-shirt.

— Tu le fais exprès, me plaignis-je.

— Exprès de quoi ?

Un frisson traversa ma colonne vertébrale en entendant la voix de Sierra à proximité de mon oreille. Elle s'était rapprochée, ses doigts massèrent tendrement mes épaules, mais loin de me détendre, ce geste raviva la tension dans mon corps.

— De me déstabiliser. Je ne sais plus quoi faire, et je suis sûre que ça t'amuse beaucoup.

— Tu me crois vraiment aussi mesquine ? chuchota-t-elle en descendant ses mains jusqu'à ma taille.

— Mesquine, calculatrice, et sadique.

— Quel charmant tableau tu dresses de moi, s'amusa-t-elle. Si je suis aussi horrible, je peux savoir pourquoi tu n'as toujours pas bougé ?

— Parce que je suis la reine des imbéciles.

Je l'entendis rire. Ce son me fit m'empourprer davantage, mais pour autant, je ne cherchai pas à me défaire de son emprise. Je baissai les yeux en sentant ses doigts s'aventurer sur mes hanches, avant de déglutir quand elle s'empara du tissu rouge qui me recouvrait.

— Pour te prouver que je ne suis pas si méchante, je vais t'aider. Puis nous irons toutes les deux dans l'eau, et je te laisserais t'accrocher à moi autant que tu le désireras.

— Quand ça sort de ta bouche, ça ne paraît pas aussi innocent que dans mon esprit, fis-je remarquer.

— Peut-être parce que ça ne l'est pas.

D'un geste assuré, elle se débarrassa de mon haut en le faisant passer par-dessus ma tête. Au lieu de me débattre, je lui facilitai la tâche en levant les bras. Une légère brise rendait l'air moins étouffant, cependant cela ne m'était d'aucune utilité à l'heure actuelle. Quand Sierra commença à me déposer une pluie de baisers sur la nuque, ma respiration se coupa. Elle savait très bien s'y prendre pour court-circuiter le fil de mes pensées. D'ailleurs je la soupçonnais d'en abuser dès qu'elle souhaitait me rendre silencieuse.

— Juste au cas où tu aurais un doute, sache que ma capacité à me contrôler a ses limites. Si on s'embrasse encore, j'aurai forcément envie d'aller plus loin. J'ai déjà envie d'aller plus loin, susurra-t-elle à mon oreille.

Mon ventre se creusa quand ses mains s'y aventurèrent. Elle déposa un baiser dans le creux de mon cou, puis dans une continuité parfaite, sa langue se chargea de prendre le relais. L'air commençait à me manquer de plus en plus. J'essayais vainement de garder mon calme, mais c'était peine perdue. Ses doigts sur ma peau me faisaient frémir. Ils longèrent mes côtes pour s'arrêter en dessous de ma poitrine, laquelle n'était plus couverte que par un léger tissu vert pastel. Je me sentais plus vulnérable que jamais, mais en même temps, pour rien au monde je n'aurais voulu que cela prenne fin.

Après une inspiration qui me demanda toute mon énergie, je me décidai à me tourner vers ma compagne. Elle dut croire que je m'apprêtais à la repousser, car ses mains se firent plus douces contre moi. Elles longèrent ma colonne vertébrale pour s'échouer sur le tissu de ma culotte, alors que de mon côté, mon regard s'était perdu sur les lèvres de la Lindörienne. J'avais parfaitement compris ce qu'elle m'avait dit, seulement, il m'était difficile de ne pas succomber à la tentation après tous ces rapprochements.

— Ce n'est pas très juste que je sois la seule en sous-vêtements, lui fis-je remarquer.

— Tu veux te charger de rétablir l'équité ?

— Je peux ?

— À tes risques et périls. Je t'ai prévenue de ce qui pouvait arriver, mais libre à toi d'agir à ta guise.

Ma gorge s'assécha suite à sa déclaration. Néanmoins, j'étais loin d'avoir peur. Je n'éprouvais même aucune crainte, si bien que ce fut avec impatience que je laissai mes doigts glisser le long de ses bras pour rejoindre le bas de sa tunique. Mes yeux s'attardèrent un instant sur la chair de poule qui recouvrait sa peau après mon passage, avant de venir retrouver les siens.

— Est-ce que tu vas vraiment vouloir me revoir après aujourd'hui ? Si la princesse Rajaya revient, tu ne vas pas juste… partir ?

— Je ne partirai jamais sans te prévenir. Et quand bien même je devrais m'absenter, j'ai à présent une très bonne raison de revenir.

— Tu promets ?

— Je promets. D'autant que je tiens à ma tête. Je suis à peu près certaine que ta chère amie Leela me ferait décapiter si je venais à te blesser d'une quelconque manière, me rassura-t-elle en caressant ma joue.

— Et si c'était moi qui partais ? Est-ce que tu serais fâchée ?

Ses sourcils se froncèrent instantanément, et sans qu'elle ait besoin de l'exprimer, je connaissais d'avance sa réponse.

— Partir pour aller où ? demanda-t-elle, calmement.

— Sur une autre planète, répondis-je, vaguement. Quand la princesse Rajaya sera de retour, Leela n'aura plus besoin de moi. Elle n'habitera même plus au palais, et elle aura de nouvelles occupations. À ce moment-là, il faudra bien que je me débrouille par moi-même.

Si j'avais pu mentionner le bébé, cela aurait donné plus de poids à mon discours, mais j'avais promis de garder le secret. Sierra resta silencieuse quelques secondes, et je commençais à regretter d'avoir abordé le sujet. J'étais en sous-vêtements, nous aurions dû être en train de nous baigner, et non en train de discuter sérieusement.

— La Kelônienne t'a proposé de t'emmener ?

Les traits de son visage étaient figés. Qu'elle se montre impassible était pire que tout. J'aurais pu nier, mais je ne voyais pas d'intérêt à lui mentir.

— Je ne veux pas être un poids pour qui que ce soit. Au moins, sur Petronus, je pourrais trouver un travail, et les gens arrêteraient de me dévisager comme si j'étais une bête curieuse.

— Tu sembles y avoir bien réfléchi. Si tu prévois de partir, pourquoi avoir accepté ce rendez-vous ?

— Je… je n'ai rien prévu du tout, avouai-je en baissant les yeux. La vérité, c'est que je ne sais pas ce que je dois faire. Je voudrais rester avec toi, c'est ce que je veux le plus, mais je sais que tu vas finir par t'en aller, ou par revenir à la raison et choisir une Lindörienne. Je serais vraiment stupide de rester juste pour toi, la plus stupide de l'univers même…

— Sois-le, et laisse-moi prendre soin de toi.

Ces quelques mots, prononcés très sérieusement, me firent relever les yeux vers son visage. Loin d'être aussi froide que quelques secondes auparavant, elle glissa ses mains sur mes joues, et m'offrit un baiser beaucoup plus tendre que celui de tout à l'heure. Au contact de cette femme, j'avais l'impression que chacun de mes muscles se ramollissait. Mon esprit me sembla totalement vide tout le temps que dura cet échange, et même après, j'eus du mal à revenir à moi.

— Toi et moi, nous formons un couple, n'est-ce pas ?

Je sentais le piège arriver, pour autant et encore hagarde, je me contentai d'acquiescer.

— Dans ce cas-là, pourquoi tu n'apprendrais pas à me faire confiance ? Peu importe que tu aies envie de travailler, d'étudier, ou de voyager, je suis largement en mesure de réaliser chacun de tes souhaits. Tu as juste à me parler, à me parler et surtout à rester avec moi, précisa-t-elle en laissant retomber ses mains sur mes épaules.

— Ce n'est pas aussi simple…

— Parce que tu as peur que je t'abandonne ?

— C'est normal, non ? Tu me connais à peine. Tu as déjà eu plein de… enfin au moins deux compagnes avant ça, et je n'ai rien à voir avec elles. Je ne comprends même pas ce que tu peux me trouver.

— Que tu ne le comprennes pas ne signifie pas que ça n'existe pas. Tu es… désormais pour moi, c'est toi et personne d'autre, précisa-t-elle en réfléchissant à chacun de ses mots.

Je ramenais mes bras devant moi pour les croiser au niveau de ma poitrine. Plus la conversation se poursuivait, moins j'étais assurée. Je n'avais aucune idée de la manière dont les choses étaient censées se passer dans un couple, et si j'avais assimilé au moins un élément, c'était que Leela ne pouvait pas me renseigner là-dessus. Son histoire personnelle me paraissait encore plus ahurissante que la mienne. De son côté, elle s'était unie avec Rajaya quelques heures seulement après leur rencontre. Cela n'avait rien d'un exemple à suivre, du moins je supposais qu'il s'agissait d'une exception par rapport à la majorité des histoires d'amour.

— Ma chérie, regarde-moi, prononça-t-elle doucement.

— Si je te regarde, je vais croire à ce que tu me dis, et me mettre à agir de façon déraisonnable. Je veux dire, tu es une

Lindörienne, je ne devrais même pas éprouver de sentiments pour toi. Je devrais être traumatisée, t'éviter, voire même te détester, mais à la place, il m'arrive de totalement occulter le passé juste parce je me sens bien dans tes bras. Pour toi, je pense même à rester sur cette planète de malheur. Ce n'est pas normal qu'en quelques jours à peine je ressente tout ça. Ça n'a rien de logique, et je déteste me sentir comme ça… comme si… comme si tu avais tout pouvoir sur moi et que je ne contrôlais plus rien.

Je repris ma respiration seulement à la fin de ma déclaration. Pourquoi fallait-il que je sois en sous-vêtement dans un instant pareil ? J'avais l'impression que ma tenue donnait moins de poids à mon discours, et surtout, je ressentais énormément de gêne. Je recherchai mon haut du regard, mais au moment de me pencher pour l'attraper, Sierra resserra sa prise sur mes bras pour m'en empêcher.

— Je vais t'apprendre une chose sur les Lindöriens. Les coups de foudre, coups de cœur, ou qu'importe comment tu appelles ça, cela nous arrive, mais tellement plus intensément que c'est presque risible de nommer cela ainsi. Quand nous rencontrons le bon partenaire, c'est quelque chose que l'on ressent instantanément. Il n'y a aucune logique là-dedans, mais crois-moi, si quelqu'un ici a tout pouvoir sur l'autre, ce n'est pas moi.

Ce que je redoutais se produisit. À force de la regarder, mes doutes s'estompèrent un à un. Je n'avais aucune envie de la quitter, ou de placer de la distance entre nous. Je commençais même à penser que cette discussion était totalement inutile. Je n'étais absolument pas capable de lui tenir tête. Quand elle parlait, ma première réaction était toujours de la croire aveuglément. Est-ce qu'il était préférable pour moi de fuir cette planète ? Sans conteste. Est-ce que j'allais le faire ? Les chances étaient d'une sur un million.

— Tu n'as aucune raison d'avoir peur que je me détourne de toi, car ça n'arrivera jamais. Si je m'écoutais, il y a même longtemps que je t'aurais mordue pour te faire mienne.

Consciente que mes arguments reposaient tous sur mon manque de confiance en elle, je ne trouvais plus rien à rétorquer. Je baissai les yeux, et après un petit soupir, j'enroulai mes bras autour d'elle pour la serrer contre moi. J'en avais assez de réfléchir. Je n'étais pas douée pour cela, et surtout, j'en avais assez de gâcher cette journée avec toutes ces discussions.

— Est-ce que tu vas m'acheter une bague ? questionnai-je à voix basse.

— Une bague ? répéta-t-elle, sans comprendre.

— Quand tu vas me demander de t'épouser, un jour, est-ce que tu vas m'en donner une ? C'est comme ça qu'on fait sur Terre, ensuite on s'embrasse, et après… après il y a la nuit de noces, rajoutai-je en rougissant.

Je cachai ma tête dans son cou en la voyant sourire en coin. Je n'arrivais plus à me souvenir de comment les choses se passaient chez les Neklonis, si bien qu'adopter la coutume terrienne me paraissait être un compromis satisfaisant.

— J'ai une meilleure proposition à te soumettre, prononça-t-elle lentement.

Au ton de sa voix, je devinais que cette fameuse proposition ne manquerait pas de m'embarrasser au plus haut point. Je n'étais pas certaine de vouloir l'entendre, mais en même temps, j'étais curieuse. Le dos de sa main effleura le haut de ma colonne vertébrale, et en la sentant se pencher vers mon oreille, un long frisson d'anticipation me traversa.

— Que dirais-tu de commencer par la fin ? susurra-t-elle en glissant ses doigts sur l'attache de mon soutien-gorge. D'abord la nuit de noces, et ensuite, je te promets de t'offrir autant de bijoux que tu le souhaiteras.

— Et… la morsure ? Ce sera après aussi ? soufflai-je, difficilement.

— Pendant.

Mes jambes tremblèrent suite à cette annonce. Je pris conscience de la robustesse de mon cœur quand, au lieu de lâcher, celui-ci se mit à battre frénétiquement dans ma poitrine. La Lindörienne était vraiment très douée pour me faire perdre mes moyens. Je m'enflammais à chacune de ses paroles, mais j'étais bien décidée à ne pas lui faciliter les choses.

— Je pense que tu as besoin de te rafraîchir, lui fis-je remarquer en me détachant lentement.

— Nous pouvons le faire ensemble, répondit-elle après un coup d'œil sur mon corps dénudé.

— Commence seule.

Je savais qu'il y aurait des représailles, néanmoins, je ne pus que céder à l'envie de la pousser dans l'eau. Elle se trouvait sur le bord, tellement près que personne n'aurait résisté à la tentation. Au moment où elle bascula en arrière, je m'assurai de rester hors de portée tout en la regardant faire le grand plongeon. Ce serait probablement la première et la dernière fois que j'arriverais à la surprendre de la sorte, si bien que je tâchais d'en profiter le plus possible.

CHAPITRE 14

J+10

Tout en faisant attention à rester assez éloignée du bord, j'observais Sierra qui était en train de secouer la tête. Elle venait de remonter à la surface, et lorsque son regard se posa sur moi, je m'efforçai de lui offrir un sourire aussi innocent que possible.

— J'espère qu'elle n'est pas trop froide, dis-je en me retenant de rire.

— Tu vas bientôt pouvoir répondre à cette interrogation toute seule.

Au moment où elle sortit de l'eau, je réalisai que j'avais intérêt à courir et vite. Je ne pris pas le temps de l'observer, alors que pourtant la tentation était énorme, et je me déplaçai rapidement en direction des escaliers. Je savais que je n'y échapperais pas, d'autant que je n'avais aucun endroit où me réfugier, cependant, ce n'était pas une raison pour me rendre sans combattre.

— N'oublie pas que je ne sais pas nager, lui fis-je remarquer en grimpant sur la première marche. Si tu me lances à l'eau, je vais couler comme une grosse pierre.

— Une chance pour moi qu'il n'y ait pas de témoins.

En me tournant dans sa direction, je constatai qu'elle s'était immobilisée pour se débarrasser de sa tunique. Le tissu blanc devenu transparent épousait parfaitement ses formes, et cela fut suffisant pour me faire marquer un temps d'arrêt. Mon regard s'attarda sur son ventre, puis sur sa poitrine mise en valeur par une brassière noire en dentelle. Les gouttes d'eau étincelaient sur sa peau dorée, et même si j'aurais mieux fait de continuer à gravir les escaliers, je n'en trouvai pas le courage.

— Tu n'es pas très discrète, déclara-t-elle avec un sourire en coin.

— Pourquoi je devrais l'être ? Toi aussi tu as regardé.

— Quel aplomb ! Tu as même réussi à ne pas rougir, s'amusa-t-elle.

Sans la moindre gêne, Sierra se débarrassa de son pantalon. En dessous, elle portait un shorty noir tout simple, mais ce furent surtout les tatouages qui la recouvraient qui attirèrent mon attention. C'était la première fois que je les apercevais. Il m'aurait fallu des heures pour tous les détailler, mais malheureusement, à en juger par l'éclat dans les yeux de la Lindörienne, je ne disposais que de quelques secondes.

— Tu veux peut-être que je fasse un tour sur moi-même pour avoir une vue d'ensemble ? se moqua-t-elle.

— Non, ça ira. Je préfère le découvrir petit à petit, je ne veux pas risquer de me lasser, rétorquai-je en la défiant du regard.

— Et en plus, tu te permets de me provoquer. Tu tiens vraiment à boire la tasse on dirait.

— Tu ne le feras pas.

— Ah non ? Je te trouve bien sûre de toi.

Lorsqu'elle avança d'un pas, et en jetant un œil en arrière, je posai le pied sur la marche du dessus. J'espérais que cet endroit était vraiment aussi isolé que je le supposais, car je ne tenais pas à ce que quelqu'un nous surprenne dans cette configuration.

— Tu l'as dit toi-même, le courroux de Leela serait terrible s'il m'arrivait quoi que ce soit. Et puis… quand on aime quelqu'un, on veut le protéger, pas le faire souffrir volontairement.

— Venant de quelqu'un qui n'a eu aucun scrupule à me pousser dans l'eau, cet argument me paraît très bancal.

— Peut-être que si tu étais plus gentille, je t'aimerais plus, et que par conséquent jamais, au grand jamais, je n'aurais songé à te faire faire le grand plongeon.

Je crus qu'elle allait se précipiter pour obtenir sa vengeance au plus vite, mais contre toute attente, elle se contenta d'approcher à pas lents. J'aurais eu tout le temps de m'enfuir, sauf que je ne voyais pas vraiment l'intérêt d'aller me perdre en sous-vêtements dans un champ de fleurs.

— Tu ne dis plus rien ? demandai-je, étonnée par son absence de réponse. Pas de « Certains sont morts pour moins que ça » ou de « Attends un peu que je t'attrape petite peste » ?

— Pourquoi perdrais-je de l'énergie en paroles alors que visiblement tu es capable de prédire mes répliques ?

— Parce que ce n'est pas drôle si tu restes silencieuse.

Grâce à la hauteur que j'avais prise, et pour la première fois, je me retrouvais à la même taille que Sierra quand cette dernière s'arrêta devant les escaliers. Au lieu de chercher à l'éviter, je fis tout le contraire. Mes mains se posèrent sur ses épaules, et tout en observant ses tatouages, je pris le temps de les retracer lentement avec mes doigts.

— Tu sais, parfois quand je m'endors, j'ai peur de me réveiller et de me rendre compte que ces derniers jours n'ont jamais existé, déclarai-je en risquant un regard en direction de son visage. Tu as l'air si… irréelle.

— Je suis réelle, très réelle, et très amoureuse de toi.

Le dos de mon index caressa tendrement sa joue, alors que déjà, la même chaleur qu'à l'accoutumée m'enveloppait au contact de la Lindörienne. Je n'étais toujours pas habituée à la toucher, ou plutôt, je ne me sentais pas vraiment le droit de le faire. Au fond de moi, je gardais la conviction qu'elle méritait mieux, mais je n'avais aucune envie de laisser ma place. Je marquai un arrêt à proximité de son oreille, avant de me décider à passer mes deux mains dans ses cheveux, au niveau de sa nuque.

— J'ai envie de t'embrasser, murmurai-je.

Son souffle se mêla au mien au moment où je penchai la tête pour venir chercher ses lèvres. En guise de consentement, Sierra logea ses mains sur mes fesses pour m'inciter à m'accrocher à elle. Mes jambes s'enroulèrent autour de son corps, et à partir de là, toutes mes hésitations, et toutes mes craintes, s'envolèrent brusquement. Les yeux fermés, je ne fis pas attention à l'endroit où elle se dirigeait. Je la sentais bouger, mais la destination m'importait peu.

Un gémissement de bien-être m'échappa, dû au fait que sa langue avait réussi à entrer en contact avec la mienne. Le baiser était beaucoup plus fougueux que celui que nous avions partagé dans le champ, mais en même temps, ce n'était jamais assez. Mon cœur s'emballait. La poitrine de Sierra se soulevait de plus en plus rapidement contre la mienne. Je l'entendis émettre un léger son rauque au moment où mes dents se refermèrent sur sa lèvre inférieure. Je m'étais contentée de la mordiller, pour autant, cela me valut de me retrouver allongée dans l'herbe la seconde suivante.

Il s'agissait d'une chute calculée. À aucun instant, elle n'avait relâché sa prise sur moi, et à présent qu'elle me surplombait, je me sentais encore plus fiévreuse. Ma main se referma à nouveau sur sa nuque pour l'inciter à revenir m'embrasser, sauf qu'à la place, ses lèvres allèrent trouver mon cou pour y déposer une pluie de baisers appuyés. Chacun d'entre eux me fit frémir, mais ce n'était rien par rapport au moment où Sierra décida soudain de se servir de sa main libre pour effleurer mon ventre. Le contact me fit remuer légèrement, mes cuisses se resserrèrent autour de sa taille, dans une vaine tentative pour soulager la tension qui croissait au fil du temps.

— Sierra, gémis-je. On… on est dehors… lui fis-je remarquer.

Après avoir rejeté la tête en arrière quand elle atteignit

le haut de ma poitrine, je me forçai à regarder en direction des escaliers. Je craignais vraiment de voir quelqu'un arriver. Pour rien au monde, je n'aurais voulu que la Lindörienne s'arrête, mais la peur que quelqu'un nous surprenne m'empêchait de me détendre.

— Ce n'était pas censé se passer comme ça, mais je n'arriverai jamais jusqu'à la maison, souffla-t-elle.

Un petit frisson de plaisir me traversa quand sa main droite s'aventura sur ma poitrine. Le tissu de mon soutien-gorge réduisait les sensations, cependant, celles-ci demeuraient bien réelles. Ses doigts s'approchaient dangereusement de l'attache qui maintenait le bandeau en place. Loin d'être gênée, j'étais simplement impatiente. Mes pensées se bousculaient entre elles, et plus incohérentes, cela aurait été difficile. À chaque fois que cette femme me touchait, j'étais électrisée. J'avais du mal à rester raisonnable, et surtout, je me demandais pourquoi j'aurais dû l'être.

— Quelle… quelle maison ? parvins-je tout de même à prononcer.

— La mienne. Nous sommes dans le parc de la propriété. Une propriété privée… très privée… précisa-t-elle en recouvrant ma clavicule de baisers.

Tout en me dévorant du regard, Sierra se redressa pour se placer à genoux devant moi. Son corps contre le mien me manquait déjà. Je ne comprenais pas pourquoi elle s'était éloignée. Je fis mine de vouloir m'asseoir pour la rejoindre, mais mon dos avait à peine quitté l'herbe de quelques centimètres que la Lindörienne posât ses mains sur mes côtes pour m'en empêcher.

— Si tu veux m'arrêter, c'est maintenant ou jamais, me prévint-elle avec sérieux.

— Reviens m'embrasser, dis-je en caressant ses doigts avant de remonter sur ses poignets.

— Tu n'as pas peur ? Tu réalises que tu me donnes l'autorisation de te faire absolument tout ce qui me passe par la tête…

Ses ongles courts effleurèrent lentement mon abdomen, ce qui me conduisit à me mordiller la lèvre, puis tout simplement à arrêter de respirer. La paume de ses mains passa au-dessus de l'élastique de ma culotte, et si jusque-là j'avais gardé les jambes écartées pour lui permettre de s'installer entre elles, à ce moment, je pris soin de les resserrer.

— Est-ce que tu vas vraiment me mordre ? demandai-je en croisant son regard.

— Tout dépend de quelle morsure tu parles…

Avec un léger sourire, elle attrapa mes doigts entre les siens pour les porter à ses lèvres. La pointe de ses canines chatouilla doucement mon index ainsi que mon majeur, et loin d'en être effrayée, cela me fit frissonner.

— Je meurs d'envie de te marquer absolument partout, murmura-t-elle en donnant un coup de langue sur le bout de mes doigts.

Mon bas ventre s'échauffa quand la Lindörienne se servit de sa bouche pour suçoter cet endroit. Ma température corporelle n'avait plus grand-chose à envier à la sienne. J'étais certaine que la rougeur qui s'était installée sur mon visage n'allait pas tarder à s'étendre au reste de mon corps. D'autant que Sierra faisait absolument tout pour que cela arrive.

Avec lenteur, elle déposa une myriade de baisers sur ma main, avant de remonter progressivement le long de mon bras. Ses dents marquèrent un arrêt sur mon épaule, et si jusque-là j'étais restée passive, je décidai qu'elle ne serait pas la seule à jouer. Penchée au-dessus de moi, la Lindörienne m'avait incitée à allonger mes jambes pour avoir un meilleur accès à mon buste. Je l'attrapai par la taille, et sans vraiment d'hésitation, je me mis à redessiner les motifs de ses tatouages.

Sa peau était douce. J'entendais sa respiration se faire plus courte à chaque fois que je longeais sa colonne vertébrale. Mes doigts se perdirent sur sa brassière. Elle baissa la tête pour m'inciter à la lui enlever, et une fois débarrassée du tissu, elle m'embrassa tendrement sur le coin des lèvres.

L'avoir à moitié nue au-dessus de moi suffisait à m'exciter plus que jamais. Ma gorge s'asséchа en apercevant sa poitrine. Je n'étais pas certaine de la marche à suivre. Malgré tout, je décidai de délaisser ses omoplates pour m'y aventurer.

Elle expira plus fortement qu'à l'accoutumée. Ses yeux bleus scintillèrent en retrouvant les miens, ce qui me fit comprendre que j'étais sur la bonne voie.

— J'ai le droit de te faire tout ce que je veux moi aussi ? questionnai-je à voix basse.

— Tu n'as pas besoin de ma permission pour me toucher. Je t'appartiens, je suis même toute à toi.

Comme pour appuyer ses dires, la Lindörienne revint chercher mes lèvres pour un baiser qui reflétait tout le désir qu'elle avait pour moi. Mon rythme cardiaque s'en trouva fortement perturbé, sans parler de mon corps qui ne cessait de réagir au sien. Avec sa main droite, elle se débarrassa de l'attache de mon soutien-gorge. Son autre bras lui servait à se soutenir. Cependant, ce dernier trembla quand je me mis à caresser sa poitrine. La sentir réagir de façon positive me donnait envie de plus, si bien que cette fois-ci, ce fut mon tour de délaisser sa bouche pour son cou.

Elle ferma les yeux quand ma langue s'aventura à proximité de son oreille. Jusqu'ici, elle ne m'avait jamais laissée approcher cet endroit, ce qui m'incita à en mordiller le lobe. Pour la première fois, je l'entendis gémir de plaisir, et je compris soudain pourquoi elle m'avait toujours éloignée de cette partie de son corps. Je ne résistai pas à l'envie de le suçoter pour accentuer ce qu'elle devait ressentir, pendant que mes doigts délaissaient sa poitrine pour s'enfoncer dans sa chair, au niveau de sa taille.

La pointe de ses cheveux, toujours attachés en tresse, balaya la peau de mon poignet, puis celle de mon bras, lorsque je fis en sorte de me tortiller doucement sous elle. Mes lèvres s'efforcèrent de découvrir chaque centimètre carré de sa peau en traçant un chemin depuis sa jugulaire, jusqu'à l'extrémité de son sein droit. Je ne réfléchissais plus. Je me contentais d'agir en fonction de l'intensité de ses battements cardiaques. Plus je me rapprochais de cet endroit de son anatomie, plus ces derniers devenaient anarchiques.

Soutenu par ses avant-bras, son corps se colla presque totalement au mien quand ma langue s'attarda à la découvrir. Toute ma timidité s'était envolée, remplacée par le désir de lui faire plaisir. Son bassin remuait doucement contre le mien. Je l'entendais déglutir, et surtout soupirer de plus en plus. Ma main s'aventura sur son ventre, je me doutais très fortement de ce qu'il fallait faire ensuite, mais avant d'avoir pu esquisser le moindre geste, Sierra se replaça à quatre pattes et m'empêcha de poursuivre sur ma lancée.

Avec incompréhension, mes sourcils se froncèrent. Je me demandais si j'avais fait quelque chose de mal, cependant, et très vite, tout autre chose occupa mes pensées quand ses lèvres se soudèrent aux miennes avec empressement. Le dos de ses doigts traça un chemin imaginaire depuis mon bassin jusqu'à ma poitrine découverte.

À cause des mouvements précédents, mon soutien-gorge était retombé seul dans l'herbe. Sûrement que j'aurais dû être gênée, mais j'étais bien loin de ce genre de considérations. Je me moquais totalement d'être en plein air, et surtout, il n'y avait qu'à observer Sierra pour savoir que je lui plaisais. Avec son pouce, elle agaça doucement la pointe de mon sein, puis après avoir mordillé ma lèvre inférieure, sa bouche vint remplacer son doigt. Quand elle commença à suçoter cette partie de mon corps, je crus réellement que j'allais m'évanouir.

Tout l'air contenu dans mes poumons s'échappa de mes lèvres entrouvertes. Mes mains se plaquèrent davantage dans le bas du dos de la Lindörienne, alors que bien décidée à me rendre folle, cette dernière lécha l'espace entre mon sein et mon menton sans discontinuer. Un gémissement m'échappa en rejetant la tête en arrière, puis un autre quand elle s'intéressa à ma gorge offerte.

— Tu es vraiment… parfaite, commenta-t-elle en enfonçant légèrement ses canines dans ma carotide.

Loin d'être douloureux, ce nouveau contact m'électrisa. Je frottai mes jambes l'une contre l'autre dans l'espoir illusoire que cela me soulage, mais cela eut pour seul effet de me frustrer davantage. En le remarquant, ma compagne se servit de son genou pour écarter doucement mes cuisses. Elle se retrouva à cheval sur l'une d'elles, et même si j'étais plus que pressée de découvrir la suite, je ne pus m'empêcher d'attraper sa main lorsque celle-ci s'aventura sur mon sous-vêtement. J'étais gênée, vraiment gênée, et encore plus quand Sierra m'interrogea du regard.

— Je… c'est... enfin j'ai… c'est humide… avouai-je en détournant les yeux.

Mortifiée à l'idée qu'elle le découvre par elle-même, je m'étais sentie obligée de la prévenir. Ma voix avait faibli sur la fin, et malgré le silence de quelques secondes qui suivit, Sierra ne parut pas dégoûtée. Je dirais même qu'au contraire, cela parut hautement la réjouir.

— C'est pour ça que tu ne veux pas que je te touche ? Parce que c'est… humide ?

Qu'elle répète ce mot était trop pour mes oreilles. J'étais certaine que mon visage était devenu écarlate, et tout en me cachant avec mes mains, je fis « oui » de la tête. J'avais vraiment honte, encore plus quand je la sentis bouger pour venir m'embrasser sur le ventre. Son souffle sur mon nombril me fit remuer légèrement. J'étais chatouilleuse, mais ses mains placées sur mes hanches m'empêchèrent de me défaire de son emprise.

Elle se mit à embrasser consciencieusement le bord de ma culotte, et dans une continuité parfaite, sans me laisser le temps de protester, elle tira dessus pour m'en débarrasser. Le tissu passa la barrière de mes cuisses, de mes jambes, pour finir coincé sur l'une de mes chevilles. J'allais sûrement faire un arrêt cardiaque d'ici peu, mais la cause n'était pas encore déterminée. J'hésitais entre l'embarras ou les sensations extrêmes que chacun de ses gestes provoquait chez moi.

Tranquillement, Sierra laissa ses doigts longer mes mollets jusqu'à mes genoux. J'avais du mal à rester en place. Je voulais lui dire de remonter, mais ses lèvres qui continuaient à recouvrir mon ventre de baisers empêchaient toute protestation de ma part. Je ne compris mon erreur, et surtout ma faiblesse, qu'au moment où elle fit passer mes jambes sur ses épaules. Un petit cri aigu m'échappa, et si jusqu'ici j'avais cru être gênée, je réalisai que ce n'était rien par rapport à maintenant.

— Qu'est-ce que tu fais ? demandai-je avec une voix étranglée.

— Qu'est-ce que je fais, ou qu'est-ce que je vais te faire ?

— Ne joue pas avec les mots et réponds à la question, me plaignis-je, mal à l'aise.

— Je te fais l'amour, et dans quelques secondes, je vais me charger d'intensifier cette fameuse humidité.

Ses bras s'enroulèrent autour de mes jambes, ses doigts s'enfoncèrent dans ma peau, et l'instant d'après, je la sentis illustrer ses propos. Son souffle sur l'intérieur de mes cuisses me fit tressauter. Elle y déposa un baiser léger, puis un autre, jusqu'à ce que, excitée par ces nouvelles sensations, je finisse par me détendre. Je n'arrivais pas à croire qu'elle soit vraiment en train de me faire ça, mais à partir du moment où elle se servit de sa langue, je craignis par-dessus tout qu'elle décide de s'arrêter.

Ma main droite se contracta sur quelques brins d'herbe malheureux, et si jusqu'ici j'avais plus ou moins réussi à contrôler mes gémissements, à cet instant précis, faire du bruit fut bien la dernière de mes préoccupations. Mes hanches remuaient toutes seules en quête de plus de contact, sauf qu'au lieu de me l'accorder, Sierra se contenta de mordiller la zone de peau fine qui se trouvait à proximité de mon intimité. La douleur se mêla au plaisir un instant. La Lindörienne releva les yeux vers mon visage, et en me voyant aussi gênée, un léger sourire en coin se forma sur ses lèvres.

Elle lécha doucement l'espace de peau à sa portée, puis reposa mes jambes au sol. Je voulus protester, consciente que cela ne pouvait pas déjà être terminé, mais avant que je ne puisse dire quoi que ce soit, elle m'incita à me retourner. Perturbée de me retrouver sur le ventre, j'en oubliai un instant mes plaintes, d'autant que derrière moi, ma compagne venait de se saisir de mes hanches dans le but de me faire lever le bassin.

— Sierra ? prononçai-je, un peu perdue.

— Fais-moi confiance. Tu vas aimer, je te le promets.

Elle se pencha au-dessus de moi pour laisser glisser ses mains de mes omoplates à mes fesses, puis en me voyant réceptive à son contact, elle s'aventura entre mes cuisses. Ses doigts me caressèrent lentement, pendant que sa bouche s'attardait à de multiples endroits sur le bas de mon dos. Par réflexe, et au lieu de continuer à me soutenir grâce à mes avant-bras, je posai mes mains au sol pour me mettre à quatre pattes. Je ne savais pas si les choses se passaient toujours ainsi, mais très rapidement, je n'eus plus du tout envie de réfléchir.

De petites ondes de plaisir me traversaient, renforcées par les attentions de Sierra sur le reste de mon corps. Mes hanches commencèrent à remuer toutes seules. Mon dos se creusa lorsque sa langue longea ma colonne vertébrale. Elle remonta progressivement jusqu'à atteindre ma clavicule, puis mon cou, et en sentant son corps au-dessus du mien, l'intensité de ce moment me coupa le souffle.

— J'ai envie de te dévorer, souffla-t-elle en léchant doucement ma jugulaire.

— S'il te plaît…

Depuis quelques secondes, ses doigts faisaient tout pour me frustrer davantage. Elle rentrait petit à petit à l'intérieur de moi pour ressortir aussitôt, toujours un peu plus, jusqu'à ce qu'une légère douleur se manifeste. Loin d'en tenir compte, je me mis à gémir quand précisément au même moment, elle suçota la peau de ma nuque. Elle effectua quelques va-et-vient avant de me déposer de petits baisers sur l'épaule lorsqu'elle s'aperçut que j'étais un peu crispée.

— Si tu veux arrêter, tu as juste à dire stop, murmura-t-elle avec tendresse.

— Non, je… mais j'aimerais te voir…

Joignant le geste à la parole, je tournai la tête vers elle, avant de tout simplement pivoter pour la prendre dans mes bras. Elle avait arrêté ses mouvements. Sa main était toujours positionnée entre mes cuisses, mais quand mes lèvres trouvèrent les siennes, la Lindörienne se fit beaucoup plus douce. Je basculai petit à petit dans l'herbe en l'entraînant avec moi, jusqu'à ce que mon dos touche le sol et que je puisse sentir ma compagne contre moi. Mon cœur continuait à tambouriner dans ma cage thoracique, néanmoins, je ne savais plus vraiment si c'était à cause du plaisir ressenti ou de l'amour que j'éprouvais à l'égard de cette femme.

— C'est mieux comme ça ? demanda-t-elle en m'embrassant à plusieurs reprises.

— Beaucoup mieux.

Au moment où nos souffles se mêlèrent à nouveau, et où elle recommença à me toucher plus intimement, mon corps entier se mit à trembler. Ses mouvements se firent plus assurés, plus rapides. Les vagues de plaisir qui me traversaient se rapprochaient, et comme plus tôt, j'eus soudain beaucoup de mal à respirer.

Mes doigts se perdirent dans ses cheveux quand elle quitta mes lèvres pour mon cou. En sentant la pointe de ses canines effleurer ma carotide, un long frisson d'excitation se mêla aux autres. C'était trop pour moi. Je me mordis violemment la lèvre inférieure, en proie à un désir qui me submergeait totalement. Ma tête partit davantage en arrière, laissant plus d'espace à la Lindörienne qui ne se priva pas pour en profiter.

Même si j'essayais de faire durer ce moment plus longtemps, ce fut peine perdue. La tension qui avait pris place dans mon bas ventre n'avait fait que s'intensifier au cours du temps. Je peinais à reprendre mon souffle. Je n'osais même plus inspirer. Je sentais le plaisir monter, monter, jusqu'à ce que soudain, celui-ci devienne trop violent pour être contenu. Mon corps s'arc-bouta violemment, mes cuisses se crispèrent contre la main de Sierra, laquelle profita du feu d'artifice qui dansait devant mes yeux, pour enfoncer ses dents plus profondément dans la peau fine de mon cou.

La brûlure de la morsure me fit grimacer, puis me laissa tout simplement pantoise. C'était vraiment douloureux, mais j'étais tellement perturbée par toutes ces sensations nouvelles que j'avais du mal à déterminer laquelle était la plus intense. Ma main s'était contractée sur l'arrière de la tête de la Lindörienne. Cette dernière donna un coup de langue sur la zone endolorie, avant de déposer une myriade de baisers aux alentours. La douceur de sa peau me rassurait. Son odeur était entêtante, si bien que je ne tardai pas à oublier totalement la souffrance passée pour me concentrer sur la chaleur qui était en train de m'envahir.

Mon corps me semblait soudain très léger. Ma respiration devenait plus régulière. J'avais le plus grand mal à reprendre mes esprits, mais cela ne m'empêcha pas de me blottir contre Sierra quand elle revint à ma hauteur. Elle roula sur le côté sans pour autant me lâcher, puis commença à me caresser doucement les cheveux. Mon chignon était de l'histoire ancienne. La Lindörienne se chargeait de décoller les mèches humides de ma tempe, de mon cou qu'elle se contentait d'effleurer du bout des doigts.

Chaque contact, aussi minime soit-il, me faisait frissonner. Mes sentiments pour elle n'avaient jamais été aussi puissants. C'était presque comme si sa proximité m'était indispensable. Ainsi, quand elle fit mine de se reculer, je ne pus m'empêcher de poser ma main sur sa taille pour la retenir.

— Non, reste là, dis-je précipitamment.

— Je ne vais nulle part, murmura-t-elle en m'embrassant sur le front. Je voulais juste nous installer plus confortablement.

Elle passa son bras gauche sous mon cou, pour que je puisse loger ma tête contre son épaule, puis avec un sourire, elle entremêla nos jambes ensemble et se servit de sa main libre pour faire de petits mouvements rassurants dans mon dos.

— C'est assez proche pour toi ?

— Je ne suis pas sûre…

Fatiguée, je frottai mon visage un instant contre sa peau, tout en résistant à l'envie de fermer les yeux. L'expérience passée m'avait vraiment épuisée. C'était presque comme si toutes mes forces étaient en train de me quitter, mais je tâchais du mieux possible de rester éveillée.

— Je suis désolée de t'avoir blessée. Je pensais pouvoir me retenir, mais les choses ont échappé à mon contrôle, prononça-t-elle en caressant ma joue.

— Tu parles de la morsure ? Est-ce que ça veut dire que maintenant on est… mariées ?

Rien que poser la question me semblait étrange. C'était notre premier rendez-vous, je la connaissais depuis moins d'un mois, mais étonnamment, je savais que ce n'était pas quelque chose que j'aurais à regretter. Depuis le départ, j'étais attirée par elle comme un papillon par une flamme. Même si j'avais voulu, je n'aurais pas réussi à lui résister, alors à part lui céder, je ne voyais vraiment pas ce que j'aurais pu faire d'autre.

— Leela ne t'a rien expliqué ? questionna-t-elle, un peu étonnée.

— M'expliquer quoi ?

Je secouai légèrement la tête pour chasser le sommeil, cependant, plus le temps défilait, plus je peinais à me concentrer sur les paroles de Sierra. Son corps était trop confortable, quant au mien, il me semblait plus faible que jamais.

— Rien d'important. Tout ce que tu dois savoir, c'est que tu es ma femme maintenant. Tu n'as plus rien à craindre, rien du tout, murmura-t-elle en caressant doucement ma nuque.

— Je suis fatiguée, dis-je en papillonnant des cils.

— Repose-toi, je ne bougerai pas, c'est promis.

Avec le dos de ses doigts, elle écarta une mèche de mon front. Ce n'était sûrement pas l'endroit pour faire une sieste, malheureusement, je ne pus résister plus longtemps. Tout devint noir, et je sombrai dans l'inconscience.

CHAPITRE 15

J+11

En me réveillant, il me fallut plusieurs secondes pour comprendre où je me trouvais. J'étais dans un lit, il faisait sombre, et cette pièce n'avait rien à voir avec la chambre que j'occupais au palais. Par réflexe, je faillis bondir au sol, mais exactement au même instant, un bras s'enroula autour de moi. Mon corps se crispa, avant de se détendre presque aussitôt en reconnaissant la propriétaire de ce dernier. Le stress des premières secondes fut vite remplacé par de l'apaisement. Avec un petit soupir rassuré, je me tortillai le plus doucement possible pour me rapprocher de la Lindörienne et profiter davantage de sa chaleur.

Je compris que nous devions être dans sa chambre, probablement dans la fameuse maison dont elle m'avait parlé durant la journée. Je me souvenais vaguement du moment où elle m'avait transportée jusqu'ici. Je portais sa tunique, et à en juger par la luminosité, nous étions au beau milieu de la nuit. Mes yeux ne mirent pas longtemps à s'habituer à l'obscurité. La baie vitrée qui occupait un pan du mur donnait sur une petite terrasse, laquelle surplombait le champ de fleurs dans lequel Sierra et moi nous trouvions plus tôt.

Quelques tapis étaient installés sur le sol en bois. Des plantes orange étaient disposées près d'une commode, tandis que juste à côté du lit se trouvait une table de chevet. Mes vêtements, un verre d'eau ainsi que mon pic à cheveux, recouvraient cette dernière. Soulagée de ne pas l'avoir perdue, je me concentrai sur la main de Sierra qui était à ma portée. Ses doigts remuèrent légèrement quand je me mis à les effleurer, mais sa respiration régulière m'indiqua qu'elle était bien endormie.

En me remémorant les évènements passés, je me sentis rougir. Je peinais à croire que le rendez-vous ait réellement tourné de cette façon, alors que pourtant, ma présence dans ce lit en était une preuve à part entière. Percevoir le souffle de la Lindörienne sur ma nuque me faisait frissonner, et je ne pouvais qu'espérer que cela se produise toutes les nuits. Nous unir de manière si précipitée ne faisait pas partie de mes plans, pour autant, j'étais loin de regretter. Ma main se porta sur mon cou, et soudain j'eus peur qu'à son réveil, Sierra se rende compte avoir fait une erreur.

J'essayai de me rendormir, mais c'était peine perdue. Je n'étais plus fatiguée, et surtout, mes réflexions m'empêchaient de trouver le sommeil. Je sortis du lit en tentant de ne pas faire bouger le matelas, et sans beaucoup de difficultés, je ne tardai pas à repérer la salle de bain. J'espérais qu'en prenant une douche et en me rafraîchissant, mon malaise disparaîtrait, seulement, à la place, d'autres questions s'imposèrent à moi.

En passant devant le miroir, et alors que j'étais en train de me sécher les cheveux, je remarquai la marque bleutée sur mon cou. Mes veines ressortaient nettement, exactement comme celles de Leela. Au centre de la zone, deux petites traces rougeâtres étaient visibles. L'endroit était légèrement douloureux, mais en même temps, quand des canines venaient de s'enfoncer dans votre chair, je doutais que cela puisse être indolore à peine quelques heures plus tard. Lorsque nous allions rentrer, tout le monde allait forcément remarquer cette morsure. Il y avait de fortes chances pour que la princesse soit extatique comme jamais, mais ce ne serait sûrement pas le cas des Lindöriens résidant au palais.

Après avoir enfilé la tunique imprégnée des parfums de ma femme, je rejoignis la chambre pour m'apercevoir que Sierra s'était allongée au milieu du lit. À plat ventre sur le matelas, elle avait attrapé son oreiller entre ses bras. Je remarquai qu'elle ne portait rien, du moins le haut de son corps était laissé à nu. Le drap s'était entortillé autour de ses jambes, et même si cela limitait mes possibilités d'installation, je ne me plaignais pas du tout de cette vision. En m'approchant, je m'attardai sur les tatouages à moitié cachés par ses cheveux. Pour une fois, ils étaient détachés. Longs et lisses, ils lui arrivaient jusqu'en bas du dos. Je savais que je devais me tenir tranquille, mais je sentais que je n'allais pas résister longtemps à l'envie de passer ma main dedans.

Le plus doucement possible, je repris place sur le matelas. Son visage était tourné de l'autre côté, si bien que naïvement, je pensais avoir moins de chances de me faire prendre. Avec hésitation, mes doigts restèrent en suspens au-dessus de son dos, puis en retenant mon souffle, je les laissai venir longer sa colonne vertébrale. Sa peau se couvrit de frissons. J'aurais mieux fait d'arrêter là, seulement, à la place, je fis glisser mon index entre ses omoplates, à l'endroit où se démarquait un symbole représentant deux soleils.

Elle remua légèrement, ce qui me conduisit à demeurer immobile pendant quelques instants. J'étais à moitié allongée, en appui sur mon bras gauche, du moins jusqu'au moment où je la sentis se retourner. Immédiatement, j'abandonnai mon activité de contemplation pour faire mine de dormir. Mes yeux se fermèrent, mon corps se recroquevilla sur lui-même, alors que j'essayais vainement de contrôler ma respiration.

— Tu ne trompes personne.

Je tressaillis quand sa main se posa sur ma joue. Elle la tira tout doucement, ce qui me conduisit à secouer la tête et à faire un bond en arrière. Dans la mesure où je me trouvais sur le bord du lit, je faillis tout simplement chuter au sol. Je m'apprêtais d'ailleurs à basculer lorsque soudain, le bras de Sierra m'entoura pour me rapprocher d'elle d'un seul coup.

— Tu vois ce qui arrive quand tu t'éloignes de moi ? se moqua-t-elle.

— C'est de ta faute. Tu avais promis de laisser mes joues

tranquilles. En plus, je suis sûre que tu faisais semblant de dormir…

— Je dormais réellement. D'ailleurs, je dormirais toujours si une certaine personne n'avait pas brusquement déserté le lit conjugal.

Ses doigts se glissèrent dans les mèches châtain de mes cheveux humides puis, avec un soupir, elle vint enfouir sa tête dans mon cou. Elle paraissait aimer mon odeur, qui en réalité était celle de son propre savon. J'avais également l'impression qu'elle appréciait particulièrement la fraîcheur de mon corps, lequel ne tarda pas à se réchauffer à son contact.

— Tu as fait un cauchemar ? demanda-t-elle en embrassant mon épaule.

— Non, enfin, je ne me souviens plus. Je me suis juste réveillée et après je me suis mise à réfléchir.

— À ce qui s'est passé cet après-midi ? Laisse-moi deviner, tu as hâte de recommencer, et tu ne sais pas comment le formuler.

Sa main se glissa sur ma cuisse, avant de remonter tranquillement en emportant le tissu de la tunique avec elle. Dans mon cou, Sierra était en train de déposer une multitude de baisers. Tout cela ne me laissait pas indifférente, néanmoins, je plaçai mes doigts sur les siens pour la stopper dans sa progression.

— Je croyais que tu étais fatiguée, dis-je, les joues rouges.

— Jamais pour ce genre d'activités, commenta-t-elle en roulant pour me surplomber. Et d'ailleurs, c'est entièrement de ta faute.

— Comment ça pourrait être de ma faute alors que je n'ai rien fait du tout ?

— Tu me réclames des compliments ? questionna-t-elle en souriant.

Embarrassée, je fis « non » de la tête, tout en détournant les yeux. Au-dessus de moi, la Lindörienne était en train d'observer la marque que j'avais dans le cou. Elle y glissa ses lèvres, puis dévia sur mon décolleté.

— Je t'ai déjà dit que je te trouvais vraiment belle ? Ton visage, ton corps… j'aime absolument tout, poursuivit-elle en posant sa main sur mon ventre.

— Même mes cicatrices ? Ça ne doit pas être très… esthétique. Peut-être que… si tu veux, je pourrais me faire tatouer moi aussi. On ne les verrait plus.

Suite à ces quelques mots, Sierra remonta pour se retrouver à ma hauteur. Son air amusé fit place à une expression plus sérieuse. Elle recula pour s'asseoir, et consciente que rester allongée serait étrange, je suivis son mouvement.

— J'ai eu l'air de m'en préoccuper ?

— Une fois tu m'as dit que j'en avais beaucoup, alors je… je veux juste être bien pour toi…

Au fur et à mesure de la progression de ma phrase, ma voix baissa d'intensité. La Lindörienne portait seulement un boxer noir, lequel était maintenu en place grâce à des lacets croisés sur le côté. En temps normal, je n'aurais pas réussi à en décrocher mon regard, mais dans la mesure où j'avais l'impression d'avoir dit une énorme bêtise, je trouvais plus malin de fixer l'un des tapis qui recouvraient le sol.

— Tu me plais comme tu es Tamsyn. Tu n'as pas besoin de changer, ni physiquement ni mentalement. Tes cicatrices, si je t'en ai fait la remarque, c'est simplement parce que je ne supporte pas de savoir que quelqu'un t'a fait du mal. À chaque fois que je t'imagine dans ce centre, ça me rend furieuse. Et je suis encore plus en colère contre moi-même à cause de la façon dont je t'ai traitée au début.

— Alors tu ne regrettes pas ? Je veux dire, de m'avoir mordue, précisai-je en passant les doigts sur mon cou.

— Tu penses que je suis du genre à agir impulsivement ?

— Non, mais peut-être que dans l'élan du moment…

— Tu vas vraiment m'obliger à le répéter, soupira-t-elle.

Au moment où elle m'attrapa par les hanches pour me rapprocher d'elle, je ne fis rien pour me soustraire à son contact. J'avais conscience de trop réfléchir, seulement, j'avais réellement du mal à assimiler cette toute nouvelle situation.

— Je t'aime, prononça-t-elle, lentement. Tu comprends ce que ça veut dire, n'est-ce pas ?

Troublée d'entendre ces quelques mots aussi directement, je restai silencieuse un instant avant d'acquiescer. La même chaleur que plus tôt était en train de m'envahir et, surtout, perdue dans le regard de Sierra, tous mes doutes avaient tendance à devenir insignifiants.

— Parle-moi de ce qui te fait peur.

Ses doigts caressèrent mon bras, une manœuvre qui - j'en étais certaine - était destinée à me mettre en confiance.

— Les autres, enfin, ton entourage ne va pas voir d'un bon œil cette union. Déjà hier, j'ai bien remarqué que les gens nous regardaient étrangement. Ils devaient se demander pourquoi… enfin ce que tu faisais avec moi. Alors tu pourrais finir par vouloir revenir en arrière.

— En effet, les gens nous regardaient, mais pas pour les raisons que tu viens d'évoquer. Cette ville est un refuge pour beaucoup d'espèces et de peuples différents. Elle compte énormément d'anciens esclaves, et les seuls Lindöriens qui s'y aventurent sont des militaires. Ma famille gère ce territoire depuis des générations, et tu dois te douter que nous n'y sommes pas très populaires. En me voyant avec toi, ils devaient s'inquiéter quant à ton consentement.

Ne m'attendant pas à une telle explication, je ne sus pas quoi répondre. Sans doute que j'avais tendance à me monter la tête toute seule. À force d'entendre plusieurs Lindöriens médire discrètement sur Leela dans les couloirs, j'en étais venue à penser que tout le monde était comme eux. D'après ce que j'avais compris, les unions interespèces étaient rarissimes. Du moins, elles n'étaient pas la norme, et si je craignais la réaction des gens habitant au palais, je réalisais que les autres peuples ne devaient pas forcément non plus y être favorables.

— Si je t'ai emmenée ici, c'était pour que tu te sentes à l'aise. Je pensais que ce serait plus facile pour toi de te détendre et d'apprécier notre sortie.

— C'est le cas ! intervins-je brusquement. C'est juste… tu sais, je te l'ai déjà dit hier, mais pour moi, ça continue à ressembler à un rêve. Quand je m'imaginais sortir de ce centre, jamais je n'avais envisagé que ma vie pourrait prendre cette tournure. Je pensais encore moins à mon avenir sentimental, et maintenant que nous sommes ensemble, je n'ai pas envie d'être une nuisance pour toi. Je voudrais t'être utile, et que tu n'aies aucune raison d'avoir honte d'être avec moi.

— Pourquoi aurais-je honte ? Si je t'ai choisie, c'est bien que tu es au-dessus du lot. J'ai des goûts très sûrs, des goûts que personne n'oserait remettre en question.

— Peut-être pas en face de toi, murmurai-je en détournant les yeux.

Un petit cri m'échappa quand Sierra me plaqua d'un seul coup contre le matelas. Si, de mon côté, je réfléchissais beaucoup trop, de son côté, elle semblait bien naïve. Néanmoins, là tout de suite, ce n'était plus ma préoccupation principale. Les mains maintenues de chaque côté de mon visage, je redirigeai mon regard vers le sien pour m'apercevoir que celui-ci était en train de s'embraser.

— Si quelqu'un, n'importe qui, se moque de toi, je le lui ferai amèrement regretter.

— Et tu comptes aussi me faire amèrement regretter d'avoir osé le mentionner ? dis-je avec un léger sourire.

Je vis sa mâchoire frémir. Elle continuait à arborer un air très sérieux, malgré tout, ses micros expressions ne trompaient pas. Grâce à la position dans laquelle nous nous trouvions, je n'eus aucun mal à enrouler mes jambes autour d'elle pour la faire tomber sur moi. Ne s'y attendant pas, elle ne chercha pas à se retenir. Sa prise sur mes poignets se fit plus lâche, et d'un seul mouvement, je parvins à inverser nos positions pour me retrouver au-dessus.

Je me retins d'exulter suite à cette mini victoire. À la

place, je me redressai pour rester à califourchon sur elle, non sans oublier de laisser mon index courir sur sa peau, depuis son cou jusqu'en bas de son ventre. Elle avait moins de tatouages de ce côté-là, quelques arabesques se perdaient au niveau de ses côtes. Avec un air concentré, je les retraçai du bout des doigts, avant de reporter mon attention sur le visage de la Lindörienne.

— Tu sais, je n'ai pas besoin de toi pour me défendre, dis-je lentement. Jusqu'ici, j'avais simplement peur de me faire jeter hors du palais, et plus particulièrement que tu sois celle à me mettre dehors, mais maintenant que tu es coincée avec moi…

Je tendis l'oreille pour être capable de percevoir son rythme cardiaque, lequel accéléra brusquement lorsque ma main se perdit sur le haut de son sous-vêtement. Elle semblait respirer plus difficilement. Je n'avais pas oublié que, plus tôt, près du lac, elle m'avait empêchée de poursuivre sur ma lancée. Cette fois-ci, j'étais bien décidée à aller jusqu'au bout, et à en juger par ses réactions, son corps ne demandait que ça.

— Tu as conscience que je pourrais me dégager en à peine une seconde, me prévint-elle.

— Peut-être, mais tu ne le feras pas.

Doucement, je me penchai pour l'embrasser dans le cou. Mes lèvres effleurèrent sa peau à plusieurs reprises, tout autour de la marque noire qui s'y étalait. Je ne comprenais pas pourquoi elle en possédait une elle aussi, d'autant qu'elle n'était pas celle à s'être fait mordre, mais c'était loin de me déplaire.

— Ça te fait mal ? demandai-je en passant ma langue dessus.

— À ton avis ?

Je la sentis frémir. Ses mains se plaquèrent sur mes hanches, et avec précipitation, elle tira sur ma tunique pour la relever. Je ne cherchai pas à protester quand elle me la retira. Le tissu fut envoyé plus loin dans la chambre, et même si je n'avais pas encore l'habitude d'être nue devant elle, je n'éprouvais pas de gêne pour autant. Elle avait déjà eu le loisir de me détailler sous toutes les coutures dans l'après-midi, cependant, cela ne l'empêcha pas de marquer une pause pour laisser courir ses yeux sur mon corps.

— La prochaine fois, je ne prendrai même pas la peine de te rhabiller, souffla-t-elle avec envie.

Sans perdre plus de temps, elle vint trouver mes lèvres pour un baiser passionné, lequel me fit oublier momentanément ce que j'avais prévu. À chaque fois que sa langue caressait la mienne, j'en perdais toute volonté. Ma chaleur corporelle augmenta encore de quelques degrés quand les mains de la Lindörienne se posèrent sur mes fesses. L'une d'entre elles glissa sur ma hanche, sur le bas de mon ventre, et malgré l'excitation ressentie, je parvins à l'arrêter dans sa course. J'entendis Sierra gémir de frustration. Pour autant, elle ne chercha pas à se dégager. Elle se contenta d'inspirer profondément, puis de m'embrasser doucement sur le coin des lèvres.

— Tu veux que j'y aille plus lentement ? murmura-t-elle.

— Non, je veux te le faire à toi.

Joignant le geste à la parole, je fis descendre ma main sur son sous-vêtement. Le tissu était doux sous mes doigts. Je pris mon temps pour la caresser à travers ce dernier, et même si au début elle ne montra aucun signe de trouble évident, j'entendis très clairement son rythme cardiaque s'affoler.

Son corps semblait étrangement tendu. J'avais peur qu'elle m'arrête, mais à la place, l'une de ses mains se glissa dans mes cheveux pendant que l'autre trouvait refuge sur le bas de mon dos. Son bassin avait commencé à remuer doucement. Ses cuisses s'écartèrent davantage, et prenant cela comme un encouragement, je revins effleurer la marque qu'elle avait dans le cou. Le contact la fit tressaillir, puis frissonner plus longuement lorsque mes lèvres se refermèrent sur le lobe de son oreille.

— Je continue ? demandai-je en m'intéressant au bord de son sous-vêtement.

Au lieu de me répondre, elle attrapa d'elle-même ma

main pour la faire glisser sous le tissu. Je compris qu'elle n'était pas du genre à supplier pour quoi que ce soit, et après quelques secondes, je compris qu'elle n'était pas du genre à se laisser faire en restant passive. La suite de la nuit parut défiler en un clin d'œil. Ce ne fut qu'au moment où le premier soleil était en train de se lever que je parvins à m'endormir à nouveau. Blottie contre Sierra, je n'étais pas pressée de quitter ce lit. Si cela n'avait tenu qu'à moi, nous aurions même passé beaucoup plus de temps en tête à tête dans cette chambre, mais malheureusement, je savais que le retour au château était imminent.

***

Hésitante, je restais sur le pas de porte de la salle de soins sans savoir si je devais avancer ou rebrousser chemin. En rentrant au château, je m'étais attendue à retrouver Leela, sauf que cette dernière était en réunion toute la matinée. Sierra avait dû s'absenter dès notre arrivée pour gérer plusieurs affaires, quant à moi, j'avais reçu un appel de Kelisha me demandant de la rejoindre à l'infirmerie. J'avais eu le temps d'aller me changer et de passer une robe blanche plus conventionnelle. Mes cheveux étaient détachés, et même si la Kelônienne m'avait dit de ne pas m'inquiéter, il était vraiment difficile de rester sereine.

Elle était assise sur une table d'examen, son uniforme militaire beige était recouvert par des éclaboussures de sang, mais surtout, son visage paraissait dans un triste état. Face à elle, une jeune femme aux cheveux lavande était en train de la soigner. Les pointes de ces derniers ondulaient sur ses épaules. La blouse blanche qu'elle portait laissait apercevoir une robe grise qui lui arrivait aux genoux, et je n'en étais pas certaine, mais à la rapidité de ces gestes, il s'agissait probablement d'une guérisseuse.

— Désolée, je repasserai plus tard, dis-je en m'apprêtant à faire demi-tour.

Même si la porte s'était ouverte à mon arrivée, les deux femmes ne paraissaient pas m'avoir remarquée jusque-là. Kelisha tourna automatiquement la tête dans ma direction.

Elle comptait se lever, sûrement pour me retenir, quand brusquement, la main de la femme qui lui faisait face se posa sur sa joue pour l'obliger à replacer son visage correctement.

— Je viens de soigner ton nez, mais je n'hésiterai pas à le casser à nouveau si tu t'avises de bouger, prononça l'inconnue sans émotion particulière.

— Tu vois, c'est exactement pour cette raison que tu as aussi mauvaise réputation ! Je suis souffrante, et pourtant tu n'éprouves aucun scrupule à me menacer !

— Tu n'es pas souffrante, tu es une imbécile, et les imbéciles ne méritent aucune compassion de ma part.

Intriguée par cet échange, je m'étais immobilisée. Il aurait sans doute mieux valu que je fasse demi-tour, mais quand Kelisha me fit signe d'avancer, je n'eus d'autre choix que de faire quelques pas dans sa direction.

— Tamsyn, je te présente ma sœur Sasha. Elle est venue me rendre une petite visite, et… mais aïe ! Fais attention avec ce laser !

La Kelônienne qui tenait un petit objet entre ses doigts le fit tournoyer autour de ceux-ci, pour finalement le ranger dans la poche de sa blouse. La blessure que mon amie avait sur l'arcade sourcilière s'était refermée. Quelques poils étaient roussis, mais en dehors de cela, il n'y avait aucune marque.

— Je ne suis pas ta sœur, et si je suis venue, c'est sur invitation de la princesse Akasha, précisa-t-elle en reculant d'un pas.

— Ah, tu vois comme elle a honte de moi ? Nous partageons la même famille depuis nos douze ans, et pourtant, mademoiselle refuse toujours de reconnaître notre lien de parenté, soupira Kelisha.

Après s'être débarrassée de ses gants, Sasha se contenta d'en faire une boule pour les lancer dans le vide ordure. Ceux-ci décrivirent une trajectoire parfaite jusqu'à destination, suite à quoi elle se tourna vers moi. Jusqu'ici, je n'avais pu l'observer que de profil, et même si j'avais déjà croisé plusieurs Kelôniens, ses traits à elle me paraissaient légèrement différents. Une cicatrice blanche s'étendait de part et d'autre de son œil droit, depuis son sourcil jusqu'au milieu de sa joue. Pour autant, cela n'enlevait rien à sa beauté. Ses yeux étaient de deux couleurs différentes, l'un améthyste et l'autre entièrement noir. Je ne savais pas si ce dernier était opérationnel, et lui permettait de voir, mais il me semblait malpoli de poser la question.

— Enchantée de te rencontrer. Je m'excuse pour tous les désagréments que Kelisha a dû te causer. Elle manque de manières, elle est rustre et son enthousiasme quotidien frôle le ridicule, mais dans la mesure où tu réponds à ses standards, je pense qu'elle a dû s'efforcer de paraître charmante et de gommer tous ses défauts.

Le ton indifférent avec lequel elle s'exprimait dénotait tellement par rapport à celui de Kelisha que j'en fus troublée pendant une seconde. Elle me tendit la main. J'hésitais quant à la façon dont j'étais censée réagir, malgré tout, je crus bon de la lui serrer.

— Quels standards ? Et qu'est-ce que tu racontes ?! s'emporta sa sœur. Tout le monde te dira que je suis un modèle de bienveillance, de sociabilité, et de gentillesse.

— En effet, et ce modèle se vérifie tout particulièrement en présence de jolies filles. Quant à tes standards, je pourrais les énumérer en détail, mais cela ennuierait probablement ton invitée.

Un léger courant électrique passa dans mes doigts, juste avant que la jeune femme ne retire sa main. Elle replaça correctement la mèche qui lui barrait le front, puis sortit des lunettes de sa poche pour les poser sur son nez. Ces dernières avaient tendance à la rendre encore plus sérieuse qu'elle ne l'était. Même si je ne la connaissais pas, et même si elle me dépassait d'à peine quelques centimètres, je sentais que ce n'était pas le genre de personnes à importuner sans raison valable.

— Vous êtes guérisseuse ? demandai-je pour confirmation.

— Non, je suis chercheuse.

— Chercheuse… chercheuse de… enfin, qu'est-ce que vous cherchez ?

Ce mot n'avait aucun sens pour moi. Je m'étais contentée de le répéter bêtement, et étonnamment, alors qu'elle aurait eu toute occasion de me lancer un regard narquois, l'expression de son visage resta neutre. Derrière Sasha, Kelisha était en train de faire une grimace en se touchant l'arête du nez, et je me demandais vraiment ce qui s'était passé pour qu'elle se retrouve dans cet état.

— Nouvelles technologies, remède aux virus d'origine inconnue, mes champs d'application sont variables.

— Et malgré son planning chargé, elle trouve toujours du temps pour venir soigner sa grande sœur chérie. N'est-elle pas impressionnante ?

La Kelônienne fit un petit bond pour regagner la terre ferme, puis avec un grand sourire, elle passa son bras autour des épaules de Sasha. Pour la première fois depuis que j'étais entrée dans cette pièce, j'aperçus une micro émotion se dessiner sur le visage de cette dernière, mais tellement fugace que je ne savais pas vraiment s'il s'agissait d'agacement ou d'autre chose.

— Je ne suis pas ta sœur, et ne me touche pas.

Elle se dégagea, et après avoir remonté ses lunettes sur son nez, elle lissa les plis de sa blouse. Contre toute attente, Kelisha n'insista pas, mais son sourire en coin ne fit que s'élargir suite à cette réplique.

— Si seulement ton équipe pouvait te voir, si gênée pour un tout petit compliment… Ton image de machine sans cœur en prendrait un sacré coup.

Je n'étais pas certaine que taquiner la jeune femme soit vraiment très recommandé, mais celle-ci n'eut aucune réaction particulière, ni bonne, ni mauvaise. De mon côté, je ne comprenais pas très bien ce que je faisais ici. Kelisha n'avait visiblement pas besoin de moi, et étant donné sa bonne humeur, j'en déduisis que ses blessures étaient simplement superficielles.

— Ravie d'avoir fait ta connaissance Tamsyn. Nous nous reverrons sûrement au bal de fiançailles de la princesse Akasha.

Tout en ignorant totalement sa sœur, Sasha m'offrit un petit signe de tête, avant de se diriger vers la sortie. La porte coulissante était en train de s'ouvrir quand Kelisha crut bon de se manifester une dernière fois.

— La prochaine fois que tu prétends me détester, n'oublie pas de retirer la blouse et les lunettes. Ce n'est pas très crédible de faire ta tête des mauvais jours tout en portant mes cadeaux !

Le sas de sortie se referma derrière la jeune femme au moment où mon amie prononçait la fin de sa phrase. Un silence de quelques secondes suivit ce départ, suite auquel j'entendis la Kelônienne soupirer. Elle s'appuya contre la table d'examen, et bougea la tête de droite à gauche comme pour soulager une douleur dans sa nuque.

— Comment c'est arrivé ? questionnai-je en la regardant de haut en bas.

— Ne t'inquiète pas, c'est juste un peu de sang. J'ai eu une discussion mouvementée avec d'anciens employés du centre, mais ça va, je survivrai.

— Est-ce que tu as appris quelque chose ?

— Rien que nous ne savions déjà. Il semblerait que cet endroit était bien géré par des sympathisants de l'ancienne famille royale. Par contre, rien n'explique leur choix de localisation. Il est étrange d'avoir construit ce laboratoire dans la capitale. Personnellement, si je voulais mener des expériences secrètes, j'éviterais de me planter juste en face du château de mes ennemis.

Je ne pus qu'approuver, consciente que pour ma part, j'aurais fait une piètre enquêtrice. Il était évident que je souhaitais me venger, en particulier des hommes qui avaient saccagé mon village, mais j'étais réaliste. Il y avait peu de chances que je les croise un jour, et je ne désirais pas gâcher chaque journée avec des pensées négatives. C'était peut-être égoïste, surtout pour les autres cobayes qui n'avaient pas eu l'occasion de s'échapper, seulement, après ce qui s'était passé avec la machine à souvenir, je ne comptais plus m'investir dans les recherches.

— Et toi alors ? Tu as apprécié ta sortie ?

Ne m'attendant pas à cette question, d'autant que je ne lui en avais pas parlé, je restai surprise quelques instants. Puis, je pris conscience que de toute manière, il aurait bien fallu que le sujet soit abordé à un moment ou à un autre. Maintenant que j'étais de retour au palais, j'avais du mal à croire que ces dernières vingt-quatre heures soient réelles. Sans le léger tiraillement dans mon cou, j'aurais même pu penser avoir rêvé les récents évènements.

— Oui, c'était… enfin, c'était très bien. Sierra m'a emmenée dans une ville proche de chez elle. C'était vraiment différent d'ici.

— Laisse-moi deviner, vous vous promeniez tranquillement quand soudain, elle a glissé et ses crocs ont accidentellement atterri dans ton cou ?

Loin de paraître fâchée, elle avait l'air amusée. Son regard s'aventura vers cette partie de mon anatomie, et à bien y réfléchir, il y avait des chances pour que la marque qui s'y trouvait lui ait sauté aux yeux depuis mon arrivée.

— Ce n'était pas un accident, avouai-je en détournant les yeux.

Les images de ce moment me revinrent en mémoire. J'avais le plus grand mal à ne pas rougir, et plus j'essayais de songer à autre chose, plus je repensais encore et encore à ce qui s'était passé dans l'herbe, puis après, dans le lit de Sierra.

— Est-ce que tu es heureuse ?

Je fis un petit signe de tête pour lui indiquer la positive, suite à quoi la Kelônienne s'approcha pour faire passer mes cheveux derrière mon oreille. Pendant un instant, elle resta silencieuse. Intriguée, je l'interrogeai du regard, ce qui la fit sourire légèrement.

— Je suis contente pour toi, mais à la fois un peu triste.

— Pourquoi triste ?

— J'aurais aimé te connaître davantage. Si tu m'avais accompagnée sur Petronus, nous aurions passé du temps ensemble, et je suis certaine que chaque journée aurait été amusante en ta compagnie.

— Dis plutôt que tu aurais adoré pouvoir te servir de moi comme peluche. Tu aurais profité de chaque instant pour m'étouffer, et pour t'extasier sur mes oreilles.

— Je n'ai pas besoin d'être sur Petronus pour ça, s'amusa-t-elle.

Avec un air radieux, Kelisha enroula ses bras autour de moi pour me serrer contre elle. Ce n'était pas la première fois, mais je savais parfaitement que ce rapprochement n'aurait pas plu à Sierra. Si elle était rentrée maintenant dans la pièce, je n'en aurais pas mené large. J'étais même certaine qu'elle m'aurait attrapée par la main pour m'entraîner très loin d'ici.

— Tu ne peux plus faire ça, la prévins-je.

— Je sais, j'en profite juste une dernière fois.

Depuis notre premier câlin, tout avait changé dans ma vie. Sans elle, je serais même probablement encore dans ma cellule, à prier chaque jour pour un lendemain différent. Si j'avais tendance à considérer Leela comme une sorte de grande sœur, Kelisha pour sa part était ma première amie. La première personne qui avait eu de l'importance pour moi, et surtout la première personne qui s'était souciée de mon sort. Je ne me souvenais pas vraiment de ma famille. Je n'avais pas non plus envie d'y repenser. Les seuls souvenirs à y être associés étaient trop douloureux, ce qui faisait de la Kelônienne l'une des personnes les plus importantes de ma vie.

— Est-ce qu'on va quand même se revoir ? demandai-je, incertaine.

— Tu ne peux déjà plus te passer de moi ?

Avec un sourire, elle se recula légèrement tout en posant ses mains sur mes épaules. Mon regard passa de sa lèvre tuméfiée aux petites coupures qu'elle avait à proximité de la tempe, et je remarquai que malgré sa bonne humeur apparente, l'expression de son visage n'avait rien de jovial.

— Même si on ne dirait pas comme ça, je suis capable de me tenir. Je ne vais pas te rayer de mon entourage parce que ta femme impose une distance minimum de cinq mètres, me rassura-t-elle.

— Elle n'a jamais dit cinq mètres. En fait, elle n'a rien dit du tout.

— Oh crois-moi, je connais les Lindöriens. Cinq mètres, c'est encore trop peu pour eux. Quand ils mordent leur partenaire, ils ont tendance à se transformer en véritable furie dès que quelqu'un s'en approche. Je ne doute pas qu'elle te traitera bien, mais si tu as un problème, ou si tu fais une overdose lindörienne, sache que tu n'auras qu'à m'appeler pour que je vienne te changer les idées.

Ses lèvres se posèrent avec douceur sur mon front, puis après un dernier sourire, la Kelônienne se détacha. À ses traits tirés, je devinai qu'elle était fatiguée, si bien que je crus bon de la laisser se reposer. Pour ma part, je n'avais rien de particulier à faire, et en pensant aux options qui s'offraient à moi, je me rendis compte que je ne savais même pas où se trouvaient les appartements de Sierra. J'ignorais tout de son planning, ou de quand nous allions nous revoir. En général, c'était toujours elle qui débarquait de nulle part, et j'espérais fortement que je n'aurais pas à attendre jusqu'au lendemain pour la croiser.

CHAPITRE 16

J+11

Appuyée contre le mur, je fis défiler plusieurs symboles sur l'écran holographique de mon bracelet. La réunion de Leela était censée se finir dans quelques minutes. J'avais hâte de la voir passer la porte de sortie. D'une part parce que j'étais impatiente de connaître sa réaction quant à ma marque, et d'autre part parce que mon estomac criait famine. J'avais hésité à me rendre seule aux cuisines, mais au final, j'avais préféré attendre la princesse. Déjeuner en sa compagnie serait plus agréable, et cela me permettrait de faire abstraction des quelques regards curieux qui se posaient sur moi.

Avec mes cheveux qui masquaient en partie mon cou, la trace n'était pas clairement visible. Pourtant, j'avais vraiment l'impression que tout le monde était au courant. Peut-être que j'étais paranoïaque et que je me faisais des idées, seulement, c'était plus fort que moi. Dès que quelqu'un m'accordait une once d'attention, ma marque se mettait à me brûler. Je n'avais pas à avoir honte. D'ailleurs, ce n'était pas ce que je ressentais, mais une part de moi, sûrement la plus idiote, s'inquiétait d'un éventuel lynchage public.

J'essayais de me concentrer sur l'apprentissage de l'alphabet lindörien quand j'entendis une personne approcher. Dans la mesure où cette dernière ne portait pas de chaussures, le bruit de ses pas était très léger. Par réflexe, je levai le regard, et en apercevant Lorindra, je me tendis instantanément. Elle ne me prêtait pas spécialement attention. Sans son bracelet en train d'émettre une faible lumière, j'aurais pu croire qu'elle parlait seule. La discussion semblait houleuse, et cela alla encore en s'aggravant lorsque la Lindörienne me remarqua. Elle s'arrêta à quelques mètres. À la base, elle avait sûrement prévu de bifurquer à droite, mais en raison de ma présence, elle changea ses plans.

— Je te rappelle plus tard.

D'une pression de la main, elle coupa la communication, et même si je n'avais pas peur d'elle, je savais que j'avais intérêt à rester sur mes gardes.

— Tiens, la petite chienne. Tu attends ta maîtresse ?

J'ignorais à quoi ressemblait cet animal, mais je doutais qu'il s'agisse d'un compliment. Dans sa bouche, et à la façon de le prononcer, je compris qu'elle venait de m'insulter. Elle avait comblé la distance qui nous séparait. Ses cheveux étaient attachés en deux tresses plaquées, alors que comme la dernière fois, elle me lançait un regard qui oscillait entre dégoût et mépris.

— J'attends la princesse, répondis-je en essayant de garder mon calme.

Elle baissa les yeux en direction de mon écran holographique, et en se rendant compte de ce que j'étais en train de faire, elle fronça les sourcils avant de sourire en coin.

— Une esclave qui apprend à lire, on aura vraiment tout vu. Mais ne te fais pas d'illusion, ce n'est pas à ta portée. Il te faudrait au moins dix, non, vingt ans, pour retenir quoi que ce soit.

— Je ne suis pas une esclave.

— Ah non ? Et qui t'a mis ça en tête ? La petite Terrienne ? Crois-moi, si la princesse Rajaya venait malencontreusement à disparaître, sa femme n'aurait rien à t'envier. Je pourrais même vous recueillir toutes les deux, qu'est-ce que tu en dis ?

J'aurais aimé avoir un grand self-control. Il aurait

sûrement été agréable de parvenir à se contrôler, ou de parvenir à ignorer ce genre de commentaires, mais mon isolement de ces dernières années était loin de m'avoir enseigné la maîtrise.

— Ce ne sera pas nécessaire. Si la présence de Leela n'est plus requise au palais, je l'inviterai chez moi.

— Chez toi, vraiment, et où se situe ce fabuleux pied à terre ? Dans un carton sur la place du marché ?

— La maison est un peu excentrée de la capitale, mais c'est vraiment un endroit magnifique. Il y a un champ de fleurs à proximité, un lac juste à côté. Tu y es peut-être déjà allée, c'est là où réside Sierra quand elle souhaite un peu de calme.

La narguer me procura un plaisir immense. Me servir de mon union de la veille n'avait rien de malin, d'autant que cela risquait de la mettre dans une rage folle, mais je m'en moquais totalement. Depuis que je l'avais rencontrée la première fois, je mourais d'envie de la remettre à sa place, et maintenant que j'en avais l'occasion, je ne voyais aucune raison de me priver.

Son visage passa par plusieurs couleurs à la fois. Ses yeux rouges s'assombrirent, jusqu'à quasiment devenir noirs lorsque la marque que j'avais dans le cou retint son attention. Elle serra les poings, et à sa posture, je devinais qu'elle était en train de bouillir de l'intérieur.

— C'est une plaisanterie, prononça-t-elle lentement. Jamais elle n'aurait fait ça.

— Tu n'auras qu'à lui demander confirmation quand tu la croiseras. Quoique, tu es déjà au courant, non ? C'est bien pour ça que tu es si énervée, et que tu as décidé de venir passer tes nerfs sur moi.

Au prix d'un périlleux effort, je parvins à retenir un sourire narquois. Même si j'essayais de toujours bien me comporter, je n'étais pas foncièrement gentille. Je prenais exemple sur Leela qui était un modèle de bonté et de patience, mais j'avais encore de gros progrès à faire. Prendre ma revanche ne me posait aucun problème. Je n'en éprouvais aucune culpabilité. Pire, j'adorais voir le visage de Lorindra se tordre de colère.

— Je t'avais prévenue de ne pas l'approcher, gronda-t-elle.

— Et j'ai fait tout le contraire. Je n'ai pas à obéir aux ordres, et encore moins aux tiens.

— Cette morsure ne te rend pas intouchable. Il suffirait que je te balance par la fenêtre pour me débarrasser du problème. Je peux même te faire assassiner en toute discrétion. Dans un mois, tout le monde t'aura oubliée, et crois bien que je prendrai un grand plaisir à consoler ta veuve.

— Tu peux toujours essayer. Néanmoins, je tiens à te prévenir, je suis plutôt coriace, et si tu me rates, c'est toi qui y passes. Est-ce que tu as envie de prendre le risque ?

En la voyant lever le bras brusquement, visiblement pour me donner un coup de poing, je compris que la réponse était « oui ». Ses doigts s'écrasèrent à quelques millimètres de ma tête, droit dans le mur qui se trouvait derrière moi. Si je n'avais pas eu le réflexe de faire un mouvement sur la gauche, j'aurais pu tirer un trait sur mes dents.

Sans réfléchir, et par automatisme, je me saisis de son bras tendu entre mes mains pour l'abaisser d'un coup sec. Sous l'effet de ce mouvement, Lorindra ne put que se courber. Mon genou percuta son ventre violemment, et sans une once de remords, je reculai d'un pas tout en l'observant tomber à genoux. S'il s'agissait d'un vrai combat, je n'aurais pas hésité à lui donner un autre coup dans le nez, puis à l'achever en visant son dos. Néanmoins, je devais me souvenir que je n'étais plus au centre. Je ne pouvais pas me permettre de la tuer. Il fallait juste que je lui montre que ses tentatives d'intimidation ne fonctionneraient pas avec moi.

— La dernière fois, je t'ai laissée me frapper parce que j'avais peur de me faire jeter hors du château, mais ne t'y trompe pas, ça ne se reproduira plus jamais. Je n'ai pas peur de toi, et si tu t'avises encore d'insulter Leela, crois bien que je te le ferai amèrement regretter.

Loin de prendre ma menace au sérieux, elle revint à la

charge en se jetant sur moi. Elle était plus grande que moi, plus lourde aussi, ce qui lui permit de me plaquer contre la baie vitrée qui donnait sur la ville. Mes épaules, et en particulier mon omoplate droite, absorbèrent la majorité du choc. Sans perdre de temps, je cherchai à me dégager de son emprise, mais pas suffisamment rapidement pour l'empêcher de me tirer par les cheveux. Ma tête partit sur le côté. En réaction, et quasiment aussitôt, je me servis de mon pied pour lui asséner un coup dans le tibia.

Elle avait plus de force que moi,cependant j'étais plus rapide. Je parvins à inverser nos positions, ce qui me valut de me faire pousser violemment en arrière. Profitant de mon déséquilibre passager, elle se rua à nouveau sur moi. Je m'attendais à rencontrer le mur, sauf qu'à la place, ce fut le vide qui m'accueillit, ou plutôt la porte ouverte.

Je n'avais pas réalisé que nous étions si proches de cette dernière. Elle coulissa précisément au moment où j'allais la heurter. Lorindra ne l'avait apparemment pas prévu. Sa surprise me permit de retrouver mes appuis, et surtout de me pencher en avant pour la percuter avec mon épaule. J'avais visé le cœur pour lui couper le souffle. L'environnement extérieur n'avait que peu d'importance à mes yeux. Tant que j'étais en danger, mon attention avait tendance à être entièrement tournée vers la menace. Ainsi, ce fut seulement quand la Lindörienne tituba en arrière que je me rendis compte de l'endroit où je me trouvais.

L'intégralité du conseil, ainsi que quelques Kelôniens qui avaient visiblement été invités à cette séance extraordinaire, s'était immobilisée. Attablés, ils regardaient tous dans notre direction. Un frisson glacial me traversa l'échine. Mon cœur se mit à battre légèrement plus vite en apercevant Leela. Figée, elle semblait ne pas en croire ses yeux. Un silence de plomb s'était abattu dans la pièce. La représentation holographique d'une salle de bal continuait à flotter dans les airs, mais plus personne n'y prêtait attention. Je craignais vraiment ce qui allait suivre. Je m'attendais à ce qu'un Lindörien se lève brusquement pour ordonner qu'on m'envoie au cachot, pourtant, contre toute attente, ce fut la princesse Kelônienne qui prit la parole.

— Comme c'est gentil de venir animer cette réunion d'un ennui mortel ! s'enthousiasma-t-elle en quittant son siège. Quelqu'un veut prendre les paris ? Personnellement, je mise tout sur la demoiselle aux petites oreilles touffues !

Jusque-là assise à la droite de Leela, la femme aux cheveux bleus sauta par-dessus la table qui formait un demi-cercle pour me rejoindre. J'étais à moitié tournée dans sa direction, et du coin de l'œil, je pouvais apercevoir que Lorindra n'en menait pas large.

— Alors que s'est-il passé ? Querelle amoureuse ? reprit-elle en examinant mon cou brièvement.

— Majesté, n'approchez pas la sauvageonne ! s'exclama l'un de ses conseillers.

— Ne vous inquiétez pas Morvald, ma future femme ne m'épouse pas pour mon physique de rêve, seulement pour mon titre. Je pourrais finir en cinquante morceaux que cela n'impacterait pas mon mariage.

— Cela suffit ! Sortez tous, j'ajourne la réunion.

Un sursaut léger me secoua en entendant Leela faire preuve d'autorité. Elle s'était levée, les mains posées sur la table, et si d'ordinaire elle me paraissait inoffensive, cette fois-ci, ce fut loin d'être le cas. Personne n'osa la contredire. Les conseillers sortirent un par un, alors que de mon côté, je me demandais ce que j'étais censée faire.

— Pas toi, Lorindra. Je veux des explications, et je les veux immédiatement.

La porte se referma derrière un membre de la délégation kelônienne. Leela n'avait pas bougé, la princesse Akasha non plus. Seul son garde du corps, le dénommé Morvald, était encore présent dans un coin de la pièce, si bien que nous étions à présent cinq dans cette salle.

— Je connais quelqu'un qui va passer un sale quart d'heure, murmura la Kelônienne.

— Tamsyn et moi avions un léger désaccord. Je n'aurais pas dû m'emporter, cela ne se reproduira plus.

Lorindra avait répondu d'une voix mécanique. Ses mains étaient croisées derrière son dos, et à mon avis, cela devait lui coûter de faire preuve de respect. J'étais quasiment certaine qu'en sortant d'ici, elle allait s'empresser de maudire Leela, et de conspirer avec ses amies pour se venger. À l'avenir, j'avais tout intérêt à me montrer vigilante, voire à ne dormir que d'un œil.

— La violence est proscrite dans ce palais. Je te donne un premier avertissement. Il n'y en aura pas de second. Si cela recommence, tu ne seras plus la bienvenue au château.

Sa mâchoire se contracta. Pendant un instant, je crus qu'elle allait se rebeller, mais à la place elle baissa les yeux.

— Bien majesté. Veuillez m'excuser.

Lorsque Leela lui fit signe de disposer, la Lindörienne ne perdit pas de temps pour disparaître. Actuellement, je devais être la personne qu'elle haïssait le plus dans tout l'univers. Cela ne m'inquiétait pas. Par contre, je craignais ce qui allait suivre. Après tout, Lorindra n'était pas la seule à s'être battue. Je m'attendais à me faire réprimander, sauf qu'au lieu de reprendre la parole, la princesse se contenta de se rasseoir en soupirant.

— Est-ce qu'elle s'en est déjà pris à toi ? demanda-t-elle, désabusée.

— C'est important ? hésitai-je.

— Moi je prends ça pour un oui ! s'exclama la princesse Akasha. Tu es sûre de vouloir t'en tenir à un simple avertissement oral ? On pourrait, je ne sais pas moi, lui couper une main, ou même la tête ! S'il le faut, je suis prête à me sacrifier et à accomplir la sentence !

Enthousiaste, la Kelônienne s'était tournée vers Leela, qui en réaction se redressa. Elle contourna la table pour nous rejoindre, et à ses traits tirés, je devinais que la matinée avait dû être difficile pour elle.

— Personne ne découpera personne. Et laisse-moi te dire qu'il t'est formellement interdit de tuer, torturer, charcuter, ou que sais-je, durant ton séjour parmi nous.

— Tu n'es vraiment pas drôle. Personne ne le remarquerait s'il manquait un tout petit Lindörien à l'appel. Oh je sais, on aura qu'à dire qu'il s'agit de mon cadeau de mariage ! Je vais épouser madame mauvaise humeur incarnée, je mérite bien quelques compensations.

— Une compensation pour quoi au juste ? Vous n'êtes jamais au même endroit, au même moment. Et je suis pratiquement certaine qu'une fois la cérémonie accomplie, vous allez vous empresser de fuir chacune à un bout différent de la galaxie.

Pour avoir entendu Leela en parler, je savais que la princesse Akasha était censée s'unir avec la sœur aînée de Rajaya. L'évènement était prévu pour l'année prochaine, et d'après ce que j'avais compris, les deux femmes s'entendaient aussi bien que Lorindra et moi.

— Nous comptons simplement agir au mieux de nos intérêts respectifs. Mais ne t'en fais pas, je compte bien assister à la royale naissance. Rien que pour toi, je suis prête à supporter Shayandra durant quelques heures.

Un silence s'abattit dans la pièce. Surprise, Leela avait relevé la tête d'un seul coup, alors que de mon côté, je tâchais de me faire oublier.

— Tu… tu sais ? Mais comment… ? bégaya-t-elle.

— Je n'en étais pas certaine, mais tu viens de le confirmer ! C'est un garçon, une fille ? Des jumeaux peut-être ? Dans tous les cas, j'espère qu'il te ressemblera. Je détesterais devoir m'extasier devant une mini Rajaya.

— C'est surtout censé être un secret, alors pitié tais-toi, lança Leela en secouant la tête de désespoir.

— Il va bien falloir que tu finisses par cracher le morceau. Le bal pour mes fiançailles est prévu pour la semaine prochaine, et même si j'aurais souhaité qu'elle s'abstienne, Shayandra a planifié d'y assister. Or si elle rentre, ta chère et tendre fera forcément partie des bagages.

— Et tu as peur que cette nouvelle te fasse de l'ombre lors de ton grand jour ? Si tu penses ça préférable, je m'engage à ne pas me rendre à cette soirée. Ce sera la mort dans l'âme bien sûr, mais…

— Arrête de rêver ma belle, la coupa la princesse Akasha. Tu seras présente, et je m'assurerai personnellement que tu ne te fasses pas embarquer par ta femme dans un coin sombre. Je ne compte pas souffrir pendant que les autres prennent du bon temps.

Leela fit une petite moue. Je n'avais pas l'habitude de les voir interagir toutes les deux, pour autant je devinais sans mal qu'elles étaient de très bonnes amies. J'avais l'impression d'être de trop. Je n'avais rien à faire dans la même pièce que deux princesses. D'ailleurs, j'avais entrepris de reculer petit à petit. Je prévoyais de m'éclipser discrètement, mais c'était sans compter sur la Kelônienne.

— En parlant de bon temps… Je constate que les Lindöriens se réservent toujours les filles les plus mignonnes.

Je faillis sursauter lorsque son regard bleu vert se posa sur moi. Ne pas être au centre de l'attention me convenait très bien, mais c'était terminé. Avec un sourire qui ne laissait rien présager de bon, la princesse Akasha s'approcha et passa tranquillement sa main dans mon dos. Par réflexe, je tournai la tête pour observer cette dernière. Un léger frisson d'appréhension me traversa l'échine. Même si cette femme avait l'air inoffensive, je savais qu'il n'en était rien. Elle dégageait quelque chose de très particulier qui me poussait à me méfier. Si j'avais pu, j'aurais fui sans me retourner, malheureusement, il était déjà trop tard.

— C'est une jolie morsure que tu as là, mon chaton. Que dirais-tu de tout nous raconter ? Qui a planté ses crocs dans ton joli cou et dans quelles circonstances ?

Piégée, j'essayai de chercher du soutien auprès de Leela, mais cette dernière m'accorda un grand sourire à la place.

— Et avec les détails s'il te plaît, poursuivit mon amie.

— C'est que… on ne devrait pas aller manger plutôt ? tentai-je en jetant un coup d'œil à la porte.

— Mais quelle bonne idée ! Morvald, allez en cuisine

nous rapporter de quoi déjeuner. Ce récit sera encore plus passionnant à entendre le ventre plein.

Consciente que je ne parviendrais pas à me défiler, je laissai un soupir m'échapper. Si jusque-là j'avais toujours trouvé Leela surexcitée dès que le sujet de ma vie sentimentale était abordé, ce n'était rien par rapport à la princesse Akasha. Elle ne me connaissait pas, pourtant cela ne l'empêchait pas d'agir comme si nous étions proches. Les deux femmes étaient toutes les deux suspendues à mes lèvres, et quelque chose me disait que ce repas risquait d'être le plus long de mon existence.

***

Allongée à plat ventre sur mon lit, je somnolais doucement. Les deux soleils étaient couchés, et de mon côté, j'étais exténuée. Assister les princesses et les aider avec les préparatifs du bal m'avait vidée de toute énergie. Ce n'était pas tant les activités en elles-mêmes qui étaient épuisantes, mais plutôt de devoir composer avec le caractère très particulier de la Kelônienne. Cette femme était surexcitée en permanence. À partir du moment où elle avait compris que toucher à mes oreilles était proscrit, elle n'avait eu de cesse de tenter sa chance. La semaine à venir risquait d'être éprouvante. Au moins, cela me permettait de travailler mes réflexes, mais je me serais bien passée d'un entraînement aussi drastique.

J'étais sur le point de m'endormir quand soudain, j'entendis ma porte coulisser. Il ne me fallut qu'une seconde pour me redresser, ou plutôt pour me remettre sur pieds. Je n'avais pas réfléchi. Je m'étais contentée de réagir par automatisme, en proie à de vieilles habitudes. De Sierra ou de moi, je ne savais pas laquelle était la plus surprise. J'étais debout sur le lit. Elle s'était figée à l'entrée de ma chambre, et pendant quelques secondes, nous restâmes à nous regarder sans rien dire. Si de mon côté je ne portais qu'une tunique fine qui m'arrivait sous les fesses, elle était pour sa part encore vêtue de son uniforme habituel. Quelques mèches de ses cheveux s'étaient échappées de sa tresse, et même si j'étais gênée de ma réaction, le bonheur que j'éprouvais à la revoir ne tarda pas à reprendre le dessus.

— Sierra ! m'exclamai-je en bondissant du matelas.

La rejoindre ne me prit qu'un instant, lui sauter dans les bras un autre. Je n'avais pas eu besoin d'y penser. Elle m'avait vraiment manqué, et maintenant qu'elle était là, le reste de ma journée avait tendance à n'être plus qu'un lointain souvenir.

— Quelle réaction enthousiaste, prononça-t-elle avec le sourire.

J'avais beau ne pas en avoir réellement besoin, ses mains se posèrent sous mes fesses pour me soutenir. J'enroulai davantage mes bras autour de son cou, puis sans attendre plus longtemps, mes lèvres se soudèrent aux siennes avec empressement. J'ignorais si c'était un effet secondaire de la marque, ou si c'était quelque chose de normal, mais j'avais l'impression de ne plus pouvoir me passer de ses baisers. La Lindörienne ne se fit pas prier pour répondre avec ferveur à cet échange. Elle rejoignit le lit, prit place sur ce dernier, ce qui me conduisit à me retrouver à califourchon sur elle.

— Tu sais que tu n'as rien à faire dans cette chambre, déclara-t-elle en me rapprochant davantage de son bassin.

— J'aime cette chambre.

— Peut-être, mais tu es ma femme. Tu es censée dormir dans mes appartements, dans mon lit, et de préférence sans rien sur le dos.

Ses doigts quittèrent le coton de ma culotte pour se saisir du tissu de ma tunique. Elle la remonta le long de mon corps, et loin de chercher à l'en empêcher, je me contentai de lever les bras pour lui faciliter la tâche. Ma peau se recouvrit de frissons. En partie à cause de l'air frais ambiant, en partie à cause du regard qu'elle me lançait. À moitié nue, je me sentais à la fois vulnérable et désirable. Du bout des ongles, elle longea mes côtes avant d'effleurer lentement ma poitrine. Elle ne me quittait pas des yeux, un peu comme si elle souhaitait examiner mes réactions, ce qui ne manquait pas de me faire encore plus d'effet.

— Est-ce qu'on ne doit pas se raconter nos journées avant de… enfin de… faire autre chose ?

— On ne doit rien du tout. Si tu as envie de parler, on peut parler. Et si tu as envie de faire l'amour…

Sans prendre la peine de finir sa phrase, Sierra se pencha pour m'embrasser doucement dans le cou. Sa main n'avait pas bougé, ou plutôt elle faisait de petits mouvements, mais sans quitter ma poitrine. L'excitation ne tarda pas à prendre le pas sur la fatigue. Qui avait besoin de discuter dans un moment pareil ? Absolument personne, et surtout pas moi. De justesse, je retins un gémissement quand sa langue effleura ma marque. J'avais envie de la dévêtir, sauf qu'elle ne l'entendit pas de cette oreille.

Elle attrapa mes mains au vol pour les poser sur ses épaules, puis avec un sourire conquérant, la Lindörienne recommença à me caresser la poitrine.

— Laisse-toi faire, je m'occupe de tout, souffla-t-elle en revenant m'embrasser.

Ses doigts longèrent ma colonne vertébrale pour se poser entre mes omoplates et me coller davantage à elle. Je voulus protester, au moins pour la forme, mais à la place, je me mis à grimacer lorsque sa main se plaqua avec plus d'assurance contre le haut de mon dos. Le moment où Lorindra m'avait jetée contre ce mur me revint brusquement en mémoire. La douleur s'était estompée au fil de la journée, seulement, le geste de Sierra avait eu le don de la raviver. Cette dernière s'immobilisa en remarquant que j'étais crispée, et autant dire que pour le côté discret, c'était raté.

— Qu'est-ce qu'il y a ? Je t'ai fait mal ? questionna-t-elle avec inquiétude.

Elle pencha la tête pour essayer d'apercevoir la blessure, mais notre position ne le lui permettait pas.

— Ce n'est rien. Je vais bien, vraiment, tentai-je pour la rassurer.

— Je suis désolée. J'y ai mis trop de force ?

— Ce n'est pas toi. Arrête de t'en faire.

— Comment ça, pas moi ?

Les sourcils froncés, ma femme m'interrogea du regard. Elle avait passé la journée en dehors du palais, ce qui expliquait sans doute qu'aucun bruit de couloir ne lui soit parvenu. Si j'avais pu, je me serais contentée de changer de sujet, voire de reprendre nos activités précédentes, mais il n'y avait aucune chance pour que Sierra le permette.

— J'ai eu une petite altercation avec quelqu'un.

— Qui ?

— Pourquoi j'ai le pressentiment que tu t'apprêtes à foncer hors de cette chambre pour me venger ?

— S'en prendre à toi revient à m'attaquer personnellement. Tu es ma femme, je suis responsable de ta sécurité.

— Je suis ta femme, oui, mais je n'ai pas besoin d'un garde du corps.

Avec un léger sourire, je fis en sorte de la pousser sur le matelas. Allongée, Sierra ne me quittait pas des yeux, alors que de mon côté, j'étais passée à quatre pattes au-dessus d'elle.

— Sauf si le garde en question se contente de me surveiller de très près lorsque nous sommes sur ce lit, rajoutai-je en lui mordillant l'oreille.

— Tu ne fais que retarder l'échéance. Dès demain, je serai informée de toute cette histoire.

— Au lieu de te soucier de cet individu, que dirais-tu de t'occuper un peu de moi ?

Ma langue s'attarda sur sa marque, et presque instantanément, je sentis tout le corps de la Lindörienne frissonner. Je n'avais plus aucune raison de douter de son attirance pour moi. En relevant les yeux vers son visage, et à la façon dont son regard s'embrasait, je constatai qu'elle ne pensait plus à rien d'autre. Sa poitrine se souleva un peu plus haut qu'à l'ordinaire au moment où mes doigts se glissèrent sous sa tunique, puis avec plus de rapidité, quand ma main passa la barrière de son pantalon pour rejoindre son sous-vêtement.

— On dirait que tu as déjà très envie, soufflai-je avec un air fier.

— Tu sais ce qui arrive aux jeunes femmes qui s'amusent à m'allumer ?

— Je suppose qu'elles se brûlent. Quoique pour l'instant, tu serais plutôt celle à être en feu, non ?

Si ce matin je m'étais montrée hésitante, cette fois-ci je n'eus aucune crainte à m'aventurer sous sa culotte et à venir la caresser. Son rythme cardiaque connut une pointe de rapidité. Ses cuisses s'écartèrent davantage, alors que je l'entendais respirer plus difficilement. Ma fatigue passée n'était plus qu'un lointain souvenir. J'aspirais seulement à lui faire plaisir, et pour le moment, ses vêtements étaient une entrave considérable à ce projet.

Après m'être tortillée pour échapper à ses mains qui menaçaient dangereusement de me distraire, je me relevai pour me remettre sur pieds. Elle me lança un regard empli de frustration, qui ne tarda pas à se transformer en convoitise lorsque j'entrepris de lui enlever son pantalon et son sous-vêtement dans le même temps. Sans perdre une seconde, elle se débarrassa elle-même de sa tunique. J'aperçus son dos se creuser quand elle le fit passer par-dessus sa tête, puis se décreuser quand elle se rendit compte que je l'observais.

— La vue est à ton goût ? demanda-t-elle en s'asseyant.

— Il reste une chose gênante, fis-je remarquer en désignant son soutien-gorge.

Sans se faire prier, Sierra ôta le tissu et une fois nue, ce fut son tour de laisser courir ses yeux sur mon corps. Même si elle ne me touchait pas, cela ne m'empêchait pas de frémir d'anticipation. Elle me tendit la main pour m'inciter à approcher, puis une fois à sa portée, elle prit le temps d'embrasser le dos de mes doigts, avant de faire glisser lentement ma culotte le long de mes jambes. Je levai un pied après l'autre pour lui permettre de me dévêtir totalement. Ses mains caressèrent mes jambes tout en remontant en direction de mes fesses, alors que ses lèvres de leur côté avaient entrepris de me déposer plusieurs baisers sur le ventre.

Mes doigts se pressèrent sur le haut de sa tête, glissèrent dans ses cheveux pour dénouer sa tresse. Loin de me sentir gênée, j'étais étrangement à l'aise. À chaque fois qu'elle me touchait, ma peau se mettait à irradier de chaleur. Un léger soupir m'échappa quand Sierra délaissa mon abdomen pour ma poitrine. Je ne pus que gémir lorsqu'elle commença à utiliser sa langue, et me laisser faire lorsqu'elle m'entraîna sur le lit.

Le haut de mon corps se retrouva au niveau des oreillers. La Lindörienne se pencha pour m'embrasser avec fougue. Je la sentais s'installer entre mes cuisses, ou plutôt prendre appui sur l'une d'entre elles. Sa main droite se plaça sur l'autre pour m'inciter à l'enrouler autour de sa taille. Elle commença à bouger tout doucement, et presque instantanément, une petite onde de plaisir me traversa.

— Je t'aime, murmura-t-elle en me déposant de petits baisers dans le cou.

À chaque fois qu'elle esquissait un mouvement, la chaleur dans mon bas ventre augmentait. Je me mordis la lèvre quand elle se redressa. Dans cette position, les sensations étaient plus réelles. Elle se maintenait sur ses genoux. L'une de ses mains s'était faufilée sur mon genou gauche pour m'inciter à écarter davantage les jambes, pendant que l'autre lui servait à se soutenir.

Au fur et à mesure du temps qui passait, le rythme de ses frottements se faisait plus rapide. Mes doigts agrippèrent le drap, le coussin. Mon corps se raidissait toujours plus, en proie à un désir incontrôlable. Mon bassin remuait de sa propre initiative. Je peinais à respirer correctement, et en voyant que Sierra était dans le même état, il ne me fallut pas plus longtemps pour me laisser engloutir par la vague de jouissance qui déferla en moi.

La Lindörienne se relâcha brusquement. Le plaisir semblait avoir atteint son apogée chez elle aussi, si bien que ce fut avec un soupir étouffé qu'elle retomba sur mon corps. La chaleur et la moiteur de ce dernier me firent frissonner.

J'étais encore à moitié engourdie, ou plutôt sous les effets de mon orgasme, ce qui ne m'empêcha pas d'enrouler mes bras autour d'elle pour la serrer contre moi. Ses cheveux me chatouillaient. Les miens collaient désagréablement à ma nuque, mais je n'avais aucune envie de bouger.

Après quelques secondes à profiter de cette proximité relaxante, Sierra roula pour se retrouver sur le flanc. Avec douceur, elle effleura mon dos du bout des doigts puis, tendrement, elle vint chercher mes lèvres pour un baiser léger.

— Je suis tellement heureuse de t'avoir trouvée, prononça-t-elle à voix basse.

— Assez heureuse pour m'accompagner au bal de la semaine prochaine ?

— Quelle question ! Tu es ma femme, avec qui d'autre voudrais-tu que j'y aille ?

— Je l'ignore, mais… je me disais que peut-être, tu souhaiterais te montrer avec quelqu'un qui… enfin, une autre Lindörienne, avouai-je en risquant un coup d'œil vers son visage.

— Tu n'es vraiment qu'une imbécile. Je n'ai aucune raison d'avoir honte de toi, bien au contraire.

— Je ne sais pas danser…

— J'ai la semaine entière pour t'apprendre, et j'ai surtout des pieds très solides, précisa-t-elle avec le sourire.

— Tu vas porter ton uniforme militaire ?

— C'est la tenue appropriée pour ce genre d'évènements.

De justesse, je parvins à retenir un bâillement, cependant, être pressée contre le corps chaud de Sierra ne m'aidait pas vraiment à rester éveillée.

— Et moi, qu'est-ce que je suis censée mettre ? demandai-je en posant ma main sur sa taille.

— Ce qui te fera plaisir. Tu seras belle, peu importe ta tenue.

— Tes paroles manquent un peu d'objectivité, non ?

— Pas du tout, mais si ça peut te rassurer, je ferai venir une couturière. Elle te confectionnera un magnifique costume que toute l'assemblée t'enviera.

— Pourquoi je sens une pointe de moquerie dans ta voix ?

Méfiante, je ne la quittais plus du regard. Pour avoir entendu Leela et la princesse Akasha en parler, je savais que cet évènement était important. Il était normal de vouloir être à mon avantage, et surtout de craindre le ridicule. Pour ma première sortie publique avec Sierra, je tenais à être parfaite. Je ne comprenais pas trop pourquoi la Kelônienne avait tenu à m'inviter tout spécialement, mais si je devais y aller, il était hors de question de laisser Lorindra et compagnie ricaner sur mon passage.

— Plutôt que de me soupçonner d'une telle bassesse, tu ne devrais pas plutôt me dire « merci, mon amour » ?

— Merci, Sierra, prononçai-je de mauvaise grâce.

— Tu sais que quand tu fais cette tête, mes doigts me démangent.

En les sentant approcher de ma joue, je tournai la tête pour en croquer le bout doucement. Loin de paraître étonnée, la Lindörienne se mit à rire. Cela n'arrivait pas très souvent, si bien qu'en réponse, mes lèvres s'étirèrent en un léger sourire.

— Très bien, j'ai compris. Pas de petit nom, et j'arrête de t'embêter.

Après avoir récupéré le drap pour nous en recouvrir, Sierra s'allongea sur le dos et tendit le bras pour m'inviter à venir me blottir contre elle. C'était sûrement la dernière nuit que je passais dans cette chambre, mais le plus important restait la femme à mes côtés. Pendant quelques instants, je me contentai de profiter du moment. Mes doigts retracèrent de mémoire l'un des tatouages qu'elle avait au niveau des côtes. J'entendais sa respiration se faire plus régulière, signe qu'elle était en train de s'endormir. La journée avait été probablement longue pour elle aussi.

Tout en observant son visage serein, je me décidai à remuer tout doucement pour l'embrasser sur la joue. En réaction, elle resserra sa prise contre moi, et j'aurais difficilement pu être plus heureuse.

— Bonne nuit Sierra… mon amour, ma chérie, mon cœur… soufflai-je à son oreille.

Son rythme cardiaque se fit légèrement plus rapide. Si j'avais eu des doutes sur le fait qu'elle ait entendu, ils venaient d'être dissipés. J'espérais pouvoir passer toutes les nuits ainsi, en sa compagnie. C'était même la seule chose que je souhaitais réellement pour mon futur.

CHAPITRE 17

J+18

— On va être en retard, fis-je remarquer à Leela.

— Impossible. Je suis celle qui doit donner le départ des festivités, ils ne peuvent donc pas démarrer sans nous.

Installée derrière moi, la princesse était en train de nouer mes cheveux en demi-chignon. Quelques mèches rousses et châtains continuaient à retomber sur mes épaules nues, mais la plupart d'entre elles étaient à présent relevées. J'observais mon reflet dans le miroir et j'avais presque du mal à me reconnaître. Avec le maquillage, mes yeux dorés étaient soulignés, quant à ma tenue, elle mettait mes courbes en valeur. De couleur noire, elle était composée de deux parties. Le haut s'attachait au niveau de ma nuque. Il épousait mes formes pour s'arrêter au-dessus de mon nombril, alors que mon dos était quasiment laissé à nu à l'exception de trois bandelettes de tissu.

La jupe qui allait avec était fendue jusqu'à mi-cuisse et m'arrivait aux mollets. J'avais émis quelques doutes auprès de la couturière, principalement à cause de la quantité de peau dévoilée, mais au final, j'avais eu raison de lui faire confiance. J'avais hâte de retrouver Sierra, d'ailleurs, si cela n'avait tenu qu'à moi, je me serais habillée devant elle, mais Leela m'avait expliqué que la coutume exigeait que le cavalier n'aperçoive sa partenaire qu'à la descente des marches qui menaient à la salle de bal. Parfois, je la soupçonnais d'arranger certaines traditions selon son bon vouloir, cependant, que je m'y plie semblait toujours lui faire si plaisir que je n'avais jamais le cœur à la contredire.

— Et pour finir, la pince à cheveux, commenta-t-elle en la plaçant dans ma coiffure.

Après un dernier regard pour mon reflet, je me tournai en direction de la jeune femme. D'après les informations dont je disposais, la princesse Rajaya était actuellement en route pour faire son grand retour au palais. J'ignorais si elle arriverait à temps pour le bal, mais Leela s'était préparée en conséquence. La robe blanche qu'elle portait scintillait. Resserrée sous sa poitrine, cette dernière descendait jusqu'à ses chevilles, et avait le mérite de masquer sa grossesse. Ses cheveux châtains retombaient en de grosses boucles sur ses hanches. Elle les avait agrémentés de quelques petites tresses parées de filaments dorés, et vraiment, je la trouvais magnifique.

— Est-ce que tu veux que je t'aide à attacher ta cape ?

Le tissu légèrement transparent aux reflets verts rappelait la couleur de ses yeux. Leela se retourna pour me permettre de la lui passer sur les épaules, suite à quoi je nouai les cordons qui la maintenaient en place au niveau de sa clavicule. Si elle le souhaitait, elle pouvait s'en servir pour se couvrir les bras, mais elle pouvait tout aussi bien la faire passer entièrement dans son dos. Je pris soin d'arranger correctement la capuche pour qu'elle ne fasse pas de bosse, et avec un sourire, je profitais du moment pour examiner la jeune femme de haut en bas. Dans cette tenue, elle ressemblait réellement à une princesse telle que je me les étais toujours imaginées. Belle, lumineuse, avec une aura qui inspirait la confiance, mais également le respect.

— Le prince Rowen va regretter d'être simplement ton cavalier de substitution, dis-je, en guise de compliment.

— Je ne m'inquiète pas pour lui. À l'heure qu'il est, il doit déjà avoir repéré une ou deux invitées qui à coup sûr finiront la soirée dans ses quartiers.

En guise de dernier préparatif, Leela utilisa du brillant à lèvres sur elle, puis sur moi, et me tendit le bras pour m'inciter à sortir de la chambre en sa compagnie. Ce fut seulement une fois dans le couloir que mon cœur se mit à battre un peu plus rapidement. Je m'impatientais d'arriver à destination, et en même temps, j'étais légèrement stressée. Me retrouver entourée par une foule de Lindöriens ne faisait pas vraiment partie de mes activités favorites. Néanmoins, et dans la mesure où j'avais assisté à tous les préparatifs de cette soirée, je tenais à voir le résultat final.

En descendant le premier étage qui conduisait à celui où se trouvait la salle de bal, j'essayais de me souvenir de tout ce que j'avais appris cette dernière semaine. Je craignais de faire un faux pas protocolaire, ou même un faux pas tout court en dansant. Sierra avait eu beau me rassurer, la peur de me ridiculiser, et de la ridiculiser par extension, ne me quittait pas.

Je faisais attention aux endroits où je mettais les pieds quand je me rendis compte que le silence avait fait place à un léger brouhaha. Il ne nous restait plus qu'une vingtaine de marches à parcourir. En contre-bas, j'apercevais quelques convives se diriger vers le lieu des festivités, mais surtout Sierra qui attendait. Elle discutait avec un groupe d'hommes parés eux aussi de leur tenue de cérémonie militaire. Ses cheveux étaient attachés en une multitude de tresses qui au final n'en formait qu'une seule. Comme chez Leela, ces dernières étaient agrémentées de plusieurs brins dorés qui attiraient le regard. Quand elle se retourna vers moi, après que l'un des inconnus lui ait fait signe, mon cœur rata un battement.

À chaque fois que je l'avais dans mon champ de vision, le reste avait tendance à devenir très secondaire. J'avais à peine remarqué que la princesse m'avait lâchée, si bien qu'en arrivant sur la seconde marche, ce fut seule que je fis face à ma femme. Pour une fois, j'étais de sa taille. Ses yeux flamboyaient, ou plutôt, les étincelles bleutées qui s'y trouvaient étaient en train d'exploser en une centaine d'autres particules plus petites.

Elle me présenta sa main, paume vers le haut. Sans hésitation, je posai la mienne par-dessus, et me mis à sourire lorsqu'elle se pencha pour embrasser le dos de cette dernière. Si je n'avais pas déjà été amoureuse, j'aurais été totalement conquise en cet instant précis. Quand elle me regardait, je me faisais l'impression d'être un trésor inestimable. C'était quelque chose que je souhaitais à tout le monde, car, vraiment, il n'existait pas de meilleure sensation.

— Tu es parfaite, souffla-t-elle en m'aidant à descendre les dernières marches.

Le groupe d'hommes avait disparu. J'accordai un sourire timide à Sierra qui était en train de m'examiner, ou plutôt de me déshabiller du regard, avant de sursauter en remarquant que Leela avait pointé son bracelet dans notre direction. Un léger rayonnement bleu me fit plisser les yeux. La princesse me fit signe que ce n'était rien, mais elle paraissait trop ravie pour que ce soit innocent.

— Ne vous occupez pas de moi, je me charge juste d'immortaliser le moment.

— Le prince Rowen n'est pas là ? demandai-je soudain en ne voyant aucune trace de lui.

— Il va sûrement arriver. Vous pouvez y aller les premières, je vais l'attendre ici.

— Seule ? dis-je, sceptique.

— Je m'en sortirai. Ne t'inquiète pas pour moi.

J'avais un mauvais pressentiment à ce sujet. Il y avait trop de monde, et de mon point de vue, une princesse se devait d'être toujours entourée. Entourée de gens de confiance et non d'une foule aux visages inconnus. Sierra semblait avoir pensé à la même chose, car aussitôt, elle tendit son second bras à Leela.

— Ne t'avise même pas de protester, la prévint-elle avec sérieux.

— Mais…

— Quatre ans plus tard, elle n'est toujours pas capable

d'obéir à un simple ordre, murmura Sierra, agacée.

Sans laisser le choix à la princesse, la Lindörienne l'attira contre elle. La jeune femme se retrouva contre son bras, et me lança un coup d'œil incertain. Son malaise était largement perceptible. Ses mains étaient simplement posées au niveau du coude de Sierra, pourtant, elle semblait gênée au plus haut point.

— Je ne suis pas sûre que ce soit une très bonne idée. Je ne vais pas vous voler votre moment.

— Je n'ai rien contre, la rassurai-je.

— Moi si. D'ailleurs, si cela ne dérange personne, je vais prendre en charge cette magnifique demoiselle esseulée.

En entendant une voix féminine d'origine inconnue, mon premier réflexe fut de me retourner. Méfiante, j'observai la Lindörienne qui était intervenue. Je n'avais pas l'impression de l'avoir déjà croisée, et surtout, sa tenue était quelque peu étrange. Loin d'arborer un uniforme, elle avait opté pour un pantalon noir associé à une veste cintrée de la même couleur et à une chemise blanche. Ses cheveux longs étaient attachés en demi-queue, ses yeux bleus me rappelaient vaguement ceux de Sierra, et ce fut seulement en entendant la voix de Leela partir dans les aigus que je compris qui était la mystérieuse étrangère.

Il fallut approximativement un quart de seconde à la princesse pour se détacher de Sierra et courir tout droit dans les bras de, à mon avis, sa femme. Cette dernière la rattrapa au vol avec un grand sourire. Il aurait été difficile de faire plus heureuse, du moins, c'était ce que je croyais avant qu'elles ne se mettent à partager un baiser qui pouvait largement concourir dans la catégorie du baiser le plus passionné de tout l'univers. Par pudeur, et les joues légèrement rouges, j'avais préféré détourner les yeux. Je les aurais même volontiers laissées seules, sauf que je ne voulais pas paraître malpolie. Je reportai mon attention sur Sierra, dans l'espoir que son attitude me serve d'exemple, mais elle semblait surtout ennuyée.

— Même si ces retrouvailles sont charmantes, laissez-moi vous rappeler que Leela est attendue pour ouvrir le bal, déclara-t-elle, insensible.

— Je suis contente de te revoir aussi. Je vais bien, merci de le demander.

Loin de se détacher de sa femme, Rajaya la fit passer devant elle pour pouvoir l'entourer de ses bras. Les mains de mon amie étaient fermement accrochées aux poignets de sa partenaire, et je n'en étais pas certaine, mais j'avais bien l'impression qu'elles n'étaient pas près de se décoller avant un bon moment.

— Tu ne me présentes pas à ton adorable moitié ? reprit-elle, tout sourire.

— Avec le spectacle que vous venez de donner, elle a parfaitement compris qui tu étais, et tu sais très bien de qui il s'agit. Les présentations sont inutiles.

— Tamsyn, je te présente Rajaya, la menteuse qui avait prétendu qu'elle ne serait pas là avant demain. Jaya, je te présente Tamsyn, la seule femme au monde qui arrive à mettre de bonne humeur madame cynique, commenta Leela.

— Je suis enchantée de rencontrer une telle faiseuse de miracles. J'ai beaucoup entendu parler de toi Tamsyn, j'avais d'ailleurs hâte de faire ta connaissance.

Accrochée à Sierra, et même s'il n'y avait aucun danger, je restais sur mes gardes. Je n'étais pas d'un naturel très amical envers les personnes que je voyais pour la première fois, néanmoins, je m'efforçai de sourire pour tenter de faire bonne impression.

— Vous… tu… moi aussi, j'ai beaucoup entendu parler de toi, hésitai-je.

— En des termes purement élogieux bien sûr ?

— En tant que femme ou en tant que princesse ?

— Les deux, je suis curieuse de savoir ce que les gens disent en mon absence, répondit-elle, amusée.

Même si la Lindörienne était en train de discuter avec moi, cela ne l'empêchait pas d'embrasser Leela dans les cheveux, et de laisser vagabonder une de ses mains sur son épaule, ou encore son bras. Je n'avais jamais vu mon amie aussi resplendissante. C'était à peine si je ne l'entendais pas ronronner à la manière d'un chat terrien.

— En tant que femme, tu serais parfaite… enfin… parfaite pour Leela en tout cas, rajoutai-je en jetant un coup d'œil rapide à Sierra.

— Et en tant que princesse ?

— Une psychopathe, un tyran sanguinaire qui fait trembler tout le monde et qu'il ne faut surtout pas contrarier.

Distraite momentanément par l'observation de ma compagne, je n'avais pas réfléchi avant de parler. Ce fut seulement en remarquant le silence dans notre petit groupe que je pris conscience de ce que je venais de raconter. Mes joues se colorèrent davantage, alors que mes doigts se pressaient contre la peau de Sierra. Si j'avais pu, j'aurais même disparu derrière cette dernière, mais je ne voulais pas passer pour une peureuse.

Contre toute attente, et loin de la réaction à laquelle je m'attendais, la princesse Rajaya se mit soudainement à rire. Elle ne paraissait pas fâchée, et surtout, quand je la voyais comme ça, j'avais du mal à comprendre pourquoi tout le monde la craignait à ce point.

— Maintenant que tu m'as rencontrée en chair et en os, qu'en penses-tu, toi ? Ai-je l'air si terrifiante ?

— Terrifiante, non, mais en retard, oui, répondit Sierra à ma place. Tu discuteras avec ma femme plus tard, allons-y.

— C'est drôle quand on y pense. Tu étais la première à désapprouver mon union avec Leela, si rapide, et avec une Terrienne si jeune, et voilà qu'aujourd'hui tu es mariée avec une jolie petite Neklonis. Le hasard fait bien les choses, tu ne trouves pas ?

Le corps de Sierra s'était raidi suite à cette réplique. Elle ne paraissait pas spécialement heureuse de retrouver son amie de longue date, sûrement parce que cette dernière prenait un malin plaisir à la taquiner. Sur ce point-là, Leela et Rajaya se ressemblaient beaucoup. Pour le moment, mon amie se contentait de profiter des attentions de sa compagne, mais, d'ordinaire, elle n'aurait pas hésité à en rajouter.

— Contrairement à toi, j'ai attendu plus de dix minutes pour plonger mes crocs dans son cou. Mais en effet, je suis très heureuse d'avoir rencontré Tamsyn. Maintenant, si tu veux bien nous excuser, je lui ai promis une soirée exceptionnelle, et passer notre temps dans un couloir ne faisait pas partie du programme.

Joignant le geste à la parole, Sierra posa sa main par-dessus la mienne, au niveau du haut de son bras, et nous fit effectuer un demi-tour. Juste avant de pénétrer dans la salle de bal, je jetai un coup d'œil en arrière. Leela et la princesse Rajaya avaient recommencé à s'embrasser. Je n'aurais pas été étonnée de les voir déserter cette soirée, d'autant que la Lindörienne n'allait sûrement pas tarder à se rendre compte de l'état de sa femme. Il suffisait qu'elle la serre un peu trop fort, ou même qu'elle passe sa main sur son ventre. Ce n'était qu'une question de minutes.

— Que penses-tu de Rajaya ?

La voix de ma compagne me fit sursauter. Elle regardait devant elle, son visage vide de toute expression, et je savais qu'elle ne me posait pas la question par hasard. En règle générale, Sierra ne demandait rien à moins que la réponse lui importe vraiment.

— Elle a l'air fidèle à la description que Leela m'en a donnée.

— Parfaite, donc, commenta-t-elle en nous faisant passer la porte gardée par deux soldats.

— Très amoureuse et tactile. Te taquiner semble compter parmi ses passe-temps favoris. D'ailleurs, je peux la comprendre, c'est toujours amusant de voir tes lèvres frémir, encore plus quand c'est accompagné d'un léger tressautement de ton œil gauche.

— Amusant ? répéta-t-elle, le souffle court. Nous ne devons pas avoir la même définition de ce mot.

— C'est comme toi quand tu me tires la joue. Tu y prends un grand plaisir, alors que personnellement, je trouve ça fortement désagréable.

Même si j'avais participé à la décoration de la pièce, cela ne m'empêcha pas d'être éblouie une fois dans le lieu où se dérouleraient les festivités. Le sol blanc lustré étincelait. Des motifs compliqués, que je savais être les blasons des deux familles royales, apparaissaient en bleu clair sous les pieds des invités. Ces derniers étaient pour l'instant massés près des murs en verre pratiquement invisibles qui donnaient vue sur la ville. Au-dessus de leurs têtes, de petites sphères de lumière flottaient dans les airs et se chargeaient de l'éclairage. C'était vraiment beau à voir, d'autant plus que la seule paroi non vitrée était recouverte de plantes orange dont les branches s'entremêlaient pour former différents symboles. J'en ignorais la signification, mais cela ne m'empêchait pas d'apprécier la vue.

— Est-ce que tu connais tous ces gens ? demandai-je en remarquant plusieurs Lindöriens saluer ma compagne de loin.

— Toutes les familles nobles se connaissent entre elles. D'ici quelques années, tu seras même ennuyée de croiser sans cesse les mêmes personnes.

— D'ici quelques années, j'espère bien ne plus devoir arpenter les couloirs de ce château.

— Voyez-vous ça, et où imagines-tu ton futur ?

— À tes côtés, répondis-je avec un grand sourire. D'ici là, tu m'auras appris à piloter, je ferais des courses de vaisseaux et j'aurais la possibilité de venir te rejoindre, peu importe l'endroit où tu te trouves dans l'univers.

Sierra parut surprise, néanmoins, cela ne dura qu'une seconde. Ses doigts se posèrent sous mon menton pour m'inciter à lever la tête vers elle, et l'instant d'après, ce fut mon tour d'être perturbée lorsque ses lèvres trouvèrent les miennes. Peu importe le nombre de baisers que nous avions déjà échangés, cela me faisait toujours le même effet. Mon esprit se vidait totalement, et j'avais tendance à ne plus faire attention à ce qui m'entourait. La preuve, nous étions en public, et pourtant, je n'eus aucun scrupule à laisser glisser mes mains sur ses hanches.

— Je croyais que tu n'aimais pas t'afficher ? soufflai-je, désorientée.

— J'ai changé d'avis.

Elle semblait résister difficilement à l'envie de réitérer, néanmoins, en entendant le brouhaha ambiant être remplacé par un silence de mort, nous nous détachâmes pour nous rendre compte que la princesse Rajaya venait de faire son entrée. Même les Kelôniens s'étaient tus, ce qui à mes yeux confirmait l'hypothèse selon laquelle la Lindörienne n'était pas aussi avenante qu'elle l'avait montré. Du moins, elle ne devait pas l'être avec tout le monde.

Accrochée à son bras, Leela accordait de petits sourires à certaines personnes. Elle semblait heureuse, mais je savais très bien que ce n'était pas de se trouver ici. Les gens paraissaient rassurés par sa présence, néanmoins, il suffisait que la princesse tourne ensuite la tête vers eux pour qu'ils se raidissent. Elles rejoignirent le prince Rowen qui avait l'air de se plaire parmi toute cette foule, mais loin de reprendre, les discussions restèrent en suspens lorsque deux autres femmes firent leur apparition.

Je reconnus sans peine Akasha. Ses cheveux bleus étaient torsadés en un chignon compliqué alors que sa tenue laissait entrapercevoir son corps beaucoup plus qu'à l'accoutumée. Une de ses épaules était découverte. Sa robe noire était fendue des deux côtés jusqu'en haut des cuisses, mais c'était surtout l'expression de son visage qui différait de d'habitude. Loin d'être joyeuse et d'arborer un sourire, elle se bornait à regarder devant elle avec un air ennuyé.

À sa gauche, et avec un espace qui devait bien atteindre les trente centimètres, une Lindörienne qui ressemblait comme deux gouttes d'eau à Rajaya paraissait encore plus affligée de se trouver là. Je compris qu'il devait s'agir de sa sœur, la fameuse Shayandra. Son haut blanc, qui était en réalité un bustier, était maintenu en place par plusieurs bandelettes différentes qui se croisaient dans son dos.

Son pantalon noir quant à lui épousait ses formes à la perfection, et même s'il paraissait évident que les deux princesses se méprisaient au plus haut point, je trouvais que physiquement parlant, elles allaient bien ensemble.

Elles furent chargées d'ouvrir le bal, ce qui, à voir leurs grimaces de dégoût, était apparemment une tâche qui les rebutait tout particulièrement. Akasha fit un quart de tour pour se retrouver face à sa fiancée, laquelle lui tendit la main de manière très cérémonieuse. Elles étaient au beau milieu de la salle, de la musique douce commençait à emplir l'espace, musique dont le volume augmenta progressivement lorsque les deux femmes se mirent à danser. Du moins, je supposais qu'il s'agissait de danse, car à les observer, il s'agissait plutôt de torture à l'état pur. Elles ne se regardaient pas, elles faisaient en sorte de maximiser l'espace qui les séparait pour ne se toucher qu'avec le bout des doigts.

La froideur dont elles faisaient preuve l'une envers l'autre se trouva encore renforcée quand les autres membres des deux familles royales firent leur apparition. J'étais en train d'observer le prince Rowen évoluer avec deux partenaires différentes, tout en me demandant si c'était vraiment autorisé, lorsque Sierra me présenta son bras.

— Me ferais-tu l'honneur ? questionna-t-elle lentement.

Au moment où elle prononça cette phrase, je me rendis compte que plusieurs couples avaient commencé à rejoindre la piste de danse. J'aperçus Kelisha en compagnie de Sasha. Cette dernière essayait mollement de retirer sa main de celle de sa sœur, mais à en juger par le léger sourire ravi qui s'afficha sur son visage durant une seconde, elle ne détestait pas réellement cette situation.

— Tu te souviens que je n'ai jamais dansé de ma vie ? lui précisai-je tout de même.

— Il te suffira de te balancer d'un pied sur l'autre, tout en laissant ton regard fixé sur moi.

— Pour éviter de perdre l'équilibre ?

— Pour m'éviter d'être jalouse.

Je ne m'attendais pas à cette réplique. Certes, depuis que nous étions entrées, j'avais passé mon temps à observer d'autres personnes, mais cela n'avait rien à voir avec un quelconque intérêt. Je me promis de faire plus attention à elle, d'autant qu'en réalité elle était la seule qui me fasse ressentir quelque chose. Mon cœur ne s'emballait qu'en sa présence, et cela depuis le tout début.

Après quelques pas pour rejoindre les autres invités, Sierra m'attira contre elle en laissant reposer une main dans le bas de mon dos. Elle lia nos doigts ensemble, alors que de mon côté, j'avais trouvé judicieux de prendre appui sur son épaule. Même si nous étions entourées par beaucoup de monde, je n'étais pas mal à l'aise. Seule, j'aurais été méfiante, et j'aurais pris soin de rester contre un mur pour ne pas être surprise par-derrière, mais en compagnie de Sierra, je me permettais d'être plus relâchée.

— Je me pose une question, dis-je en faisant attention de ne pas lui marcher sur les pieds.

— Je suis tout ouïe.

— Je n'ai jamais vu d'enfant au palais, vous les cachez quelque part ? Comme dans l'une des horribles écoles dont tu m'as parlé ?

Ce n'était peut-être pas le moment pour cette interrogation, mais la grossesse de Leela me poussait à la réflexion. Sierra marqua un temps de silence, mais loin de paraître surprise, elle se contenta d'un léger sourire avant de me faire tourner sur moi-même.

— Mon académie militaire n'avait rien d'horrible, s'amusa-t-elle.

— Bien sûr que si. On vous apprenait à vous battre, les sorties étaient interdites, sans parler du règlement… Quand j'ai voulu l'afficher sur mon bracelet, il était tellement long que l'application holographique a refusé de fonctionner !

— Et puis-je savoir ce qui t'a poussée à t'y intéresser ?

Mes joues prirent une légère teinte rougeâtre en l'entendant me questionner. Je n'osais pas avouer la vérité, si bien que je trouvais préférable de me réfugier derrière un mensonge qui, je le savais d'avance, ne la convaincrait pas le moins du monde.

— Tu m'as dit que si je voulais, je pouvais entreprendre des études, alors je me disais que… enfin, j'examinais les options qui s'offraient à moi…

Au lieu de faire une remarque, ma compagne se contenta de m'attirer contre elle et de reprendre la parole posément. J'essayais vaguement de prêter attention au tempo de la musique qui était diffusée, mais honnêtement, sans Sierra pour guider, je me serais retrouvée en décalage complet par rapport aux autres danseurs.

— Les naissances sont rares chez les Lindöriens, ce qui pousse les parents à garder leurs enfants loin de la capitale et de ses dangers. Quant à l'école militaire, elle n'est qu'une option parmi tant d'autres. Je doute que Leela y envoie sa progéniture, tout comme j'ai le pressentiment que nos éventuels rejetons n'y mettront jamais un pied.

— Tu… tu sais ? prononçai-je avec hésitation.

— Pour cette imbécile de princesse malade un jour sur deux ? Ou pour ton cerveau en pleine ébullition qui réfléchit à la possibilité d'une descendance entre nous ?

— Je n'y réfléchissais pas vraiment sérieusement, dis-je, mal à l'aise. Je me demandais juste si c'était possible. Parce que tu vois, on est deux femmes, et en plus nous ne sommes pas de la même espèce…

— C'est possible. Les Neklonis, tous comme les Terriens, ont un code génétique très semblable au nôtre. Si la précédente famille royale n'avait pas décimé ton peuple, et refusé les unions mixtes sous prétexte de conserver la race pure, nous n'aurions même certainement jamais poussé l'exploration jusqu'à la Terre.

Quand elle lâcha ma main pour ouvrir l'une des poches dont était constituée sa tunique, je m'attendais à tout, sauf à la voir en sortir une bague. En métal doré, ou peut-être formée d'un minerai dont j'ignorais le nom, cette dernière ne ressemblait en rien à celle de Leela. Un motif compliqué, que j'avais déjà vu tatoué sur le flanc de Sierra, était agrémenté de petites pierres blanches brillantes. J'avais beau chercher, je ne trouvai rien d'intelligent à dire. Je restai bouche bée à regarder alternativement Sierra puis le bijou. Elle reprit ma main dans la sienne, et après y avoir déposé un baiser, elle fit glisser l'anneau à mon annulaire.

— Je te l'avais promis, non ? Le symbole forgé représente le blason de ma famille. Aujourd'hui, tu en fais partie, tu en es même le seul autre membre, prononça-t-elle, doucement. Peut-être qu'un jour, elle s'agrandira, mais ma chérie, tant que tu es à mes côtés, je n'ai besoin de rien d'autre.

Ce n'était pas la première fois qu'elle me faisait une déclaration d'amour, néanmoins, comme d'habitude, les larmes menacèrent dangereusement d'envahir mes yeux. Ma gorge était légèrement serrée, pas seulement à cause des paroles prononcées, mais surtout à cause de la façon dont elle me regardait. Elle m'embrassa sur le front. Puis, alors qu'elle s'apprêtait à s'éloigner, je m'empressai de lever la tête pour m'emparer de ses lèvres. Nous avions arrêté de bouger, et même si nous étions entourées, je n'eus aucun scrupule à faire durer le baiser un peu plus longtemps que nécessaire.

Au moment de nous détacher, la Lindörienne me garda serrée contre elle. Je savais très bien à quoi elle pensait. Ses doigts crispés dans mon dos, comme pour s'empêcher de vagabonder ailleurs, se chargeaient de me faire comprendre que si nous n'avions pas été en public, notre échange n'en serait pas resté là. Les jours passaient, mais mon désir à son égard ne faiblissait pas. J'ignorais si cela serait toujours ainsi, néanmoins, je ne m'inquiétais pas trop. Il n'y avait qu'à observer Leela et Rajaya pour réaliser qu'elles s'aimaient comme au premier jour.

J'avais toutes les raisons d'être heureuse, toutes sauf peut-être une. Parler de famille me ramenait à mon frère à qui je tâchais de ne pas trop penser. Je ne savais pas ce qu'il était devenu, et je n'étais pas certaine de vouloir en prendre connaissance. Tant que je demeurais dans l'ignorance, je pouvais imaginer qu'il avait une belle vie. Peut-être qu'il avait réussi à fuir, à rester libre. C'était mon seul souhait, malheureusement, les chances étaient minces. Si je demandais à Sierra de m'aider à le retrouver, j'avais peur de découvrir qu'il était mort. Et d'un autre côté, si plus tard je découvrais qu'il était en vie, je risquais de m'en vouloir d'avoir perdu tout ce temps.

— Est-ce que… je vais avoir l'air ingrate, car je t'assure que tu me combles sur tous les plans, mais… tu sais, je me suis toujours demandé ce qui était arrivé aux enfants de mon village. J'avais, j'ai un frère, et j'aimerais être certaine qu'il va bien.

— Je connais quelques planètes sur lesquelles il aurait pu se réfugier, déclara-t-elle calmement.

— Vraiment ?

— Je n'ai pas eu le temps d'explorer toutes les pistes, mais oui, il se pourrait que tes amis se trouvent sur l'une d'elles. Si tu le souhaites, nous pourrons nous y rendre.

— Mais comment… quelles pistes ? Tu as déjà commencé les recherches ? dis-je, étonnée.

— J'ai visionné la vidéo de la mort de tes parents, du sacrifice que tu as fait pour libérer tes camarades. Pensais-tu qu'ensuite je resterais sans rien faire ? J'attendais simplement que tu m'en parles, que tu sois prête à l'évoquer.

— Et ça ne te dérange pas ?

— Même si l'idée de t'avoir pour moi seule ne manque pas de charme, mon souhait n'a jamais été de t'isoler. Je veux que tu t'épanouisses, et je comprends parfaitement que tu aies envie de retrouver les tiens.

— La seule chose dont j'ai vraiment envie pour l'instant, c'est de passer du temps avec toi.

Avec un sourire, et rassurée par cette discussion, je me mis sur la pointe des pieds pour embrasser Sierra. À chaque minute qui défilait, je réalisais à quel point j'avais de la chance de l'avoir dans ma vie. Je comptais bien profiter au maximum de cette soirée en sa compagnie, du moins, c'était mon intention jusqu'à ce que j'aperçoive tout le monde changer de cavalier. Rajaya se retrouva à danser avec Akasha, Shayandra avec le frère de sa fiancée, et à en juger par certains regards qui convergeaient dans notre direction, plusieurs personnes n'attendaient que mon départ pour prendre ma place dans les bras de Sierra.

— Tu es plutôt populaire on dirait, ironisai-je.

— C'est simplement une question de protocole. Les fiancés doivent partager la seconde danse avec quelqu'un de leur belle famille, quant aux invités, il est de bon ton qu'ils partagent ce moment avec quelqu'un d'un rang social égal ou supérieur aux leurs.

— Je vois, tu es donc le gros lot ? Dans ce cas-là, je suppose que je n'ai plus qu'à aller attendre près du buffet...

— Le buffet attendra. Tu vas venir avec moi, déclara Leela en se saisissant de ma main.

Je n'avais pas entendu la princesse approcher, si bien que mon premier réflexe fut d'avoir un mouvement de recul que je regrettai aussitôt. Lorsque mes doigts glissèrent de ceux de la Terrienne, elle parut tellement désolée que cela me fit mal au cœur. Il ne me fallut pas longtemps pour me rattraper, à peine une seconde, durant laquelle je quittai l'étreinte rassurante de ma compagne pour rejoindre la jeune femme.

— Je te laisse à ta cour, mais je compte sur toi pour avoir l'air aussi ennuyée et méprisante qu'à ton habitude, dis-je à Sierra.

Elle se contenta d'un léger signe de tête, suite auquel je suivis Leela qui paraissait pressée de s'éloigner du centre de la piste. La foule semblait la mettre mal à l'aise, ou peut-être qu'elle avait simplement besoin d'air. Nous nous retrouvâmes proches de la porte, un peu en retrait par rapport aux autres, et ce fut seulement quand elle se plaça devant moi en hésitant que je remarquai ses joues rouges et son front moite.

— Tu te sens bien ?

— J'ai juste trop chaud, et le sprint que j'ai fait pour m'éviter une invitation déplaisante n'a pas aidé.

— Si je comprends bien, je te sers de bouclier ?

— Ça te dérange ? demanda-t-elle, incertaine.

— De danser avec une princesse ? Au contraire, je n'aurais jamais pu rêver d'un aussi grand honneur, la rassurai-je en posant timidement mes mains sur sa taille.

CHAPITRE 18

J+18

Même si Leela était une personne que j'appréciais vraiment, danser avec elle n'avait rien d'une partie de plaisir. La princesse Rajaya n'arrêtait pas de jeter des coups d'œil dans notre direction. Mes doigts étaient crispés sur les hanches de la jeune femme, et je commençais à regretter mon audace. Je m'imaginais finir avec la main coupée, ou peut-être avec une jambe en moins. Si je faisais un faux pas, et que je venais à écraser le pied de ma partenaire, je ne doutais pas que sa femme soit capable de fendre soudainement la foule pour me punir.

De son côté, mon amie ne semblait pas avoir ce genre de préoccupations. Ses mains étaient posées sur mes épaules. Elle paraissait sereine, et surtout, beaucoup plus détendue que précédemment. J'aurais aimé pouvoir afficher la même attitude, mais le contexte était loin de s'y prêter. Je m'évertuais à conserver une bonne distance entre nous, tout en réfléchissant à chacun de mes mouvements. D'ailleurs, j'étais tellement concentrée sur le rythme de la mélodie que je me mis à sursauter légèrement lorsqu'elle reprit la parole.

— Ce n'est pas après toi qu'elle en a, me précisa Leela avec un petit sourire.

— Je ne sais pas de quoi tu parles, mentis-je.

— Je lui ai avoué pour ma grossesse, juste avant de venir te rejoindre.

Après avoir cligné des yeux plusieurs fois sous le coup de la stupeur, je secouai la tête pour me reprendre. Je comprenais mieux l'insistance des regards de Rajaya, mais je ne saisissais pas pourquoi Leela avait choisi ce moment pour lui annoncer la grande nouvelle. C'était le pire choix possible. Si j'avais osé déclarer une chose pareille à Sierra, et ça avant de filer comme une voleuse, j'étais certaine que son courroux aurait été tel que mes joues auraient au moins doublé de volume.

— Pourquoi maintenant ? Tu aurais pu attendre la fin du bal.

— Elle l'aurait découvert bien avant. Ses mains sont un peu plus baladeuses que les tiennes, tu sais, me taquina-t-elle.

— Elle n'était pas contente ? C'est pour ça que tu as fui ?

— Elle n'a pas eu le temps de dire quoi que ce soit, Akasha lui a mis le grappin dessus en profitant de sa stupeur. De toute façon, je préfère lui laisser quelques minutes de réflexion, ainsi, elle aura la possibilité de digérer la nouvelle.

— Et ainsi tu échapperas peut-être aux réprimandes d'usage pour avoir conservé le secret aussi longtemps, prononçai-je, lucide.

— Démasquée… souffla-t-elle, désespérée. Pourtant, mon plan était bien rôdé. J'avais même tout prévu pour le lui annoncer demain, chez nous. Et voilà qu'elle revient aujourd'hui en me prenant au dépourvu.

— Tu n'avais pas l'air si malheureuse quand tu lui as sauté au cou, lui fis-je remarquer avec un sourire en coin.

Je m'apprêtais à tenter de faire tourner Leela sur elle-même, mais au même moment, mes oreilles se dressèrent. Des picotements désagréables se faisaient ressentir sur ma nuque, comme pour me prévenir d'un danger. Un très léger bourdonnement, quasiment inaudible, me poussa à regarder en direction des vitres. Des vibrations étranges me parvenaient depuis le sol. Je ne compris pas tout de suite. Naïvement, je pensais à un tremblement de terre, alors qu'il n'en était rien. La milliseconde qu'il me fallut pour recouper ses informations avec la lumière aveuglante qui m'irrita les yeux fut presque de trop.

Sans réfléchir, et poussée par l'instinct, je me jetai sur Leela pour la plaquer au sol. Les fenêtres explosèrent, soufflées par une déflagration violente qui aurait pu réduire la salle à l'état de cendres si les vitres n'avaient pas réussi à absorber la majorité du choc. Mes tympans me faisaient l'impression d'avoir éclaté. Le bruit était insupportable, bruit qui ne tarda pas à se transformer en un long sifflement aigu. À cause de l'adrénaline, je ne ressentis pas la douleur tout de suite. Ce fut seulement quand le brouillard dans lequel j'étais plongée s'estompa que je me rendis compte de la présence de minuscules bouts de verre. Je les sentais plantés dans mon dos, pourtant, ce fut loin d'être ma première préoccupation.

Sous mon corps, celui de la princesse paraissait tétanisé. Elle semblait avoir perdu connaissance, et en tournant la tête vers le reste de la pièce, je m'aperçus que la majorité des convives se trouvait dans le même état. À ce moment-là, mon cœur se mit à battre tellement vite qu'il me donnait l'impression de pouvoir jaillir hors de ma poitrine. Un vaisseau massif était stationné dans les airs, juste devant les fenêtres brisées. Les portes latérales de ce dernier s'ouvrirent, et il ne me fallut qu'une seconde supplémentaire pour comprendre ce qui allait arriver.

Mon regard balaya la salle, à la recherche de Sierra, de Kelisha, mais la fumée consécutive à l'explosion ne me permettait pas d'y voir correctement. Mon esprit refusait d'assimiler que c'était réellement en train de se produire, néanmoins, cela ne m'empêcha pas de secouer Leela. Au moment de me redresser, je faillis retomber aussitôt. J'avais le vertige, mes jambes me portaient à peine, si bien que soutenir la princesse qui revenait péniblement à elle me demandait toute mon énergie.

— Il faut qu'on y aille, dis-je, faiblement.

— Tamsyn ? prononça-t-elle, perdue.

— On doit fuir ! Tout de suite !

Les images de ce cauchemar se superposaient à celles de mon enfance. L'instinct me poussait à m'échapper. Toutes les fibres de mon corps m'ordonnaient de mettre le plus d'espace possible entre cet endroit et moi, mais je ne pouvais pas partir, pas sans Leela. J'aurais voulu avoir le temps de rechercher Sierra, ainsi que les autres personnes que je connaissais, mais cela se serait apparenté à du suicide. Des voix s'élevèrent, des hommes venaient de sauter du vaisseau pour rejoindre le château, et il ne m'en fallut pas plus pour tirer la princesse par le bras en direction de la sortie.

Des gardes lindöriens étaient en train de s'engouffrer dans la pièce pour défendre l'endroit. Du coin de l'œil, j'aperçus des rayons lumineux fuser de partout et nulle part à la fois. Leela essayait de se défaire de mon emprise, mais loin de le lui permettre, je me mis à serrer plus fort sa main. Nous réussîmes à nous faufiler dans le couloir sans prendre de coups perdus, en même temps que d'autres convives qui se dispersèrent aussitôt. Certains se dirigeaient vers le rez-de-chaussée, sûrement pour rejoindre l'entrée. D'autres couraient en direction de l'entrepôt pour retrouver leurs vaisseaux, quant aux autres, je n'en savais rien, et je m'en moquais totalement.

— Lâche-moi ! Il faut y retourner ! On ne peut pas les abandonner, s'époumona Leela en tentant de faire demi-tour.

— On ne les abandonne pas, on évite simplement de mourir inutilement.

— Tamsyn !

— Ça suffit ! Tu es la princesse, si quelqu'un doit se mettre en sécurité, c'est bien toi ! Pense à ton bébé, pense à Rajaya. Qu'est-ce que tu ferais à l'intérieur ? Absolument rien, à part te mettre en danger stupidement !

Mes sentiments me broyaient le cœur tellement j'essayais de les étouffer. Je n'avais aucun droit de lui parler sur ce ton, d'autant que ces paroles me servaient principalement à me convaincre moi-même, mais à ce stade, faire preuve de mesure était un luxe que je ne pouvais pas me permettre. Les yeux de mon amie étaient en train de se remplir de larmes, néanmoins, elle ne chercha plus à se dégager.

— On va rejoindre la salle des téléporteurs et se réfugier chez Sierra.

Prononcer son prénom me fit l'effet d'une décharge électrique. Entre les blessures physiques et la douleur que je ressentais à la savoir dans cette salle, j'ignorais ce qui était le pire. Elle ne pouvait pas être morte. Les femmes comme elle s'en sortaient toujours. De plus, la dernière fois que je l'avais aperçue, elle ne se tenait pas près des vitres. Sûrement qu'elle était bien vivante, et qu'elle était actuellement en train de repousser les assaillants.

Sachant parfaitement que ce n'était pas le moment de penser à cela, je secouai la tête et me forçai à me concentrer sur mon objectif. Le plus important à l'heure actuelle était de quitter le château. Par la suite, il serait toujours temps de m'inquiéter pour ma compagne. Elle n'aurait certainement pas voulu que je reste plantée dans ce couloir à me morfondre d'angoisse, alors qu'à la place j'aurais pu aller me mettre en sécurité. De plus, je n'étais pas toute seule. Leela avait besoin de moi. Dans le passé, quand j'avais fui ce centre, elle n'avait pas hésité à m'aider. J'étais même convaincue que sans elle, je me serais fait tuer, si bien qu'il était temps de lui rendre la pareille.

Ma main dans la sienne, je fis un pas pour nous diriger dans la bonne direction, mais encore une fois, je me heurtai à un refus de sa part. En me tournant vers elle, et alors que je m'apprêtais à lui rappeler qu'il n'était pas prudent de se trouver ici, les mots restèrent coincés dans ma gorge en m'apercevant qu'elle semblait souffrir. La grimace de douleur sur son visage et son souffle court me firent immédiatement imaginer le pire. Est-ce qu'elle avait été touchée par un éclat de verre ? Est-ce qu'elle s'était fait mal en tombant au sol ? Un tas de scénarii se bousculaient dans ma tête, lesquels firent place au plus horrible d'entre eux en remarquant le sang par terre.

Leela se courba légèrement, la main sur son ventre, et comme pour confirmer mes craintes, je m'empressai de soulever le bas de sa robe pour me rendre compte que le liquide rougeâtre provenait bien d'entre ses cuisses. J'étais tentée de croire que peut-être, ce n'était rien. Peut-être qu'elle s'était simplement blessée, mais au fond de moi, je savais très bien de quoi il s'agissait.

— Ne t'inquiète pas, ce n'est pas grave. On va emprunter le téléporteur, et on te trouvera un guérisseur, dis-je pour la rassurer. Tout ira bien, je te le promets.

Du mieux possible, je m'efforçais d'avoir l'air confiante, alors que la réalité était tout autre. Je ne m'y connaissais pas en bébé, cependant, que la jeune femme perde du sang ne pouvait pas être bon signe. Afin de la soutenir, mes doigts se posèrent sur le haut de ses bras. Une nouvelle explosion, moins forte que la précédente, nous fit sursauter toutes les deux et par réflexe, je plaçai la princesse derrière moi.

Un homme sortit de la salle. Sa peau rouge et le collier métallique qu'il avait autour du cou me firent prendre conscience qu'il devait s'agir d'un esclave, néanmoins, je n'eus pas le temps de pousser la réflexion plus loin puisqu'un rayon lumineux fusa droit dans son dos. Le trou qui se forma à cet endroit m'horrifia. L'inconnu tomba au sol, mort. Son arme, un objet cylindrique qui je le savais projetait des éclairs paralysants roula jusqu'à mes pieds. Sans réfléchir, je me baissai pour m'en emparer, et cette fois-ci, je ne me perdis pas en discours avant de reprendre Leela par la main pour l'obliger à me suivre.

Pour avoir déjà exploré le palais un nombre incalculable de fois, je n'eus aucun mal à me repérer. Les téléporteurs n'étaient pas très loin. Il suffisait de descendre un étage, puis de bifurquer à gauche pour ensuite traverser deux couloirs ainsi que la passerelle qui reliait l'aile nord et ouest du château. Nous pouvions y arriver. Les ennemis, quels qu'ils soient, n'avaient pas encore réussi leur invasion, mais je pressentais qu'il ne s'agissait que d'une question de minutes avant que certains d'entre eux ne parviennent à sortir de la salle de bal.

— Tamsyn… je ne peux pas… ça fait trop mal… prononça faiblement mon amie.

— Je sais, mais s'il te plaît sois courageuse. Il faut qu'on s'éloigne rapidement.

— Tu devrais partir sans moi, je ne fais que te ralentir. Peut-être que si… si j'allais me cacher…

— On reste ensemble, l'interrompis-je sur un ton qui n'admettait aucune protestation.

Nous nous apprêtions à descendre l'escalier, nous avions même parcouru deux marches quand soudain, j'aperçus un groupe de trois soldats lindöriens arriver en sens inverse. L'instinct me poussa à remonter immédiatement. J'étais peut-être paranoïaque, néanmoins, je jugeai préférable de me méfier de tout le monde. Dissimulée à l'angle du couloir avec Leela derrière moi, je jetai un coup d'œil rapide en contre-bas. Ce n'était peut-être qu'un détail, mais je trouvais étonnant que ces hommes ne soient pas en train de courir vers le lieu où se situait l'action. Ils marchaient à un rythme soutenu, mais pas suffisamment pour des personnes censées prêter main-forte à leurs souverains.

— Tu vas à gauche, toi à droite, et arrangez-vous pour ne laisser filer personne.

Peut-être que demander de l'aide n'aurait pas été inutile. Après tout, je me faisais sans doute des idées. Ils étaient sûrement en train de traquer les ennemis, et contrairement à moi, ils avaient de la force. Porter la princesse n'aurait pas été difficile pour eux, pourtant, je n'arrivais pas à leur faire confiance. Je me mordis la lèvre en voyant celui qui avait parlé continuer tout droit. Il n'était plus qu'à quelques mètres, qu'à quelques marches, et j'en étais toujours à hésiter sur ma décision.

Au même moment, deux Kelôniens qui venaient clairement du même endroit que Leela et moi firent leur apparition. Ils couraient, sûrement pour rejoindre les téléporteurs. Mon attention était tournée vers eux, j'allais proposer à la princesse de leur emboîter le pas, mais les deux rayons lumineux qui jaillirent brusquement pour les toucher en pleine poitrine modifièrent considérablement mes plans.

Ma main droite se posa en un instant sur la bouche de la princesse pour l'empêcher de crier. Je me concentrai afin d'entendre le garde approcher, et à la seconde où il fut assez proche, je sortis subitement de ma cachette. Pointer mon arme sur sa tête, tirer, le pousser en arrière, tout cela se passa en une fraction de seconde. Je n'avais plus l'impression d'être dans mon corps. C'était très étrange comme sentiment. J'avais conscience de ce que je faisais, mais c'était presque comme observer la scène de l'extérieur.

En attrapant Leela pour l'obliger à dévaler les escaliers en ma compagnie, je réfléchissais déjà à l'étape suivante. Je ne comprenais pas quel intérêt des Lindöriens auraient eu à attaquer les invités du bal, et je n'avais pas le loisir d'y songer. À cause du bruit que fit l'inconnu en chutant, ses deux partenaires revinrent sur leurs pas. J'eus le temps de viser celui de gauche, mais pas assez rapidement. L'éclair lumineux frôla son bras, et pour éviter de nous faire percuter par leurs tirs, je dus pousser la princesse sur le côté. Les deux hommes hésitèrent sur la cible à viser en priorité, hésitation qui me permit de rejoindre celui de droite.

Je n'eus pas à le tuer. Son camarade s'en chargea pour moi. Chaque rayon bleu produisait un sifflement sonore. Mes oreilles se dressèrent, je plongeai au sol, pied en avant en entendant ce son caractéristique. Le Lindörien qui me faisait face s'écroula, percuté par l'éclair qui m'était destiné. Sans attendre plus longtemps, je roulai pour me mettre sur le ventre et me servir de mon arme. Cette fois-ci, il n'y eut aucun raté. Le dernier assaillant perdit connaissance, et probablement la vie.

Dans ma poitrine, mon cœur battait à un rythme infernal. La douleur dans mon dos se rappelait à moi à chaque instant, mais c'était tout sauf l'instant rêvé pour se reposer. Je me remis sur pieds, attrapai l'objet cylindrique qui n'avait été d'aucune utilité à mon adversaire, et m'empressai de rejoindre Leela qui avait placé ses mains sur ses oreilles. Elle semblait en état de choc. Ses yeux étaient écarquillés à cause de l'horreur des évènements, pourtant, en me voyant approcher, elle se releva d'elle-même.

— Tiens, prends ça. Si tu vois quelqu'un, n'importe qui, tu tires, dis-je en lui tendant l'arme dérobée.

— Tu crois que… c'est un coup d'État ? balbutia-t-elle.

— Peu importe, on s'occupera de savoir qui étaient les

ennemis une fois en sécurité.

Je lui repris la main pour m'assurer de ne pas la perdre, et en passant à côté du soldat que j'avais touché, je marquai une pause. Sans émotion, je me penchai pour lui dérober son équipement militaire. Son cœur battait encore. Il était simplement paralysé, et dans la mesure où je ne souhaitais pas le voir se relever plus tard et nous attaquer par-derrière, je décidai d'être prudente. Leela sursauta une première fois quand le rayon mortel atteignit le garde en pleine tête, puis une seconde lorsque je me retournai pour viser celui que j'avais fait tomber des escaliers. J'aurais sans doute dû ressentir quelque chose, un peu de culpabilité, ou de pitié, mais j'étais juste soulagée que ce soit eux plutôt que moi.

J'abandonnai l'arme non mortelle que j'avais volée à l'esclave pour me contenter de la nouvelle, et après avoir pris soin de tendre l'oreille, je décidai d'avancer sans précipitation. Je craignais que d'autres individus soient placés en embuscade, car même si le château était immense, je doutais fort que les trois hommes rencontrés précédemment aient été les seuls affectés à cette portion du palais.

L'obscurité de la nuit rendait cette progression difficile. Certes, les ombres nous permettaient de nous dissimuler plus facilement, mais je ne pouvais absolument pas compter sur ma vue. Concentrée, je retins ma respiration alors que nous arrivions au niveau d'une intersection. Si quelqu'un avait été caché, il n'aurait certainement pas patienté tout ce temps pour tirer, mais je ne tenais pas à parier ma vie là-dessus.

— Tu restes en retrait, et tu attends mon signal pour avancer, murmurai-je à Leela.

Suite à un mouvement ridicule pour qui aurait observé la scène de l'extérieur, je sautai pour ensuite faire une roulade et me retrouver au beau milieu de la zone dangereuse. Je tournai la tête de droite à gauche à toute vitesse, avant de soupirer de soulagement en m'apercevant que nous étions seules. En théorie, je savais me battre. Malheureusement, ces années au centre ne m'avaient pas appris à évoluer en terrain hostile. D'ordinaire, ma cible était toujours bien en vue et coincée avec moi dans une pièce close. Elle n'avait jamais jailli par surprise en m'obligeant à faire preuve d'un sang-froid extraordinaire.

— On y va, dis-je aussitôt, après m'être redressée.

Sur mes gardes, je m'apprêtais à reprendre la route quand un picotement désagréable se fit ressentir au niveau de ma nuque. Mes doigts se crispèrent sur l'arme que je tenais. Mon rythme cardiaque se fit plus régulier et se calqua sur mon souffle au moment où j'entrepris un rapide demi-tour et tendis le bras, prête à tuer le nouvel arrivant.

Ils étaient deux, un homme et une femme. Je m'attendais à une attitude normale de leur part. Par exemple, s'ils avaient menacé Leela de leur arme en m'ordonnant de lâcher la mienne, j'aurais compris. Sauf qu'à la place, ils se cachèrent derrière la princesse. Pire, ils avaient même bondi contre le mur où elle se trouvait en me voyant me retourner.

— Ne tire pas ! On vient en amis ! Souviens-toi, on s'est déjà rencontrées. Au marché… la fille aux panadas… prononça avec angoisse l'étrangère en sortant légèrement la tête.

Les sourcils froncés, je me demandai s'il ne s'agissait pas d'un rêve. Peut-être que je dormais et que tout cela n'était pas en train d'arriver. Après tout, pourquoi cette femme se serait trouvée ici ? Méfiante, je consentis à baisser mon arme, mais j'attendais avec impatience une explication.

— Qu'est-ce que vous faites ici ? Et pour commencer, éloignez-vous de la princesse.

Je tendis le bras pour faire signe à Leela d'approcher. Elle alla se réfugier dans mon dos pendant que de mon côté, je plissai les yeux pour tenter de mieux apercevoir les étrangers. Ma vision nocturne était plutôt bonne, et alliée aux rayons des trois lunes qui transparaissaient par la vitre sur leur droite, je n'eus aucun mal à examiner les traits de leurs visages.

Loin de paraître hostiles, ils avaient plutôt l'air émus. Je n'en comprenais pas la raison, néanmoins, cela n'empêcha pas ma défiance de se transformer en véritable étonnement lorsque la rousse se débarrassa de son foulard pour révéler deux oreilles pointues. Le jeune homme suivit son exemple en abaissant sa capuche, et de plus en plus, j'avais l'impression que tout ceci ne pouvait pas être réel. Me retrouver face à deux Neklonis, alors que j'étais en train de fuir des ennemis dont j'ignorais tout, me poussait même à croire que j'avais dû me cogner la tête.

— Nous sommes en ville depuis quelques jours, mais jusqu'ici, nous n'avions pas réussi à entrer au château. Alors quand ce soir nous nous sommes aperçus que la garde avait disparu, nous en avons profité, commença l'étrangère.

— Tamy, c'est vraiment toi ?

Entendre ce surnom dans la bouche de cet inconnu me fit un drôle d'effet. Il avait interrompu son amie en pleine tirade, et pour la première fois depuis que je les avais repérés, je me permis de vraiment l'observer. Même s'il était plus grand que moi, il ne me paraissait pas menaçant, sans doute en raison de son allure négligée. Ses cheveux châtain en bataille et sa tunique froissée à moitié rentrée dans son pantalon donnaient l'impression qu'il venait de se réveiller. Mon regard se perdit dans le sien un instant, et face à ses yeux noisette, je me sentis décontenancée. Pire, j'eus même le malheur d'oublier l'urgence de la situation. Il fallait fuir, et pourtant, je n'arrivais plus à bouger.

— Jo… Joan ? hésitai-je, perturbée.

En voyant les larmes couler le long de ses joues, je n'eus pas besoin d'autre confirmation. Un tas d'émotions se bousculèrent en moi, tellement d'émotions que je ne parvenais pas à déterminer laquelle prédominait. Mon cœur était douloureusement serré, et pour la première fois depuis longtemps, je ne sus pas comment réagir. Pendant quelques secondes, j'en oubliai même de respirer tellement le choc était grand. Au final, ce fut mon frère qui avança. Je l'aperçus lever la main, et si en général ce geste avait tendance à me faire reculer, cette fois-ci il me poussa à rester plus immobile que jamais. Ses doigts tremblaient lorsqu'il les posa sur le haut de ma tête. Il effleura mes oreilles et retenir mes sanglots me parut soudain être la tâche la plus ardue au monde.

— Je t'ai retrouvée, après tout ce temps, enfin… murmura-t-il, touché.

— Rectification, je l'ai retrouvée et tu as suivi le mouvement, intervint la rousse. Est-ce que tu te souviens de moi, Tamsyn ? Sonjin, précisa-t-elle en guettant ma réaction. Tu… à l'époque, c'est grâce à toi que… enfin, tu étais toujours dans nos pensées, chaque jour.

L'instinct me poussait à croire que je pouvais leur faire confiance. Quand je les regardais, je ne ressentais aucun danger, ou fourberie. Néanmoins, et si je faisais appel à ma logique, je me rendais compte que les probabilités pour qu'ils soient réellement présents étaient quasiment nulles.

— C'est impossible que vous soyez ici, dis-je, réaliste. Je suis sûrement en train de délirer, ou…

— Nous sommes réels ! m'assura mon frère. Oh Tamy, si tu savais… Tout ce temps, nous n'avons eu de cesse de te rechercher. Nous savions que tu étais quelque part sur cette planète, l'un de nos informateurs avait entendu parler d'une Neklonis retenue captive dans un centre… et j'espérais… enfin… nous avons emménagé il y a quelques mois, mais nous n'arrivions pas à localiser cet endroit…

Mes oreilles se dressèrent en percevant des bruits de pas au loin. Tellement focalisée sur cette rencontre, j'en avais oublié temporairement où nous nous trouvions. D'un seul coup, je fis volte-face pour examiner Leela qui paraissait au plus mal. Elle peinait à rester debout, et instantanément, cela me fit revenir à moi. Qu'est-ce que j'étais en train de faire ? Ce n'était certainement pas le moment pour discuter. C'était même le pire moment qui soit pour commencer à poser des questions.

— Comment vous avez fait pour arriver jusqu'ici ? L'entrée est dégagée ? demandai-je précipitamment.

— Plus maintenant. Des soldats nous suivaient… nous avons juste eu le temps de rejoindre le premier étage avant qu'ils ne barricadent les portes, répondit Sonjin.

— Tamsyn… enfuis-toi avec ta famille, moi je n'arriverai pas à courir…

— Hors de question, nous allons aux téléporteurs comme prévu depuis le départ. Joan, tu peux l'aider à marcher ?

— Bien sûr, mais…

— Nous avons perdu assez de temps en paroles. Leela a besoin d'un guérisseur en urgence, et je ne tiens pas à rester coincée dans ce palais.

Ma plus grande crainte était de me rendre compte que la salle des téléporteurs avait été prise d'assaut par les envahisseurs. Même si la majorité des convives avaient fui en direction du hangar où se trouvaient les vaisseaux, et cela parce qu'ils ignoraient probablement où se situait l'endroit où nous nous dirigions, je doutais fort que les ennemis aient oublié de sécuriser la zone. Laisser une porte de sortie aurait été stupide, et pourtant, je misais actuellement tout sur cette fameuse bêtise.

Progresser jusqu'au pont de verre servant de passerelle entre les ailes ne fut pas compliqué, mais une fois à destination, le danger me parut partout à la fois. Se retrouver autant à découvert ne pouvait que nous être préjudiciable. Nous y aventurer, c'était prendre le risque de se faire coincer. Si d'un seul coup des soldats surgissaient des deux côtés, nous n'aurions plus aucun moyen de fuite. De plus, le fait que tout soit silencieux n'était pas pour me rassurer. Cela ressemblait presque à un piège géant.

— Est-ce que vous avez des armes ? demandai-je en tournant la tête vers Sonjin et Joanis.

Accroupis à l'angle d'un couloir, nous étions pour l'instant invisibles, mais je pressentais que cela ne durerait pas. Si quelqu'un arrivait par-derrière, ce qui risquait fort de se produire étant donné les trois corps que nous avions laissés en évidence, ce serait la fin. Lorsque mon frère et son amie acquiescèrent en me montrant les couteaux qu'ils gardaient à leur ceinture, ainsi que des objets cylindriques identiques à celui que je possédais, je me sentis soulagée. Au moins, nous avions de quoi nous défendre.

— J'y vais la première, couvrez mes arrières.

— Tu quoi ? s'étouffa mon frère.

— Je traverse le pont et si ça se révèle sans danger, je vous ferai signe.

— Et dans le cas contraire ?

— Dans le cas contraire, préparez-vous à courir.

Même si je m'efforçais de paraître assurée, la réalité était tout autre. J'essayais de me concentrer pour ne pas me laisser submerger par la peur, mais le mental ne faisait pas tout. Mon pouls était rapide, et ce phénomène n'alla qu'en s'accroissant à mesure que je m'approchais avec précaution de la passerelle vitrée. J'avais franchi ce passage des dizaines et des dizaines de fois, mais jamais avec la crainte de me faire tuer en arrivant de l'autre côté.

CHAPITRE 19

J+18

Du mieux possible, je tâchais d'être silencieuse. Mes pieds nus foulaient le sol avec légèreté alors que je bondissais d'une ombre à une autre. Au lieu de trois lunes, j'aurais préféré qu'il n'y en ait qu'une seule, voire pas du tout, mais cela aurait pu être pire. Je ne savais pas pourquoi l'éclairage automatique ne s'était pas déclenché, mais ce détail avait tendance à m'arranger. Attentive à ce qui se passait devant moi, je ne pris pas la peine de me retourner. Je n'avais pas le temps de penser à ces retrouvailles avortées, mais cela ne m'empêchait pas d'avoir confiance. Jusqu'ici, mon instinct ne m'avait jamais trompée, et ce n'était pas le moment pour commencer à douter.

Durant tout le trajet effectué, qui ne me prit pas moins de cinquante-trois longues secondes, je m'attendis à me faire tirer dessus, si bien qu'une fois à destination, je n'osai croire à ma chance. Immédiatement, je me mis dos au mur le plus proche, et tendis l'oreille. La salle aux téléporteurs n'était plus qu'à quelques mètres. Il suffisait de tourner à gauche pour l'apercevoir. Je m'apprêtais à jeter un coup d'œil quand soudain, des éclats de voix me firent m'accroupir. Ils provenaient justement de la direction dans laquelle je souhaitais m'engager et, en un instant, les vagues espoirs que je nourrissais à l'idée de m'échapper furent fortement ébranlés. Ébranlés, mais pas enterrés. Le tout était de savoir combien de personnes s'interposaient entre moi et la liberté.

— Comment ça, vous n'arrivez pas à la localiser ?! Fouillez le palais et trouvez-la ! ordonna une voix masculine.

— Elle n'a aucune chance de s'échapper, Votre Altesse. Des détecteurs ont été installés dans chaque pièce, et aucun vaisseau n'a décollé. En ce moment même, nos soldats examinent les images.

— C'est dans tout le château que vous auriez dû installer vos satanés détecteurs ! Chaque couloir, chaque portion du bâtiment auraient dû être placés sous surveillance ! Si un seul membre de cette maudite famille réussit à s'échapper, leurs partisans ne nous prêteront jamais allégeance ! Je ne laisserai rien, ni personne, se mettre en travers de mon ascension au trône, vous entendez ?!

— Si je puis me permettre, votre Majesté, il s'agit simplement de la Terrienne. Aucun Lindörien ne la suivra, et je doute fort qu'elle ait pour vocation de reprendre le pouvoir. Nos agents infiltrés ont déjà réussi à tuer le roi, quant à ses héritiers, ce n'est qu'une question de minutes avant qu'ils ne subissent le même sort. Regardez par vous-même.

Pétrifiée à cause de ce que je venais d'entendre, je compris que, plus tôt, Leela avait eu raison. Il s'agissait bien d'un coup d'État, et cela me replongea dans le souvenir de mon village incendié. Combien existait-il de princes déchus ? Je repensais à l'esclave que j'avais vu sortir de la salle de bal, et d'un coup, je me mis à soupçonner que les expériences menées dans le centre où je me trouvais n'avaient pas pour seul objectif l'avancée de la science.

— Je regarde, et qu'est-ce que je vois ? Les deux putains et le traître à son sang encore en vie ! Trouvez-moi cette Terrienne immédiatement, et assurez-vous que les images de son exécution soient retransmises à l'intérieur de cette salle ! Sa femme sera sans doute moins combative si elle aperçoit sa chère et tendre se faire exploser le cœur en temps réel.

Après avoir pris une petite inspiration, je me décidai à risquer un coup d'œil en direction de cet homme. Le fait que Rajaya soit encore en vie était un soulagement, mais je comprenais aussi que s'ils arrivaient à capturer Leela, tout était perdu. Si cette dernière mourait, les autres seraient déconcentrés, et dans la situation actuelle, une seule seconde d'inattention pouvait être fatale.

— Vous souvenez-vous de votre promesse ? demanda soudain une voix féminine.

À cause de cette intervention, et au lieu de regarder, j'eus le réflexe de plaquer à nouveau mon dos contre le mur. Je connaissais cette voix, et en prenant conscience de qui il s'agissait, mon rythme cardiaque se fit erratique. Je n'arrivais pas à y croire, ou plutôt si, mais jamais je n'aurais pensé qu'elle soit capable de pactiser avec l'ennemi.

— Si elle survit au combat, nous l'enverrons se faire reprogrammer et elle sera toute à votre disposition, répondit calmement le prince. Néanmoins, je dois avouer que vous m'étonnez, très chère. Cette femme s'est compromise avec une autre race, pire, elle est même allée jusqu'à marquer une esclave. Elle ne mérite pas votre affection.

— Ceci est mon problème. J'ai accepté de désactiver le bouclier du palais car je partage vos idéaux. Pactiser avec les Kelôniens, s'unir à des membres de races inférieures, tout cela est intolérable à mes yeux, mais, et même si certains Lindöriens ont pu être momentanément aveuglés, je suis certaine qu'ils reviendront à la raison quand vous remonterez sur le trône. Sierra en fait partie, et je peux vous assurer qu'elle se révélera être un soutien fidèle lorsqu'elle aura été débarrassée de certaines pensées absurdes.

Tout en resserrant ma prise sur mon arme, je décidai de confirmer mes soupçons. Je tendis le cou légèrement, et en apercevant Lorindra faire face au prince Renald, mon cœur manqua de lâcher. J'étais à la fois effarée et en colère. Revoir cet homme me donna instantanément envie de me venger pour ce qui s'était produit dans le passé. De plus, j'avais du mal à faire abstraction des bouffées de haine qui me traversaient à l'égard de cette traîtresse. Je ne pouvais pas me permettre de compromettre le plan d'évasion, mais l'envie de les abattre était bien présente. Si j'avais été certaine de les toucher, je n'aurais pas hésité, sauf que rien ne me garantissait 100 % de réussite.

Réaliste, je reportai mon attention sur les alentours. J'eus le temps de compter cinq gardes avant que, brutalement, mon regard ne se porte sur l'écran holographique qui continuait à diffuser des images en provenance de la salle de bal. Mes mains se mirent à trembler, et au lieu de me concentrer sur ma tâche d'observation, je me retrouvai à déglutir en cherchant avec désespoir la trace de Sierra, ou même de Kelisha sur la retransmission. Je réalisai que contrairement aux soldats Lindöriens ennemis qui arpentaient le château, ceux envoyés dans cette salle appartenaient tous à des races différentes. Les combats faisaient rage, et malheureusement, je n'eus pas le loisir d'apercevoir qui que ce soit de connu.

Par peur de me faire repérer, je rebroussai chemin tout en réfléchissant à la meilleure stratégie à adopter. Même si Sonjin et Joanis étaient armés, je nous imaginais mal passer en force. Le couloir était trop étroit, et cela aurait été bien trop risqué. Le plus prudent aurait été de chercher une autre porte de sortie, mais je n'en connaissais aucune. Je songeais aux alternatives, quand en arrivant au niveau du petit groupe de mes amis, une solution se dessina dans mon esprit. Une solution qui malheureusement ne risquait pas de rencontrer l'unanimité.

— Alors ? murmura Sonjin avec impatience.

— Donne-moi ta cape Leela, et toi, Joan, donne-lui la tienne.

— Je veux bien, mais pourquoi ? demanda-t-il en se débarrassant de l'étoffe noire.

La princesse devait vraiment être au plus mal, car elle ne chercha pas à protester. Elle me tendit le tissu aux reflets verts pour ne garder que sa robe blanche, laquelle ressemblait quasiment à un phare dans l'obscurité. Une fois emmitouflée dans le vêtement de Joanis, elle passait déjà plus inaperçue, alors que de mon côté, c'était tout le contraire. Avec ce voile sur le dos, j'étais moins libre de mes mouvements, cependant, cela ne m'empêcha pas de placer la capuche sur ma tête, et de faire de même pour celle de Leela.

— Je vais servir d'appât, lâchai-je, tout en leur faisant

signe de m'écouter jusqu'au bout. Ils recherchent Leela, ils nous observaient pendant le bal, et avec ça sur moi, je suis quasiment certaine de pouvoir les leurrer.

— Hors de question, répondit mon frère aussitôt.

— Tout ira bien. Ils vont me courir après, et vous en profiterez pour emprunter un téléporteur. Vous connaissez le code pour retourner dans votre ville ?

Expliqué de cette façon, tout semblait simple, mais je n'étais pas naïve, dans l'action tout serait différent. J'essayais de ne pas leur montrer que j'avais peur, et surtout de me souvenir que c'était la seule option satisfaisante. D'un point de vue extérieur, c'était sûrement suicidaire. Je n'avais aucune envie de me sacrifier, mais je tenais encore moins à ce que Leela ou les autres se fassent capturer.

Quand je me trouvais dans ce centre, j'avais toujours pensé qu'il fallait être égoïste pour survivre. C'était la vérité, mais avoir des amis et une famille changeait totalement mon ressenti. Je ne pouvais pas supporter d'avoir leur mort sur la conscience. Joanis et Sonjin étaient venus pour me retrouver, quant à Leela, elle m'avait toujours aidée et protégée. Je ne voulais pas qu'il lui arrive quoi que ce soit, tout comme je ne souhaitais pas que son décès permette au prince Renald de monter sur le trône.

— On ne te laisse pas derrière, pas encore une fois, insista-t-il. S'il faut vraiment que quelqu'un reste, alors d'accord, je me chargerai de les tromper et vous partirez toutes les trois.

— Tu te rends compte que c'est ridicule, non ? Tu n'as ni la même taille ni le même gabarit. De plus, contrairement à toi, je connais très bien ce château et tous ces recoins. Je ferai le tour, et je vous rejoindrai dès que possible.

— Et si tu n'y arrives pas ? S'ils te rattrapent ou si tu te fais tirer dessus ? Je n'ai pas passé ces dernières années à te rechercher pour te perdre aussi rapidement.

— Je n'étais pas en train de vous faire une proposition, le coupai-je. Quand ils se lanceront à ma poursuite, vous saisirez l'opportunité pour vous enfuir. Assurez-vous que

Leela soit en sécurité, et encore une fois, si quelqu'un se dresse sur votre chemin, abattez-le sans réfléchir.

— Tamsyn… tenta la princesse.

— Rajaya est en vie, je l'ai entendu de la bouche du prince Renald. Et elle a besoin que tu sois en sécurité pour continuer à se battre.

La nouvelle sembla l'impacter, car au lieu de chercher à me retenir, la jeune femme garda le silence. Ses yeux brillaient, à l'instar des miens qui me piquaient affreusement. Malheureusement, je n'avais pas le temps de me montrer émotive. Déterminée, je m'apprêtais à les quitter et à mettre mon plan à exécution, mais au dernier moment, je fis un demi-tour sur moi-même pour faire face à Joanis. Il paraissait en colère et triste à la fois. Durant une seconde, je mémorisai les traits de son visage avant de combler la distance qui nous séparait pour lui sauter au cou. Mes bras s'enroulèrent autour de sa nuque. Il semblait surpris, pour autant cela ne l'empêcha pas de me rendre mon étreinte.

— Je suis contente de t'avoir retrouvé Joan, tu n'imagines pas à quel point, murmurai-je à son oreille.

— Ne fais pas ça, n'y va pas, me supplia-t-il.

— Je reviendrai, je te le promets. Le destin nous réunira, comme il l'a fait aujourd'hui.

— Je ne supporterai pas d'attendre à nouveau dix ans, prononça-t-il au bord des larmes.

— Sonjin et Leela comptent sur toi, ne me déçois pas, finis-je en lui déposant un léger baiser sur la joue.

La peur de me laisser submerger par mes émotions me poussa à me détacher et à entreprendre une nouvelle percée rapide en direction du pont. Il ne fallait plus que je regarde en arrière. Je courais vite, mais il me faudrait me surpasser cette fois-ci. Une fois dans les viseurs des soldats, je n'aurai pas le droit à l'erreur. Au lieu de tourner à gauche dans leurs directions, je devrai prendre à droite, et même si la portion de couloir n'était pas très longue avant de bifurquer en plusieurs intersections, il n'en demeurait pas moins que je me retrouverai totalement à découvert.

Juste avant de quitter la sécurité illusoire que me procuraient les ombres dans lesquelles je me dissimulais, je pris une grande inspiration. Tout irait bien. Il me suffisait de courir plus vite que jamais, et avec un peu de chance, j'arriverai même à les semer. Après tout, je n'avais pas survécu à dix années dans ce centre pour mourir aussi facilement. Je n'étais plus seule. Plusieurs personnes tenaient à moi, et à la pensée que Lorindra puisse réussir à récupérer Sierra, mon sang se mettait à bouillir. En règle générale, je tâchais de faire taire ma jalousie, mais pour une fois, elle m'était bien utile. Quitte à choisir, je préférais être animée par la colère plutôt que par le désespoir.

Après avoir fait un pas en avant, et durant une brève seconde, je craignis que mon stratagème ne porte pas ses fruits. Certes, les soldats ennemis étaient habillés de la même façon que les gardes du château, mais à les voir regroupés devant la salle des téléporteurs, n'importe qui se serait méfié, Leela la première. Pourtant, et heureusement pour moi, ils ne prirent pas le temps de la réflexion en m'apercevant. J'eus simplement à apparaître pour que brusquement quelqu'un hurle que la princesse était là.

D'un seul coup les secondes me parurent défiler à toute vitesse. Je ne réfléchissais même plus. Je pensais juste à courir, courir toujours plus vite et plus loin. J'entendais les rayons lumineux me frôler. Leurs sifflements résonnaient dans mes oreilles. J'étais focalisée sur ce son, à tel point que le reste n'avait plus aucune sorte d'importance. Je sautais et je me baissais par réflexe. J'aurais pu utiliser mon arme pour contre-attaquer, sauf que cela m'aurait déconcentrée. Je ne savais même pas combien de soldats m'avaient suivie, ni si le prince et Lorindra en faisaient partie, mais je n'avais pas le temps de vérifier.

En bondissant par-dessus une rambarde afin de rejoindre l'étage inférieur, je fis attention à mon atterrissage. Me tordre la cheville maintenant était hors de question, si bien que je jugeai plus prudent de directement faire une roulade à l'arrivée. Un éclair s'abattit précisément à l'endroit où je me trouvais une seconde plus tôt. Ma cape fut touchée, l'odeur de brûlé me fit secouer la tête, mais cela ne m'empêcha pas de continuer ma course. Les couloirs se ressemblaient tous, j'avais une légère avance, cependant, je compris rapidement que je n'avais aucune chance de les semer.

Notre différence de taille me désavantageait. J'avais beau accélérer toujours plus, ce n'était jamais suffisant. Mes poumons me semblaient en feu. Le plus simple aurait été de dévaler les étages, sauf que je n'avais aucune envie de me retrouver au rez-de-chaussée. Dans la mesure où il y avait de fortes chances pour que la majorité de leurs hommes soit massée là-bas, cela serait revenu à me suicider. Je réfléchissais à une stratégie, n'importe laquelle. J'aurais pu me cacher, mais j'étais à peu près certaine qu'ils m'auraient repérée en moins d'une minute.

À un moment donné, ma capuche retomba en arrière. Peut-être qu'ils avaient deviné la supercherie, peut-être pas. Ils continuèrent à me poursuivre, et malgré ma bonne condition physique, je sentais que je ne tiendrais plus longtemps ce rythme. À chaque fois que je devais monter des escaliers, mes cuisses se rappelaient douloureusement à moi. J'avais l'impression que des milliers de petites aiguilles me traversaient la peau, pour autant, la souffrance ne me fit pas ralentir. Au contraire, elle eut même tendance à me faire accélérer.

Au fond de moi, je savais que la situation était désespérée. Du moins, si je persistais sur cette voie. Par un miracle que je ne m'expliquais pas, je parvins à retourner à mon point de départ. Le pont en verre était juste devant moi. Je pouvais soit l'emprunter, soit tourner à gauche. L'instinct me poussait à choisir cette dernière option, mais en voyant des soldats se précipiter vers moi, ou plutôt en apercevant le prince Renald juste derrière eux, j'eus un instant d'hésitation. Si je voulais continuer à fuir, je n'avais plus le choix. Des Lindöriens me poursuivaient, d'autres arrivaient en face. Néanmoins, il s'agissait là d'une occasion unique.

J'étais réaliste, mes chances de survie étaient minces, et mourir en me vengeant m'apparaissait être une alternative plus satisfaisante que perdre la vie en vain. Je n'avais pas l'habitude d'utiliser des armes à rayons laser. Me battre à mains nues ou à l'arme blanche était plus naturel pour moi, cependant je n'eus aucun mal à toucher le soldat situé le plus à droite. Je profitai du fait qu'il soit en train de tomber en arrière pour m'en servir comme appui. Mon pied se posa sur sa cuisse alors que dans le même temps, je me débarrassai de ma cape pour la lancer sur les hommes qui se trouvaient juste à côté.

Un éclair effleura mon oreille au moment où je m'élançai dans les airs pour passer au-dessus de la barrière que formaient les Lindöriens ennemis. Quelques-uns de mes cheveux furent coupés net. Je sentis un liquide chaud, du sang, couler le long de ma nuque, mais j'étais loin de m'en soucier. Ce n'était pas la première fois qu'un rayon me frôlait. Mon corps était marqué de partout, et je réalisais que jusqu'ici, j'avais eu beaucoup de chance. J'avais pris un pari risqué avec ce saut, et même avant cela, foncer en ligne droite aurait pu m'être fatal. La plupart des soldats avait évité de tirer, de peur de toucher leurs camarades. Quant aux coups que j'avais réussi à esquiver, ils fissurèrent le verre du pont.

En désactivant le bouclier, Lorindra avait également désactivé le système de sécurité entier du palais. Le verre ne semblait pas plus solide que celui qui composait la devanture du magasin par laquelle j'avais fui lors de mon évasion du centre. Je voulus viser le prince pour l'abattre d'un seul coup. L'effet de surprise était de mon côté, mais au dernier moment, il fit un bond sur la gauche. L'éclair lumineux fut absorbé par le sol, lequel céda à l'instant où je retombai lourdement dessus.

Je ne m'y attendais pas. Je ne pus rien faire pour me rattraper, et de toute manière, même si j'y étais parvenu, je me serais fait probablement tuer la seconde d'après. Dans la mesure où le chef de la faction ennemie se trouvait à moins d'un mètre de ma position, il bascula en même temps que moi. Le pont ne s'était pas écroulé dans son intégralité. Les soldats avaient réussi à s'éviter un sort funeste, par contre, je pressentais que ce ne serait pas mon cas. Les morceaux de verre qui accompagnèrent ma chute me tranchèrent la peau à de multiples endroits. Par réflexe, j'avais placé mes bras devant mon visage pour me protéger, mais cela ne me fut pas d'une grande utilité.

Nous dévalâmes plusieurs étages en quelques secondes pour nous écraser sur le kiosque se trouvant dans le parc intérieur du palais. L'impact me coupa le souffle. Je perdis connaissance quelques secondes, et ce fut seulement après avoir roulé sur le toit de la construction en bois et avoir atterri dans l'herbe que je réussis à reprendre mes esprits. J'étais à plat ventre, je n'osais plus remuer un seul orteil à cause de la douleur qui me tiraillait de partout, et j'avais beau savoir que ce n'était pas le moment pour me reposer, je ne parvins pas à bouger.

J'étais presque étonnée que le plafond n'ait pas cédé sous mon poids. Je clignai des yeux et tentai de respirer. L'effort me coûtait toute mon énergie. J'avais l'impression que mes côtes étaient cassées, non, à vrai dire, il me semblait que ma cage thoracique entière ne me répondait plus. Mes poumons me faisaient souffrir, ma trachée était comprimée. Elle était même tellement serrée que chaque inspiration était une torture. J'essayais de me concentrer sur autre chose, sur les brins d'herbe bleus qui me rappelaient des souvenirs agréables. Si j'abandonnais maintenant, j'étais certaine de ne jamais revoir Sierra. Combien de temps faudrait-il aux soldats pour rejoindre cet endroit ? Pas suffisamment longtemps pour me laisser le luxe de me reposer en tout cas.

Mon arme avait roulé plus loin. Tout en gémissant de douleur, je fis une tentative pour la récupérer, mais elle était trop loin, et moi, trop faible. Des larmes brûlantes coulèrent le long de mes joues. Pleurer ne servait à rien. J'avais eu de la chance de vivre autant de choses en si peu de temps. J'aurais dû être reconnaissante au destin pour tous ces moments heureux, sauf que j'en voulais plus. Je me mordis la lèvre et tâchai de faire abstraction du supplice qui était le mien à chaque fois que je faisais un mouvement. Je pouvais bouger, ce n'était qu'une question de volonté. Avec un peu de chance, les combats dans la salle de bal étaient terminés, et quelqu'un me viendrait en aide. Espérer était la seule chose que je pouvais encore me permettre, et je ne comptais pas m'en priver.

Je tendis le bras pour essayer de me saisir de l'objet cylindrique qui n'était qu'à quelques centimètres.

Précisément au même instant, un long frisson traversa ma nuque. J'étais toujours sonnée. Je ne percevais pas les sons de la même façon que d'habitude, si bien que je n'entendis pas le prince approcher. À vrai dire, je l'avais même oublié. Survivre était ma seule priorité. La vengeance était quelque chose qu'on pouvait difficilement se permettre à moitié mourante. Malheureusement, et contrairement à moi, le Lindörien avait bien mieux supporté ce saut dans le vide.

— Sale petite garce, tu vas me le payer ! vociféra-t-il en me retournant sur le dos.

J'y voyais trouble, et ce mouvement brusque faillit me faire perdre conscience. À califourchon sur moi, il plaça ses mains autour de mon cou pour m'étrangler. D'autres techniques auraient sans doute été plus efficaces, et plus rapides, pour me tuer, mais il semblait vouloir faire durer le plaisir. Ce fut une grosse erreur de sa part. Si j'avais appris quelque chose, c'était bien que seule la finalité importait. Jouer avec sa victime, c'était prendre des risques. Le risque qu'elle s'échappe, le risque qu'elle contre-attaque, et pire, le risque de voir la situation s'inverser.

Privé d'air, mon corps eut tendance à réagir d'instinct. La douleur n'était plus que secondaire. Mon genou percuta brutalement le dos du Lindörien, ce qui eut pour effet de le faire tomber plus en avant. Ensuite, tout se déroula en une fraction de seconde. La haine que j'éprouvais à son égard me donna la force de plier le bras pour attraper ma pince à cheveux qui, par miracle, avait tenu bon, puis l'énergie pour la planter violemment dans sa carotide.

À aucun moment je n'eus d'hésitation. Les souvenirs du premier homme que j'avais égorgé se rappelèrent à moi. Les images de mes parents morts, de mes amis dans cette cage, me firent retirer le pic d'un coup sec. Le sang gicla, mais loin d'en être horrifiée, je ressentis une bouffée de soulagement. D'une part parce que la pression sur ma gorge s'était évaporée, et d'autre part parce que, enfin, il avait eu ce qu'il méritait.

Quand l'homme se recula, en posant sa main sur sa blessure, je me mis à tousser bruyamment. J'avais vraiment du mal à respirer. Mon visage et le haut de mon corps étaient recouverts du liquide poisseux noir qui avait jailli, et même si j'avais survécu à ce premier assaut, il n'en demeurait pas moins que mon état physique ne s'était pas amélioré par miracle.

Au prix d'un périlleux effort, je parvins à m'asseoir. Le prince était en train de tituber, hagard. J'avais toujours l'arme du crime en main, et ce fut précisément à ce moment-là que quelqu'un arriva en courant. Si j'avais eu un peu de chance, un allié se serait présenté. Si j'avais eu énormément de chance, cet allié se serait révélé être Sierra. Malheureusement, je compris rapidement que les esprits devaient être contre moi lorsque j'aperçus Lorindra approcher.

Le Lindörien s'écroula à ses pieds, dans une mare de sang. Le regard de mon ennemie passa alternativement du prince mort à la pince à cheveux que je tenais, avant de venir trouver le mien. Sa mâchoire se contracta. La rage contenue dans ses prunelles me fit frémir. Je savais ce qui allait se produire. Elle attrapa l'arme à sa ceinture et j'avais parfaitement conscience que, cette fois-ci, je ne parviendrais pas à esquiver. Dans ma poitrine, mon cœur s'emballa, sûrement parce que lui aussi pressentait qu'il n'aurait plus l'occasion de le faire à l'avenir. J'aurais voulu prétendre que je n'avais pas peur, que je n'avais aucun mal à accepter mon destin, mais ce fut tout le contraire. J'étais terrifiée, exactement comme un animal pris au piège qui voyait sa dernière heure arriver.

— J'aurais dû te tuer lors de notre première rencontre, déclara-t-elle froidement.

Mes oreilles se baissèrent lorsqu'elle pointa l'arme dans ma direction. Loin de fermer les yeux, je continuais à la fixer. Un millier de pensées me traversèrent l'esprit, trop fugaces pour que j'ai le temps de vraiment me concentrer sur l'une d'entre elles en particulier. J'inspirais et expirais difficilement. Chacun de mes muscles était contracté, en attente de la suite. Même si je parvenais à rouler sur le côté et à éviter d'être touchée du premier coup, elle m'aurait juste après. Je n'avais aucun moyen de m'en sortir.

Dans ma tête, les images de la dernière danse avec Sierra prirent le pas sur les autres souvenirs. Je baissai le regard en direction de ma bague, consciente que c'était probablement la dernière chose que je verrais. Mon rythme cardiaque se mit à ralentir. J'étais prête pour l'impact, sauf qu'à la place, ce fut un léger son étouffé qui capta mon attention. Je relevai la tête juste à temps pour apercevoir Lorindra tomber à genoux. Au début, je ne compris pas. Elle lâcha son arme, le visage figé en une expression qui oscillait entre le désarroi et l'horreur. Je clignai des yeux, sans oser croire à ce que je voyais.

Mon frère se tenait debout derrière elle. Il retira le couteau qu'il lui avait planté dans le dos, et avec colère, attrapa violemment ses cheveux pour lui faire pencher la tête en arrière.

— Personne ne touche à ma sœur, gronda-t-il en l'égorgeant d'un mouvement vif.

Durant une fraction de seconde, je revis Joanis enfant. Son air innocent se superposa à celui qu'il arborait actuellement. Je ne comprenais pas ce qu'il faisait ici, ni comment c'était même possible. Je m'attendais à mourir, or à la place, ce fut le corps de Lorindra qui alla recouvrir celui du prince Renald. Choquée, je ne parvins pas à bouger ni à dire quoi que ce soit. Et ce fut encore pire lorsque je me rendis compte que loin d'être seul, il était accompagné de deux autres Neklonis.

— Tamy ! s'exclama-t-il brusquement après avoir lâché son arme.

Le son de sa voix me ramena à moi. Il combla la distance qui nous séparait et, sans se soucier des deux jeunes hommes qui nous regardaient, il tomba à genoux juste devant moi. Les larmes aux coins de ses yeux firent remonter les miennes. J'étais vivante, et surtout, je n'étais plus seule. Ce simple constat craquela les résistances qu'il me restait encore. Je sentis quelque chose céder dans mon esprit, et sans plus pouvoir me contrôler, les larmes se mirent à inonder mon visage. Je ne savais même pas pourquoi je pleurais. C'était un mélange de tout, le soulagement, la douleur, le bonheur, le contrecoup de ces dernières minutes. Je n'arrivais pas à m'arrêter, et ce fut presque pire quand Joanis posa ses mains sur mes joues pour m'obliger à le regarder.

— C'est fini maintenant, tout va bien. Je suis là, Tamy, je suis là, répéta-t-il en me prenant dans ses bras.

— Idiot, je t'avais dit de… de fuir… hoquetai-je, en proie à une émotion incontrôlable.

Son toucher était très léger. Il avait probablement peur de me casser en serrant fort, ce qui, honnêtement, n'était pas une crainte injustifiée.

— J'ai fui, et je suis revenu. Nous sommes tous revenus pour toi.

Entre reniflements et nouvelle crise de larmes, je parvins à examiner les alentours. L'un des deux Neklonis pointait un bracelet lindörien dans notre direction. Je n'y fis pas vraiment attention, trop occupée que j'étais à lever la tête. Plusieurs personnes sautèrent du pont en verre, mais loin de s'écraser, elles retombèrent avec souplesse au sol. Je compris qu'elles devaient cette prouesse physique aux chaussures qu'elles portaient, mais plus important, je me rendis compte à leurs oreilles qu'elles étaient toutes de la même race que moi.

— Tu ne les reconnais pas ? demanda Joanis avec douceur. À l'époque, tu nous as tous sauvés. Nous avons grandi, et aujourd'hui, c'est notre tour de te rendre la pareille.

— Mais les gardes… c'est dangereux… dis-je, inquiète.

— Si tu parles de cette poignée de lâches, ils ont fui en te voyant tuer leur chef, intervint le jeune homme blond qui tenait le bracelet.

Avec un sourire, il approcha et agita tranquillement l'objet devant moi. Je devinais qu'il avait dû le voler à quelqu'un, et à la vue de leur état général à tous, je me sentis soulagée. Ils n'avaient pas l'air de s'être battus, ou alors très superficiellement.

— Le plus beau, c'est qu'ils ont capturé toutes les images.

J'ai emprunté ça à celui qui était en charge de cette délicate mission, histoire que tout le monde puisse bien assister jusqu'au bout à la victoire éclatante de notre peuple. Enfin, je dis « tout le monde », mais j'avoue ne pas trop savoir qui est en train de bénéficier de la diffusion.

La bribe de conversation que j'avais surprise entre Renald et Lorindra me revint en mémoire. Ils avaient mentionné le fait de tuer Leela pour affaiblir sa femme en diffusant son exécution. Sur le moment, je n'y avais pas vraiment prêté attention, mais maintenant, c'était différent. Avec un peu de chance, les personnes se trouvant dans la salle de bal savaient désormais que leur leader était mort. D'un autre côté, s'il s'agissait d'esclaves, je n'étais pas certaine que cela ait beaucoup d'impact sur leurs actions.

— Rentrons à la maison, Tamy. Ton amie est en train de recevoir des soins de notre guérisseur, elle sera sûrement contente de savoir que tu t'en es sortie, reprit Joanis en m'aidant à me lever.

Mes jambes tremblèrent, je faillis retomber aussitôt, mais mon frère me rattrapa au dernier moment. Je soufflai, tout en tâchant de faire abstraction de la douleur qui continuait à me vriller la cage thoracique. Puis, avec le dos de ma main, je me mis à m'essuyer les joues pour effacer à fois les larmes et le sang.

— Je ne pars pas.

— Quoi, mais pourquoi ? Il n'y a rien à craindre, je t'assure. Tu me fais confiance, non ?

— Joan, tu dois savoir que…

Alors que j'allais lui annoncer pour Sierra, des éclats de voix qui provenaient de l'entrée du parc se firent entendre. Mes oreilles se dressèrent instantanément. Une jeune femme arriva en courant, et tout en reprenant son souffle, elle vint se planter devant nous.

— Chef, il y a deux Lindöriennes qui exigent de voir Tamsyn. Elles ont l'air plutôt déterminées, et on a du mal à les retenir.

— Elles sont deux, vous êtes dix. Faites ce qui est nécessaire pour…

— Non ! protestai-je d'un seul coup. Enfin je veux dire, oui. Oui, je veux les voir, poursuivis-je à toute vitesse.

Si je n'avais pas été aussi fébrile, j'aurais pris le temps d'interroger mon frère sur son rôle de meneur. Quoiqu'à vrai dire, cela ne m'étonnait qu'à moitié. Notre père ayant été à la tête du village, Joanis avait sans doute repris cette fonction sans que personne ne cherche à s'y opposer.

— Tu es sûre ? Tu n'es pas obligée, tu sais. Tu en as supporté assez, et rencontrer tes anciens tortionnaires ne me semble pas…

— Mes quoi ? l'interrompis-je, stupéfaite. Je crois que tu te méprends totalement. Sonjin ne t'a pas dit que j'étais accompagnée au marché ?

— Oh si, elle me l'a dit. Ça m'a rendu furieux, d'ailleurs. Non seulement, ils t'enferment durant des années, mais en plus, ils décident de t'en sortir pour servir d'animal de compagnie ! s'énerva-t-il.

— Ce n'était pas… il s'agissait d'un rendez-vous, un rendez-vous que j'avais accepté, rajoutai-je en peinant à trouver mes mots.

Lui expliquer la situation me paraissait compliqué, d'autant que j'avais du mal à me maintenir sur mes pieds. Loin d'avoir disparu, la douleur était toujours bien vive, et m'obligeait à rester contre Joanis pour ne pas tomber. Je sentais qu'il était très sceptique, il s'apprêtait d'ailleurs à me répondre, quand nous entendîmes d'autres bruits provenir de l'entrée. Je passai ma main dans mes cheveux pour tenter de déloger les mèches qui collaient à mes tempes. Dans l'autre, je tenais toujours l'objet que j'avais utilisé pour tuer le prince Renald, mais en voyant Sierra apparaître, ce dernier m'échappa. Il s'écrasa dans l'herbe alors que déjà, mon cœur était en train de réagir à la présence de la Lindörienne.

De nouvelles larmes me brouillèrent les yeux en constatant qu'elle était bel et bien vivante. Le sang qui maculait son uniforme blanc et les coupures qui la recouvraient me firent comprendre que les combats avaient dû être rudes. Sa lèvre était fendillée, elle boitait légèrement, cependant, cela ne l'empêcha pas de s'approcher. Deux Neklonis tentèrent de l'arrêter. Agacée, elle les repoussa d'un mouvement de bras, ce qui conduisit Joanis à me placer en retrait. Il semblait prendre son rôle de rempart très à cœur. D'ailleurs, il ne bougea pas quand Sierra lui lança un regard meurtrier. C'était une sacrée preuve de courage, car être plus intimidante qu'elle aurait été difficile.

— J'ignore qui vous êtes, mais Tamsyn vient avec nous. Elle n'a plus rien à faire ici, et estimez-vous heureuse d'être encore en vie. Nous aurions pu vous abattre à votre arrivée !

— Sa femme.

— Pardon ? prononça-t-il, stupéfait.

— Je suis sa femme. Maintenant, si vous permettez, j'ai deux mots à dire à cette demoiselle.

D'un seul coup, et comme si sa patience avait atteint ses limites, Sierra posa sa main sur le haut du bras de Joanis pour l'écarter. Sûrement choqué par cette nouvelle, il n'opposa aucune résistance, et de mon côté, je faillis tout simplement basculer en avant quand je n'eus plus rien pour me soutenir. J'étais vraiment faible, néanmoins, atterrir dans les bras de Sierra eut tendance à m'insuffler un peu d'énergie. Loin de paraître soulagée, la Lindörienne avait l'air fâchée. Sa mâchoire était contractée, et cela alla en s'aggravant lorsqu'elle prit conscience de mon état général.

— Je peux savoir ce qui t'a pris ?! Sauter dans le vide, t'en prendre à ce traître sanguinaire, tu tenais tant que ça à mourir ?!

— Je voulais juste… ça n'a pas tellement d'importance, si ? Il est mort, et moi, je suis vivante, c'est tout ce qu'il faut retenir…

— J'ai cru te perdre ! Et c'est quelque chose que je ne peux pas supporter, ni maintenant, ni jamais, prononça-t-elle, la voix cassée.

Contrairement à mes pronostics, elle n'était pas en colère,

elle était effrayée. Ses doigts se glissèrent dans mes cheveux avec précaution, effleurèrent mes joues, et après un petit soupir, elle me déposa un léger baiser sur le front. Même si nous étions entourées, même si mon frère ne devait pas comprendre ce qui me prenait, je n'arrivais plus à focaliser mon attention sur autre chose que sur la Lindörienne. Mes bras s'enroulèrent davantage autour de sa taille, et compte tenu de mon état physique, le seul moyen à ma disposition pour la rassurer fut de la serrer contre moi.

— Je suis là et je ne vais nulle part. Je ne te quitterai pas, ni maintenant ni jamais, murmurai-je en répétant ses mots.

Épuisée, je me permis de fermer les yeux. J'avais vraiment l'impression d'être arrivée au bout de mes forces. Sans mon frère et sans Sierra, j'aurais rendu les armes depuis longtemps. La chaleur qui émanait de ma compagne ne m'aidait pas à rester consciente. Elle dut sentir que j'étais sur le point de m'écrouler car, d'un seul coup, elle se pencha pour pouvoir passer un bras sur l'arrière de mes genoux et me soulever. Cette fois-ci, et contrairement à d'habitude, je n'émis aucune protestation. Ma tête alla se loger contre son cou. Son odeur me rassurait, sans doute que je me serais endormie si Rajaya ne s'était pas brusquement manifestée.

— Où est Leela ?! Est-ce qu'elle est blessée ?

Sûrement que jusque-là, elle avait été retenue par les Neklonis de l'entrée, car elle semblait encore plus inquiète que Sierra à son arrivée. Je m'apprêtais à lui répondre quand, plus rapide, et étonnamment, mon frère prit la parole.

— Nous l'avons mise en sécurité. Zak, Kalaan, accompagnez-la auprès de la princesse. Quant à toi Tamy…

Il marqua une pause, son regard passa alternativement de ma compagne à moi, et même s'il ne paraissait pas approuver, il ne fit aucune remarque.

— Il faut que tu te fasses soigner. Je suppose que vous avez des guérisseurs ? demanda-t-il à Sierra.

Du coin de l'œil, j'apercevais la princesse Rajaya s'éloigner en compagnie des deux Neklonis. Actuellement, je ne pouvais rien faire pour Leela. Pour autant, cela ne m'empêchait pas d'être préoccupée. Je craignais plus particulièrement pour son bébé, et avec cette crainte, d'autres firent leur apparition.

— Est-ce que Kelisha et les autres vont bien ? questionnai-je en interrompant la discussion qu'avaient mon frère et ma femme sur ma santé.

— J'ignore qui sont, au juste, les autres, mais cette femme se porte comme un charme. Quand j'ai quitté la salle de bal, elle possédait l'énergie pour se plaindre d'un simple nez cassé.

— Et la princesse Akasha ? Sasha ?

— Par rapport à toi, tes connaissances sont en parfaite santé, répondit-elle avec un léger ton de reproches.

Soulagée, je me permis de me détendre et de fermer les yeux à nouveau. J'avais presque du mal à croire que tout puisse se terminer si bien. Après ces quelques minutes, je pensais sincèrement que le destin me réserverait une issue funeste, mais maintenant que j'avais retrouvé Sierra et que je savais que mes amies étaient en vie, je réalisais la chance que j'avais eue. Ma respiration se fit plus lente. J'aurais aimé résister plus longtemps, ne serait-ce que pour continuer à profiter du contact de la Lindörienne, malheureusement, au moment où je voulus rouvrir les paupières, ces dernières refusèrent de m'obéir.

ÉPILOGUE

J+1826

— Qu'en pensez-vous, capitaine Brahms, la Neklonie a-t-elle vraiment une chance de remporter la 736e édition de notre coupe des mondes ?

— Il y a encore quelques jours, je vous aurais répondu non, Mikael. Qu'une si jeune nation ait réussi à se qualifier relève déjà du miracle, mais après avoir assisté aux exploits récents de leur challenger, je ne peux que revoir mon jugement.

— Justement, parlons-en. Certaines mauvaises langues prétendront que cette candidate n'aurait jamais dû être autorisée à concourir. Rappelons qu'elle n'a acquis son habilitation de pilote que quelques jours avant le début des épreuves, et que son vaisseau a été financé intégralement par la délégation lindörienne. N'est-ce pas contre les règles ?

— Chaque concurrent est libre de financer sa participation et son matériel grâce à l'aide de généreux donateurs. De plus, la Neklonie, qui a obtenu son indépendance il y a peu, reste sous protection lindörienne. Il n'est pas rare que de grosses nations subventionnent de petites planètes afin de maximiser leurs chances de monter sur le podium. Si vous me le permettez, ce qui pose problème ici serait plutôt l'entourage de la jeune Tamsyn, et sa très large popularité auprès des spectateurs. Son histoire personnelle a tout du conte de fées terrien. Retenue captive durant des années, elle a finalement trouvé l'amour dans les bras d'un lieutenant lindörien, laquelle est affiliée de près à la famille royale. Les sponsors se l'arrachent, et après sa victoire à la troisième étape de notre championnat, je ne doute pas que les médias continueront à voir en elle l'étoile montante des courses de vaisseaux.

— En parlant de cette illustre famille, ne seraient-ce pas les princesses Rajaya et Leela que j'aperçois descendre des tribunes ? La reine Shayandra ne semble pas être des nôtres aujourd'hui, mais nul doute que la présence des deux adorables filles du couple royal saura ravir le cœur du public. Restez avec nous, dans quelques instants nous assisterons à la remise des médailles de l'épreuve du jour, et nous reviendrons plus en détail sur le parcours des cinq premiers candidats de notre classement.

L'écran de la loge dans laquelle je me trouvais se mit à grésiller, puis à diffuser des images d'une planète tropicale. Derrière moi, deux femmes étaient en train de s'affairer sur mes cheveux. L'une d'elles tressait quelques mèches, pendant que l'autre faisait tenir mon demi-chignon grâce à un ruban aux couleurs de la Neklonie. Devant moi, un homme me maquillait, ou plutôt, il s'amusait à me tamponner le visage avec une multitude de poudres différentes. Ma combinaison de pilote avait fini dans un coin, remplacée par un pantalon moulant noir et un haut doré qui laissait mon ventre à découvert. J'étais très heureuse de pouvoir monter sur le podium, et fière de ma performance du jour, mais personnellement, je me serais bien passée de tout ce faste.

La cérémonie devait débuter dans quelques minutes. Le compte à rebours était indiqué sur un autre écran plus petit, mais au moment où je voulus le consulter, la porte coulissante de la pièce s'ouvrit et une mini tornade aux cheveux noirs me sauta sur les genoux.

— Tamy ! Tamy ! C'est vrai que tu vas pouvoir aller en haut du podium ? Est-ce que je peux venir ? Je prends pas de place, et je tiendrai ta médaille pour toi quand ils te donneront les autres cadeaux, déclara à toute vitesse Kiara.

Assise sur un fauteuil, je fis signe à mes préparateurs que c'était suffisant. Ils nous laissèrent seules, ce qui me permit de me détendre légèrement. La petite fille était en train de s'intéresser aux différents produits de beauté qui trônaient sur la tablette en bois à ma gauche, et alors qu'elle venait de se saisir d'un rouge à lèvres, ses parents firent leur apparition dans la pièce.

— Tiens, quelle surprise ! Notre petit monstre qui avait interdiction de courir a réussi à arriver avant nous. Une explication à ce miracle, jeune fille ? questionna Rajaya.

— T'es pas drôle, maman. Avec toi, on peut jamais courir, ni se cacher, ni frapper sur personne, c'est trop nul d'être une princesse, souffla la fillette.

Je me retins de sourire, et en voyant Mira dans les bras de la Lindörienne, je lui fis un petit signe de la main. Même si les deux enfants étaient jumelles, leurs points communs s'arrêtaient à l'apparence physique. Elles avaient hérité des yeux verts de Leela, d'une couleur de peau moins foncée que les autres Lindöriens, mais pour le reste, elles ressemblaient en tout point à Rajaya. Contrairement à sa sœur qui était une vraie casse-cou, Mira avait beaucoup de mal à quitter sa mère. Elle regarda tout autour d'elle, se mit à rougir lorsqu'elle remarqua que je la fixais, et presque instantanément, alla cacher sa tête dans le cou de sa porteuse officielle.

— Félicitations pour ta victoire, Tamsyn, tu penses pouvoir remettre ça demain ? questionna Leela avec un sourire.

— Ça dépend… Est-ce que demain aussi tu vas m'encourager, Kiara ? dis-je en reprenant un gel pailleté de ses mains.

— Oui ! Oui, oui, oui, oui ! s'emballa-t-elle.

La petite Lindörienne bondit de mes genoux pour se remettre sur pieds et pouvoir sautiller. Dire qu'elle était pleine d'énergie aurait été un euphémisme. J'étais certaine qu'elle prévoyait déjà sa prochaine bêtise, laquelle aurait probablement quelque chose à voir avec le tube de rouge à lèvres qu'elle avait discrètement subtilisé.

— Mira et moi, on n'a pas arrêté d'agiter ta banderole ! Et moi, j'ai bien crié pour couvrir les voix des autres ! se vanta-t-elle avec un air fier.

— Je confirme. Mes oreilles en garderont un souvenir impérissable.

Lorsque Sierra apparut sur le pas de porte, ce fut mon tour de bondir. Sans la moindre gêne, je comblai la distance entre nous pour aller l'embrasser. J'adorais piloter et la montée d'adrénaline provoquée par les courses, mais rien n'était plus agréable que de retrouver les bras de ma femme.

— Surtout, garde bien tes yeux fermés, chérie, murmura Rajaya à Mira. D'ailleurs, nous allons vous laisser. Kiara…

— Quoi ? Mais non ! Je veux grimper sur le podium avec Tamy. Je te jure maman, je serai pas choquée par leurs bisous.

— Je vais compter jusqu'à trois. Un, deux, deux et demi, deux trois quarts…

— Rhô ! D'accord ! J'ai compris, mais c'est pas juste, grommela la fillette en s'avançant vers la sortie.

Alors qu'elle passait à côté de moi, je pris le temps de me baisser pour me retrouver à sa hauteur. Elle continuait à arborer un air boudeur, les bras croisés sur sa poitrine, et j'avais beau essayer, je ne lui résistais que rarement.

— Si je gagne le championnat, je te laisserai venir avec moi et brandir la coupe, dis-je pour la réconforter.

— Pour vrai ?

Ses yeux verts s'illuminèrent en un instant. Derrière elle, Leela avait commencé à lui caresser les cheveux, et d'instinct, la petite fille suivit le mouvement en bougeant la tête pour rechercher plus de contact.

— Pour vrai, confirmai-je avec un sourire.

— Je vais te faire plein d'autres banderoles et on obligera tout le monde à les agiter dans les airs ! Toute façon, s'ils refusent, maman les enverra aux cachots, alors ils vont forcément dire oui ! s'enthousiasma-t-elle.

— Ton soutien à toi sera largement suffisant, mais j'apprécie l'attention, dis-je en l'embrassant sur le front.

Elle quitta la loge en trottinant, mon amie sur les talons. Je me redressai, et alors que Rajaya et Mira suivaient de près, j'aperçus cette dernière me faire un petit signe de main timide juste avant que les portes ne se referment. Attendrie, je me demandais s'il était possible d'être plus adorable, mais très rapidement, ce fut tout autre chose qui accapara mes pensées. Derrière moi, Sierra venait de dégager les cheveux qui se trouvaient sur ma nuque. Son souffle chaud s'attarda sur mon épiderme, ses mains enserrèrent ma taille, et même si je savais que ce n'était pas raisonnable, cela ne m'empêcha pas de pencher la tête sur le côté pour lui donner un meilleur accès à mon cou.

— Tu sais que quelqu'un va venir me chercher, dans très précisément… six minutes, déclarai-je en jetant un œil au compte à rebours.

— Six très longues minutes.

Comme pour finir de briser mes résistances, ses doigts effleurèrent mon ventre nu. De mémoire, elle retraça le tatouage, similaire au sien, que j'avais sur les côtes, avant de s'aventurer plus bas, directement sur le bord de mon pantalon.

— Sierra, on ne peut pas, dis-je en me mordillant la lèvre inférieure.

— Ah non ? Pourtant, je ne vois vraiment pas ce qui m'en empêche.

— Après la cérémonie, il y a le dîner avec mon frère et le reste de l'équipe, ensuite la soirée avec les sponsors, mais nous pourrions partir plus tôt et… ah !

Un léger gémissement étouffé m'échappa au moment où elle me fit effectuer un demi-tour et que ses lèvres se pressèrent contre les miennes avec urgence. Je me sentis vaguement reculer, tout comme j'entendis vaguement les produits de beauté finir au sol quand elle balaya la tablette en bois avec son bras. Sans doute que j'aurais pu davantage protester, mais lorsqu'elle me souleva pour m'asseoir dessus, et cela après avoir fait descendre mon pantalon jusqu'à mes chevilles, l'excitation prit le pas sur tout le reste.

— Et si Kiara revient ? fis-je tout de même remarquer. Ce ne serait pas la première fois qu'elle échappe à l'attention de… oh…

La suite de ma phrase mourut dans ma gorge en sentant les lèvres de Sierra s'aventurer sur l'intérieur de mes cuisses. Presque instantanément, mes doigts se contractèrent sur le bord de l'étagère, et j'eus beaucoup de mal à garder l'esprit clair. C'était la dernière fois que je passais la semaine loin d'elle. J'avais tendance à réagir un peu trop intensément à ses attentions, et la Lindörienne prenait toujours très à cœur de rattraper le temps perdu.

— Que dirais-tu de sauter le dîner et tout le reste pour nous enfermer dans ta chambre ?

La fourberie qui émanait de ses paroles me fit déglutir. Elle remonta tranquillement en recouvrant mon corps de baisers, puis marqua une pause en arrivant au niveau de mes lèvres. Le léger sourire en coin qu'elle arborait m'indiquait qu'elle avait prévu son coup depuis le départ. Frustrée, je détournai les yeux et la repoussai pour pouvoir me remettre sur pieds.

— C'est la dernière fois que je te laisse me toucher, prévins-je, tout en remontant mon pantalon.

— Tu n'y crois pas toi-même. Et puis, est-ce un crime que de vouloir un peu d'attention de sa femme ?

Tranquillement, elle repassa devant moi et posa ses mains sur les miennes. Je tâchais de ne pas me laisser amadouer par les étincelles bleutées qui se multipliaient dans ses prunelles, mais à partir du moment où elle m'attira contre elle, ce fut peine perdue. Je n'avais plus aucune envie de me rendre à cette remise de médailles. Si j'avais pu, j'aurais même passé mon tour pour rester avec Sierra, malheureusement, Joanis et les autres comptaient sur moi. C'était l'occasion ou jamais de faire briller notre peuple. Depuis que l'esclavage avait été aboli, le groupe de mon frère avait élu domicile sur une planète déjà colonisée par plusieurs autres Neklonis. Ils avaient soif de reconnaissance, et remporter un championnat aussi prestigieux ne pourrait que nous être profitable.

— Moi aussi, j'aimerais bien que nous ayons plus de temps toutes les deux. Quand la compétition sera terminée, nous pourrions retourner sur Dangon, proposai-je en l'embrassant sur la joue.

— Quand la compétition sera terminée, je t'enferme chez nous. Ça nous donnera l'occasion de reparler de ce projet de bébé.

— Je pensais que nous avions convenu d'attendre au moins cinq, voire dix ans ? dis-je, intriguée.

— Certes, mais rien ne nous empêche de nous entraîner pour le grand jour.

Avec un sourire éclatant, Sierra reprit possession de mes lèvres pour un baiser tout sauf innocent. Le compte à rebours m'était totalement sorti de l'esprit, si bien que quand la porte coulissa, je fus prise au dépourvu. Kelisha se figea dans l'entrée, mais loin de paraître surprise, elle se contenta d'un mouvement de main pour m'indiquer le couloir.

— Vous aurez le temps pour ça plus tard. Tout le monde attend la championne.

— On se retrouve tout à l'heure, murmurai-je en quittant les bras de ma compagne à regret.

Dans la mesure où la Kelônie se chargeait de présider le championnat de cette année, j'avais hérité de Kelisha comme chaperon officiel. Elle était censée veiller à ma sécurité, mais dans les faits, elle m'empêchait surtout de filer en douce à la moindre occasion. Nous traversâmes un long couloir réservé aux concurrents et, en remarquant le léger suçon sous son oreille, ce fut mon tour de sourire en coin.

— Sasha se porte bien ?

— Aux dernières nouvelles, oui. Tu sais comment elle est, toujours à travailler, enfermée dans son laboratoire…

— Bien sûr, je visualise tout à fait. Tout comme d'ici, j'aperçois très bien l'énorme morsure que tu as dans le cou.

D'un seul coup, Kelisha s'immobilisa et leva la main pour tenter de cacher la marque rougeâtre. Il était rare de la voir gênée, si bien que je profitais de ce moment à sa juste valeur.

— Ce n'est pas ce que tu crois, prétendit-elle aussitôt.

— Et toi qui passes ton temps à clamer haut et fort qu'il s'agit simplement de ta sœur. Il faudra que tu revoies ton discours.

— Comment tu peux savoir que ça vient d'elle ? Je côtoie un tas de femmes tous les jours, un tas de très jolies femmes qui ne demandent qu'à…

— Mais oui, tais-toi avant de dire une bêtise, l'interrompis-je en lui donnant une petite tape sur le bras. Maintenant, tu sais quoi ? Moi, je vais aller récupérer ma médaille, et toi, tu vas inviter Sasha au dîner qui a lieu juste après.

— Rien ne m'oblige à t'obéir.

— Bien sûr que si. Tu es à ma disposition pour toute la durée du championnat. Et en tant que représentante de la nation neklonienne, j'exige que Sasha soit présente aux festivités ! déclarai-je avec sérieux.

Sans lui laisser le temps de répondre, je lui fis un grand sourire avant de m'élancer en direction de la sortie qui donnait sur l'extérieur. D'ici, j'entendais le brouhaha du public se trouvant dans les tribunes, et surtout, la voix du présentateur qui annonçait les noms des dix premiers du classement. Par moment, j'avais du mal à croire que tout ceci soit réel. À partir de l'instant où j'avais quitté ce centre, ma nouvelle vie avait débuté. Une vie où je n'avais plus à obéir ni à rêver d'un futur meilleur. Une vie où j'étais heureuse.

FIN

Table des matières

Romance par Reines de Cœur est une collection déposée
par les éditions Reines de Cœur

Conception graphique : Christelle Mozzati

Image de couverture : Angela Harburn / Shutterstock.
com

www.reinesdecoeur.com

Également Disponible

New Heaven de Lena Clarke - 19,90 €

Angelina est une lycéenne de dix-sept ans bien éloignée des réalités des adolescentes de son âge. Embauchée pour l'été dans le seul café présent à New Heaven, la ville où elle habite, la jeune femme partage sa vie entre son travail temporaire et Noah, son neveu de quatre ans qu'elle élève comme son propre fils.

Après avoir une fois de plus joué les taxis pour sa meilleure amie Madison, Angelina croise le chemin de Samantha dont la voiture est en panne sur le bord de la route. Les deux femmes s'engagent dans une conversation animée où priment l'ironie et le second degré.

Samantha cherche à en apprendre plus sur Angelina. Bien décidée à ne pas laisser filer sa mystérieuse bienfaitrice, elle rejoint la serveuse sur son lieu de travail le lendemain matin. Dans une ville où tout le monde se connaît, la nouvelle venue ne passe pas inaperçue.

Étonnée de la voir franchir le seuil du Diner, Angelina a du mal à comprendre l'intérêt que lui porte Samantha. Mais loin de lui déplaire, ce jeu du chat et de la souris réveille en elle des sentiments jusqu'à présent étouffés.

Faux-Semblants de Lena Clarke - 17,90 €

New York, 1957. Kristen Hamilton, une jeune femme en quête d'indépendance, décide de prendre son destin en main et de ne pas suivre le chemin qui a été tout tracé pour elle. Une annonce pour un poste de secrétaire trouvée dans le très sérieux New York Times l'amène à pousser la porte du cabinet de détectives Parker & Associé.

Si la réputation de cette agence n'est plus à faire, Kristen est surprise par le désordre qui règne à son arrivée. Les présentations à peine terminées, la jeune femme est aussitôt embauchée par Charles Parker, le fondateur de l'entreprise. L'homme paraît cordial, mais Kirsten ne peut en dire autant d'Emma Parker, sa femme et associée. Glaciale, la détective privée ne ménage pas la nouvelle secrétaire.

Décidée à percer les secrets de Parker & Associé, Kristen ne laisse que peu de répit à sa mystérieuse patronne. Ne dit-on pas que les apparences sont souvent trompeuses ?

Par-delà les Astres de Lena Clarke - 17,90 €

Les Lindoriëns, une espèce extra-terrestre, ont envahi la Terre depuis dix ans. Chaque année, un contingent de jeunes terriennes est envoyé dans l'espace pour servir de compagnes et de reproductrices à leurs représentants influents. Leela, une jeune femme orpheline conditionnée à cette tâche, fait partie de cette moisson.

Le grand jour arrive enfin. Leela, élevée dans un internat sur Terre, va rencontrer Jenok, le commandant à qui elle est promise. Elle ignore tout de cet individu dont elle espère secrètement pouvoir tomber amoureuse.

Malheureusement, l'arrivée de la jeune femme dans le vaisseau ne se passe pas comme prévu. Prise d'un coup de panique, Leela décide de fuir et de reprendre sa vie en main. Dans la tourmente, la jeune terrienne tombe sur Rajaya, une Lindoriënne prête à l'aider. Mais à quel prix ?

Leela va rapidement se rendre compte que Rajaya pourrait être plus qu'une simple alliée…

6h22 Place 108 de Clémence Albérie - 19,90 €

Gaëlle, jeune femme active de 30 ans un brin têtue, prend le train de 6h22 tous les jours pour se rendre à son travail. Un matin, alors qu'elle s'apprête à s'installer à sa place habituelle, la 108, elle y découvre une parfaite inconnue. Plutôt que de choisir un autre siège dans le wagon presque vide, Gaëlle va se confronter à celle qui en prenant sa place ose briser sa routine matinale. Une conversation houleuse aux conséquences inattendues s'engage alors entre les deux intéressées…

Quand Tombent les Masques de Clémence Albérie - 19,90 €

Mariage : n.m. Union de deux personnes qui s'aiment et veulent s'engager l'une envers l'autre. Le plus beau jour d'une vie et un moment de partage avec ceux qui comptent et que l'on adore.

Le mariage d'Éloïse et Gabrielle devrait être comme ça… en théorie !

Éloïse, brillante chirurgienne pédiatrique de 34 ans, et Gabrielle, talentueuse auteure ayant plusieurs best-sellers à son actif, veulent faire le grand saut. Elles rêvent d'un beau mariage, simple, qui leur ressemble.

Leur seul problème ? Elles ignorent comment annoncer la nouvelle à leurs parents. Après tout, ils ne savent pas qu'elles sont homosexuelles, amoureuses, et en couple. Pire que cela, leurs mères se détestent et se vouent une haine complètement irrationnelle depuis toujours.

Entre manipulation, humour et rebondissements, la préparation de ce grand événement ne s'annonce pas de tout repos.

Mesdames les futures mariées, félicitations ! Et surtout, bonne chance…

Seconde Chance de Marie Parson - 19,90 €

Alexia Tyler, actrice américaine de renommée internationale, a fait un coming out marquant il y a quelques années. Nouvellement célibataire, elle est sous les feux des projecteurs depuis sa récente rupture, qui a fait le bonheur des paparrazzi. Quoi de mieux pour la presse à scandale qu'une actrice trompée par sa compagne lors d'un tournage à l'étranger ?

Lors d'une soirée de charité en l'honneur d'une association LGBT, elle fait la rencontre d'une étrange jeune femme. Quand, par un heureux hasard, elles se retrouvent sur un terrain de football quelques jours plus tard, leur vie prend une nouvelle tournure…

Mais sont-elles toutes les deux prêtes à aimer à nouveau ?

Anveshan - Rébellion de Sylvie Géroux - 19,90 €

An 2216. Le vaisseau-ville Anveshan, dernier fleuron de la Force d'exploration de la Coalition, fait route vers les Confins, une région méconnue de l'Espace à la réputation inquiétante. Peu consciente des risques encourus, Penny McFate, ingénieure-militaire à bord de l'Anveshan, continue sa routine quotidienne de maintenance de l'appareil. Lors de l'une de ses gardes, la jeune femme fait la rencontre de Lyra Felorn, la directrice du centre culturel. Leur joute verbale les entraîne rapidement vers un dîner en tête-à-tête.

Malheureusement, Penny et Lyra ignorent qu'au même instant, le capitaine de l'Anveshan fait face à une attaque organisée. Un étrange laser balaie le vaisseau-ville de la Coalition et toutes les deux disparaissent. Les pirates de l'air sont des femmes originaires de la planète Hellkarst dont les motifs restent incertains. Pourtant, le danger est bien réel pour les kidnappées de l'Anveshan, car la survie des équipières du Capitaine Singh n'est pas une priorité pour la CoalitEx...

Dans cet univers de science-fiction ponctué d'humour et de modernité, Sylvie Géroux dresse le portrait de femmes fortes et indépendantes, prêtes à tout pour défendre leur vie et leurs valeurs.

La Brise du Désir de Sylvie Géroux - 13,90 €

Lou, journaliste sportive, est envoyée contre son gré à Manosque pour un reportage sur le parapente. La jeune femme doit rédiger un article malgré son absence de connaissances sur le sujet et sa peur panique du vide. Sur place, elle pose ses valises dans un petit hôtel familial de la ville. Si l'accueil de la propriétaire est chaleureux, celui de Zoé, sa fille, est glacial.

Intriguée, la journaliste découvre bientôt la véritable identité de Zoé, qui n'est autre qu'une ancienne championne de parapente. Victime d'un terrible accident qui a mis fin à sa carrière, la parapentiste s'est retrouvée poursuivie et harcelée par les journalistes.

Alors que Lou commence à rassembler les pièces du puzzle, une situation inattendue oblige les deux jeunes femmes à s'unir. Lou et Zoé arriveront-elles à surmonter leurs différences et à se faire confiance ?

Popcorn L.ove de KL Hughes - 19,90 €

À New York, Elena Vega est une femme d'affaires à succès propriétaire d'un magazine de mode. Mère célibataire, elle élève seule son adorable fils de trois ans, Lucas.

Sa vie amoureuse, par contre, est désertique et ses proches aiment bien le lui faire remarquer. Face à l'insistance de sa meilleure amie, Elena accepte à reculons de participer à des rendez-vous arrangés. Sa seule condition : trouver une baby-sitter respectable pour Lucas.

Allison Sawyer est une étudiante libre d'esprit en dernière année à l'université de New York. Sa capacité à sortir Elena de sa zone de confort et sa connexion immédiate et naturelle avec le timide Lucas lui font obtenir le travail.

Après chaque rendez-vous organisé, Elena rentre à la maison et se confie à Allison sur ses désastreux prétendants. De fous-rires en confidences, les deux jeunes femmes apprennent petit à petit à se découvrir.

Et si la personne possédant toutes les qualités qu'Elena recherche était, en réalité, juste sous ses yeux?

Journal d'une Confidente de Virginie Rousseau - 19,90 €

Lors d'une soirée pluvieuse, Abigail Gaylord arrive sur la petite île de Genova. La jeune citadine originaire de Seattle se rend au manoir des Sullivan où elle vient d'être engagée. Elle y découvre la lugubre bâtisse qui semble tout droit sortie d'une autre époque, comme son emploi de dame de compagnie. Quand elle découvre la demeure en ruine, la jeune femme se demande si elle a fait le bon choix en acceptant ce travail. Mais une telle opportunité ne se refuse pas surtout lorsque l'on souhaite tirer un trait sur son passé.

Abigail réalise vite que la maîtresse de maison ne compte pas changer d'attitude puisqu'elle continue à se terrer dans sa chambre. Livrée à elle-même et peu soucieuse des conventions, la jeune femme va peu à peu bouleverser les habitudes du manoir et de sa mystérieuse propriétaire.

C'était sans compter sur les rumeurs courant dans le village qui vont mettre à rude épreuve la relation naissante entre Abigail et sa patronne. La dame de compagnie va rapidement prendre conscience que chacune de ses actions a des conséquences…

Blood Moon - Origine d'Axelle Law - 19,90 €

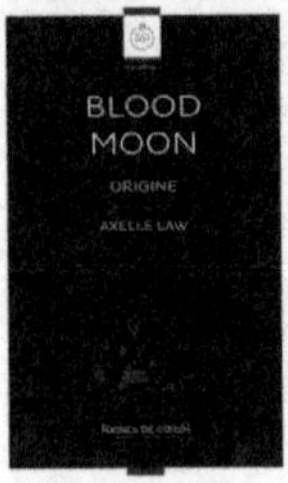

Ione est une ange un peu particulière… Amnésique, elle n'existe qu'à travers son rôle de médiatrice auprès d'Elvina. En tant que Déclencheur, Elvina porte une lourde responsabilité : elle changera un jour le monde en bien ou en mal. La créature céleste essaie tant bien que mal de guider au mieux la jeune étudiante en magie, consciente du pouvoir que celle-ci a entre ses mains. La tâche de l'ange est plutôt aisée, même s'il n'est pas toujours évident de gérer une adolescente.

Ione n'est pas seule à tenter d'influer sur le destin d'Elvina. Elle fait face à Leto, son contrepoids maléfique. Mais un jour, le médiateur de l'Enfer disparaît subitement. Il est remplacé par Hope, une ange déchue qui voue une haine féroce à Ione. La collaboration entre les deux médiatrices s'avère difficile, surtout que Hope ne rate jamais une occasion de s'opposer à l'ange. Alors qu'Ione pensait que la situation ne pouvait empirer, Elvina lui demande de partir à la recherche de Leto. Ce dernier se trouvant en Enfer, la médiatrice angélique n'a d'autre choix que de s'allier à sa pire ennemie pour cette périlleuse expédition…

Blood Moon - L'éveil d'Axelle Law - 19,90 €

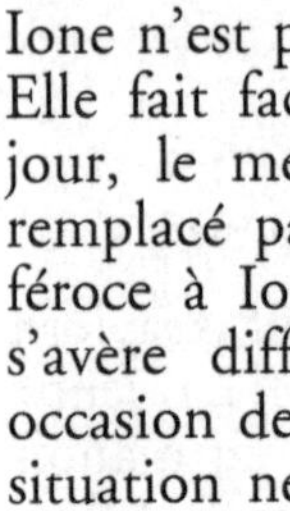

Sian est une vampire, une tueuse sanguinaire qui ne ressent aucune émotion. En tant que Déclencheur, elle porte une lourde responsabilité : elle changera un jour le monde en bien ou en mal. En attendant son Avènement, persuadée qu'elle est maudite, Sian laisse libre cours à sa nature et passe son temps à tuer.

Heather est une lycan, plus communément appelée louve du Nord. Elle lutte depuis des années contre ses instincts de chasseuse et tente de faire le bien. Après avoir sauvé sa meilleure amie, Jodie, lors d'une battue organisée par des vampires, elle est bannie de sa meute.

Vouées à se détester et à se combattre, Sian et Heather vont pourtant devoir avancer ensemble pour venir à bout de leurs ennemis communs…

L'Héritage du Pouvoir - Retrouvailles d'Isabelle B. Price et Edwine Morin - 19,90 €

Dans un monde où la magie existe sans que le commun des mortels en ait conscience, les sorcières disposent d'importants pouvoirs. Julianne fait partie de ces élues. Ce don, loin d'être une bénédiction, met constamment sa vie en danger. Traquée en permanence, Julianne mène une vie solitaire pour protéger les personnes qu'elle aime.

Sara, quant à elle, est une jeune femme tout ce qu'il y a de plus ordinaire. Détective privé à New York, sa petite agence commence à rencontrer le succès.

Lorsque le destin réunit Julianne et Sara à nouveau, leur passé commun les rattrape et bouleverse leurs certitudes. Malgré leurs désaccords, elles devront unir leurs forces pour survivre…

Bleu Emeraude d'Emily Everson - 13,90 €

Élisabeth et Julie, c'est une histoire que tout le monde connaît. Tout les oppose : l'une est feu, l'autre est glace ; l'une se cherche, l'autre est désabusée. Lorsque la joie de vivre rencontre le pessimisme, cela crée forcément des étincelles. Un entretien d'embauche, un premier contact, un simple regard au travail provoquent un éclair au milieu du champ de bataille que sont les relations amoureuses.

La jeune psychologue aux yeux émeraude se heurte à sa nouvelle cheffe, la DRH, une belle brune au regard saphir. Lorsque le bleu rencontre le vert, la transformation s'opère…

Parviendront-elles à briser la glace d'un cœur blessé ?

Sacrifices de Johanna David - 19,90 €

Rédactrice de guides touristiques, Nathanaëlle se rend en Bretagne pour préparer son second ouvrage. Elle n'est sur place que depuis quelques jours lorsque Juliette, une fillette de six ans séjournant dans le même hôtel qu'elle, disparaît brusquement. La police est immédiatement alertée. Le commandant Marc Favereau et le lieutenant Laure Guérin du commissariat de Quimper sont chargés de l'affaire. Parmi les enquêteurs, Nathanaëlle identifie avec surprise Laure, une ancienne camarade de lycée qu'elle avait perdue de vue.

L'entourage de l'enfant est passé au crible tandis que l'on tente de remonter la piste d'un véhicule repéré sur les lieux du drame. Laure sait que les premières heures sont cruciales dans ce genre d'affaires. Le temps est compté. Malheureusement, les fausses pistes se succèdent et les recherches piétinent.

La découverte d'un corps échoué sur la plage quelques jours plus tard relance les investigations. Quel est ce prédateur qui ose s'attaquer à des enfants ? Quelles sont ses motivations ?

Au cœur d'une région bercée de mythes et de légendes, les dessous de l'enquête semblent plus que jamais indéchiffrables pour Nathanaëlle et Laure…

Imprimé en France par CPI Firmin-Didot
en mai 2025
N° d'impression : 184346